中 国 近 现 代 学 人 与 学 术 研 究 丛 书

芮宏明 著

钱 穆
文艺思想研究

QIAN MU WENYI SIXIANG YANJIU

安徽师范大学出版社
ANHUI NORMAL UNIVERSITY PRESS
· 芜湖 ·

图书在版编目(CIP)数据

钱穆文艺思想研究 / 芮宏明著. — 芜湖：安徽师范大学出版社，2020.3
（中国近现代学人与学术研究丛书）
ISBN 978-7-5676-4020-7

Ⅰ.①钱… Ⅱ.①芮… Ⅲ.①钱穆(1895—1990)—文艺思想—研究 Ⅳ.①I206.7

中国版本图书馆CIP数据核字(2019)第053827号

本书由国家社会科学基金项目"钱穆文艺思想研究"（项目批准号11BZW026）资助出版

钱穆文艺思想研究
QIAN MU WENYI SIXIANG YANJIU

芮宏明　著

责任编辑：祝凤霞　　责任校对：李克非
装帧设计：丁奕奕　　责任印制：桑国磊
出版发行：安徽师范大学出版社
　　　　　芜湖市九华南路189号安徽师范大学花津校区　　　　邮政编码：241002
网　　　址：http://www.ahnupress.com/
发 行 部：0553-3883578　5910327　5910310(传真)
印　　　刷：江苏凤凰数码印务有限公司
版　　　次：2020年3月第1版
印　　　次：2020年3月第1次印刷
开　　　本：700 mm×1000 mm　1/16
印　　　张：18.25
字　　　数：268千字
书　　　号：ISBN 978-7-5676-4020-7
定　　　价：58.00元

前　言

综观中国近现代文艺思想的百年建构，其路径无疑是多元的，政治、哲学、文学、艺术、史学、文化学等不同研究视角的文艺思想体系建构均有特出建树。"文艺现代化"无疑是中国近现代文艺思想史上极为重要的论题之一，对这一论题的思考往往决定着不同文艺思想流派及其理论建构的内在差异。即便整体上呈现出怎样保守的性格，以钱穆、徐复观、唐君毅、方东美等人为代表的文化保守主义的文艺思想表达，都是中国近现代以来"文艺现代化"论域中不可忽视的现实的在场。文艺现代化是一个远未完成的历史进程，对上述学人的文艺思想进行梳理，相信会对文艺现代化历史进程的理论思考提供有益的参照。

钱穆（1895—1990），字宾四，江苏无锡人，我国现代著名学者。钱穆先生以自学成才而博通经史，一生勤勉，著述不倦，或征史考据，或精研义理，毕生著书八十余种，约一千四百万字。他在史学、文化学和学术思想史诸领域都有深入的研究，尤其是先秦学术史、秦汉史、两汉经学、宋明理学、清代学术史等，多有创获，造诣精深。钱穆的代表著作如《刘向歆父子年谱》《先秦诸子系年》《中国近三百年学术史》《国史大纲》《朱子新学案》等，都曾引起强烈反响，相信也必将对我们今后的学术研究继续产生深远的影响①。

钱穆的学生严耕望曾指出:"穆自民国二十年代,骤跃居史坛前列,声誉日隆,于同辈中年龄最少,而年寿最永,其谢世亦标识同辈史坛之落幕。民国以来,史家述作甚丰,穆著述尤富,遍涉中国文史哲艺,诸多别识,今后学人含英咀华,必将有更深远之影响。"②诚如所言,钱穆一生治学"遍涉中国文史哲艺",初以史学名家,晚年更以中国文化研究享誉海内外。然遽称其为"史学家""文化学家"或"理学家",恐怕均无当于钱穆学思生命之内情。钱穆曾经说过:

> 譬如别人说我是史学家,我实在不情愿有这个名义,我不是专研究史学的。近来又有人说我,到晚年又研究理学了。我很喜欢文学,我年轻时是专研究文学开始的。我也喜欢诸子百家,经、史、子、集,我是照中国人做学问的办法来做学问的。③

"照中国人做学问的办法来做学问",乃是贯穿钱穆全幅学术生命的一个基本信念,其中大致包含两个基本精神原则:其一是经史子集融为一体,以通驭专,不仅治学范围"遍涉中国文史哲艺",而且每一学术领域亦将文史哲艺融会贯通,互相渗透,相互发明;其二是治学与修身浑然统一,"学术"在他不仅仅是探究客观知识,更是安顿一己生命,因而他强调"尊德性"与"道问学"的内在结合,始终以做一个堂堂正正的中国人

---

① 关于钱穆先生的生平经历,本书不欲详细介绍,请参考以下材料:钱穆《八十忆双亲师友杂忆合刊》,《钱宾四先生全集》第51册;朱传誉主编《钱穆传记资料》,台北天一出版社1981年版;罗义俊《钱穆先生传略》,《晋阳学刊》1986年第4期;严耕望《钱穆宾四先生行谊述略》,中国人民政治协商会议江苏省无锡县委员会编《钱穆纪念文集》,上海人民出版社1992年版;郭齐勇、汪学群《钱穆评传》,百花洲文艺出版社1995年版;汪学群《钱穆学术思想评传》,北京图书馆出版社1998年版;陈勇《钱穆传》,人民出版社2001年版;印永清《钱穆》,河北教育出版社2003年版。

② 严耕望:《钱穆传》,转引自唐元明《书林清欢》,福州:福建教育出版社2017年版,第131页。

③ 钱穆:《经学大要》,《讲堂遗录》,第657页,《钱宾四先生全集》(以下简称《全集》)第52册,台北:联经出版事业公司1998年版。

为学术研究的终极关怀。余英时认定钱穆对于儒家兼有历史事实与信仰两个层次，这应是不刊之论。金耀基也认为钱穆的一生"承担是沉重的"，"他真有一份为往圣继绝学的气魄"。①可以说，钱穆一生所治是实实在在的"为己"之学，有着为寻求安顿一己心生命而形成的沉厚蕴藉的担当意识，以此衡量，"史学家""新儒家""文化学家"或"理学家"等名义，在学问品格上其实均不能完全涵括钱穆的全幅学思生命。有鉴于此，许多研究者都称他为"国学大师"，我想，恐怕也只有用这一名义，方可对钱穆的全幅学思生命作出比较完整合适的描述。

基于此，我们对于钱穆文艺思想的探究，也应当抱持一种超越的视角，切不可囿于一途。诚如前文所引述的那样——"我很喜欢文学，我年轻时是专研究文学开始的"，钱穆的文艺思想建构其实以文学研究为主阵地，旁涉绘画、戏剧、音乐等领域。关于自己的治学经历及思想发展脉络，钱穆曾有一段详细的自述：

　　……越两载，入中学，遂窥韩文，旁及柳、欧诸家，因是而得见姚惜抱《古文辞类纂》及曾涤生《经史百家杂钞》。民国元年，余十八岁，以家贫辍学，亦为乡里小学师。既失师友，孤陋自负，以为天下学术，无逾乎姚、曾二氏也。……嗣是遂知留心于文章分类选纂之义法。因念非读诸家全集，终不足以窥姚、曾取舍之标的，遂决意先读唐宋八家。韩、柳方毕，继及欧、王。读《临川集》论议诸卷，大好之，而凡余所喜，姚、曾选录皆弗及。遂悟姚、曾古文义法，并非学术止境。韩文公所谓"因文见道"者，其道别有在。于是转治晦翁、阳明。因其文，渐入其说，遂看《传习录》《近思录》及黄、全两《学案》。又因是上溯，治五经，治先秦诸子，遂又下迨清儒之考订训诂。宋明之语录，清代之考据，为姚、曾古文者率加鄙薄；余初亦鄙薄之，久乃深好之。所读书益多，遂知治史学。顾余自念，数十

_____
① 金耀基：《最难忘情》，天津：百花文艺出版社2005年版，第83页。

年孤陋穷饿，于古今学术略有所窥，其得力最深者莫如宋明儒。①

我们不难发现，钱穆早年的学术兴趣与视野数历移易，先是爱好清代桐城派古文，再转入唐宋集部，于是"因文见道"而进入理学天地，研治朱子学、阳明学，又上溯至经学、诸子学，最后乃折回到清代学术。经过数番转进，钱穆"遂知治史学"，而他毕生学术研究的基本学问品格亦由此得以初步确立，并在以后的学术研究中最终完成——这就是经史子集融会贯通和义理、考据、词章兼顾并重的趣向。需要注意的是，对中国集部的浓厚兴趣在钱穆的文艺思想乃至全部学术思想的建构中其实有着相当重要的意义。这里我们不妨以他的宋学研究为例略作说明。

钱穆曾自述治学经历道："余之治宋代学术始自文学，自遍读韩、柳两集后，续读欧阳永叔、东坡、荆公集，而意态始一变。始有意于学术文。"②又道："我研究旧文学，旧文学在我脑子里总是活的。我从研究文学才转过来研究到其他方面，所以我对欧阳修、王安石开始都是五体投地的。"③初期宋学承继了唐代学术风气，最初重心在文学方面而有宋初诗文革新思潮，嗣后"从研究文学接上去才研究到经学"，如此直到南宋朱熹才将文学与义理统合起来。

钱穆研治宋学，起初亦遵循初期宋学途辙，从研究文学入手来开展自己的宋学研究，及至后来学术思想归宗朱子，更是强调文学与义理相通相济，而集部阅读在他无疑是基本的入门路径。虽然这里说的仅仅是集部阅读及文学兴趣在其宋学研究中的意义，但其中包含的"因文见道""由文进学"学术进路与趣向，在钱穆全幅学思生命中其实不无普遍性。"凡余之于中国古人略有所知，中国古籍略有所窥，则亦惟以自幼一片爱好文学之心情，为其入门之阶梯，如是而已。"④钱穆不仅自视"爱好文学之心情"为其毕生学术研究"入门之阶梯"，甚至有意将文学的学术生成意义

---

① 钱穆：《宋明理学概述·序》，第7—8页，《全集》第9册。
② 钱穆：《中国学术思想史论丛（五）·序》，第5页，《全集》第20册。
③ 钱穆：《经学大要》，《讲堂遗录》，第612页，《全集》第52册。
④ 钱穆：《中国文学论丛·再序》，第8页，《全集》第45册。

扩大为学术研究乃至全部人生中具有普遍性的组成部分——"我们不必每人自己要做一个文学家，可是不能不懂文学，不通文学，那总是一大缺憾。这一缺憾，似乎比不懂历史，不懂哲学，还更大"①。当代著名学者饶宗颐先生1946年出版《楚辞地理考》，与钱穆《楚辞地名考》持异议，但对文学在学术研究中的地位的意见，却与钱穆多有相似之处，尝谓："一切之学必以文学植基，否则难以致弘深而通要眇。"②严耕望认为钱穆广泛阅读集部旧籍对其史学研究有着积极影响，他说："综观先生一生治学，少年时代，广泛读中国旧籍，尤爱唐宋韩柳至桐城派古文，后始渐趋向学术研究。壮年以后乃集中向史学方面发展，故史学根基特为广阔，亦极深厚。"③这显然暗示着钱穆史学根基之深厚广阔乃得益于其集部阅读经历。其实不仅是史学，可以说，钱穆的全部学术研究之所以能够取得令人瞩目的成就，很大程度上得益于他早年对集部之学的浓厚兴趣以及由文学研究奠定的学术根基。

再进一步说，钱穆其实一生从未放弃过文艺研究，对文艺问题的思考一定程度上甚至是其阐发新儒学思想的重要路径，尤其是创办新亚学院以后。从1919年印行诗集《二人集》（与朱怀天合著）、1920年写成《研究白话文之两方面》，到1984年发表《略论中国文学》④，钱穆的文艺研究前后历时六十余年，其间还曾多次讲授国文，并在新亚学院系统地讲授过两年中国文学史课程。不仅如此，钱穆晚年著述之余更以吟咏古人诗作陶铸性情，还选抄宋明理学家诗编成《理学六家诗钞》，尝谓："窃谓理学家主要吃紧人生，而吟诗乃人生中一要项。余爱吟诗，但不能诗。吟他人诗，如

---

① 钱穆：《谈诗》，《中国文学论丛》，第146页，《全集》第45册。

② 转引自郭伟川：《论饶宗颐教授的旧体诗文创作》，郑炜明编《论饶宗颐》，香港：三联书店（香港）有限公司1995年版，第346页。

③ 严耕望：《钱穆宾四先生与我》，台北：商务印书馆股份有限公司1992年版，第36页。

④ 据《全集》篇后说明，《略论中国文学》发表于1984年1月《东方杂志》副刊第17卷第7期，而《研究白话文之两方面》原刊《教育杂志》1920年第12卷第4号，前后相隔六十余年。

出自己肺腑，此亦人生一大乐也。"①且不论具体成就如何，单就从事文艺研究的时间跨度言，我想，就已经值得引起学术界的关注。可以说，钱穆对文艺的兴趣终生未减，文艺研究实已贯穿了他的全幅学思生命。

钱穆文艺研究方面的专著并不多，先后出版有《中国文学讲演集》《中国文学论丛》和《理学六家诗钞》，其中《中国文学论丛》还是后来在《中国文学讲演集》的基础上增补而成，《理学六家诗钞》则由选抄宋明理学家诗汇编而成，因此严格地说，钱穆完整的文艺研究论著事实上只有一部《中国文学论丛》。但他讨论文艺问题的单篇论文却并不在少数②，像《中国学术思想史论丛》中收录的《读诗经》《汉代之散文》《读文选》《杂论唐代古文运动》等，均是有着独到学术见解的文艺研究佳构。此外，钱穆的史学、文化学等论著中也多有讨论文艺问题的章节或运用文艺方法解决相关问题的内容。例如《国学概论》最后一章"最近期之学术思想"，将新文学运动纳入近现代学术思想的流变中考察，发表了自己的一些见解。再如《中国文化史导论》，亦辟有"文艺美术与个性伸展""宗教再澄清民族再融和与社会文化之再普及与再深入"等章节，讨论了与文学艺术相关的一些问题。诸如此类，在其学术论著中可谓俯拾皆是。可见，钱穆的文艺研究虽然不是很集中，略显零散，却几乎已经通贯于他的全部学术领域，全面衡量的话，成果其实也是非常丰富的，并非人们想象的那样无足称道。如果能够将钱穆相关文艺论述汇集起来作仔细梳理，则不仅会增进我们对其文艺研究的新认识，相信对了解其学术研究的全貌以及20世纪新儒学文艺思想体系建构问题，也将不无助益。

目前学术界对钱穆学术研究的关注，重心依然在史学、文化学和儒学思想等方面，对其文艺研究则始终存在着某种有意无意的忽视甚至误解，相关研究开展得极不充分。究其原因，我想，恐怕主要有两个方面。

其一，钱穆并不专门从事文艺研究，或者说主要不是从事文艺研究的。陈平原先生曾指出："这是一位历史学家偶尔客串讲授'中国文学史'

---

① 钱穆:《八十忆双亲师友杂忆合刊》，第376页，《全集》第51册。

② 参见本书附录:"钱穆主要文艺研究著述编目"。

课程的记录整理稿，不该以专业水准来衡量，而应主要着眼于课堂呈现、通才理念以及文化自信。这样，才能准确地为此书定位。"①这个评价完全正确。钱穆曾经说过："我脑子里没有一个严格的哲学、文学、史学的分别。至少我做学问是尚'通'不尚专，是讲'兴趣'而不讲功利。"②他的观念中没有现代意义上严格的学科分类，他是"照中国人做学问的办法来做学问的"，是以其文化史学的视野与方法来看待文艺的，文艺与史学、文化学相互涵摄、相互发明。钱穆的文艺研究"不尚专"，"不该以专业水准来衡量"，不过，这并不妨碍他在文艺方面进行系统的思想建构与表达。当然，这种传统意义上的"通人之学"的研究进路也有它的弊端，至少是削弱了钱穆的文艺研究自身的专业性，限制了具体研究成果的集中展示，难免会妨碍人们对它作深入了解。

其二，尽管钱穆先生是否属于新儒家尚难定论③，他与现代新儒家事实上有着相近的学术理念，学术境遇也和新儒家极其类似，都曾一度被边缘化了。自新文化运动以来，中国学术思想界的主流始终徘徊于"欧化"与"苏化"之间，中华人民共和国成立后大陆与港台学界又长期处于相互隔绝甚至对峙状态，钱穆及港台新儒家的学术研究（包括文艺研究）始终难以真正进入主流学术研究视域，直到20世纪八九十年代，随着"新儒学热"的出现，它们才开始逐渐融入大陆学术研究的整体语境。这种学术境遇恐怕也是钱穆文艺研究长期不为学术界充分认识的一个重要原因。

客观地说，与同时代的一些文艺研究专家比较起来，钱穆的文艺思想

---

① 陈平原:《非专业的文学研究》,《东方早报·上海书评》,2016年6月12日。

② 钱穆:《经学大要》,《讲堂遗录》,第832页,《全集》第52册。

③ 余英时在《钱穆与新儒家》一文中,对现代新儒学的涵义有明确界说,并详细分析了钱穆在学术、思想等方面与现代新儒家的差异,认为不应将钱穆划入现代新儒家的范围,而应定位为儒学进路的史学家。郑家栋在《现代新儒学概论》一书中指出钱穆的史学研究和史学方法论的探讨,"在比较完全的意义上展开了现代新儒学发展的另一层面",并明确将他与冯友兰、贺麟归为"新儒家第二代"。罗义俊在《"负担起中国文化的责任"——钱穆先生百龄纪念学术研讨会述要》一文中,认为钱穆所持的史学观是"新儒学意义的史学观",因此,"既可说钱先生是中国文化传统下的新史家,又可说他是中国文化传统下的新儒家",也明确将钱穆定位为新儒家。这个问题,尚待进一步讨论。

建构与表达相对零散，具体成果或许并不算突出；但若就其文艺研究所能
提供的思想资源及其深刻性而言，钱穆其实丝毫不逊色于他的同辈人，甚
至可能还要出色得多。钱穆曾经说过："我之稍有知识，稍能读书，则莫
非因国难之鼓励，受国难之指导。我之演讲，则皆是从我一生在不断的国
难之鼓励与指导下困心衡虑而得。"①深沉的"国难"意识是其全幅学思生
命的动源。因于"国难之鼓励与指导"激发出的世道人心的强烈关怀，钱
穆的学术研究遂乃自期于能面对现时代种种问题来培养人们"适应启新的
机运之能力"，始终洋溢着强烈的历史责任感和使命感。关于这一点，唐
君毅也曾予以揭示：钱穆的学问"一直与中国甲午战败以来之时代忧患共
终始"②。可以说，钱穆一生以阐释和弘扬传统文化为职志，致力于唤醒
国人对我们民族历史文化的温情与敬意，毕生学问宗旨就在于针对"时代
的问题与需要"来彰显"这一时代的意义与价值"，力求在学术上对建立
现代民族国家有所贡献。

钱穆学思生命中的文艺研究是在中国近现代以来建立民族国家的宏大
叙事背景中展开的，也始终与中国文学思想现代化进程联系在一起，具有
一种文学思想现代化的担当意识。他曾经说过："新旧文学，为余当生一
大争辩。惟求人喜中国旧文学，当使人先多读中国古书旧籍。余之毕生写
作，皆期为国人读古书旧籍开门路。苟置古书旧籍于不顾，又何能求人爱
好旧文学。此非言辩可争。惟余爱读古文辞，爱诵古诗词，则终身不变不
倦。"③在他看来，20世纪的中国本应拥有世界上最古老、最丰厚的文艺传
统——"中国固文艺种子之好园地也"④，然而在文艺思想现代化进程中，
"今天的中国竟变成为最不懂得文学的民族"⑤，原因即在于20世纪的中国
人追慕"西化"，已经完全违离了"务本之学"的道路，文艺遂与民族文

① 钱穆：《中国文化精神·序》，第4页，《全集》第38册。
② 转引自唐端正：《我所怀念的钱宾四先生》，《钱穆纪念文集》，上海：上海人民出版
社1992年版，第134—135页。
③ 钱穆：《八十忆双亲师友杂忆合刊》，第377—378页，《全集》第51册。
④ 钱穆：《中国民族之文字与文学》，《中国文学论丛》，第24页，《全集》第45册。
⑤ 钱穆：《经学大要》，《讲堂遗录》，第842页，《全集》第52册。

化传统隔若河汉。

　　"文学开新，是文化开新的第一步"①，钱穆坚信中国传统文学并非"死文学"，其生生不息的人文生命，已经深深植入中国人的全部文化生命之中，因而他始终强调以全部民族历史文化为背景来透视以文学为代表的中国文艺，力求在文艺与文化的整体关系中把握中国文艺的意义世界；与此同时，钱穆也试图通过中西文艺和文化的比较，集异建同，挖掘和重塑中国文艺的人文生命，期以唤醒当代中国人对民族历史文化的亲切想象，挺立"中国性"，重新凝聚建设新文艺乃至新文化的新鲜血液和精神力量，进而在世界文化的大背景下实现民族文化的伟大复兴。可以说，钱穆的文艺研究并非与当下人文生命毫无关涉，而是"与当身现代种种问题，有亲切之联络"，是交织着文化复兴与民族振兴的真挚情感的文艺思想现代化建构，它所提供给我们的思想资源是极其丰厚的。

　　毫不夸张地说，钱穆学思生命中的文艺研究本身甚至可以称得上是20世纪中国文艺思想史上一份极其宝贵的思想资源！20世纪以来，我国传统思想资源在文学思想现代化进程中，没有受到足够的重视，一直处于饱受摧残、风雨飘摇的困境。如何在现代化历史语境中重新评估传统思想资源的价值与意义，进而探寻中国文艺思想现代化的理想进路，是20世纪中国文艺研究面临的重要课题之一。钱穆的文艺研究，可以说，在一定程度上以自己独特的方式对此作了回答——反对以中国文艺的"殊相"作为论证西方文学或某种普遍文学规律的注脚，强调挺立中国文学的自主性价值，从而唤醒现代中国人在民族文艺传统中浸润自我生命，拓宽视野，以开启新希望。我想，在这个意义上，探讨钱穆的文艺研究，不仅会增进我们对钱穆先生学思生命的整体面相的了解，而且对于探讨中国文艺思想现代化问题恐怕亦将不无启示吧。

---

　　① 钱穆:《谈诗》,《中国文学论丛》,第146页,《全集》第45册。

目　录

第一章　钱穆心学文艺观的建构

　　关于中国文学，钱穆曾经有一个颇具意味的纲领性表述——"中国文学亦可称之为'心学'"①。这一蕴含着文化哲学意涵的命题，充分展示了钱穆对中国文学根本性质的独到认识。不仅如此，在钱穆看来，中国艺术，"如言艺术、绘画、音乐，亦莫不有其一共同最高之境界。而此境界，即是一人生境界……而人生又归于一心"②，同样属于"心的艺术"。推究钱穆以文学研究为主体的文艺思想，其义理脉络大体可以概括为一种具有新儒家气质的"心学文艺观"。

　　在钱穆的文艺观念中，中国文艺绝非与当下人文生命毫无关涉，而是我们民族历史文化生命存神过化的艺术结晶，是一个具有鲜活生命意识的人文本位的意义世界。"中国文化是特别注重人文本位的。而在人文本位上则一切是以'人心'为主的。所以我特称中国文化为唯心文化。"③钱穆强调，中国文化既是人文本位（亦即"人本位""人生本位"或"心本位"）的"唯心文化"，则此种文化结构中各个部门无不备具"唯心"性相。即以文艺论，中国文艺根本发生于"文心"与"人心"的内缘性同构关系，"文心即人心，即人之性情，人之生命所在"④，其对于创作、欣赏

---

① 钱穆:《略论中国文学》,《现代中国学术论衡》,第259页,《全集》第25册。
② 钱穆:《周濂溪通书随劄》,《宋代理学三书随劄》,第208页,《全集》第10册。
③ 钱穆:《中国文化特质》,《历史与文化论丛》,第65页,《全集》第42册。
④ 钱穆:《略论中国文学》,《现代中国学术论衡》,第260页,《全集》第25册。

和修养的种种要求最终都可以集中追溯到"人心",追溯到此种人文本位的"唯心文化"——可以说,"唯心文化"所培育出的文艺,其根本体性也是"唯心"的,自然不妨称之为"唯心文艺"。"心本位"一定程度上代表着中国文艺的文化体性及其价值取向,因而在这个意义上,钱穆将中国文艺概括为"心学"是有一定道理的,体现了他对中国文艺核心特质的敏锐把握。

钱穆的文艺思想具有宏观文化学视野,体现了深邃的学理思考和深沉的淑世情怀。"心学文艺观"不仅源自他对中国文艺本身蕴涵的文化生命的独特感悟与理解,而且有着以文化生命本体论为核心的文化学理论基础。从总体上看,钱穆以心学文艺观为基础展开的文艺研究,正是一种文艺研究的文化学的尝试性建构,其主旨在于以全部历史文化为背景发掘中国文艺的文化生命,期以唤起中国人在传统文艺的意义世界里陶冶性情,以回应当身种种问题,从而获得一己心生命的笃实安顿。

一、文化:文艺的根基

钱穆最初以史学名家,卓有建树。自1940年写成《国史大纲》后,钱穆的学术兴趣"遂从历史逐渐转移到文化问题上",先后出版了《文化与教育》《中国文化史导论》《文化学大义》《人生十论》《民族与文化》《中华文化十二讲》《中国文化丛谈》《灵魂与心》《历史与文化论丛》等重要论著,全面、系统地阐述了其文化学理论,取得了令人瞩目的成就。

"我认为今天以后,研究学问,都应该拿文化的眼光来研究。每种学问都是文化中间的一部分。在文化体系中,它所占的地位,亦就是它的意义和价值。"①钱穆认为,包括文学在内的中国学问的意义与价值,取决于学问本身在中国文化中的位置,因此,学术研究必须坚持"文化的眼光"。事实上,钱穆不仅强调中国文艺的根基是中国文化,而且他的文艺思想表

---

① 钱穆:《中国人的文化结构》,《从中国历史来看中国民族性及中国文化》,第110页,《全集》第40册。

达也以具有"文化的眼光"见长，因此，要准确把握钱穆文艺思想的性质，首先必须认识其文化研究的基本样貌。

钱穆文化研究的基本思路，是通过对传统资源的挖掘和整理，彰显本土文化的自主性价值，并深进至中西文化比较层面，探究一条集异建同的合理进路，最终回应时代的种种文化问题，期以唤起当代中国人挺立起"中国性"，担当起文化开新的历史重任。本书无意于对钱穆的文化学研究作全面讨论，仅就其文化生命本体论略作陈述，以考察其心学文艺观的文化本体论基础。

1.文化生命本体论

什么是"文化"？这是西学东渐以来，由中西文化交汇碰撞引发的一个亟须解答的重要问题，近代以来我国不少学者都曾对"文化"作过界说①。钱穆学宗朱子，立足于儒家人生思想，以史学视角对"文化"进行了界定，建构了其文化生命本体论。

"文明偏在外，属物质方面。文化偏在内，属精神方面。故文明可以向外传播与接受，文化则必由其群体内部精神累积而产生。"②钱穆梳理了"文化"与"文明"的区别，认定"文化"相对于"文明"具有一定的超越性，是建筑在物质性的文明之上的精神性存在，强调文化是"大群集体

---

① 例如，梁启超《什么是文化》："文化者，人类心能所开积出来之有价值的共业也。易言之，凡人类心能所开创，历代积累起来，有助于正德、利用、厚生之物质的和精神的一切共同的业绩，都叫做文化。"胡适《我们对于西洋近代文明的态度》："文明是一个民族应付他的环境的总成绩"，"文化是一种文明所形成的生活的方式"。梁漱溟《东西文化及其哲学》："文化并非别的，乃是人类生活的样法。"贺麟《文化与人生》："文化就是经过人类精神陶铸过的自然"，"文化只能说是精神的显现，也可以说，文化是'道'凭借人类的精神活动而显现出来的价值物，而非自然物"。陈独秀《吾人最后之觉悟》也将文化界定为"民族精神"。到1923年，屈维它（瞿秋白）在《东方文化与世界革命》一文中，开始用马克思主义观点来分析"文化"，重新调整了"文化"中物质与精神的关系，强调了文化发展的经济基础。诸家界说数不胜数，皆于"物本位"与"心本位"各有侧重取舍，汇总起来足以构成一部"文化"概念的阐释史或接受史。

② 钱穆：《中国文化史导论·弁言》，第3页，《全集》第29册。

人生一精神的共业"。因此，研究文化，归根到底在于"研究其汇通合一之意义与价值"①。

在《中国文化传统之演进》一文中，钱穆指出："文化也就是此国家民族的'生命'。……凡所谓文化，必定有一段时间上的绵延精神。换言之，凡文化，必有它的传统的历史意义。"②这里明确用"时间"和"绵延"概念将文化解释为"生命"，显然是受到了柏格森"生命哲学"的影响，将文化本体界定为"生命"。他又说："在文化存在中，尤与其他存在不同，它里面有一个'生命的'性质。这是文化的特性。文化固不是一个生命，然而可说它是一个生命。"③钱穆强调文化乃是超越于物质聚散成坏之上的精神生命的历史绵延，它不是自然的生命体，却有其恒常的"生命"特性，文化的本体便是"生命"，文化的作用流行成就了特定民族历史人生的整一全体。他在《文化学大义》中进一步指出：

> 我认为文化只是"人生"，只是人类的"生活"。惟此所谓人生，并不指个人人生而言。……文化是指集体的、大群的人类生活而言。在某一地区、某一集团、某一社会，或某一民族之集合的大群的人生，指其生活之各部门、各方面综合的全体性而言，始得目之为文化。
>
> 文化既是指的人类群体生活之综合的全体，此必有一段相当时期之"绵延性"与"持续性"。因此文化不是一平面的，而是一立体的，即在一"空间性"的地域的集体人生上面，必加进一"时间性"的历史的发展与演进。文化是指的"时空凝合的某一大群的生活之各部门、各方面的整一全体"。④

钱穆的这个界说，大体认定文化就是生命本体由特定民族历史地凝合

---

① 钱穆：《如何研究文化史》，《中国历史研究法》，第140页，《全集》第31册。
② 钱穆：《中国文化史导论·附录》，第241页，《全集》第29册。
③ 钱穆：《中国文化的变与常》，《中国文化精神》，第37页，《全集》第38册。
④ 钱穆：《文化学是什么一种学问》，《文化学大义》，第6页，《全集》第37册。

而成的精神性人生整一全体。这是生命本体论的文化界说，其中有两层意涵值得注意。其一，文化创造主体必是特定民族，文化与民族一体相即，而"人类文化本体，必然以扩大民族为主"①，因而"文化是民族的生命，没有文化，就没有民族"②；其二，"文化是全部历史之整体"③，是立体拓进而非平面铺展的，或者说文化是"体"而历史则是其表现出来的"相"即现象，"此二者实际是一而二，二而一的"④。不难看出，钱穆以"人生"范畴界说"文化"，强调文化、民族、历史之名异实同的三位一体关系，旨在于本体论层面凸显文化乃是生命绵延。总之，在钱穆看来，文化就是特定民族的历史生命，它虽然是大群集体人生"精神的共业"，但是"表显在外面的，就是我们的'人生'"⑤，始终表征为具体各别的生命形态，而不是观念性的抽象存在，更不是物质性的实体。问题是，作为现象的民族历史人生如何与作为本体的生命达成统一？这里我们不妨先将钱穆的文化生命本体论与其他现代新儒家的文化观略作比较，再来回答这个问题。

现代新儒学诸家也多以"生命"为文化本体，并以此建构了具有民族特色的文化理论体系。梁漱溟说："宇宙的本体不是固定的静体，是'生命'、是'绵延'，宇宙现象则在生活中之所现，为感觉与理智所认取而有似静体的，要认识本体非感觉理智所能办，必方生活的直觉才行，直觉时即生活时，浑融为一个，没有主客观的，可以称绝对。"⑥他主张宇宙生命本体论，认为整个宇宙是一个生命的存在，生命的表显是生活，而生活也就是"相续"，这正是柏格森的"生命"和"绵延"理论的变相。"中国儒家、西洋生命派哲学和医学三者，是我思想所从来之根柢"⑦，梁漱溟并

---

① 钱穆：《中国文化与国运》，《中国文化丛谈》，第83页，《全集》第44册。
② 钱穆：《从中国历史来看中国民族性及中国文化·引言》，第15页，《全集》第40册。
③ 钱穆：《如何研究文化史》，《中国历史研究法》，第139页，《全集》第31册。
④ 钱穆：《历史地理与文化》，《中国文化丛谈》，第1页，《全集》第44册。
⑤ 钱穆：《中国人生哲学》，《人生十论》，第153页，《全集》第39册。
⑥ 梁漱溟：《梁漱溟全集》第一卷，山东人民出版社1989年版，第455页。
⑦ 梁漱溟：《朝话》，上海：中国文化服务社1943年版，第124页。

不讳言生命哲学，显然是用"意欲调和持中""理智运用直觉"的儒家思想改造了"意欲向前追求""直觉运用理智"的西方生命哲学。

"生命论者，其所发见，足与《新论》相发明者自不少。"①熊十力特别看重"生命"的本体意义，他明确地指出："本体即生命"，"生即是命，命亦即是生故，故生命非一空泛的名词。吾人识得自家生命即是宇宙本体，故不得内吾身而外宇宙。吾与宇宙，同一大生命故。此一大生命非可剖分，故无内外。"②熊十力发挥了《易传》的主旨，将生命视为宇宙本体的大化流行，确证其既非空寂虚无，又非确然实在，而是涵蓄万有、体用不二的既虚澄又真实的生命存有。熊十力的生命本体论阐释进路，对牟宗三、唐君毅、张君劢、方东美等人产生了很大影响。牟宗三等人大都以《周易》"生生之谓易"为理论基点，强调"生命"就是大化流行的宇宙本体，宇宙亦即"生命"的有机整体，人文世界可以借助生命体证天人通贯的大宇宙境界。例如，张君劢就曾指出："昔之儒家有学禅之实，而不欲居禅之名。吾则以为柏氏倭氏言有与理学足资发明者，此正东西人心之冥合，不必以地理之隔绝而摈弃之。"③现代新儒学的文化生命本体论建构，对于我们把握中国传统文化的内在精神及其创造性转换，极具启发。

钱穆的文化生命本体论与熊十力一脉有较大差异，这从他对方东美的批评中可以见出一丝端倪。方东美以"批导文化生命为其主旨"，承续熊、牟阐释进路，以《周易》为其"宇宙生命本体论"的阐释元典，与钱穆直接来源于《论语》《孟子》的"文化生命本体论"有较大差别。钱穆曾就此对方东美有过激烈批评，他说："在夏威夷屡次会议中，惟台大教授方东美乃力主中国哲学有中国哲学之价值。然其最后议论，则谓孔子思想在《易传》中，不在《论语》中。不惜推翻中国两千年来人人共尊之《论语》一书，改而提倡一千年来成为问题之《易传》，则是亦仍以西方哲学观念来讨论中国思想；其与新文化运动时之打倒孔家店，可谓乃五十步百步之

---

① 熊十力：《与友论新唯识论》，《学原》1947年第1卷第6期。
② 熊十力：《新唯识论》，北京：中华书局1985年版，第535页。
③ 黄克剑、吴小龙：《张君劢集》，北京：群言出版社1993年版，第166页。

间，何曾触及中国思想之真际?"①这是对方东美1964年在夏威夷大学主办的第四届国际东西哲学会议上引起轰动的论文《中国形上学中之宇宙与个人》的批评，也道出了钱穆与方东美在"生命本体论"的根本差异。其实，就现代新儒学内部来看，各家在处理道、释乃至西方思想资源方面存在巨大差异，因而所使用的范畴、术语虽有相同，内涵却难免会有一定歧异。这是研究现代新儒学所需要仔细分辨之处。

相比之下，钱穆的阐释与梁漱溟比较接近，也是在以儒家思想对柏格森"生命哲学"进行改造的过程中建构自己的文化生命本体论的，但又有明显不同。首先，钱穆认为柏格森、梁漱溟所说的理智是分析的，直觉是浑成的，直觉是理智的根源，生命绵延从直觉中转化出理智来的重要前提是人类语言文字的发明与运用。"人类理智的长成，最先只是追随在此一套直觉之后，而把人类自己发明的言语来加以分析，……这正如庄子之所谓'凿浑沌'。然而浑沌凿了，理智显了，万物一体之浑然之感，与夫对宇宙自然之一种先觉先知之能，却亦日渐丧失了。"②钱穆认为理智一定程度会遮蔽了天人合一、万物一体的生命直觉境界，这是人类文化演进的历史事实；人们必须承认和面对这一历史事实，在理智的人文世界中直接达至生命直觉的本体境界。钱穆不主张像柏格森"直觉运用理智"或梁漱溟"理智运用直觉"那样体认生命本体，因为这样只能将理智与直觉二分，或偏于"客观经验"，或偏于"主观经验"，并不能真正把握体用不二的生命本体。其次，钱穆否定了生命绵延中"意欲"的真实性，因为意欲本质上乃是一种生命强力，"但强力虽紧随着生命之本身，到底强力并不即是生命"③。生命的真实实系于生命强力与其对象的统一，"生命之实在，在于其向前闯进之对象中。……若只有闯进，便是扑空，没有对象，便没有生命之真实性"④。在他看来，梁漱溟的"意欲调和持中"和柏格森的

---

①　钱穆:《维新与守旧》,《中国学术思想史论丛(九)》,第30页,《全集》第23册。
②　钱穆:《直觉与理智》,《湖上闲思录》,第165页,《全集》第39册。
③　钱穆:《实质与影像》,《湖上闲思录》,第135页,《全集》第39册。
④　钱穆:《实质与影像》,《湖上闲思录》,第135页,《全集》第39册。

"意欲向前追求"都不能真正解决生命绵延中的主客二分问题。钱穆认为，生命绵延当是主客合一、体用无间的生命意识之流的经验记忆，而柏格森的"纯粹绵延"理论上不能没有经验记忆，但是由于排斥了主观经验即情感，生命绵延最终只能是纯粹超越的客观先验，不能将主客观统一起来。梁漱溟同样如此，只是偏向了主观经验一面。

与梁漱溟不同，钱穆虽然也受到伯格森生命哲学的影响，但是他显然更倾向于以传统儒学"心性"命题来阐发其文化生命本体论。他说："孟子曰：'尽心知性，尽性知天。'天由性见，性由心见，此心有明德，明明德于天下，此即由小生命扩大而为大生命。人可以知天，亦可以合天，并可以同于天，此乃儒家义。"①钱穆认为，人类文化必当经历"心"—"性"—"天"的生命绵延方可达至天人合一境界，而"性之内即包有情"，离性固无情，舍情亦无从见性，性、情当体不二，亦即"心统性情"；因此，生命本体"非有情感，则无可经验。而兼有了情感，则自无主客之分了"。他以孔孟所谓"爱敬之心"为例指出，"爱敬之心"能够融人我而为一，"能爱敬与所爱敬，能所、主客、内外合一，体用无间，那才是真统一了"，因为"中国儒家则在心之长期绵延中，必兼有此心之情感部分"，能够"从经验前进，通过思辨而到达客观经验之境地，以求主客对立之统一"。②不难看出，钱穆的文化生命本体论立足于以《论语》《孟子》等为代表的儒学元典，坚守"儒家义"，突出了"性情"的意义，一定程度上解决了本体与现象二分的问题，统一了理智的现象世界与直觉的本体世界，从而在文化生命本体与民族、历史、人生等现象范畴之间架起了相互联系的桥梁。

可以说，钱穆以"生命"为基元来界说"文化"，强调文化与民族、历史的三位一体关系，基本旨趣在于张扬文化的生命个性，从而唤醒国民对于民族文化的信心与热情。钱穆认为文化是生命，既有共相，又见个性。"每一人各有一小生命，亦各有一大生命。小生命，乃从人类大生命

① 钱穆：《大生命与小生命》，《晚学盲言（上）》，第311—312页，《全集》第48册。
② 参见钱穆：《经验与思维》，《湖上闲思录》，《全集》第39册。

中生出。同时也从各自的小生命中来变化此人类之大生命。……从外向里，见生命之'共相'。从里向外，见生命之'个性'。文化是大生命，每一文化亦必有其个性。"①文化"大生命"总是整体性地涵映在"小生命"中，而"小生命"则能将文化"大生命"的共相变化为具体生动的文化个性。如果说文化界说是从理论上对文化生命"从外向里"的抽象概括的话，那么，文化本身则是文化生命"从里向外"的具体开显，所成就的是各具生命个性姿态的特定民族历史人生的整一全体。

"文化有共同处，是其共态。文化有相异处，是其个性。个性有长有短，贵在能就其个性来释回增美。共态是一种普通水准，个性则可有特别见长。"②钱穆认为人类文化并非同出一源，每一个民族都有自己的独特文化，必须在肯定表示普通水准的文化共态的同时，尊重各民族文化的个性，在这个意义上，各民族文化等无差别，决不能"标举某一文化体系，奉为共同圭臬，硬说惟此是最优秀者，而强人必从"，因而任何凌驾于具体民族历史人生之上的抽象的文化概念，其实都只能是一种缺乏真实性的模糊想象。钱穆的学生余英时也曾指出："只有个别的具体的文化，而无普遍的、抽象的文化。古典人类学所寻求的是一般性的典型文化，这样的文化只是从许多个别的真实文化中抽离其共相而得来的观念，因此仅在理论上存在"，"我们的注意力应该从一般文化的通性转向每一具体文化的个性"。③这个表述可以说正是对钱穆文化生命个性论的继承与发挥。

钱穆将"文化"界说为特定民族历史人生的整一全体，所指向和关注的正是各具生命个性的"真实文化"，因而他强调"讲文化没有一个纯理论的是非"，肯定"每一文化体系，则必有其特殊点所在"，拒绝承认凌驾于文化个性之上的普遍的、共性的"典型文化"的实际意义，其中隐含着对新文化运动前后输入性的文化"进化论"和"播散论"蔑弃文化个性的

---

① 钱穆：《中国文化精神》，《中国文化精神》，第7页，《全集》第38册。

② 钱穆：《如何研究文化史》，《中国历史研究法》，第151页，《全集》第31册。

③ 余英时：《从价值系统看中国文化的现代意义》，《中国思想传统的现代诠释》，台北：联经出版事业公司1987年版，第3页。

批评。钱穆曾批评说："要之'进化论'与'播散论'之两派，已为西方谈文化者已往之陈言，迭经驳正，不足复据。盖此两说，有一共同谬误，即蔑视文化之'个性'。"①他认为文化"进化论"追求抽象的文化共性，而"散播论"则主张文化中心论，二者其实都是对文化生命个性的否定，因而不可能肯定文化的多元价值，不可能对各民族文化持平等、合理的价值意义的评价。如果仔细辨析的话，我们恐怕不难看出钱穆的"文化"界说及其对文化生命个性的强调，其实寓含着对多型文化或多元文化价值的肯定。

总之，钱穆的文化界说以"生命"为文化本体，肯定了文化与民族、历史的三位一体关系，而且以"人生"范畴作为此种三位一体关系的经验实相，立意在强调文化的生命个性和各民族文化的平等关系，为研究民族历史文化与解决我们当身现实人生问题寻得切实可行的着力点。——这恐怕正是他在《文化学大义》中认定"文化学是研究人生意义的学问"的最后用意之所在吧。

2. 心生命与文化人生

文化本体为生命，生命开展的方向不同，便会有不同的人生取向。"人生只是一个向往，我们不能想象一个没有向往的人生"——这是钱穆在《人生十论》之《人生三路向》中开宗明义的话，他认定人生的本质就是"向往"。所谓"向往"，主要指人生中与生命本体开显呈示的意义世界相配合的根本性的价值尺度。"无论如何，人类要寻求自由，必该在'人性'之自觉与夫'人心'之自决上觅取。"②"人性"自觉与"人心"自决，其实都是人类心生命的内在超越，而后者也正是钱穆以文化生命本体论为核心的人生思想的最后落脚点。钱穆人生思想的核心是文化生命本体论，其基本取向在于通过对人生的生命意义世界的创造性阐释，揭明人生向往的内源性超越机制，提示心生命的"自觉"与"自决"。

---

① 钱穆：《中国文化与中国青年》，《文化与教育》，第1页，《全集》第41册。
② 钱穆：《如何获得我们的自由》，《人生十论》，第127页，《全集》第39册。

人文视野中的生命实属自本自根，生命来源于而又归向于生命本身，具有自我超越、自我完成的性格。"生命最早何自来，此事尚不为人所知。生命最后于何去，此事亦尚不为人所知。今所可知者，生命乃自生命中来，亦向生命中去。"①牟宗三也曾指出：中国文化"所说的生命，不是生物学研究的自然生命，而是道德实践中的生命"，"儒家的正视生命，重在道德的实践，丝毫不像西洋的英雄主义，只在生命强度的表现，全无道德的意味"。②可见，侧重于人文世界中探究生命的意义，而不将生命诉诸纯粹的自然科学领域，可以说是钱穆与现代新儒家的一个基本共同点。钱穆虽然将人类生命区分为"身生命"和"心生命"，但他显然无意于就"身生命"的起源与归宿进行生命科学的穷究，而仅仅截取人类整体生命历程中最具人文意义的部分即"心生命"，进行文化学意义的探讨。

由身生命转进至心生命，是人类生命进程中的一个重大进步。钱穆说："生命与物质对列，物质是无知觉的，生命是有知觉的，……但动物只能说它有知觉，不能说它有心，直到人类才始有'心'。知觉是由接受外面印象而生，心则由自身之觉证而成。"③自然界中的一切动植飞潜的心绪知觉只是对外面印象的被动反应，只能形成单一被动的求生目的（此系自然所赋予，属于物种本能，本身可谓无目的），并不能发生超越身生命范围的其他目的，终究"仅萌身生命，更无心生命"。只有人类的心绪知觉才能够扩大到个体身生命之外而有相互间的同情共感，并能以知觉本身为再知觉的对象，开显出由多方面目的抟合而成的精神世界，而人生正为此许多目的而始有其意义。

相应地，人类有了心生命，也就同时有了"心生活"。钱穆指出："人的生活，可分为'身生活'与'心生活'，即是物质生活与精神生活。……照理心生活是主，是目的；身生活是仆，是手段。没有了身生活，就不可能有心生活。但没有了心生活，身生活便失去了其意义与价

---

① 钱穆：《生命的认识》，《灵魂与心》，第176页，《全集》第46册。
② 牟宗三：《中国哲学的特质》，台北：学生书局1980年版，第11页。
③ 钱穆：《精神与物质》，《湖上闲思录》，第5—6页，《全集》第39册。

值。"①人类心生活需要有身生活为基础，但心生活与身生活"相通而不合一"，"以心灵精神生活为目的，而以身体物质生活为手段"②。钱穆说："心始是人生之主，心始是我之真吾。心生活才是我们的真生活。"③心生活即精神生活才是人类真实的生活，因为唯有心生活才能贞定人类生活的价值与意义。因此，"身生活只是一种'生存'，心生活乃是一种'生命'"④，由心生活开出心生命，乃是人类生命进程中人文对自然的超越。人类心生命表显为丰富多彩的心生活，使得人类生命借助心生活的实践乃能跃进至一个充满人文精神的意义世界。

人类生命的另一超越，是心生命的自我超越。心生命开显的意义世界不自明，其价值须经由心生命的具体开展实现相互间的同情共感，进而在人类文化大生命中予以判定。钱穆认为，个体心生命的知觉感通若仅止于一己心生命，则只是普通的"人心"，其意义终究有限，甚至将与一切动植飞潜无所区别。心生命的开展尚需有一个更高的进阶，这就是人类大生命的觉证。"人心能互通，生命能互融，这就表现出一个大生命。这个大生命，我们名之曰'文化的生命''历史的生命'。"⑤人类的心生命可以在相互间的同情共感中达成共识，同时人的心量"扩大可至无限，绵延可至无尽"，由此便可以感通融凝成共通的文化大生命即"文化的生命"或"历史的生命"。

个体心生命的价值意义可以由其融会贯通于人类历史文化大生命的深浅多寡来判定，亦即可以由心量扩大的程度即自我心生命超越的程度来判定。钱穆说："人既在历史文化中生下，亦当在历史文化中死去，其心生命亦当投入历史文化之大生命中而获得其存留。"⑥所谓"投入历史文化之

---

① 钱穆：《中国文化中理想之人的生活》，《中华文化十二讲》，第46页，《全集》第38册。

② 参见钱穆：《人生之两面》，《灵魂与心》，《全集》第46册。

③ 钱穆：《人生三讲》，《历史与文化论丛》第156页，《全集》第42册。

④ 钱穆：《双溪独语》，第360页，《全集》第47册。

⑤ 钱穆：《物与心》，《人生十论》，第54页，《全集》第39册。

⑥ 钱穆：《生命的认识》，《灵魂与心》，第178页，《全集》第46册。

大生命中"，其实指的是心生命的自我超越，亦即心生命超越自我封限，由己心走向他心，走向人类大心，融进人类历史文化大生命，在心生命的相互映照中完成"一己之心"的塑造与存留。钱穆说："中国人俗语常说'世道人心'，世道便由人心而立。把小我的生命融入大群世道中，便成不朽。而其机括，则全在人心之互相照映相互反应之中。"①人类文化大生命总是表显于具体的个体心生命中，个体心生命的开展即"心生活"只有通过心生命的相互映照感通而融入人类文化大生命，方有其价值与意义。

按照钱穆的阐释，人生向往既然是与生命本体开显的意义世界相配合的价值系统，那么其价值取向必然落实为个体心生命与文化大生命之间的某种对应关系，其关键则在于心量扩大融通及其程度，而依此开展的心生活即人生也必然随之呈现出不同阶层。对应于心生命能否超越身生命，便有自然人生与文化人生的分别。人类最初仅萌身生命，因而身生活及其人生向往无以越出物质人生之外。自然人生只在有限时空内开展，起初只有自然赋予的求生繁衍目的，处理的只是人类身生命与自然界的物质交换关系，从文化角度看，自然人生其实是无目的、无意义的人生。钱穆说："有目的有意义的人生，我们将称之为'人文'的人生，或'文化'的人生，以示别于自然的人生，即只以求生为唯一目的之人生。"②自然人生虽然提供了文化创造的物质基础，但它是低层次的人生，并不能构成或融入人类文化生命的意义世界；只有文化人生才是有目的有意义的人生，才能决定人类文化生命的基本性相。

如果说心生命超越身生命，意味着人类心量的平面铺展，那么，心生命的自我超越则意味着人类心量的立体掘进，由此乃有文化人生内部之艺术人生、文学人生与道德人生各阶层的渐次开显。钱穆的人生思想的讨论重心乃在文化人生方面，主要是结合心生命的扩大演进，对文化人生不同阶层进行了详细阐发。毫无疑问，钱穆其实将"人生"视为"生命"的载体与场域，这种处理并未偏离传统儒学的常规认识。

---

① 钱穆：《灵魂与心》，《灵魂与心》，第14页，《全集》第46册。
② 钱穆：《人生目的和自由》，《人生十论》，第26页，《全集》第39册。

　　钱穆认为，"艺术在'心''物'之间"①，其对象起先常常在物。人类心生命扩大寄寓于外面天地万物，与自然生命感通和合，发生一种超越物质功利的心灵活动，于是有心物交融的艺术创造，天地万物由此呈现为艺术化的生命。艺术人生"由心透到物"，主要指心生命感受天地万物融凝和合的艺术化生命姿态，并以此为向往与范型所到达的人生阶层。"自艺术人生转进到文学人生，又是一变。艺术对象主要在物，文学之主要对象则在人。"②文学人生相对于艺术人生更为自由，因为文学以语言为媒介，以人为欣赏对象，于外物无所依待，乃直接以人的心生活为对象的心灵活动，所能开显的意义世界较诸艺术远为深透。文学人生"由心走向心"，主要指心生命相互间映照感通而融凝成的文学化的人生阶层。道德无对象，是人生内在超越的根源，具有超越的形上指向。在此，心生命"走向大心"即历史文化心，于人类生命本原的与终极的同然处"超越于身与万物而独立自由地存在了"，由此融凝成的道德人生（即德性人生或道义人生）"是一种最长时间、最高艺术的人生"，是融合心物群己而成就的无形式的人生阶层，乃文化人生的最高进阶。艺术人生、文学人生与道德人生逻辑上是循序渐进的不同阶层，它们构成了文化人生的主体内涵。

　　文化人生虽然在理论上存在三阶层，它们蕴涵的心生命各有其相应生命姿态，且融入人类文化大生命的程度也各不相同，但是"文化三阶层之正常演进，应该是一个超越一个，同时又是一个包涵一个"③，相互间并非对立与否定的关系。事实上，文化人生并非抽象的存在，它只是文化生命本体的一体之化，其作用流行，则可以有物质人生、科学人生、艺术人生、文学人生、宗教人生与道德人生等不同具体阶层，但若通体观之，则依旧只是一个充满生命意义的具体的人生整一全体，也只是呈现为具有独特生命姿态与风神格调的人生境界。钱穆认为，文化人生的不同阶层均需

---

　　① 钱穆：《中国文化中理想之人的生活》，《中华文化十二讲》，第54页，《全集》第38册。

　　② 钱穆：《双溪独语》，第520页，《全集》第47册。

　　③ 钱穆：《文化的三阶层》，《文化学大义》，第28页，《全集》第37册。

依赖于生命的感通，因而情感人生始是我们的真实人生，"道德人生以及宗教人生、文学人生，在此真挚浪漫的感情喷薄外放处，同样如艺术人生科学人生般，你将无往而不见其成功，无往而不得其欢乐"①。因此，心生命的自我超越开显出文化人生的不同阶层，基本路径是人生情感的不断开展，而其结果则是人生之整一全体融凝和合所达成的不同人生境界。

心生命既需要超越身生命，也需要超越心生命自身，这种二重超越乃是文化生命本体的作用流行，它只在具体的心生命上开展而表显为具体的人生境界，论其指向性当为所谓"内在超越"。钱穆指出："故天人、物我、内外之融和合一，其主宰与枢纽，即在己之一'心'。己之一心，质之至，亦文之至。人生到达此境界，乃成为人生一大艺术，亦人生一大文学，乃亦人生一大道义所在。艺术、文学与道义之三人生，其究亦是融和合一，非有多歧。"②人生有"质"与"文"两个方面，二者融通和合便是统合自然人生与文化人生为一体的人生整一全体，而"质"与"文"也只是在"己之一心"即具体的心生命上获得表现。换句话说，文化人生各阶层总须以个体心生命为中心，外物、他人心和历史文化心根本上均须融凝涵摄于"己之一心"。钱穆指出："人生大道，人类文化，必从各个人之自性内心人格动力为起步，乃以获得多数人之同情与响应为归宿。"③文化乃是大群集体人生传成的精神共业，而"人生又归于一心"④，主要在心灵中进展，绝不仅仅在物质上涂饰。因此，文化生命本体的开显呈示必以"己之一心"即具体各别的心生命为起步，于人心本原的"同然"处滋长发皇；而人生意义世界的建立亦必以"己之一心"获得内在的生命支撑点为归宿，于人心终极的"同然"处获得安顿。钱穆说："心为人人所同有，因此有同然之心。同然者则必历久而常然。此同然与常然者，又称为人之本然之心。因不能有超越人群独立自由创出此心以强人必然也。既为人之

① 钱穆:《人生与知觉》,《湖上闲思录》,第118页,《全集》第39册。
② 钱穆:《双溪独语》,第523—524页,《全集》第47册。
③ 钱穆:《双溪独语》,第180页,《全集》第47册。
④ 钱穆:《周濂溪通书随劄》,《宋代理学三书随劄》,第208页,《全集》第10册。

所同然常然而又本然者，则亦必是当然者。人有此当然之心，流出为事，于是有当然之理。能知此心，斯知为人之道；能养此心，斯能真实践履此为人之道。"①此所谓四"然"之心，亦是文化生命本体的大化流行，都存在于具体各别的"己之一心"，也只是心量的推展、扩大。由此可见，本体与现象、生命与人生、人文与自然、物质与精神，其实均须融凝涵摄于"己之一心"，在心生命上获得内在的映照反应，方有其价值与意义。这样来看，心生命的二重超越及其开出的人生阶层，本质上也都内在于心生命，乃心生命的自我超越、自我完成，它的最高进阶无疑当是道德及道德人生，在这个意义上，心生命的二重超越理所当然地可以称之为"内在超越"。

钱穆在文化的价值取向表述上，常用"心本位""人本位""人生本位"或"人文本位"等术语，但是若就本体论意义衡量，"心本位"这一表述无疑更具代表性。所谓"心本位"，简单地说，就是以"心"为中心或以心生命为本位，这也就是牟宗三所谓的"以自己的生命本身为对象"②。因此，笔者认定钱穆先生的文化观乃是以文化生命本体论为核心的"心本位"文化观。也可以说，正是由于坚持"心本位"文化观，钱穆才始终如一地强调"心"在全部人生意义世界中的重要性——"心始是人生之主，心始是我之真吾。心生活才是我们的真生活"③。

综上所述，钱穆以文化生命本体论建构的人生思想，充分强调了心生命及其内在超越的意义，可以说在基本文化价值取向上是"心本位"的。"故中国文化可谓之乃一种'人本位'之人文化，亦可称'人伦化'，乃一种富于'生命性'之文化。"④钱穆阐释文化生命本体论及其人生思想，有其对西学东渐背景下"救国保种"历史要求的回应，旨在提醒国人"要把

---

① 钱穆：《人学与心学——栖楼闲话之三》，《人生十论》，第247页，《全集》第39册。
② 牟宗三：《中国哲学的特质》，台北：学生书局1980年版，第4页。
③ 钱穆：《人生三讲》，《历史与文化论丛》，第156页，《全集》第42册。
④ 钱穆：《略论中国史学》，《现代中国学术论衡》，第121页，《全集》第25册。

一种生命的科学来融化物质的科学，要用文学艺术来融化机械功利"①，从而塑造新人生，复兴中国文化。

3.中国文化的生命个性

钱穆的文化生命本体论，在其对于中国传统人生思想及其文化生命个性的讨论中，体现得最为显豁。我们甚至可以认定，钱穆文化学研究始终是以中国传统人生思想作为参照的，最终理论归宿也就在增进国民对于本民族文化的温情与敬意。

在《文化学大义》中，钱穆曾将人类文化区分为"内倾"与"外倾"两型。他认为，西方文化是外倾型的海洋文化，其文化精神往往向外表现在具体物理上，终究不免拘限于物质形相而窒塞了文化心灵；相对地，中国文化则是内倾型的农业文化，其文化精神往往向内涵敛于德性功夫上，中心有主而无所滞碍，文化命脉遂能历经千古而终不枯竭。中国文化内倾，也就意味着其文化生命是"心本位"的。钱穆也曾将中国内倾型文化称为"求尽人性的"，而把西方外倾型文化称为"求尽物力的"，并指出："求尽人性的便是内倾的，惟其内倾，故重于尽人性。求尽物力的是外倾的，惟其外倾，故重于尽物力。"②这个说法显然不能作绝对化的理解，它应该是钱穆为了彰显中国文化的特质而作的策略性比较，旨在强调中国文化精神重在心性方面，其文化生命是"心本位"的。

钱穆指出："中国文化向极注重'人文'精神，而人文精神的主要重心则在人的'心'。心在万物中为最灵，一人之心可以影响转移到千万人之心。心转则时代亦随而转。中国人的文化信仰及其文化理论，最注重者在此。"③中国文化生命的价值重心在"心"，强调以个体心灵的德性涵养为基元，向内开拓转进成一种以道德精神为核心的人文精神。

---

① 钱穆：《农业与中国文化》，《中国文化丛谈》，第135页，《全集》第44册。
② 钱穆：《唐宋时代的中国文化》，《中国学术思想史论丛（四）》，第402页，《全集》第19册。
③ 钱穆：《中国文化的进退升沉》，《中华文化十二讲》，第83页，《全集》第38册。

当然，中国文化具有"心本位"生命个性，并不意味着"心"与"物"的划然隔绝，而是强调个人的内心德性与外面自然的和合统一，主张一种中庸的人生观。钱穆在《人生十论》中曾论述了三种人生观，即西方的人生观、印度的人生观和中国的人生观，其"人生三路向"理论虽然深受梁漱溟启发，却又有所修正①。

西方的人生观是外倾型文化所特有的，其根本特点是将生命自我的支撑点安排在了生命自身之外，始终悬设一超越生命之上的客体（本体论的本体范畴或宗教学的上帝信仰），此客体既引领人生不断向前作无止境的追求而获得某种满足，又最终会回过头来阻碍人生、吞噬人生，因而"向外的人生，是一种涂饰的人生"，只能以物质、权力的扩张来涂饰人生意义本身的不足。钱穆认为这种外倾的人生观看似有力量，其实有很大局限性，并不能彰显人的存在及其价值与意义，因而不能代表人类文化的理想范型。

钱穆认为，印度的人生观和中国的人生观虽然都是内倾的人生观，但是相互间有着很大区别。印度的人生观虽然将生命自我的支撑点向内安排在了生命内部，但是它无限地拆卸生命本体与外面物质世界的联系，致使生命本体远离了人生这一舞台，"是一种洗刷的人生"，最终只能在内心到达一种生命涅槃的虚空境界。"西方人的态度，是无限向前，无限动进。佛家的态度，同样是在无限向前，无限动进。"钱穆认为，无限动进的人生，无论是向外还是向内，都有无止境的遥远的向往，实际上并没有真正把生命本体安排在生命自身，并没有赋予生命以一种现实圆满的人生舞台，都不是理想范型。只有中国儒家的人生观能够将生命本体真正安顿在人的生命自身——"不偏向外，也不偏向内。不偏向心，也不偏向物。他也不屹然中立，他也有向往，但他只依着一条中间路线而前进。他的前进也将无限。但随时随地，便是他的终极宁止点。"②因而儒家的人生向往只是在心与物之间照着一条中间路线前进，力求将尽己之性与尽物之性在现

① 启良：《新儒学批判》，上海：上海三联书店1995年版，第206—208页。
② 参见钱穆：《人生三路向》，《人生十论》，《全集》第39册。

实人生中内在地达成和谐统一。钱穆认为，儒家人生观能真正将生命本体和谐安顿于人的生命本身即"人心"，是一种持中贵和的理想人生观，因而以儒家思想为核心的中国传统文化的主要长处"在求自然与人文之融和协调，在使人文演进之不背自然而能绵延悠久"①。

和合的内倾性，可以说，乃是中国文化最主要的生命个性，由此衍生的文化人生则是一种高度艺术化的人生。钱穆指出："中国人追求人生，主要即在追求此人生之共通处。此共通处，在内曰'心'，在外曰'天'。一人之心，即千万人之心。一世之心，即千万世之心。人身、人事不可常，惟此心则可常。"②典型的亚细亚形态的自然经济，导引中国人追求内倾型的农业人生，强调将生命本体落实于人生共通处即统天人、合内外的"心"，最终能在不同的具体生命相互感通和合的基础上成就一种理想的文化人生。

由于自然条件优越，中国农业人生富足静定，黜玄想而务实际，往往只是在心灵深处对于宇宙和人生发生一番特殊的体认与信仰，并将其反转落实到具体人生的德性修养上。钱穆指出："农业人生，其实内涵有一种极高深的艺术人生，其主要关键，即在能把时间拖长。所谓德性的人生，则是一种最长时间、最高艺术的人生。"③中国农业人生之所以能演化成内倾型的文化，主要在于它能以一种高度艺术化的生命意识看待宇宙与人生——"把时间拖长"，能够在心灵深处对宇宙生命的自然绵延发生一种内在超越的艺术化想象，并将其表显、贯通于"日出而作，日落而息"的日常农业劳作中，进而触类旁通，推广为一种既具体又超越的人生样式。

中国农业人生又是中和的人生，既能向内、向外无限推展，又能将文化生命安顿于"一己之心"，当下圆满自足。他说："中国人常以性、情言心。言性，乃见人心有其数千年以上共通一贯性。言情，乃见人心有其相

---

① 钱穆：《双溪独语》，第430页，《全集》第47册。
② 钱穆：《中国文化传统中之文学》，《中国学术通义》，第198页，《全集》第25册。
③ 钱穆：《双溪独语》，第377—378页，《全集》第47册。

互见广大之感通性。"①中国文化所追求的"心",既包含共时的"感通性"即"情",又深蕴历时的"共通性"即"性",是人心与天心(或道心、文化心)的高度融合,它可以绾合物质人生、艺术人生、文学人生和道德人生为一体,提示一种理想的文化人生范型。钱穆认为,正因为中国农业人生能将宇宙和人生天人合一而艺术化,文化视野乃能转向实际人生而采取"心本位"取向,既无意于彼岸世界的究本穷源,又不失世道人心的终极关怀,其文化精神特富活泼灵动的生命气息,经历弥久而不滞塞枯竭。

在钱穆看来,中国儒家尤其是宋明理学家的人生境界,最能契合中国农业人生的文化生命个性。"理学者,所以学为人。为人之道,端在平常日用之间。而平常日用,则必以胸怀洒落、情意恬淡为能事。"②理学家的人生之所以堪称典范,主要即在于能够不离平常日用而成就理想人生,并非打成几截,各有所成。而所谓"必以胸怀洒落、情意恬淡为能事",正是一番既内倾又中和的德性涵养工夫。正因为如此,钱穆极其推重明儒陈献章的人生境界。"白沙所长,在诗而不在语。其诗欲汇工部、康节而一之,而尤能脱尽理学窠臼,而一主于风韵。于风韵中见性情,于性情中见人生理道。……其为一道德人生乎?抑艺术人生乎?抑自然人生乎?三者浑融一体,而悉于诗乎见之。"③在他看来,陈献章能够将道德人生、艺术人生与自然人生浑融统合为一体,而以文学人生为中心作极具生命个性的表显(即"所长在诗而不在语"),既能抟合大群全体人生,又能展露个体日常人生,不失为理想人生境界具体精微的落实。中国文化所追求的理想人生,实堪以此为代表范型。钱穆进而概括说:"人的德性和自然融合,成为一艺术心灵与艺术人生。中国文化精神便要把外面大'自然'和人的内心'德性'天人合一而艺术化,把自己生活投进在艺术世界中,使我们

---

① 钱穆:《重申魂魄鬼神义》,《灵魂与心》,第151页,《全集》第46册。

② 钱穆:《理学六家诗钞·自序》,《全集》第46册。

③ 钱穆:《陈白沙先生五百三十四年诞辰纪念会讲词》,《中国学术思想史论丛(七)》,第45页,《全集》第21册。

的人生成为一艺术的人生，则其心既安且乐，亦仁亦寿。"①他认为中国文化人生强调人的内心德性与外面自然的高度融合，成就的是天人合一而高度艺术化的人生境界，因而基本的生命个性必然是和合内倾的。

"中国文化之最高价值，正在其能一本人心全体以为基础。"②也就是说，中国文化生命体用不二，其生长点或支撑点主要即在于"人心全体"，因而文化生命既不向外安排为对立的客体，又能避免无限静退而终至自我封闭滞塞。德国当代美学家赫伯特·曼纽什（Herbert Mainusch）说："人之所以为人，是从它变为艺术家的那一天开始的，人类的存在，归根结底乃是一种艺术的存在。"③他认为只有成为艺术的，才能成为人的，真正的诗展现的永远是人的本质。钱穆所谓"天人合一的人生之艺术化"，实际上也是强调文学艺术与人的文化生命运动同质同构的关系，同样认定文学、艺术是人的整体性存在的最具代表性的生命形式，但是与曼纽什不同的是，钱穆结合传统儒学人生思想，高度肯定了人的存在的实践性。钱穆认为，中国文化人生既内倾又和合，它所展示的"天人合一的人生之艺术化"的生命个性，极具文化生命范型意义，必将代表人类文化生命的开展方向。

4.心学文艺观

"中国文化是特别注重人文本位的。而在人文之本位上，则一切是以'人心'为主的。所以我特称中国文化为唯心文化。"④在钱穆看来，由"唯心文化"培育出的中国文艺，在人文本位上必然具有"唯心"性相，也最能体现中国文化精神。他说："传统中国文化中之艺术与文学，同主一本性灵，而同时又主好古向学……何以故？因人类性灵，本出同一模

---

① 钱穆：《中国文化中理想之人的生活》，《中华文化十二讲》，第56页，《全集》第38册。

② 钱穆：《重申魂魄鬼神义》，《灵魂与心》，第151页，《全集》第46册。

③ 赫伯特·曼纽什：《怀疑论美学》，古城里译，沈阳：辽宁人民出版社1990年版，第45页。

④ 钱穆：《中国文化特质》，《历史与文化论丛》，第65页，《全集》第42册。

子，本属同一生命。千古前人之性灵，实亦无殊于千古后人之性灵。人文传统，实汲源生根于天赋自然。故人贵能'尽心以知性'。求能'尽心以知性'则必贵于学，至于'知性以知天'，斯可达于艺术文学之最高境界。所谓'天人合一'亦即由此见。故于中国艺术文学之传统中，乃更易见中国传统文化精神之所在。"①中国传统文学、艺术"一本性灵"，内在地灌注着中国传统文化精神与生命个性。中国文化的生命个性必然地决定着中国文艺的生命个性；反之，"必当认识中国文学之生命，乃能认识中国民族之文化生命"②，对中国文艺生命性相的把握，是体认中国文化生命的津梁。

钱穆指出："中国文化比较重要的是道德与艺术……而道德与艺术都属于人生方面，是内在于人生本体的。"③中国的文学文艺是人生的真实写照，诚如道德是由人生内部发出，文艺亦内在于人生本体即生命，在文化生命的本原处与终极处，其实与道德有着甚深的内在共鸣，是一种内倾型文艺。钱穆认为，文艺既内倾，其在道德境界与艺术表现方面必然同样注重"体验"，始终"以作家个人为主"，"以'人生'作本位"，重在就艺术家实际人生体验的描写高度个性化地折射出能够人人共鸣的文化生命来，因此，"在文学作品中，若要求有人生道德与人生艺术之两种内在性，则必将要求此项道德与艺术之先经真实的经验"④。

在艺术创作中，道德与艺术的人生经验，显然必当是艺术家内心情志受外部事物刺激感发方可形成。不过，钱穆特别强调内心情志在艺术创造中的基础作用，外部事物在艺术作品中只是内心情志的载体。"因此中国文学的抒写对象，竟可说主要在内不在外，在作者一己之内心而并不在外面事物。外面一切物变与事象引生出作者之一番内心情志，再由作者此一

① 钱穆：《双溪独语》，第429页，《全集》第47册。
② 钱穆：《略论中国文学》，《现代中国学术论衡》，第264页，《全集》第25册。
③ 钱穆：《中国人的文化结构》，《从中国历史来看中国民族性及中国文化》，第111页，《全集》第40册。
④ 钱穆：《四部概论》，《中国学术通义》，第60页，《全集》第25册。

番情志来描写外面事象与物变，则外面一切事象物变都已经由作者内在之情志化，而与作者其人，成为一种内外合一。此在文学创作过程中，是一种交互的内外相融合一。不是专倾在外，也不是专倾在内。而必然以作者之'内'为主，而以作者所描写之'外'为附。"①中国文学"主内附外"，其实只是追求以作家内心的生命体验为中心，对周围一切物象事件作如实的现量描绘，既不主张远站在人生外围而仅专注内心来作玄远缥缈的超然幻想，也不崇尚仅仅粘滞于人生实务而执着外物来作徇物丧己的热烈追求，其主流乃立足于"人心全体"，强调既务实又超越的生命体验，追求将人文界与自然界内外合和，情志化地抟合在一起，亲附人生，作一番心物交融的艺术表现。"心灵跑进自然，两者融合为一，始成艺术。"②艺术是"心灵"与"自然"的碰撞，其机制是"心灵跑进自然"，而不是"自然跑进心灵"，因此，中国文艺注重经由人生历练而感发的内心情志的抒写，是"唯心"的文艺。

"中国古人又称'文心'。文心即人心，即人之性情，人之生命之所在。"③在钱穆看来，"文心"的内在根据在"人心"，文心与人心相通，由文心便可见文化生命本体，由性情便可见文化生命个性。由此可见，中国"内倾型"文艺始终强调以人心为中心来个性化地达成文化生命的内在超越，而在具体艺术表现上则强调以作家种种切实的生活体验为中心来抒情或写意，寻求自然与人生、文心与人心的融凝合一。这种"唯心"性相正是中国文艺的文化生命个性之所在，它内在地规定和制约着中国文艺在创作、欣赏、修养等方面的整体特性。即以文学而言，其要义即在于涵咏"心"。钱穆说："中国人的人生，在文学中只如一篇诗，唱了再唱，低佪反复，其实只是这几句话，只是这一颗心。"④透过种种千差万别的具体事

① 钱穆：《四部概论》，《中国学术通义》，第64—65页，《全集》第25册。
② 钱穆：《中国文化中理想之人的生活》，《中华文化十二讲》，第56页，《全集》第38册。
③ 钱穆：《略论中国文学》，《现代中国学术论衡》，第260页，《全集》第25册。
④ 钱穆：《中国文化传统中之文学》，《中国学术通义》，第193—194页，《全集》第25册。

相来看，中国文学表现的全部内容，归根到底是表演于人生舞台的"这一颗心"，是生命性情的自然流露。一般认为，唐宋以来的中国文艺形成了独特的抒情传统与写意传统，钱穆的中国文艺"唯心"论其实亦有此意，只不过显然有将抒情与写意加以理性化的趋向。他说："一部中国文学史，自诗骚以下迄于晚清，果其成为一上乘作品，亦无不可以'天地良心'四字说之。"①中国文艺的精义，无论从创作还是欣赏层面，主要在于能以特殊精湛的艺术技巧提供一种将人的内在生命与外部自然达成天人合一而艺术化的进路，亦即涵养与传达"天地良心"的内在超越与艺术表现的进路。钱穆宗祖朱子理学，主张"心统性情"，因而在他看来，中国文艺的抒情与写意完全可以归结为"心"的自觉流行，是"唯心"的文艺表现。

中国文艺富有人文精神，其"唯心"性相极其显豁。钱穆曾经说过："文化历史都是次第相续的心的历史。"②其实，把文学看作人类心灵活动的记录，把文学史看作心灵史，并不仅仅是钱穆的个人看法。例如，刘大杰在其《中国文学发展史》初版《自序》中就曾指出："……可知文学便是人类的灵魂，文学发展史便是人类情感与思想发展的历史。"当然，他的论述与钱穆有区别，是以唯物主义的进化观为理论依据的。此外，丹麦文学史家勃兰兑斯等人也持类似观念。钱穆立足于儒学，主张人类文艺乃至文化是特定民族的心灵史，尤其是中国文艺，亲附人生，内倾和合，最能当得这一说法。"凡中国文学最高作品，即是其作者之一部生活史，亦可谓是一部作者之心灵史。此即作者之最高人生艺术。"③中国文学以语言为媒介抒写人生性情，以涵养与传达"天地良心"为己任，其实也就是作者高度自觉的"心生命"的记录，在这个意义上，文学作品自然是作者的心灵史。非惟文学，艺术亦然。同时，文艺作品"是其作者之一部生活史"，尽管这种"生活史"的具体人生事相千差万别，但是在人生事相的艺术表现背后所体现的"天地良心"则具有共通性，这种共通性其实提示

① 钱穆：《略论中国心理学》，《现代中国学术论衡》，第88页，《全集》第25册。
② 钱穆：《五华书院中国思想史六讲》，《讲堂遗录》，第3页，《全集》第52册。
③ 钱穆：《略论中国艺术》，《现代中国学术论衡》，第286页，《全集》第25册。

了整部中国文艺史其实就是"心灵史"。

总之，钱穆以"心"为核心范畴阐释了中国文艺的核心特质，强调中国文艺的历史具有"心灵史"性质，自足地完成了其心学文艺观的基本框架建构。

钱穆对中国文艺的"心学"性质的诠释，是其文化生命本体论在文艺研究领域的展开。不过需要指出的是，钱穆心学文艺观之所谓"心学"，其内涵并不仅仅局限于现代新儒家所尊奉"心性之学"。1958年元旦，张君劢、唐君毅、牟宗三和徐复观联名在香港《民主评论》杂志上发表了一篇宣言，即《中国文化与世界——我们对中国学术研究及中国文化与世界文化前途之共同认识》，其中特别强调了"心性之学，乃中国文化之神髓所在"这一看法。钱穆当时拒绝联署，根据余英时的推测，极有可能是因为他并不完全认同纯粹以"心性之学"来建构儒学道统①。应该说，余英时的这个观察是有一定道理的，只是恐怕有点语焉不详。在钱穆看来，儒学道统不能仅仅从"心性之学"层面来概括，否则只能是主观的、一线单传的、易断的道统。"若真道统则须从历史文化大传统言，当知此一整个文化大传统即是道统。"②钱穆超越了传统儒学和现代新儒家的道统论，以宏观的学术思想史视野将儒学道统界定为"整个文化大传统"。在现代新儒学阵营中，徐复观也认为中国文化与西方"知性"文化有别，是一种"仁性"文化，其价值根源来自人的生命本身即"心"，因而他有时也将中国文化称为"心的文化"——"中国文化最基本的性格，可以说是'心的文化'"③。但是他在讨论"心的文学"时，又将儒家的"仁义之心"与道家的"虚静之心"糅合为"心体"之两面，认为前者是生命之"感发"，后者是生命之"兴趣"，可以说是"体儒用道"的文学观。钱穆并不认可"体儒用道"进路，同时对牟宗三借助德国古典哲学阐释儒家心性之学的

---

①　余英时：《钱穆与新儒家》，见《钱穆与中国文化》，上海：上海远东出版社1994年版。

②　钱穆：《中国儒学与文化传统》，《中国学术通义》，第97页，《全集》第25册。

③　徐复观：《中国思想史论集》，台北：学生书局1983年版，第242页。

"体儒用西"进路也不赞同，他追求的是传统心性之学的自本自根的现代转换。正因为如此，钱穆对"心"的解说亦能超越心性层面而转进至整个历史文化层面。他说："中国人称此种心为'道心'，以示别于'人心'。现在我们可以称此种心为'文化心'。所谓文化心者，因此种境界实由人类文化演进陶冶而成。亦可说人类文化，亦全由人类获有此种心而得发展演进。"①"道心"或"文化心"是和合"本原的与终极的同然"的人文进境，既渊源于人类的先天本性，又寄托着人类文化演进的最高理想。钱穆用"文化心"指称"道心"并进行了相应阐释，体现了其坚守传统心性之学并以文化学话语对其进行切合时用的现代转换的努力。可以说，钱穆治学"述而不作"，追求"体儒用儒"，同时又能与时俱进地进行学术阐释的现代转换。由此可见，钱穆的心学文艺观可以说是以文化生命本体论为阐释范式的文艺观，是实现了现代转换的"体儒用儒"的儒学文艺观。钱穆的心学文艺观强调的是将文艺纳入整个文化体系中予以考察，避免将文艺处理成只看重特殊技艺的专门之学，同时也警示讨论文艺问题不要仅看重心性而贬低了文艺固有的性情。

其实按照钱穆的解说，在中国文化体系中并不只是文艺具有"心学"性质。他也曾指出："惟人心广大，除科学心外，尚有艺术心、文学心、哲学心，及其他种种一切心。皆在此一广大心之内。"②既然"文学心"所开出的文学可以称之为"心学"，那么其他种种"心"所开出的学问，岂非均可称之为"心学"？事实上，钱穆始终强调各门学问均应从人生出发，向人道集合，从而在各门学问知识结构和理论体系之上建立起"人学"与"心学"，批评今人效仿西学，"不见有在建筑起一切学问之基础上，汇通此一切学问之中心上，有所用心"③。他说："在此千差万别各部门学问之上，必该建立起'人学'与'心学'。必求能从人学中流衍出各部门学问之专家。从心学中，流衍出各式各样的心能与心活动，即是各部门之各项

---

① 钱穆:《孔子与心教》,《灵魂与心》,第31页,《全集》第46册。
② 钱穆:《人学与心学》,《人生十论》,第249页,《全集》第39册。
③ 钱穆:《人学与心学》,《人生十论》,第250页,《全集》第39册。

智识来。"①中国各门学问均属"成人之学",强调以"人"与"心"为中心,在理想上塑造"心"、完成"人","这是中国人做学问一套主要的,可称为是一种'生命学'"②。由此可见,钱穆所谓"中国文学亦可称之为心学"绝非定义性的,而是以点带面的融会贯通的描述,是对包括文学、文艺在内的一切中国学问所具有的生命精神这一根本特质的概括。

在钱穆看来,包括文学在内的文艺研究须以人文为中心而联系历史文化的全体系,这也正是一切学问的共相。"故凡研治文学史者,必联属于此民族之全史而研治之,必联属于此民族文化之全体系,必于了解此民族之全史进程及其文化之全体系所关而研治之。必求能着眼于此民族全史之文化大体系之特有貌相与其特有精神,乃可把握此民族之个性与特点,而后对于其全部文学史过程乃能有真知灼见,以确实发挥其独特内在之真相。"③文艺研究必当抱持宏观的文化视野,触类旁通,抉发其独特真相。钱穆以文化生命本体论阐释文艺问题,始终强调以全部文化史为背景来透视中国文艺的全幅文化生命,真正进入文艺的意义世界。因此,钱穆以文化生命本体论为核心的心学文艺观,我们完全可以理解为一种具有特定文化价值取向的文艺研究姿态,它所尝试建构的文艺生命学研究范式,充分显示了钱穆对于中国文艺特殊体性的独到认识。

二、文以达心:文艺的人文使命

钱穆坚定地强调,中国文艺绝非新文化运动批评的那样,是"死"文艺,相反,其生生不息的艺术生命能够历久弥新,关键即在于它所植根于其中的文化生命远未枯竭,至今仍然深植于每一个中国人的生命之中。他说:"人有自然生命,有人文生命。后人的自然生命、人文生命,全从古

① 钱穆:《人学与心学》,《人生十论》,第249页,《全集》第39册。
② 钱穆:《中国人的行为》,《从中国历史来看中国民族性及中国文化》,第70页,《全集》第40册。
③ 钱穆:《读诗经》,《中国学术思想史论丛(一)》,第221—222页,《全集》第18册。

人来，生命是一体相承的。"①文学生命本质上与文化生命其实当体不二，乃是文化生命作用流行在文学艺术领域的开显。钱穆认为，中国文艺是一种内倾型的文艺，其至高上乘之处，就在于能够以心感心，把古今人心绾合成一体，抟造为深厚蕴藉、颖慧活泼的文化大生命，而中国古代文人也常常怀抱"文以达心"的崇高人文使命感，对文艺的价值与意义往往有一番源自心灵深处的特殊信仰。在钱穆的心学文艺观理论体系中，"文以达心"涉及创作和欣赏两方面，体现了钱穆对中国文艺的人文使命的独到理解。

1．"文以达心"

中国文艺的价值与意义究竟何在？按照钱穆心学文艺观的逻辑架构理解，文艺的价值与意义就在于达心、传心与会心，以及在这一过程中彰显的文化精神。

钱穆认为，中国文艺源于日用，起初本无纯粹创作动机。《尚书》记言，《诗经》记事，大体均出于某种社会应用而有文辞修饰的需要，后世纯文学意义上的"文学不朽"观念乃渊源于"人生不朽"的信仰。曹丕《典论·论文》倡言"盖文章，经国之大业，不朽之盛事"，虽与春秋时叔孙豹所谓"三不朽"之"立言"旨趣有异，但其中蕴涵文学价值独立观念实亦根本上兼有"立言不朽"的意思，检视同篇"惟幹著论，成一家言"句，便不难理解。

虽然"立言"并非仅指文学创作而言，但它无疑是"文学不朽"观念的直接来源之一，而中国文学史上许多作家文人也惯常用"立言"来表达其对于文学创作价值意义的特殊体认。钱穆指出，"言"是生命性而非机械性的思想，"立言"的最后根据源于对生命不朽的人文信仰②。"要之立言必本于立德，文章艺术之与道德，在其内心深处，则有同一之泉源。文

①　钱穆：《中国人的行为》，《从中国历史来看中国民族性及中国文化》，第37页，《全集》第40册。

②　钱穆：《左传》，《中国史学名著》，第64—66页，《全集》第33册。

学艺术之与道德同样贵有一种内心之共鸣。"①"立言"与"立德"之间其实有着共同的"泉源"即文化生命。这一文化生命在外表显为"天",在内则融凝为"心",其落实于现实人生,则始终追求内外和合、心天合一,如此便构成了中国文化关于"人生不朽"的基本人文信仰,文艺创作的动机即根源于此种人文信仰。依此理解,所谓文学不朽,实际上也就是文学家自由抒写一己性灵,在其内心深处所达至的"人心"与"天心"和合共鸣的文化生命境界。但是,天心只随人心转移,构成文学表现的直接或主要内容与对象的,归根到底只是"人心";而文学不朽其实不过是人心不朽、生命不朽,终究表显为文学家自抒性灵,以心合天,亦即自达己心而达于天心,以文学生命融化和传达文化生命。因此,"文以达心"实可视为中国文艺最直接的人文使命之所在。

关于"文以达心",钱穆在讨论文学的价值与意义问题时,有着集中的阐释。他说:"中国文学亦可称之为'心学'。孔子曰:'辞达而已矣。'不仅外交辞令,即一切辞,亦皆以达此心。心统性情,性则通天人,情则合内外。不仅身、家、国、天下,与吾心皆有合,即宇宙万物,于吾心亦有合。合内外,是即通天人。言与辞,皆以达此心。孔子曰:'言之无文,行之不远。'言而文,则行于天下,行于后世,乃谓之文学。"②在他看来,中国文学的"心本位"价值取向,决定了文辞修饰的效能主要就在于"达心",文学创作也就是要通过文辞修饰来传达和表现作家那颗合内外、通天人的"心",起到焕发人心的作用;能否"达心",也就成了判断文学创作成功与否的基本标准。日本学者青木正儿在其《中国文学思想史》中,也引述了《论语·卫灵公》和《左传·襄公二十五年》记载的孔子这两句话,并由此概括出"达意主义"和"修辞主义"两大文学思潮,又由曹丕《典论·论文》"文以气为主"的主张概括出"气格主义",并将其附属于

---

① 钱穆:《双溪独语》,第188页,《全集》第47册。
② 钱穆:《略论中国文学》,《现代中国学术论衡》,第259页,《全集》第25册。

"达意主义"①。青木正儿只指出了"达意主义"与"修辞主义"在中国文学思想史上"一进一退的情况",较之钱穆由此概括出"文以达心"的人文使命,显然缺乏文化生命本体论层面的同情与了解;但是他将"气格主义"附属于"达意主义",在根本旨趣上却与钱穆相近。

钱穆又指出:"中国古代文学,乃就于社会某种需要,某种应用,而特加之以一番文辞之修饰。故曰:'言之无文,行之不远。'又曰:'修辞立其诚。'此种意见,显本文辞修饰之效能言。"②表面看来,"行远"似乎须以"言文"为条件,其实"行远"者非"言",而是"诚之者心也"的"心",亦即文辞蕴涵的文化生命。中国文学强调文辞修饰,主要目的是要以文辞修饰效能来更好地适应社会的需要,所谓"修辞立其诚"的真实意义乃在"立诚",而不在"修辞",即便曹丕《典论·论文》倡言文章"不朽"而启发了后世纯文学意义上的文辞修饰动机,中国文学关于文辞修饰效能的主流看法,依然没有发生根本性改变。用钱穆的话来说,"由我心达彼心,由彼心达我心,文辞特为一工具,一媒介"③,文辞只是"达心"的工具与媒介,其价值意义本身并不自明,乃取决于它是否适应"文以达心"的需要。"一切语言文字,主要在表现此化为言语、作为文字者之活的作者之一颗心"④,文学不朽的主要条件也不在于文辞本身,文辞只是文学的"借材",本身并不能构成文学的生命,构成文学真实生命的当是融凝在文辞中的那一颗颗活泼具体的"心"。钱穆又指出:"中国文学主要亦为自达其一心之情意。学文学者,主要亦在以己心上通于文学作家之心。"⑤就创作而言,文学只是作家"求己心自相通"而达至"一贯之生命"的媒介;就欣赏而言,文学只是读者感通作家之心而"反己以自晤吾心"的途径。非惟文学,其他艺术门类亦复如此。譬如音乐,钱穆指出,

---

① 青木正儿:《中国文学思想史》,孟庆文译,沈阳:春风文艺出版社1985年版,第14—16页。

② 钱穆:《中国文化与中国文学》,《中国文学论丛》,第41页,《全集》第45册。

③ 钱穆:《略论中国文学中之音乐》,《中国文学论丛》,第232页,《全集》第45册。

④ 钱穆:《四部概论》,《中国学术通义》,第64页,《全集》第25册。

⑤ 钱穆:《略论中国心理学》,《现代中国学术论衡》,第80页,《全集》第25册。

"中国音乐又以辞为主，声为副"，《诗经》、《楚辞》、汉赋、唐诗、宋词、元曲等，"皆配以声，附以气，但必以辞为主。辞则必以心为主"①。中国音乐注重"辞"，旨在赋予"声"以一定意义指向，强调基于情感沟通之上的个性化创造，其根本追求依旧是"辞以达心"。

在钱穆看来，中国文学"文以达心"人文使命的创成，其实与它的抒写对象的特质不无关系。"诗言志"（"《诗》言志"）是中国文学的开山纲领，钱穆对此多有论述，而其中最别开生面处，恐怕要算对"言志"对象的一番追问了。他指出："第一，诗言志，必有一所与言之对象，并不像后代如李太白《春日醉起言志》《冬夜醉宿龙门觉起言志》之类，在自言自语地言志。第二，所谓'志'，乃专指政治方面言，也不似后代诗人之就于日常个人情感言。"②我们暂且不论"志"是否专指政治方面，先讨论"言志"对象问题。

需要指出的是，钱穆对中国文学"言志"对象特质的阐释，与他对"《诗》言志"与"诗言志"之间"潜隐的结构"的发现是密切关联的③。钱穆认为"《诗》言志"或"诗言志"必然有其"所与言之对象"，但是"在赋诗言志的人，他意有所讽谕，则决不定限于某一时，某一人，与某一事"，因而似若有对象，又不能确切指出具体时地与人物，等于"无对象"；似若无对象，又绝非漫无目的地自言自语，实亦有对象。那么，诗人"言志"的对象究竟有何特点呢？钱穆指出：相对西方文学，中国文学大体是一种"时间性的文学"或"间接的文学"，"其对象则常非对面觌体，直接当前，读者则仅在作者之心象中存在，故此项文学之创作者与欣赏者之间，相隔距离较远，其相互间之心灵交流亦较不易见，因此亦较不

① 钱穆：《略论中国科学》，《现代中国学术论衡》，第53页，《全集》第25册。
② 钱穆：《释诗言志》，《中国文学论丛》，第288页，《全集》第45册。
③ 业师胡晓明先生曾撰文指出，钱穆所谓"诗言志"实际上有"狭义的"和"广义的"两种，前者即"《诗》言志"，关涉历史事实，后者即"诗言志"，关涉价值意义，并进而指明了钱穆诗学在阐发传统儒家诗学结构时实具有一种左右逢源的"会通"的智慧（参见胡晓明《重建中国文学的思想世界如何可能——以新儒家诗学一个案为中心的讨论》，《文艺理论研究》2002年第6期）。胡师之解说烛照幽微，对拙著相关论述实有莫大启发。

活泼，而转富于一种深厚蕴蓄之情味。"①在此，钱穆认为中国文学的情志抒写实有其特定的超时空对象，并不仅限于当面亲体的活生生的读者，更主要是"仅在作者之心象中存在"的读者。这样来看，"诗言志"的对象实际上是超越的"心象化"的对象，是诗人在其内心自由想象、自由创造出来的一批对象，既可以具体落实为实有其人的读者，又可以高度抽象为天地鬼神。当然，就具体作品而言，"诗言志"也并非不可能有其可切实指陈的具体对象，因为无论"赋《诗》言志"还是"作诗言志"，总有其触景生情的特定机缘或抒情对象。由此可见，钱穆所谓"言志"对象实际上是既具体又超越的。

毫无疑问，钱穆的论述显然是对"《诗》言志"经典命题的创造性阐释，是以其文化生命本体论及人生思想对传统儒家诗学思想的整合与发挥。正因为对象"心象化"而具有超越性，文学抒写在作者方面也就有着特别的要求。"中国古人曾说'诗言志'，此是说诗是讲我们心里东西的，若心里龌龊，怎能作出干净的诗？心里卑鄙，怎能作出光明的诗？所以学诗便会使人走上人生另一境界去。正因文学是人生最亲切的东西，而中国文学又是最真实的人生写照，所以学诗就成为学做人的一条径直大道了。"②作者内心"光明"，其作品方能超越时空而获得"心象化"对象的共鸣。钱穆将传统儒家诗学的"《诗》言志"命题拓展理解为"诗言志"，强调其指导"学做人"的价值意义，从而依据其文化生命本体论及人生思想，将传统儒家诗学所注重的文学政治意义与教育意义绾合、锻炼为以心学文学观为核心的"文化诗学"或"生命诗学"。这样一来，文学的人文使命也就不再局限于"政教"，重心乃移易于文化生命及其传统的塑造与传承，这就是钱穆所谓"文以达心"。总之，钱穆梳理了"《诗》言志"与"诗言志"之间存在的传统儒家诗学"潜隐结构"，突出强调了中国文学在具体的"言志"对象背后还存在着超越时空的"心象化"对象。这种"心象化"对象的发现，对于钱穆的文艺研究而言，不仅使其得以概括出

---

① 钱穆：《中国文化与中国文学》，《中国文学论丛》，第38页，《全集》第45册。
② 钱穆：《谈诗》，《中国文学论丛》，第145—146页，《全集》第45册。

"文以达心"人文使命的直接依据，而且同时具有文化诗学或生命诗学的建构意义。

中国艺术多以生活中寻常事物为对象，而在描写中则又有所超越，注重"心"的呈现，亦有前述之"言志"传统。钱穆指出，中国画家常常以竹入画，"画中竹，尤所常见，乃有专以画竹名者"，但是中国人画竹并不纯粹看重技巧，而是追求技进于道，因为画者画竹往往"自求以己心感他心"，在这种创作动机下，画者所绘之竹也就不是自然之竹，而是"挺而直上，虚而有节"的"至亲密友"①，绘画对象是超越当前眼中之竹的胸中之竹，以及古人所谓"心象"之竹。"画又不如书。画中有物，而书中无物，惟超乎象外，乃能得其环中。故中国画亦贵能超。画山水，非画山水。画鸟兽、虫鱼、花卉、林木，非画鸟兽、虫鱼、花卉、林木。……中国人画山水，则画山水之德。画鸟兽，亦画鸟兽之德。……画中之德，实即画家之德。"②钱穆认为，中国艺术诸门类在创作动机上有其共通之处，此即"有德可象"，而古人所谓诗画相通命题强调的也是"德"的相通相感。"德"与"志"皆系于"心"，诗艺同构，"艺象德"与"诗言志"内在相通。

综上所述，钱穆主要立足于传统儒学经典命题，通过对"修辞"与"立诚"关系的创造性诠释，以心学文艺观消解了传统儒家文艺思想中"诗教"与"诗艺"的内在紧张，进而发掘了"言志"传统中隐含的超越性"心象化"对象，深入阐发了中国文艺"文以达心"的人文使命及其理论基础。总体上看，钱穆对"文以达心"的论述，基本遵循着传统的"述而不作""温故知新"治学进路，能够立足于解决当下现实问题，在看似平淡无奇的阐释中，以心学文艺观这一独特人文视野，将其文化生命本体论及人生思想融入传统诗学，创成自己的独特文艺思想体系。

---

① 钱穆：《略论中国艺术》，《现代中国学术论衡》，第289—290页，《全集》第25册。
② 钱穆：《略论中国音乐》，《现代中国学术论衡》，第316页，《全集》第25册。

2."以文传心"与"以心会心"

仔细梳理起来,钱穆对"文以达心"命题的具体诠释,大体包括两方面理论构架:一是创作论意义上的"以文传心",一是欣赏论意义上的"以心会心"。钱穆的诠释进路大致是"述而不作""温故知新",主要以文化生命本体论对传统文艺理论在更高层面上作了创造性的综合与发挥。

如前所述,中国文艺的抒写对象乃是缘于"一己之心"的传达而自造的"心象化"对象。这一特性决定了中国文艺创作在理想上特富一种"以文传心"的人文使命和创作自信,不求获解于当前,但求自写其心,以文传心,将一己心生命融贯存留于传统文化大生命之中。如陈子昂《登幽州台歌》:"前不见古人,后不见来者。念天地之悠悠,独怆然而涕下!"钱穆分析说:"此种文学家意境,实即中国文化中所一向重视之一种圣贤意境也。此诗从一方面看,则只见一怆然独泣之个人;然从另一方面看,在此个人之意境中,固是上接古人,下待来者,有一大传统存在之极度自信。彼之怆然独泣,实为天地悠悠之一脉之所存寄。"①所谓"文学家意境",也就是他在《略论中国文学》中所阐释的"独知"。钱穆分析《登幽州台歌》时说:"子昂乃一诗人,诗若为文学中一小技,然前有古人,后有来者,子昂心中乃有其一大传统之存在,为同时他人所不知,乃独怆然而涕下。故虽文学,虽艺术,亦贵有'独知',为他人所不知。"②钱穆认为,陈子昂创作此诗,正是"前不见古人,后不见来者",并无当面觌体的现实对象,然而在其内心实"心象化"地存有一言志对象,此即天地鬼神,即文化生命大传统,即"道不虚行,存乎其人"的"道",因而此诗虽亦只是诗人自写一时感遇、忧世深衷,实际上却深负一种文化生命的自觉与人文使命的自信,其在诗中则表现为一种"独"的心情。钱穆认为,陈子昂《登幽州台歌》体现的"独",和杜甫《醉时歌》"但觉高歌有鬼神,焉知饿死填沟壑"一样,均属一种"文学家意境",亦即"圣贤意

① 钱穆:《中国文化与中国文学》,《中国文学论丛》,第43页,《全集》第45册。
② 钱穆:《略论中国文学》,《现代中国学术论衡》,第268页,《全集》第25册。

境"，反映的都是中国文学对于文学创作能够体悟和传递文化生命的人文使命的高度自觉与自信，而这种近似宗教信仰的"以文传心"的创作精神，"实为中国文化一向所重视之人文修养之一种至高境界"，"实为中国标准学者之一种共同信仰与共同精神所在"。在他看来，这种"以文传心"的创作精神，正是中国文化"天地悠悠"之命脉能够存寄于中国文艺而赓续不绝的重要保证；无此精神意境，不仅中国文艺将失却鸢飞鱼跃的生命性灵，而中国文化生命恐亦终将随之滞塞枯竭。

中国文艺"以文传心"，所传绝非限于一时一地的私情偶感，而是"道心"与"文化心"。钱穆说："要之，中国诗文小说剧本，主要皆在传一心。此心虽亦一人一时之心，而必为万世大众正常之心。其中纵有变，而不失一常。中国文学之可贵乃在此。"①中国文学立意在"传一心"，此"心"虽然不离作家一己性情的自然抒写，但是必然已经是深透着民族性灵与文化生命的"道心"。"人心是原始的，道心是后起的。人心是自私的，道心是大公的。人心虽是大家同有，但只相似，不能相通。道心则是大家同有，而又可以相通的。人心只是人各一心，道心则可人人之心合为一心的。一人之心，即可是千万人之心。一世之心，即可是千万世之心。可大可久。人类文化演进，主要赖此道心。"②中国文学以文传心，也就是将"人心""道心"融冶为一体，锻炼为作家"一己之心"，经由时代际会感发，化为艺术形象表现在作品中，这样才能遗弃形貌，深透内情，传达出文化生命的全部真切想象与追求。

与"以文传心"相对应的是"以心会心"。中国文艺所贵在于自由抒写一己性情，"以文传心"，直吐我心而深入别人心，叫人不能忘。此一特性要求读者欣赏文学艺术，亦须会之以性情，不可但作言语解会，否则难以真切把握作者性情。钱穆指出："中国古人，使语言文学化，文学人情化。一切皆以人生之真情感为主，此即是中国文化精神。不从此等处直接

①　钱穆：《再论中国小说戏剧中之中国心情》，《中国文学论丛》，第213页，《全集》第45册。

②　钱穆：《中国文化特质》，《历史与文化论丛》，第66页，《全集》第42册。

参入，使我心与古人心精神相通，乃借径于西方哲学式的言辨理论上阐发，终为是隔了一膜，不能使我之真实人生，亦投进此深厚的文化生命中，而不知不觉，融会成一体。"①他认为，读者欣赏中国文学，必须采用传统感悟方式，而不能仅仅凭借"西方哲学式的言辨理论"来作知识层面的知见分析；因为中国文学是高度"人情化"的文学，读者须从人生真情感乃至文化精神出发来求得一己之心与作者之心"精神相通"，否则难以真正把握和融入中国文学的深厚文化生命。"而且中国文学，必求读者反之己身，反之己心。一闻雎鸠之关关，即可心领而神会。如读西方小说戏剧中恋爱故事，则情节各异，不相类似。故西方文学贵创作，人各说一故事，说了千百件，件件不同，而读之不厌。但各故事尽在外，非本之作者一己之性情。中国则不然，一切文学皆自著者一己之性情发出。读者不反之心，而求之外，则若千篇一律，无新奇、无创造，乃若其陈旧而可厌。"②中国文学既是作家"以文传心"的艺术结晶，必求读者欣赏此类作品亦能从自己性情出发，反诸己心，以心会心。

　　钱穆的这一看法，在中国古代早已有之。刘勰《文心雕龙·知音》云："夫缀文者情动而辞发，观文者披文以入情，沿波讨源，虽幽必显。世远莫见其面，觇文辄见其心。岂成篇之足深？患识照之自浅耳。夫志在山水，琴表其情，况形之笔端，理将焉匿？故心之照理，譬目之照形，目瞭则形无不分，心敏则理无不达。"刘勰认为作者有了情思才发为文辞，读者求"披文以入情"，须"心敏"而有"识照"，如此方能理解和欣赏作者"为文之用心"。北宋梅尧臣指出："作者得于心，览者会以意，殆难指陈以言也。"③此以言辞难以尽发诗意，要求读者以意会心。南宋姜夔《白石道人诗说》则说："《三百篇》美刺箴怨皆无迹，当以心会心。"明确提出了"以心会心"，强调读者以自己之"心"来体会诗人作诗之"心"。此

① 钱穆：《中国文化传统中之文学》，《中国学术通义》，第192—193页，《全集》第25册。
② 钱穆：《略论中国文学》，《现代中国学术论衡》，第261页，《全集》第25册。
③ 欧阳修：《六一诗话》，北京：中华书局1981年版，第267页。

类论述在中国古代诗文评中比比皆是，不烦枚举。人同此心，心同此理，作者"以文传心"，通过作品来与读者进行沟通，而读者则须"以心会心"，通过作品去理解、领会作者的思想感情。理所同然，古今共见。钱穆所论虽是"述而不作"，却能"温故知新"，而其"作"而为"新"者，即在于能够以儒学特质显著的文化生命本体论改造和深化传统文学理论。

在钱穆看来，读者欣赏文学作品，其实应当是一种生命体验活动，一方面透过文字与作者对话，感悟作品中蕴涵的文化生命，另一方面则反诸己心，以作者的文化生命来丰富和完成一己心生命的自我塑造，而不应仅仅满足于词章技巧的欣赏。钱穆指出："学文学乃为自己人生享受之用，在享受中仍有提高自己人生之收获。"[1]文学实与人生紧贴在一起，欣赏文学作品果真能够"以心会心"，就必然会同时获得文化生命的感悟和历史人生的启迪，因为，"欣赏则即在生命中，与生命为一"[2]；只求词章技巧而舍却义理乃至文化生命层面的人生感悟，其实无当于文学欣赏的真实意义。他又说："大人物，大事业，大诗人，大作家，都该有一个来源，我们且把它来源处欣赏，自己心胸境界自会日进高明，当下即是一满足，更何论成就与其他。"[3]从诗人作家的"来源处"欣赏文学作品，由欣赏来反观自己的"来源处"，可谓是一种"不忮不求，何用不臧"的诗人心胸。这个"来源处"就是共通的文化生命。钱穆认为，把文学欣赏视为文化生命的欣赏，乃是文学教育功能成立的前提，这是中国文学欣赏理论的精义所在。他说："中国文学实同时深具一种极深的教育功能者。教育功能正为中国文化所重视，故中国文学而果达于至高境界，则必然会具有一种深微的教育功能。"[4]文学创作当有寓教于乐的教育功能，自然是文学艺术人文使命的根本要求，因而创作必求"以文传心"；对于欣赏而言，则亦当有"以心会心"的文学自觉，期求在文化生命的交流与欣赏过程中完成自

---

① 钱穆：《读书与做人》，《历史与文化论丛》，第369页，《全集》第42册。
② 钱穆：《欣赏与刺激》，《中国文学论丛》，第257页，《全集》第45册。
③ 钱穆：《谈诗》，《中国文学论丛》，第150页，《全集》第45册。
④ 钱穆：《中国文化与中国文学》，《中国文学论丛》，第52页，《全集》第45册。

我心生命的塑造与发扬。显然，文学的"深微的教育功能"，在钱穆这里，完全可以理解为沟通"以文传心"与"以心会心"的枢纽，而"文以达心"之人文使命的完成，也完全可以理解为文化生命的创造、传达与再创造的过程。

不难看出，钱穆对"以文传心"和"以心会心"的论述，实际是以文化生命本体论对传统文学批评理论的系统的理论整合，其"温故知新"的阐释进路，恐怕也可以为古典文学研究的现代转换提供某种范式意义上的有益启示。

3."诗史"精神

中国文艺之"文以达心"的人文使命何以完成？钱穆认为，这完全依赖于作家的一番人文修养，其最高境界便是所谓"诗史"精神。

众所周知，"诗史"概念在中国文学史上其实渊源甚早。王世贞《艺苑卮言》卷三："沈休文云：'子建"函京"之作，仲宣"灞岸"之篇，子荆"零雨"之章，正长"朔风"之句，并直举胸情，非傍诗史，正以音律取高前式。'然则少陵以前，人固有'诗史'之称矣。"杨慎《升庵诗话》卷十一"诗史"条讨论此问题更为详细。正见"诗史"观念产生很早，起初与杜诗学并无关涉。但是"诗史"后来能成为中国诗学的重要理论范畴，无疑与杜诗学有着很大的关联。整体上看，中国文学批评史上涉及杜诗学"诗史"问题的讨论，本来就存在两个不同层面或进路，一是史料层面（即"史"的进路），一是义理层面（即"圣"的进路）。

就史料层面而言，钱穆对"诗史"问题的讨论主要集中在"《诗经》学"方面，循章学诚"六经皆史"理路，将《诗经》阐释为"王官学"，并讨论了《诗经》的文体特征，与史料层面的"诗史"讨论有很大区别。

就义理层面而言，钱穆对"诗史"问题的阐释，以杜诗为主要对象，进行了一番溯源清流的讨论。值得注意的是，现代新儒家重镇牟宗三先生早年却对杜甫之"诗史"持批评态度。"故时代精神之表现必须是自觉的、批评的，发之于咏歌亦然。徒事象模写，不足言也。杜甫咏时事则有之，表现时代精神则未也。"①牟宗三认为杜甫既欠缺王维那种"个人的智慧即个人的意境与气象"，又缺乏李白那种"《大雅》久不作，吾哀竟谁陈"的时代精神。现代新儒家的李杜优劣论，本身颇值得关注。抛开具体观点的差异不论，现代新儒家的"诗史"研究，基本的阐释均主要集中在义理层面。钱穆对"诗史"精神的阐发，同样如此。"惟其如此，故此一时代之人生，乃多表现在此一时代之文学中。换言之，此一时代之文学，乃成为此一时代一种主要之史料。若欲认识此一时代之整个时代精神，亦当于此一时代之文学中觅取。"②钱穆认为，杜诗与其他文学作品一样，均可以成为"此一时代一种主要之史料"，很显然，所谓"史料"包含了历史材料的意味，但主要是针对"时代精神"而言的。换言之，钱穆认为，文学之所以为"诗史"，也就在于它能反映出特定的"时代精神"或"时代心情"。钱穆之论"诗史"，重在义理，由此可见。

钱穆指出，中国文学是一种政治性上层文学，因而"文以达心"必求志切道义、事关治道，"每不远离于政治之外，而政治乃文学之最大舞台，文学必表演于政治意识中。斯为文学最高最后之意境所在"③。但是自魏晋时期文学价值独立观念兴起后，"私人之出处进退，际遇穷达，家庭友朋悲欢聚散，几乎无一不足为当代历史作写照，此成为唐以下文学一新传统"④。这一新传统，自然也给"文以达心"的人文使命提出了新问题：文学创作如何保证在抒写个体人生与私人情志的同时仍能表演于政治意识之中呢？钱穆认为，这完全有赖于作家的人文修养。

"中国文学重在即事生感，即景生情，重在即由其个人生活之种种情感中而反映出全时代与全人生。全时代之心情，全时代之歌哭，以及于全

① 牟宗三：《说诗一家言·唐雅篇》，原刊《再生》第31期（1939年10月10日），署名"牟离中"；此据《鹅湖》第25卷第1期。

② 钱穆：《略论魏晋南北朝学术文化与当时门第之关系》，《中国学术思想史论丛（三）》，第264页，《全集》第19册。

③ 钱穆：《中国文学史概观》，《中国文学论丛》，第59页，《全集》第45册。

④ 钱穆：《中国文学史概观》，《中国文学论丛》，第58页，《全集》第45册。

人生之想象与追求，则即由其一己之种种作品中透露呈现。此文学家之一生，即其全时代之集中反映之一焦点，即全人生中截取之一镜，而涵映有人生全体之深面者。故时代酝酿出文学，文学反映出时代，文学即人生，人生即文学。此一境界，特藉此作家个人之生活与作品而表现。"①魏晋以降，中国文学逐渐"平民化"，形成了以作者日常生活、私人情志的抒写来表现政治意识与人文思考的新传统，这样一来，作家个体人生即生活成为文学表现的中心。钱穆强调，作家个体人生的文学抒写必须"涵映有人生全体之深面"，亦即与整个文化生命大传统相贯通，其作品才能始终表演于政治意识之中，深契中国文学理想而成为政治性上层文学，否则只能是庸俗的社会性下层文学。钱穆认为，文学创作要达到这样一种境界，就要求作家必须自觉陶冶于整个文化生命大传统，来锻炼与实践自己的人文修养，其最高境界则是"诗史"精神。所谓"诗史"精神，主要即指"一种对人生真理之探求与实践之最高心情与最高修养"②，亦即作家个体人生与整个文化生命大传统融凝和合而形成的人文修养境界。

当然，中国文学史上最具有"诗史"精神的，无疑首推杜甫，而钱穆也正是以杜甫为典型来讨论中国文学的人文修养问题的。综合地看，钱穆阐释"诗史"精神，在创作论上主要强调了两个方面，即文学与人生合一、作家与作品合一。

首先，文学与人生合一。中国文学亲附人生，强调通过作家个体人生的自由抒写来反映出时代人生乃至文化人生全体。钱穆认为，这种文学传统其实包含着人文修养的崇高境界。他说："若论中国文学正宗，其取材又必以作者本身个人作中心，而即以此个人之日常生活为题材。由此个人之日常生活，而常连及于家国天下。儒家思想所谓修身、齐家、治国、平天下，亦从个人出发，而文学亦然。"③中国文学以人生为本位，要求作家自觉地将个体人生看成时代人生之焦点、文化人生之截面，在具体琐屑的

① 钱穆：《中国文化与中国文学》，《中国文学论丛》，第45—46页，《全集》第45册。
② 钱穆：《中国文化与中国文学》，《中国文学论丛》，第47页，《全集》第45册。
③ 钱穆：《中国文化与中国文学》，《中国文学论丛》，第45页，《全集》第45册。

人生写实中折射出时代人生、文化人生的真实面相。

钱穆指出，杜甫之见称为"诗史"，正因其人文修养的主要精神即在于能够将文学与人生合一，由个体人生的描写反映出人生全体面相。他说："杜甫仅一诗人，但其一生经历，乃尽在诗中。而又关心世运，当代之历史事变，亦于其诗中可以窥见。故杜诗见称为'诗史'。亦可谓其人关心历史生命、历史精神，而使人与史乃沉滢一气，故欲求唐开元天宝时之历史真实生命，求之他人，不如求之杜甫。杜甫一人之生命，即其'时代生命'，而流露在诗。非其诗之可垂，乃其人之可重。"①中国文学在其理想境界上常求表演于政治意识之中，反对远离治道民生而别有所谓文学天地，因而文学必求统合作家个体人生与文化历史人生为一体。杜甫既将一己心生命联属贯通于时代生命，乃能融治"一生经历"与"当代之历史事变"于诗歌艺术中，因而"杜诗固不仅为杜甫时代之一种历史记录，而同时亦即是杜甫个人人生之一部历史记录也"。钱穆认为，中国文学表现人生的最高理想与境界，乃是将作家个体真实人生投入深厚的文化生命而与历史文化人生融为一体，因而在具体艺术表现上既不是远站在人生外围来对人生作一种冷静如实的写照，也不是远离人生现实来对人生作一种热烈幻想的追求，归根到底只是作家对其实际生活的一番亲切体味。这种亲切的人生体味看似平常，其实蕴涵着崇高标准的人文修养境界。因此，文学与人生合一，由作家个体人生反映时代人生与文化人生，"此是中国文化中文学之一项主要使命。必能负起此使命，乃能成为中国传统中之真文学"②。

其次，作家与作品合一。钱穆认为，中国文学有一个重要特点，"即贵在表达主体之'自我'，尤过于叙述客体之外事"，"尤要者，即在诗人自道一己之日常人生，亲切经验，乃使作家与作品，合成一体"。③"中国古人乃以全人生投入文学中"，由文学即可窥见作家的实际人生，因而作

---

① 钱穆：《生活行为与事业》，《历史与文化论丛》，第204页，《全集》第42册。
② 钱穆：《中国文化传统中之文学》，《中国学术通义》，第193页，《全集》第25册。
③ 钱穆：《中国文化传统中之文学》，《中国学术通义》，第195页，《全集》第25册。

家与作品合一乃是中国文学的主要特性之一，同时是作家人文修养的一种理想境界。

钱穆非常看重编年集、编年诗文的价值与意义。他说："中国文学家乃不须再有自传，亦不烦他人再为文学家作传。每一个文学家，即其生平文学作品之结集，便成为其一生最翔实最真确之一部自传。故曰'不仗史笔传'，而且史笔也达不到如此真切而深微的境地。"①作家既与作品融凝合一，其作品乃成此作家之自传，将其诗文编年排列，即成为作家的年谱。杜诗既是其个人人生一部历史记录，同时也是时代人生的历史记录，将杜诗编年，便可当得杜甫生平年谱；而陆游晚年几乎日日有诗，抒写日常人生情意，"使读其诗者，不啻如读其当时之日记"，亦是陆游当时一部年谱。中国文学史上杰出诗人，只要是儒家，"每一人之诗集，即不啻是其一生之自传"，而"一诗人之自身生活，即不啻是一部极佳文学作品"。②进一步说，如果作家诗文集缺乏为之编年的必要，那就足以说明此作家尚未达到作家与作品合一的理想境界。

钱穆指出，中国文学以人为本，强调在作家与作品之上有一共通标准，即牵合文化生命而表演于政治意识之"雅"的标准，而作家的标准更高于其作品，因而中国文学必求能于作品中推寻其作者，由作家个体人生见出时代人生与文化人生。在这个意义上，所谓文学不朽，其实主要条件乃在作家自己内心德性人品的不朽，而作品行世、存世，也主要依赖于作家的人文修养，作品乃附于作家而流传。

作家与作品合一也就是文学与人格合一，同时也是性情与道德合一。钱穆认为，中国文学是一种内倾型文学，强调将外在人生事件转化为内在道德性情、修辞技巧转化为人格锻炼，一切只在人的心生命中开展，以融凝和合于文化生命大传统为归宿。"此种文学，必以作家个人为主。而此个人，则上承无穷，下启无穷，必具有传统上之一种极度自信。此种境界，实为中国标准学者之一种共同信仰与共同精神所在。若其表显于文学

---

① 钱穆：《中国文化与中国文学》，《中国文学论丛》，第46页，《全集》第45册。
② 钱穆：《中国文化传统中之文学》，《中国学术通义》，第195页，《全集》第25册。

中，则必性情与道德合一，文学与人格合一，乃始可达此境界。而此种境界与精神，亦即中国文化之一种特有精神。"①惟有性情与道德合一、文学与人格合一，作家的文学生命乃能在人生道德性情的根源处与文化生命发生共鸣，此是人文修养的最高理想境界。

文学与人生合一，作家与作品合一，乃是"诗史"精神的内在要求，作家的人文修养惟有到达此一境界，其作品方可担当起"文以达心"的人文使命。浦起龙《读杜心解》卷首《读杜提纲》云："代宗朝诗，有与国史不相似者。史不言河北多事，子美日日忧之；史不言朝廷轻儒，诗中每每见之。可见史家只载得一时事迹，诗家直显出一时气运。诗之妙，正在史笔不到处。"所谓"诗史"并不是所写句句、事事都与史实相合，其主要精神当在"显出一时气运"。钱穆对"诗史"精神的阐发，主要亦着意于"气运"，强调文学对于社会历史人生的责任。他说："一个理想的文学家，首该了解此人类社会之整全体。此整全体即为人生道德与人生艺术之根源所在。……而一理想的文学家，又必须在其自身生活中，能密切与此整个社会相联系，必期使此社会种种变故与事相，均能在此文学家之心情与智慧中，有其明晰而恳切的反映。而此种反映，又必能把握到人心所同然，这始是理想文学作品之真来源。"②钱穆将"诗史"精神阐释为文学家对于社会历史人生的一种责任，强调这正是"文以达心"的根本纲领，中国文学人文使命之种种具体要求皆渊源于此。

非惟文学，中国艺术亦具此种"诗史"精神。"诸艺术中，惟音乐为最切于人生，以其与人心最能直接相通。故音乐不仅能表现其人之个性，而尤能表现时代，于是有'治世之音'与'乱世之音'之分别。"③音乐在表现人生、人心的同时，折射出时代状况，往往能勾画出"史笔不到处"。"又如京剧中有锣鼓，其中也有特别深趣。戏台无布景，只是一个空荡荡的世界，锣鼓声则表示在此世界中之一片喧嚷。有时表示得悲怆凄咽，有

---

① 钱穆：《中国文化与中国文学》，《中国文学论丛》，第43页，《全集》第45册。
② 钱穆：《四部概论》，《中国学术通义》，第61页，《全集》第25册。
③ 钱穆：《略论中国音乐》，《现代中国学术论衡》，第316页，《全集》第25册。

时表示得欢乐和谐。这正是一个人生背景，把人生情调即在一片锣鼓喧嚷中象征表出……这正是人生之大共相，不仅有甚深诗意，亦复有甚深哲理。"①中国戏剧，在个人表演上不妨高度个性化，但是题材方面则多为扬善弃恶、生死离别、忠孝节义等极为平常的故事，注重抽象共相；在演出方面，中国戏剧一般采用语言音乐化、动作舞蹈化、场面绘画化等手法，如锣鼓、脸谱的运用等，能够在程式化的艺术表现中象征出社会、时代的共相，使得观众能够"遗弃迹貌，直透内情"。中国戏剧之所以能够感人至深，就在于它能够由戏剧人物个人生活反映出全部时代与人生，"盖已摆脱净了人世间种种特殊情况，而直扣观者之心弦，把握到人心一种超越而客观之同情"②。中国艺术，包括戏剧在内，往往能够透过艺术家个性化的表现展示出艺术家个人生活，又能够通过超越艺术具体表现对象而揭示出全部时代与人生的同情共感，这种艺术精神正是中国文学"诗史"精神在艺术领域的拓展延伸。

综上所述，钱穆将"文以达心"看作中国文艺的人文使命之所在，"文以传心"和"文以会心"是"文以达心"实现的具体路径，而"文以达心"的最高境界则是"诗史"精神。"诗史"精神不仅是一种文学精神或艺术精神，也是一种道德精神，其最高境界则是一种以现实人文关怀为内涵的"宗教精神"。

三、艺术人生化：别相与共相的辩证

钱穆认为，文艺与人生有着甚深的内在联系，文艺的最高上乘之作也就贵在能与人生相即不离，细致入微地刻画和传达人的内心情感，经由艺术家个体生命体验折射出时代大生命来。钱穆说："中国古人又称'文心'，文心即人心，即人之性情，人之生命所在。故亦可谓文学即人生，

---

① 钱穆:《中国京剧中之文学意味》,《中国文学论丛》,第206—207页,《全集》第45册。

② 钱穆:《中国文化与中国文学》,《中国文学论丛》,第45页,《全集》第45册。

倘能人生而即文学，此则为人生之最高理想、最高艺术。"①文学如此，其他艺术亦概莫能外。中国文艺亲附人生，艺术创造与人生经验之间存在强烈的互动关系——既强调以人生为文艺表现的主要对象与内容，又追求以文艺来反观和陶冶实际人生。钱穆"心学文艺观"在处理艺术与人生的关系时，基本上坚持了传统儒学文艺思想路线，但是又有所发挥。

"时代酝酿出文学，文学反映出时代，文学即人生，人生即文学，此一境界，特藉此作家个人之生活与作品而表现。"②按照钱穆文艺思想的理论逻辑，"文学即人生"和"人生即文学"可以分别概括为"艺术人生化"和"人生艺术化"。钱穆认为，艺术与人生合一是中国文艺的主流，而中国文艺表现人生，必然深受传统儒家人生观的影响而呈现特殊的"人生化"面相，也必然会在具体的艺术抒写中开显相应的艺术特性。

1. "通方"与"著实"：取共相以驭别相

钱穆认为，中国文艺在取材上具有"通方"与"著实"相统一的特性。如前所述，中国文艺抒情言志的对象主要是一种"心象化"对象，并非当面觌体的读者。这一特性要求艺术描写必须超越时空限制，将题材共相与别相融凝合一为内在深厚的文化生命，从而获得艺术创造与艺术欣赏之间的同情共感。

在钱穆看来，中国文学很早就已经在广大磅礴的文化环境中开展，其文化生命虽然活泼深厚，但是文学空气却难免稀薄，文学创作欲求普遍欣赏，取材就不能不总揽全局，通畷大体，描写人人共晓的内容，因而中国文学在取材方面一开始就追求大通的人文气度，具有"雅化"的倾向，而不像西方文学开展于狭小文化空间，对象当面觌体，题材常需创新以求歆动，始终不脱地方性。当然，中国文学起初同样不脱地方性，越歌秦讴，楚风齐吟，各系一国之土，分布地域甚为辽阔，但如《诗经》十五国风之类正式的文学既已登于庙堂，被之管弦，显然经过了一番增润修饰，因而

① 钱穆：《略论中国文学》，《现代中国学术论衡》，第260页，《全集》第25册。
② 钱穆：《中国文化与中国文学》，《中国文学论丛》，第46页，《全集》第45册。

"风格意境，相差不太远，则早已收化一风同之效"，无疑已经摆脱了地方性而具有共通性。因此，自《诗经》以下，中国文学"风土情味日以消失，而大通之气度，日以长成"，其超越深受时空限制的地方性而达于共通性的雅化倾向日益显著，表现在题材的选择上便是贵"通方"。

所谓"通方"，按字面意思理解，就是通达于四方天下。钱穆说："天上之明月，路旁之杨柳，此则齐、秦、燕、越，共睹共晓，故曰通方也。次乎自然则人事。即如萧《选》所分诸类，如燕饯、游览、行旅、哀伤，大率皆人人所遇之事，亦人人所有之境，则亦通方也。否则如咏史、咏怀，史既人人所读，怀亦人人共抱。要之，其取材皆贵通国通天下，而不以地方为准。"①文学取材注重人所习知的自然与人事，不落偏隅，超越时空限制而带有一种普遍性，因而能够通国通天下。中国文艺取材所贵在此——"重视时间绵历，甚于重视空间散布"②。这种取材贵通方的倾向，是文艺求"雅化"的内在要求。钱穆说："文学之特富于普遍性者亦称为'雅'，'俗'则指其限于地域性而言。又自此引伸，凡文学之特富传统性者亦称为'雅'，'俗'则指其限于时间性而言。"③在他看来，文艺取材通方，其艺术描写便可以超越时空限制而融进文化生命大传统，获得其普遍性与传统性。钱穆认为，中国文艺从最初对"地域性"的超越转进至对"时间性"的超越，充分表明中国文艺具有源自文化生命深处的尚雅的观念，就此形成了对艺术生命之普遍性与超越性的崇高追求。总之，中国文艺取材贵通方，求雅化，根本出发点在于追求艺术不朽亦即生命不朽；如果取材仅求描写当地风物人事，随俗而不雅化，那就很难获得当下的普遍欣赏，更谈不上超越时间限制而有文化生命的传承。

中国文艺虽然取材通方，强调描写对象的普遍性，但同时又是著实具体的，是通方与著实的融凝合一。钱穆指出，中国文艺"虽曰尚通方，尚

---

① 钱穆:《中国民族之文字与文学》,《中国文学论丛》,第17页,《全集》第45册。
② 钱穆:《中国文化与中国文学》,《中国文学论丛》,第18页,《全集》第45册。
③ 钱穆:《中国文化与中国文学》,《中国文学论丛》,第36页,《全集》第45册。

空灵，然实处处著实，处处有边际也"①。中国文艺亲附人生，艺术抒写具体细微，"人事之纤屑，心境之幽微，大至国家兴衰，小而日常悲欢，固无不纳之于文学"，但是涵容广阔而言之有物，并无空洞弊病。钱穆认为，中国文艺所描写的自然事物、社会人生，其实"只把来作比兴之用而已"②，因而用作比兴的事物可以演变成为人人同喻共晓的普通题材，而比兴对象本身则是融会了艺术家内心情志的具体人生境遇，实属其亲身经历的社会人生别相。钱穆举例说，中国古代诗集千万卷，几乎没有一部诗文集没有咏月诗，但如"明月出天山"与"暗香浮动月黄昏"，所写各为一"月"，终究立意不蹈袭而光景常新。其他如宇宙阴阳、动植飞潜之类，均为共通性题材，艺术家所写又皆能自出心裁，"有由景生情者，有由情发景者。故取材极通方，而立意不蹈袭"。中国文艺题材虽为日常人生中共通习见的事象与物变，但是在情志化的艺术观照下，艺术家均能够运用比兴来表现和寄托其实际人生经历，看似抒写题材陈陈相因，其实却能处处翻新立异，其所以如此，即贵在能以著实之抒写表达作者通方之追求。

贵通方以求雅化，重著实而黜玄虚，此种创作旨趣落实在艺术抒写中，首先表现为对文艺题材的独特处理。钱穆说："故中国文学家最喜言有感而发，最重有寄托，而最戒无病呻吟。论其取材方面，则亦有其独特之匠心。盖中国文学题材，多抽象，少具体。多注重于共相，少注重于别相。"③在他看来，中国文学妙会实事，所表现的都是作家切实体验的实际人生，题材虽为人生共相，当若人生体味不同，共相题材也能生发无限比兴寄托而成为艺术别相。中国文学"由通呈独，常期于全体中露偏至"，亦即由通方共相的题材呈现作家特殊的人生境遇，由全部文学传统来体现作家独特艺术个性，不以尊通方共相而抹杀作家的别相抒写。由此可见，中国文艺取材重"共相"实由追求"普遍性"与"传统性"而来，而别相描写则是在认同与尊重文学传统的前提下对作家艺术个性的肯定，通方与

---

① 钱穆：《中国民族之文字与文学》，《中国文学论丛》，第21页，《全集》第45册。

② 钱穆：《四部概论》，《中国学术通义》，第64页，《全集》第25册。

③ 钱穆：《中国文化与中国文学》，《中国文学论丛》，第44页，《全集》第45册。

著实相统一、别相与共相融凝合一，足以见出中国文艺在取材方面"独特之匠心"。

不难看出，空灵与通方其实主要指由文学题材反映的人生共相，具体与著实则指由题材选择加工体现的艺术家创作个性即艺术别相；在取材上，人生共相与艺术别相必须高度统一。钱穆指出："中国文学正因其较不受时空限制，乃亦不注重特定之时间与空间之特殊背景，与夫在此特殊时空背景中所产出之特殊个性。而求能超越时空与个性而显露出一个任何时地任何个性所能同鸣同感之抽象的共相来。此亦中国文化到处可见之一种共有精神。"①中国文学题材选择强调时空超越性，多摄取人生共相、疏离人生别相，同时又并不排斥作家以其独特人生体验对人生共相作个性化的艺术加工，反而强调以作家内心性情为主来驾驭人生共相，进而由艺术别相透见作家的情感别相乃至文化生命大共相。"惟有在文学作品内，涵有一项经由作者个人所真实经验过的人生道德与人生艺术，而此项道德与艺术则在人生中具有时间性的永存价值，可以绵延持续，时间变而此项道德与艺术之永久价值则不变，而后此项文学之内涵亦随之具有时间性，具有文学之内在深度与其永久价值。"②可见，钱穆论述"艺术人生化"问题，首先强调中国文艺在取材方面将"通方"与"著实"融凝合一的特性，此即普遍抽象的社会历史人生共相与作家具体独特的艺术别相的融凝合一。换句话说，中国文艺追求人生化，首先在题材方面要求"取共相以驭别相"。

2.重情略事：超别相以写共相

中国文艺强调别相与共相的融凝合一，而在具体的艺术抒写中，亦有其独特的处理技巧。"人类性情本出于自然，人生应即是人类性情之自然流露，全部人生均即是人类性情之自然流露。人生在某一环境某一情况下

① 钱穆：《中国文化与中国文学》，《中国文学论丛》，第44页，《全集》第45册。
② 钱穆：《四部概论》，《中国学术通义》，第60页，《全集》第25册。

之性情流露抒写成文艺，文艺乃人生之写照，但系有选择的人生写照。"①
钱穆认为，中国文艺虽然能在极其通方的题材中概括与展示人生全部实
相，但又绝非事无巨细地全盘再现人生，而是以艺术家内心性情的自然流
露为前提、为中心，来对外面事象物变作一番艺术加工，实属"有选择的
人生写照"。此所谓"有选择"，主要表现为"重情略事"的艺术取向，注
重人生性情共相的抒写，而简化或省略事件别相的叙述与刻画。

　　单就情与事本身关系而言，情是共相而事是别相。钱穆说："事则为
人生中之别相，此一事决非那一事，事必随人随时随地而变。事过即已，
另一事又随之而起。人则为人生中之共相。"②在他看来，中国文学常求超
越具体时空限制而达于"可大"之普遍性与"可久"之传统性，亦即通过
描写"经由作者个人所真实经验过的人生道德与人生艺术"而体证一种具
有"内在深度"的不朽生命价值，因而并不专注于外面具体事象物变的描
写，而注重反映外在事变背后的"人"即"情"。钱穆认为，"事变可以万
不同，而情意可以历万变而如一"，事乃人生别相而情则为人生共相，而
中国文学取材通方，能够容受和表现"全人生"，其实主要表现的是人生
中的"情意"，而不是人生"事变"。对此，钱穆以汉乐府诗句"上山采蘼
芜，下山逢故夫"为例，作了简要分析。他认为此诗对人物具体个性、生
活背景、事件经过等人生别相并未作细节描述，只是抓住特定场景中的人
生共相来引出文思、抒发情感；"若由外国人来写，他们如何结婚，如何
离婚的经过，必会详细写出，交代明白。他们是重在'事变'上，我们中
国人则重在'情义'上。"③在他看来，此诗之所以千百年来始终为中国人
同情共感，主要即在于它能够重情略事，通过对人生共相的描写传达出
"中国人的人情味"，其中包含的人生情意既不随事而迁，也不与时俱化，
实已是一种人生共相或道德共相。

　　又如李白《静夜思》，钱穆指出："此诗中若有事，实无事，只是一心

----

① 钱穆：《文风与世运》，《中国文学论丛》，第349页，《全集》第45册。
② 钱穆：《中国文化传统中之文学》，《中国学术通义》，第196页，《全集》第25册。
③ 钱穆：《中国人生哲学》，《人生十论》，第207页，《全集》第39册。

一境。作者自述其心情,只在思故乡之一'思'字上。对故乡之思情,人人共有。所思繫何,则人人各别。诗人所咏,只重人生共通处,故只言思,不言所思之内容。一面把人之情思,避开了各别事变,不重事,只重情。一面把来安放进大自然,不使此情孤单特出。故咏思乡而又兼咏及于月。"①此诗千古传诵,主要一点即在于它"重情略事",用空灵通方的题材共相表现人人共有的情感共相,在人生共通处以"一心一境"来容受古今读者各自不同的特殊境遇和情感别相,因而能引起广泛持久的同情共感。钱穆认为,中国文学这种重情略事的艺术表现是西方文学所难以企及的,因为西方文学过于重视和追求人生具体细节的描写,反而放不进作者真实人生,因而达不到情感共相与道德共相的高度。由此,他得出结论:"中国文学有一特点,即贵在表达主体之'自我',尤过于叙述客体之外事。"②中国文学只将描写重心放在人的心生命本身,而不向外安排成独立客体,此特点包括"主内附外""重情略事"等具有心本位取向的艺术追求,强调以作家"一己之心"来驾驭外面事象,遗弃迹貌,与文化大生命融凝合一。

钱穆指出:"中国文学重在即事生感,即景生情,重在即由其个人生活之种种情感中而反映出全时代与全人生。"③在他看来,中国文学以抒情为主,外面物象事变只不过是触发情感的媒介,本身并不能在作品中得到详尽细致的叙述,其具体性状总被有意无意地省略淡化了,但这只是一种重情略事的艺术取向,并非完全排斥外面物象事变。钱穆说:"反观中土,虽若同尊传统,同尚雅正,取材力戒土俗,描写必求空灵,然人事之纤屑,心境之幽微,大至国家兴衰,小而日常悲欢,固无不纳之于文字。"④中国文学取材广泛,宇宙人生一切物象事变均可纳入文学描写之中,但是

① 钱穆:《中国文化传统中之文学》,《中国学术通义》,第198—199页,《全集》第25册。
② 钱穆:《中国文化传统中之文学》,《中国学术通义》,第195页,《全集》第25册。
③ 钱穆:《中国文化与中国文学》,《中国文学论丛》,第45页,《全集》第45册。
④ 钱穆:《中国民族之文字与文学》,《中国文学论丛》,第20页,《全集》第45册。

文学创作始终存在"尊传统""尚雅正"的观念，在艺术处理方面表现为重情略事的艺术取向。钱穆强调，中国文学的情志叙写必求当境合景，只有将情志安放在外面宇宙一切事象物变上，因物见志，触景生情，情志抒写才会真实亲切。他说："凡属人事尽可淡置，而此情则大值珍重。情由事起，然事虚而情实。中国诗人，则尽量把情与事分开，却把此情移来与天地自然相亲即。明月春光，皆天地自然，亦常亦实。把人生略去了许多事，只珍重此一番情，使能与天相即。"①中国文学表现人生，常珍重人生中的真情实感，其重情略事乃表现为事虚情实，将人生实事虚化淡置为通方空灵的情志化题材而求与自然合和，此即疏离事变别相而求情感共相，使之与宇宙自然之生命大共相内外融凝合一。"因此中国文学的抒写对象，竟可说主要在内不在外，在作者一己之内心而并不在外面事物。外面一切物变与事象引生出作者之一番内心情志，再由作者此一番情志来描写外面事象与物变，则外面一切事象物变都已经由作者内在之情志化，而与作者其人，成为一种内外合一。此在文学创作过程中，是一种交互的内外相融合一。不是专倾在外，也不是专倾在内。而必然以作者之'内'为主，而以作者所描写之'外'为附。"②所谓"主内附外"即是"重情略事"，亦即以"事虚情实"为主要表征的心物交融或天人合一。

钱穆指出，"重情略事"的艺术追求表现为"求简"的格调。他说："重生命，言性情，则无可尽言，无可详言，并有无可言之苦，实即无可言之妙。抑且有心之言，则心与心相通，亦不烦多言。故中国文学务求简。陶渊明诗：'此中有真意，欲辩已忘言。'此最中国文学之至高上乘处。"③所谓"求简"，乃是"重情略事"的另一表述。中国文学描写重心在人而不在事，强调将人生具体事变凝练成作者那一颗言不尽言的"心"，以文传心，以心会心，获得生命情志的同情共感，因此往往要求疏离事变

---

① 钱穆:《中国文化传统中之文学》,《中国学术通义》,第199—200页,《全集》第25册。

② 钱穆:《四部概论》,《中国学术通义》,第64—65页,《全集》第25册。

③ 钱穆:《略论中国文学》,《现代中国学术论衡》,第260—261页,《全集》第25册。

别相的刻画以凸显情志共相的表达，整体上呈现为"求简"的艺术格调。

　　总之，钱穆认为，中国文艺亲附人生，存在"重情略事"的艺术取向。这一艺术取向乃是一种更高层次的人生化，虽然表面看来会因为疏离了人生中具体事变物象而难免显得平淡空泛，但实际上恰恰能经由心物交融的比兴寄托透露出人生之大真实，而达至天人合一的人生境界。换句话说，中国文艺追求人生化，并非执着于表面人生细节的抒写，乃要透过人生中的具体事变别相深入解悟和传达人生中的情志共相，这种重情略事的艺术取向也可以概括为"超别相以写共相"，即疏离人生中外在事变别相而重点抒写"天人合一"的情志共相。

　　3."真情感"与"无情感"：别相雅化于共相

　　若就文学人生化的最高境界而言，作家寄托于描写对象中的内心情志，尽管有真实人生境遇为背景，但是如果此种情志不能进一步涵泳存留于文化生命大传统中的话，那么终究也只能算是"俗情"。文学人生化最终要求转情成性、化俗为雅，将日常生活抒写中的世俗情感转化或提升为道德情感，达成文化生命的彻悟与自觉。由此，日常生活中的世俗情感终究只是情感别相，惟有道德情感乃属最高阶位的情感共相，文学人生化的最后境界就是要将共相的道德情感蕴涵于别相的世俗情感中，随俗雅化，获得文化生命大共相的解悟。

　　钱穆指出："中国文学之所描写，常只注意在摄取外面事象物变之共相，而不太过分注重其别相。共相随处可遇，别相则只此一瞥。中国文学中所特别重视的别相，则在此作者之情志抒写。一是在当下刹那间所立刻兴起的此作者之真情感，一是毕生涵蕴的此作者之真意志。中国文学之能深具一种人文精神与教育意义者乃在此。"[①]在他看来，中国文学表现人生一向注重描写共相，惟有情志抒写重视别相，这是文艺"达心""会心"与"传心"的内在要求，同时也是对文学艺术家个体的人生经历与艺术个

---

① 钱穆：《四部概论》，《中国学术通义》，第65页，《全集》第25册。

性的高度尊重。钱穆认为，文学艺术家的情志抒写应当是别相与共相的融凝合一的人生性情的表达，而这种情志抒写其实包含"真情感"与"真意志"两个不可或缺的部分。在他看来，"真情感"可以理解为文学艺术家刹那间当境兴起的一种生活情感，它必然牵附于文学艺术家个体亲身经验的人生境遇，是一种带有个性化审美愉悦性质的日常生活情感体验，具有直观性；而"真意志"则可以相应地解释为文学艺术家对宇宙人生的一种感悟，它渊源于文学艺术家人生经验而又超越了具体人生境遇，是共鸣于人心本原的与终极的同然处的最高抽象情感形式，具有超越性。中国文艺在情志抒写上所特别重视的"别相"，融凝和合着"真情感"与"真意志"，其实是要求情志抒写达成直观性与超越性的高度个性化的统一。钱穆认为，中国文艺与道德在文化生命根源处实有甚深的内在共鸣，蕴含"真情感"与"真意志"的文艺作品在艺术表现上必求"技进于道"而深契于文化生命大传统，而文学艺术家高度个性化的艺术表现技巧即"艺术别相"同样也会是其全幅生命的自然流露。毫无疑问，钱穆用"真情感"与"真意志"对举，准确阐明了中国文艺追求文学艺术家直观的生活情感与自觉的生命感悟相统一的艺术特质。

由此，文学人生化首先必求表现文学艺术家亲身经验的实际人生中的真情实感。钱穆指出："中国文学重在即事生感，即景生情，重在即由其个人生活之种种情感中而反映出全时代与全人生。"①此所谓"感"与"情"，首先是作家在其"个人生活"中即事感触、即景萌生的具体生活情感，其次才是能够折射出"全时代与全人生"的超越性的人生感悟，可以分别对应于前文所述"真情感"与"真意志"。钱穆将文学艺术家的具体生活情感（"真情感"）称之为"别相"，强调它是文学艺术创作得以发生的前提。钱穆认为，情感"别相"可能不具有地域层面和时间层面的超越性，但是缺少了它，艺术抒写将会失去人生经验的坚实基础，而人生感悟（"真意志"）也将无以附丽。如果没有文学艺术家实际的生活经历和

---

① 钱穆：《中国文化与中国文学》，《中国文学论丛》，第45页，《全集》第45册。

生活情感，那么，文艺创作"将仅是一种幻想与虚拟，在人生中实际并不存在"；同样，如果没有超越性的人生感悟作为牵引，那么，文艺创作"仅是描写现实人生求其能具体逼真而止"，"如是则只是描绘了人生共同之躯壳，而遗忘或没失了人生各别之灵魂"①。这两种情况均不能达到中国文艺的最高理想境界。钱穆说："中国古人，使语言文学化，文学人情化。一切皆以人生之真情感为主，此即是中国文化精神。"②文学人生化首先应是文学艺术的"人情化"，强调通过表现文学艺术家的实际人生经验传达出能够雅俗共赏的直观的生活情感即"真情感"。

另一方面，钱穆指出，中国文艺特别推重"无情感"的艺术表现。他说："中国人重情感，有时候却贵能无情感。最高道德乃于此无情感处见。故道德乃一种真情实感，亦可谓乃一种无情无感，此之谓'止于至善'。"③文学艺术表达的"真情感"具有"人情化"性质，以文艺雅俗观衡量，难免流于"俗"，因此需要经过一番化俗为雅的工夫，提炼出超越世俗人情的思想情感即"真意志"。钱穆拈出"无情感"，旨在强调文学艺术的情感表达必须立足于而又超越于"人情化"的"真情感"，达到"真意志"的高度。"无情无感"正是要通过化俗为雅，去除俗情俗感，将"人情化"的"真情感"提升为高度自觉的"真情实感"。显然，钱穆所论，基本上遵循了理学文论的"情性"论路线。从钱穆的文艺思想理论架构来看，如果说"真情感"的外部表现是"人情化"的话，那么，"无情感"（"真意志"）的外部表现则是"人格化"——尽管他在讨论文艺问题时并没有明确提出这一概念。

"中国人之艺术与文学，均都充满了道德之精义。"④在钱穆看来，文艺与道德同构，文艺作为文化生命的结晶，同样需要表达"道德之精义"。

① 钱穆：《四部概论》，《中国学术通义》，第60页，《全集》第25册。
② 钱穆：《中国文化传统中之文学》，《中国学术通义》，第192—193页，《全集》第25册。
③ 钱穆：《情感人生中之悲喜剧》，《中国文学论丛》，第194页，《全集》第45册。
④ 钱穆：《中国的哲学道德与政治思想》，《历史与文化论丛》，第98页，《全集》第42册。

当然，文艺与道德自有其界限。钱穆强调，文学、艺术应当按照自身的审美规律表达"道德之精义"，也就是说，文学、艺术虽然崇尚"真情感"的自然流露，但是同样追求超越一时一地的"真情感"而升华为"真意志"，亦即超越具体时空限制而融入文化生命大传统，在心生命的根源处与道德共鸣，达成生命的最终彻悟。钱穆指出："道德与艺术，都是人生内部自发的，而这两个亦是内在相通的。……最高的道德，就是最高的艺术。最高的艺术，亦即是最高的道德。"①道德与艺术内在相通，文学艺术抒写真情感、真意志，其实与道德一样，展示了文学艺术家"止于至善"的性情与境界。他说："中国人这一种的人生观，如上所言，大体上可谓认定人生之意义与价值，即在于此现实世界上人与人间的心心相照印，即在于人心之交互映发，而因此得到一个本原的与终极的同然。此即所谓'性'。"②中国文艺与道德一本同源，其情感抒发固然需要做到人生化、人情化，但是更需要在人心相互照印的同时获得"一个本原的与终极的同然"，换句话说，这也就是理学所主张的"摄情归性"，强调将真实然而普通的世俗情感提升为理性直觉的道德情感。

钱穆指出："中国人说'人同此心，心同此理'，这同处就是'性'。我的心、你的心、上下古今人的心，可以各不同。但在此各不同之中，研究出一个共通之点，即心之所同然的，就是人之性。这个性就是'善'。只有在这一个'善'上，此心和他心可以通。不仅今天彼我之间可以通，上下古今人心都可通。"③中国文艺贵在以文传心、以心会心，但若情志抒写仅仅停留于别相，终究肤浅滞塞，难免传心不远、会心不深；而一旦情志抒写到达心生命共通处，便会通达无碍，直扣心弦，"不待言辨而使读者获得一种甚深妙之解悟与启发"④。在钱穆看来，性不离情，情必归性，

① 钱穆：《中国人的文化结构》，《从中国历史来看中国民族性及中国文化》，第112—113页，《全集》第40册。
② 钱穆：《灵魂与心》，《灵魂与心》，第15—16页，《全集》第46册。
③ 钱穆：《中国传统文化中之人文修养》，《民族与文化》，第176页，《全集》第37册。
④ 钱穆：《四部概论》，《中国学术通义》，第63页，《全集》第25册。

中国文艺"一切皆以人生之真情感为主",就是要求化性为情、摄情归性,将"真情感"与"真意志"融凝合一,亦即情感表达的"人情化"与"人格化"的融凝合一,从而提供感悟人类文化生命大共相的艺术路径。

钱穆坚信"文学艺术之与道德同样贵有一种内心之共鸣"①,文学人生化的最高境界便是将情感别相与共相融凝为圆满自足的文化生命大共相。钱穆的"文学人生化"主张,强调文学艺术立足于现实人生而又超越现实人生,遗弃迹貌,直切人心,以情感别相对人生共相作集中抒写,从而把握和传达人类文化生命大共相的同鸣共感。钱穆进一步指出:"精神生命与文化生命必依著于自然生命而始有其切实之存在。因此形式乃超实质的而同时又必为包涵有实质的。形式价值之高下,即由其所包涵之实质量之多少而为判。因此精神生命与文化生命之价值高下,亦一视其所包涵的自然生命之实质容量之多少而为判。"②很显然,钱穆强调人生共相,并不以排斥人生别相为代价,因为心生命(文化生命)必须依托于身生命(自然生命),没有作家亲身经验的具体社会人生,也就不可能存在超越的文化人生。如果说人生共相的描写主要意义在于揭示人生中文化生命的高度自觉,那么,它又必须以自然生命即人生别相的描写为基础、为前提。由此,钱穆认为,"中国文学之理想境界,并非由一作家远站在人生之外圈,而仅对人生作一种冷静之写照,亦非由一作家远离人生现实,而对人生作一种热烈幻想之追求"③,而是作家在其内心经由长期的道德陶冶,来对其本人当身境遇作一番亲切体味与描写。这种高悬文化生命精神与理想道德境界的文学人生化,追求人生共相与情感别相的融凝合一,也正是传统儒家"不大喜欢讲信仰,而最喜欢讲体验"精神的具体表现。在钱穆看来,中国文学人生化的最高理想乃是经由作家真切人生体验,将蕴涵文化生命共相的"真意志"与当境生发的"真情感"融凝合和为充满生命活力的艺术境界。

---

① 钱穆:《双溪独语》,第188页,《全集》第47册。
② 钱穆:《新三不朽论》,《历史与文化论丛》,第139—140页,《全集》第42册。
③ 钱穆:《中国文化与中国文学》,《中国文学论丛》,第49页,《全集》第45册。

　　总之，钱穆认为中国文艺重在表现人生中的生命性情，多以表现艺术家本人的当身生活为主，亲附人生而妙会实事，一切艺术表现无不"一本之性情"。中国文艺的艺术人生化取向，强调将人生别相与人生共相融凝合一，以高度个性化的艺术抒写体验与传达文化生命大共相。应该说，钱穆用"文学即人生，人生即文学"概括中国文艺的基本特质与追求，是极为准确的。不过，钱穆显然更看重"艺术人生化"，用"别相"与"共相"这一对概念系统阐释了文艺创作中的题材、情感等要素"人生化"的内在要求，而对于人生内容如何在文艺创作中实现"艺术化"则较少讨论。这是传统儒学讨论艺术问题时难以克服的不足之处，钱穆"述而不作"，其文艺思想建构也难以摆脱传统儒学衡文论艺的固有窠臼。

　　"道，便是指的人生，而是超出人生一切别相之上的一个综合的更高的观念，乃是指的一种人生之'共相'。"①钱穆认为中国文艺表现人生，追求"艺术人生化"，乃是要通过对人生别相与共相的艺术化处理，来抒写与传达人类心生命，从而用艺术形象提供理想的人生共相，进而使现实人生合于"道"。钱穆以共相与别相的融凝合一来发挥他对中国文学人生化的独到见解，堪称精当。就钱穆的具体论述来看，"取共相以驭别相"大体属于题材选择，"超别相以写共相"大致属于艺术表现，而"共相雅化于别相"则可以视为价值标准，它们相互联系，可以构成"文学人生化"的完整理论体系。但是，由于他在不同场合的具体文字表述上可能相互间存在一定程度的纠葛，容易滋生误解。其实，这是因为此一问题涉及的理论层面过于复杂，若能深入辨析，其内在理路还是相当清晰的。

　　综观钱穆的文化生命本体论与心学文艺观，我们恐怕不难看出，钱穆以其文化生命本体论及人生思想观照以文学为代表的中国文艺，坚持发挥中国文化的"心本位"生命个性，将中国文艺描述为"心学"，这种基于中国文化立场的"心学文艺观"建构，鲜明地体现了其文学研究蕴涵的深切现实人文关怀。钱穆将中国文艺的人文使命概括为"文以达心"，并以

---

　　① 钱穆：《中国文化的中心思想——性道合一论》，《中华文化十二讲》，第7页，《全集》第38册。

共相与别相多元关系系统阐发其"艺术人生化"主张，根本立意乃主要在于针对现代中国的种种人文病痛，力求用"生命的科学来融化物质的科学"，"要用文学艺术来融化机械功利"①，因而他始终强调在传统文化大背景中透视和证定中国文学的基本文化生命特质，将其视为自本自根的有机文化生命整体。钱穆批评说："今则为科学世界，惟见物，不见心。而又提倡通俗白话新文学，皆由当前事物充塞，不见作者心，又何以感读者心，今人乃竟有称之为短命文学者。"②他认为文学要想摆脱物质科学和机械功利的负面影响而避免成为所谓"短命文学"，就必须植根于我们民族悠久深厚的文化生命传统，重新确立"文以达心"的崇高人文信仰，坚持传统的文学人生化道路，争取在文学创作与欣赏之间架起心灵感通的桥梁。

钱穆文艺思想的建构，可以说，主要就是以心学文艺观来"发挥中国文学史的独特真相"，力求重新发掘和阐释中国艺术的文化生命，唤醒当代中国人在传统艺术的意义世界里陶铸自己的文化生命和艺术性情，最终凝聚起开新中国文化现代生命的精神力量。

---

① 参见钱穆:《农业与中国文化》,《中国文化丛谈》,《全集》第44册。
② 钱穆:《略论中国科学》,《现代中国学术论衡》,第54页,《全集》第25册。

第二章　比兴："天人合一的人生之艺术化"

当代学术大师季羡林先生不仅对钱穆的"天人合一"思想深有同情理解，而且同样认为"天人合一"思想对于中国文学具有重要意义。季羡林曾经指出："我个人认为，在中国文学方面，至少有两件事可以弘扬，这都是中国文学中独特优秀之处：一个是'天人合一'的思想，一个是中国文学的艺术性。"①这段话是很有道理的，不过他并未进一步指明中国文学"独特的艺术性"的具体内涵。钱穆则进一步阐明了"比兴"的文学意义，对中国文学"比兴"传统的阐发是比较系统全面的，其中不乏精思卓见。

"其实中国文学之全部精采，则正在比兴中。"②——这是钱穆对中国文学艺术特质及其价值的整体判认。钱穆认为，中国文学的基本特质就在于"比兴"，这是中国文学独特文化生命的创生原点。他说："《诗》为中国远古文学之鼻祖，其妙在能用比兴；而此后中国文学继起之妙者，亦莫不善用比兴。"③《诗经》之所以为中国文学不祧祖源，主要即在于其"善用比兴"，而此下中国文学史上一切精妙上乘之作，无论韵、散，乃至一切艺术创造，无不共同具此种艺术特质。钱穆指出，只有深透认识中国文学的比兴传统，才能真正领悟"中国文学之妙趣与深致"，而所谓"比

---

① 张燕瑾、吕薇芬：《20世纪中国文学研究·现代文学研究·序》，北京：北京出版社2001年版。

② 钱穆：《中国文化与中国文学》，《中国文学论丛》，第53页，《全集》第45册。

③ 钱穆：《读诗经》，《中国学术思想史论丛（一）》，第208页，《全集》第18册。

兴",作为中国文学的一种特殊"文学抒写",乃是文学表现技巧与艺术境界的融凝化合,渊源于中国文化中的"天人合一"思想。通过对"天人合一"("性道合一")思想的疏解,钱穆认定中国文化的整体趋向乃是"天人合一的人生之艺术化"①,中国文学的全幅文化生命与艺术精神实亦渊源、蕴蓄于此:比兴是中国文艺的根本大法,而天人合一则是这一根本大法的思想根据。

综观钱穆对中国文学"比兴"传统的独到诠释,主要表现为两个方面:一是以"天人合一的人生之艺术化"对中国文学"比兴"传统的疏解;二是以诗艺同构方式将"比兴"范畴扩大运用于所有文学艺术乃至全部文化领域。当然,除此之外,钱穆对中国文学"比兴"传统实有多方面精深灵活的阐发与运用。通过对"比兴"传统的独到诠释,可以说,钱穆实际上按自己的理解重新发掘和整理出了中国传统文艺的思想基础与艺术特质。

一、"天人合一"的精妙阐发

钱穆说:"中国文化过去最伟大的贡献,在于对'天''人'关系的研究。中国人喜欢把天与人配合着讲。我曾说'天人合一'论,是中国文化对人类最大的贡献。"②钱穆先生直至晚年仍在思考着中国文化中"天人合一"思想的深刻内涵,并就此达成了最后彻悟,声称"天人合一"思想是中国文化对人类文化未来发展的最主要的贡献之所在,认为世界文化未来的发展趋向"恐必将以中国传统文化为宗主"③。事实上,钱穆一生的学术研究其实都可以视为在不同学术领域内对"天人合一"思想的阐释和发

---

① 钱穆:《中国文化史导论·补跋》,第267—271页,《全集》第29册。

② 钱穆:《中国文化对人类未来可有的贡献》,《世界局势与中国文化》,第420页,《全集》第43册。

③ 钱穆:《中国文化对人类未来可有的贡献》,《世界局势与中国文化》,第423页,《全集》第43册。

挥,而"天人合一"思想也可以说是其全部学术研究的思想原点。需要注意的是,钱穆在不同场合对"天人合一"有着不同的表述,如性道合一、心天合一、人神合一、自然人文合一、自然文化合一等等,这些表述虽然所论各有侧重,但是概括起来,主要不出宇宙观和人生观两个层面。

中国文化属于内倾型农耕文化,在发展农业生产的过程中,很早就对天时、土地和人力的作用及其相互间关系产生了深刻认识,对人与自然的关系有着一番特殊见解。中国古人常把人与自然看成是相互联系的统一整体,既不盲目服从于自然,又不逞强求胜于自然,只在安足静定的农耕生活中追求人与自然的融通和谐,由此便培育出了中国文化独特的宇宙观。钱穆说:"我们今天简单来讲中国人的最高信仰,乃是天、地、人三者之合一。借用耶教术语来说,便是天、地、人之'三位一体'。在中国,天地可合称为天,人与天地合一,便是所谓'天人合一'。"①这种天、地、人"三位一体"的信仰乃是中国农耕文化的特有观念,它反映了中国古人对其置身于其中的自然环境的深刻认识与亲切态度,这就是中国文化"天人合一"的宇宙观。

钱穆指出,中国人崇尚"求循人以达天,不主先窥于天以律人",认为天并不外在于人,既反对以天压人,也不主张以人制天,"直从己心可以上通天德,与宇宙为一体",因而中国农耕文化宇宙观主张人与天地合德而参天地之化育。《礼记·中庸》有云:"唯天下至诚,为能尽其性。能尽其性,则能尽人之性。能尽人之性,则能尽物之性。能尽物之性,则可以赞天地之化育。可以赞天地之化育,则可以与天地参矣。"天地以化育万物尽其性,人也属于天地化育的范围。中国文化认为人虽然是万物之一,但是人并不只处于被化育的位置,同时也参与赞助天地化育,从而能够在尽物之性的同时尽人之性,下与万物一体,上与天地合德。钱穆认为人"与天地参",实际上反映了中国文化的一种特殊信仰,即"中国人所

---

① 钱穆:《中国文化中的最高信仰与终极理想》,《中华文化十二讲》,第108页,《全集》第38册。

讲所信仰的世界，则只有一个，而又不是唯物的"①。中国文化并不像西方文化那样主张天人相分，而是强调天人相合，认定人可以在尽物之性的同时尽己之性，通过参与天地化育，以人文为中心来将人的世界与天的世界统合为一体。钱穆认为，中国文化"天人合一"的宇宙观强调人文本位，它所主张的万物一体、天人相合无不以人文为中心，这充分体现了中国文化以人为本的人文精神。中国文化是一种富有生命性的内倾的人本文化，特别注重通过人的德性修养来塑造完美的理想人格，因而我们也可以说，中国文化特质主要反映在以"天人合一"宇宙观建构的人生思想上。

中国的人生思想的核心也就是"性道合一"的人生观。关于"性道合一"，钱穆指出："中国人看法，性即是一自然，一切道从性而生，那就是自然人文合一。换句话说，即是'天人合一'。其主要合一之点则在'人之心'。故也可说中国文化是性情的，是道德的，道德发于性情，还是一个'性道合一'。"②天地化育万物而各赋以性，也可以说性由自然产生，因而"性即是一自然"。人性天赋，亦是一自然，但是人性进展尚求能超越自然而臻于圆满无缺的人文理想境界，这就是"道"，此即《中庸》所谓"天命之谓性，率性之谓道"。钱穆指出，中国文化中的人生思想主张人通过自己的人生实践"赞天地之化育"，根本上乃希望人生取法并融入天地自然，而不是反抗自然，力求将人生融入自然，与万物和谐共存，尽物之性以尽人之性，最终实现"性道合一"的人生理想。钱穆指出："照中国传统想法，只认为人生一切大道必是根源于人性，违逆人性的决不是人道。"③人文既是外在的又是内发的，但中国文化并不推重诸如政治、军事、法律、经济等外加于人的统治力量，而是"要把这个力量大而化之为道为天，小而纳之于各个人的德性，使各人的'德性'能与'天'与

---

① 钱穆：《中国文化中的最高信仰与终极理想》，《中华文化十二讲》，第110页，《全集》第38册。

② 钱穆：《中国文化的中心思想——性道合一论》，《中华文化十二讲》，第18页，《全集》第38册。

③ 钱穆：《中国文化的中心思想——性道合一论》，《中华文化十二讲》，第13页，《全集》第38册。

'道'合而'为一',则各人便是一枢纽,一中心"①,也就是说,要通过人的内心德性修养来消融违逆人性的外在力量,使人生合于"人道"。因而中国文化的人生理想内发于人心,强调通过每个人的内在德性修养来达到"性道合一"的人生境界,其人生观既强调"个人本位",又崇尚道德精神。

中国文化这种以道德精神为核心的"性道合一"人生观,乃建筑于"人性善"的人文信仰基础上。"孟子主张'人性善',此乃中国传统文化人文精神中,惟一至要之信仰。只有信仰人性善,人性可向善,必向善,始有'人道'可言。中国人所讲人与人相处之道,其惟一基础,即建筑在'人性善'之信仰上。"②钱穆认为"人性表现为人道,人道根据于人性"③,"人性"为本原的体,"人道"为本体的用"人性"与"人道"构成体用不二关系,亦即"性道合一"。钱穆所谓"性道合一"强调人性与人道在人心上融凝合一,亦即在人心上获得一个本原的与终极的同然。这个本原的与终极的同然就是"善",中国文化关于人生的种种理想与向往其实都根源于此。中国人又将这种"善"的人性经由人道反溯推原于天道,遂认天地宇宙亦是"善"的存在,从而将"天人合一"的宇宙观与"性道合一"的人生观融会贯通为主客统一的整体。钱穆说:"此一宇宙,是大道运行之宇宙。此一世界,亦是一大道运行之世界。此一心,则称之曰'道心',但实仍是'仁心'。"④作为自然的宇宙和作为人文的世界均有"大道"运行于其中,人心得此"大道"便是"道心"亦即"仁心"。"仁"即是"善"。"善"的人文信仰乃是普通人心成长为"道心""仁心"的内在根据,也是统合宇宙与世界、自然与人文的基础。

钱穆认为,中国人的人生思想建筑于"善"的信仰,因而是有情的,

---

① 钱穆:《中国文化中的最高信仰与终极理想》,《中华文化十二讲》,第124页,《全集》第38册。

② 钱穆:《中国文化本质及其特征》,《民族与文化》,第40页,《全集》第37册。

③ 钱穆:《中国文化中的人和人伦》,《中华文化十二讲》,第21页,《全集》第38册。

④ 钱穆:《如何安放我们的心》,《人生十论》,第114页,《全集》第39册。

其人生观乃是性情与道德融凝合一的人生观。"有性情才发生出行为"①，中国人认为人生行为的感性的动力是"性情"即世俗的生活情感。钱穆说："人生可以缺乏美，可以缺乏知，但却不能缺乏同情与互感。没有了这两项，哪还有人生？只有人与人之间始有同情互感可言，因此'情感即是人生'。人要在别人身上找情感，即是在别人身上找生命。人要把自己情感寄放在别人身上，即是把自己的生命寄放在别人身上了。"②在他看来，"性情"催发人与人之间的同情互感，但是这种同情互感的"性情"能否转化为人与人之间超越的"生命"，则取决于"性情"能否升华为"道德"。钱穆指出，中国人看待人生，极其注重道德精神，但同时又将道德安放于"人情本位"，并不是要以道德精神来取消世俗性情，而是强调于性情中见道德。换句话说，性情是外发的，道德是内蕴的，乃是人生本体即生命的一体两显。因此，中国人的人生主要是一种情感的人生，中国人的人生观则是性情与道德合一而充满生命精神的人生观。

在中国传统思想中，儒、道两家均主张"天人合一"而各有侧重，乃是中国文化"天人合一"思想的重要来源。钱穆认为中国人生思想的基本结构乃是儒、道互补，但是儒家思想无疑是中国文化的思想骨干。钱穆指出："儒、道两家有同一长处，他们都能以极高的智慧深入透视人类心性之精微。儒家本此建立了中国此下的道德理论，道家本此引发了中国此下的艺术精神。"③他认为，儒、道两家虽然都能透视人类心性而生发万物一体、天人合一的宇宙观与人生观，但是道家偏重自然主义，"要超人文超自然而达于会通合一，同于大通之境界，而又忽视实际事功方面"④，而儒家则偏重人文精神，主张立足于现实社会人生来寻求人文与自然的融凝合和，因此，儒家能够建立一套道德理论而成为中国文化的正面领导力

① 钱穆:《中国文化的中心思想——性道合一论》,《中华文化十二讲》,第17页,《全集》第38册。
② 钱穆:《人生与知觉》,《湖上闲思录》,第116页,《全集》第39册。
③ 钱穆:《四部概论》,《中国学术通义》,第35页,《全集》第25册。
④ 钱穆:《双溪独语》,第38页,《全集》第47册。

量，道家则只能以其艺术精神来成为中国文化主流思想的补充力量。"……中国文化之趋向，为一种'天人合一的人生之艺术化'。"①钱穆的这个论断，实际上肯定了中国文化的演进趋向，必然会发展出建立在"天人合一"观念基础上的儒、道互补结构，亦即以注重"人生伦理"的儒家思想为骨干而包容深具艺术精神的道家思想，朝着人生艺术化方向发展。

　　总之，钱穆认定中国文化的"天人合一"观念主要来源于儒、道思想，它是中国宇宙观与人生观的核心，而"天人合一的人生（伦理）之艺术化"不仅永远代表着中国文化的演进趋向，也是中国文化所可能给予人类文化的主要贡献之所在。钱穆对中国文化"天人合一"思想的阐发，深刻揭示了中国文化生命精神的核心内涵，奠定了其文化生命本体论及文艺思想的基础。

二、比兴：即技巧即境界

　　"凡后人所谓万物一体、天人相应、民胞物与诸观念，为儒家所郑重阐发者，其实在古诗人之比兴中，早已透露其端倪矣。"②钱穆认为，传统文化的"天人合一"思想同样反映在中国文艺的种种艺术造诣中，中国文艺的基本艺术特质乃是"天人合一的人生之艺术化"，即技巧即境界的"比兴"最能代表此种艺术特质。

　　钱穆指出："中国人的内心智慧，自始即含有一套后来儒家所说的'万物一体'与'天人合一'的看法与想法。这一套看法与想法，自始即表现在中国古人的心灵中，而在文学技巧上充分地流露表达了。在这里，可说中国人的诗情与哲理，是常相会通的。"③他认为中国文艺创作的舞台

---

　　① 钱穆：《中国文化史导论·补跋》，第269页，《全集》第29册。"补跋"又说："在西方文化中，因此有基督教与近代自然科学，而中国文化之趋向，则永远为一种'天人合一的人生伦理之艺术化'。"（第271页）前后表述虽有差异，但其意涵并无不同。

　　② 钱穆：《读诗经》，《中国学术思想史论丛（一）》，第211页，《全集》第18册。

　　③ 钱穆：《四部概论》，《中国学术通义》，第53页，《全集》第25册。

在心、物之间，可以说"乃是人的心智与外面物质形体融凝合一而产出"①，是融合了自然生命与人文生命的人类文化大生命存神过化的艺术结晶，因而它最能将诗情与哲理融凝会通，抒写并传达出中国人"天人合一"的宇宙观和人生观。

"中国诗人所写的自然，都有生命融化在内，而中国诗人所写的自然生命，也都有人类生命融化在内。那亦是一种天人合一，与万物一体的甚深哲理的人生融化在内了。中国诗，可以说，都能把人生境界融化进宇宙境界，而来为宇宙境界作中心。远从《诗经》三百首起，其所用比兴的描写方法，即已具此意。"②钱穆认为，中国文学亲附人生而妙会实事，它的种种造诣都归向于"天人合一"的人生共相，将自然生命与人文生命融凝合一为统贯宇宙境界与人生境界的艺术境界。钱穆的这个说法其实在中国传统诗文评中亦有渊源，如刘熙载《艺概·诗概》云："《诗纬·含神雾》曰：'诗者，天地之心。'文中子曰：'诗者，民之性情也。'此可见诗为天人之合。"但是钱穆从文化学上所作阐释，尤有古人不及之处。他说："艺术与文学之在传统中国文化中，同以自然为尚，同主从人人之天赋聪明中自由流露，同以能如天工之无斧凿痕迹为其至高之理想，同以形式化、专业化为戒。……传统中国文化中之艺术与文学，同主一本性灵，而同时又主好古向学。……何以故？因人类性灵，本出同一模子，本属同一生命。千古前人之性灵，实亦无殊于千古后人之性灵。人文传统，实汲源生根于天赋自然。故人贵能'尽心以知性'。求能'尽心以知性'则必贵于学，至于'知性以知天'，斯可达于艺术文学之最高境界。所谓'天人合一'亦即由此见。故于中国艺术文学之传统中，乃更易见中国传统文化精神之所在。"③中国传统文化"尽心以知性""尽性以知天"的精神在中国文学艺术中获得了生动体现，这就是以"天人合一"为底蕴的"比兴"。钱穆指出，"所谓比兴，即是放大心胸，把天地大自然万象万变，与人事人文，

---

① 钱穆：《双溪独语》，第38页，《全集》第47册。
② 钱穆：《农业与中国文化》，《中国文化丛谈》，第131页，《全集》第44册。
③ 钱穆：《双溪独语》，第429页，《全集》第47册。

作平铺一体看"①,作为中国文学艺术表现的根本大法,"比兴"的根本艺术追求就在于汲源生根于天赋自然,以天人合一的人生性情和艺术兴趣将人类生命融进自然生命而贯通为统一的艺术整体。钱穆在谈到《诗经》的赋比兴问题时说:"赋之一体,即对人生来实叙实写。比兴二体,实即是对人生外事物之赋,但对人生则为比与兴。其实自然方面之比兴固即是人文之赋,而中国人文之赋乃皆由自然之比兴来,此即所谓万物一体、天人合一之一种内心境界,在文学园地中之一种活泼真切之表现与流露。故不识比、兴,即不能领略中国文学之妙趣与深致。而比兴实即是人生与自然之融凝合一,亦即是人生与自然间之一种抽象的体悟。"②比兴也需要用赋的方法描写"人生外事物"即天地,但是这种描写的意义必然指向"人生",由此构成的艺术抒写便是"比兴"。显然,钱穆以传统儒家人生思想为出发点指认了文艺创作的价值与意义,强调了比兴的文艺方法论意义,因此,他认为,不懂比兴,便难以真正欣赏到中国文学的妙趣深致,难以深切领悟到中国人"万物一体""天人合一"的人生哲理和人生艺术。

众所周知,"比兴"本为传统"《诗经》学"范畴,钱穆其实也是从《诗经》研究入手来讨论比兴问题的。钱穆指出:"《诗》之初兴,惟有《雅》《颂》,体本近史;自今言之,此即中国古代一种史诗也。欲知西周一代之史迹,惟有求之西周一代之诗篇,诗即史也。故知诗体本宜以赋为主,而时亦兼用比兴者,孔氏曰:'作文之体理自当尔',此言精美,可谓妙达诗人之意矣。盖诗人之不仅直叙其事,而必以比兴达之,此乃一种文学上之要求;而《诗三百》之所以得成其为中国古代最深美之文学作品者,亦正为其能用比兴以遣辞。"③钱穆在此着重分析了"比兴"与"赋"的关系。《诗经》乃是"中国古代一种史诗","体本近史",遣辞结体自然宜以直叙其事为主,因此"诗体本宜以赋为主"。这是从诗体角度肯定"赋"的最初本原意义,"比兴"自然当以"赋"为基础。但是《诗经》与

---

① 钱穆:《双溪独语》,第242页,《全集》第47册。

② 钱穆:《中国文化与中国文学》,《中国文学论丛》,第50页,《全集》第45册。

③ 钱穆:《读诗经》,《中国学术思想史论丛(一)》,第207—208页,《全集》第18册。

《尚书》不同，毕竟是"诗"而不是"史"，因而必然会有文学上的种种特殊要求，这就是"比兴"。钱穆又说："每一诗中，苟其不用比兴，则几乎不能成诗，亦可谓凡诗则莫不有比兴。盖每一诗皆赋也，不仅叙事是赋，言志亦是赋。而每诗于其所赋中，则莫不用比兴。"[1]在他看来，凡诗遣辞成体，无论叙事抑或言志，其本原均出于"赋"，而赋中也必然包含有比兴的抒写方法，二者其实相互涵摄。

赋与比兴的上述关系，同样存在于后世文艺创作中。钱穆在分析朱熹《观书偶感》一诗时就曾指出："这首诗就是'比'，就是'兴'，同时是'赋'；字面讲是赋，实际上是比。朱子不是讲池塘，是在讲他自己的心。"[2]显然，他认为赋与比兴在诗歌中应是不可分割的，文本层面或技巧层面的"赋"在诗意层面完全可以转化为"比兴"，但是比兴能够超越文本字面涵义，直接与作家的生命性情相联系，对于深化诗旨的作用较诸赋似乎尤为重要。"如庄周寓言，其外貌近赋，其内情亦比兴也。朱子所谓'几乎《颂》而其变又有甚焉'者，惟庄周之书最能跻此境界。盖周书之寓言，其体则史，其用则诗，其辞若赋之直铺，而其意则莫非比兴之别有所指也。"[3]这里大体有两层意思：其一，遣辞结体所形成的"外貌"均可以称之为"赋"，由赋抒写的文心诗旨即"内情"则属于"比兴"，而比兴必然建筑在赋的基础上；其二，凡文学中因体达用、由辞见意所构成的表现方式与技巧，均可称之为"比兴"。显然，钱穆讨论赋与比兴问题，超越了传统"《诗经》学"范畴，具有艺术哲学的意味。"天光云影，徘徊于水塘一鉴之上，是犹谓造化即在我方寸中也。万物皆有自得，正为得此造化。造化能入吾心，亦正为我心之有源头活水。而此心源活水之本身，实即是一造化。"[4]此论已经涉及文艺创作中的艺术思维问题。"画之有题，

---

① 钱穆：《读诗经》，《中国学术思想史论丛（一）》，第209页，《全集》第18册。
② 钱穆：《经学大要》，《讲堂遗录》，第745页，《全集》第52册。
③ 钱穆：《读诗经》，《中国学术思想史论丛（一）》，第209页，《全集》第18册。
④ 钱穆：《理学与艺术》，《中国学术思想史论丛（六）》，第286—287页，《全集》第20册。

亦以补申其所比兴而已"①,诗题其实同样具有"补申其所比兴"结构意义,此论涉及文艺作品的结构要素的比兴意义。凡此不胜枚举,足以体现钱穆讨论赋与比兴问题的宽广视野。

"古诗分赋、比、兴……比、兴者,乃将此情融入于大自然。即所谓'心与天通,心天合一'。而因事生情之事,则转不在可贵之列。"②钱穆认为,中国文艺具有抒情写意的偏向,在艺术处理方面往往重情略事,因而叙事状物的"赋"法虽然具有基础性,却并不是最高追求。比兴之法能够将情、事与自然融为一体,更能直接契合"心与天通,心天合一"之精旨。"《诗经》三百首,即分赋、比、兴三体。赋之一体,即对人生来实叙实写。比兴二体,实即是对人生外事物之赋,但对人生则为比与兴。"③赋是人生的"实叙实写",比、兴是借助外部世界种种事物间接地表现人生,其本质其实也是赋,只不过,赋的抒写对象是人生的"外观",而比兴的抒写对象则是人生的"内情"。"其次说到《诗经》的作法,有赋、比、兴三体。'赋'体直叙其事,不见得是中国文学技巧上之特质。中国文学技巧上的特质在'比'与'兴'。比是引物为比,兴是托物兴辞。……中国文学常从天地间一切自然现象,与夫鸟兽草木种种事态,来抒写作者个人一己的内心灵感。这一种文学抒写法,即称比兴。"④毫无疑问,钱穆认为赋侧重于直叙其事,而比兴所引、所托之"物"均需用赋来描绘,因而赋是文学表现不可缺少的基本技巧;但是,"诗人笔下所运用到的自然界,只把来作比兴之用而已",赋对自然与人生所作直叙其事的描写只是预备比兴"引物""托物"之用,因而并不能体现中国文学表现技巧的全部精彩。按照钱穆的阐释架构,中国文艺看重比兴远胜过赋,其实正是中国文化内倾性取向的必然选择。总之,钱穆站在"天人合一的人

①　钱穆:《新亚艺术第二集序》,《新亚遗铎》,第438页,《全集》第50册。

②　钱穆:《中国文化传统中之文学》,《中国学术通义》,第200—201页,《全集》第25册。

③　钱穆:《中国文化与中国文学》,《中国文学论丛》,第50页,《全集》第45册。

④　钱穆:《四部概论》,《中国学术通义》,第52页,《全集》第25册。

生之艺术化"的立场，充分肯定了"比兴"是中国文艺在艺术表达层面的主要方式与技巧。

宗白华先生在《中国美学史专题研究：〈诗经〉和中国古代诗说概论（初稿）》中指出："'兴'是构成诗之所以为诗的根基和核心"，"'赋''比''兴'结合了而以'兴'为主导才是诗，才是艺术，具备了艺术性"①。宗先生主张赋、比、兴"以'兴'为主导"的结合。钱穆的看法似与此有异，其实不然。钱穆指出："故赋比兴三者，实不仅是作诗之方法，而乃诗人本领之根源所在也。此三者中，尤以兴为要。……盖观于物，始有兴。诗人有作，皆观于物而起兴，而读《诗》者又因于诗人之所观所赋而别有所兴焉；此《诗》教之所以为深至也。"②又说："中国诗人，亦常善用兴体，乃见人文与自然诉合无间，天地万物共为一体。"③他显然认为"兴"更能代表中国文学"天人合一的人生之艺术化"特质与趋向，实际上和宗先生同样强调"兴"的诗学优先意义，只是论述角度略有区别而已。可见，钱穆虽然一方面从赋比兴本义阐释层面认定赋与比兴最初乃是以赋为本原，后来演变为相互涵摄关系，另一方面则从艺术思维层面强调了中国文学表现的思维本质乃是比兴。正是在艺术思维层面上，钱穆才肯定比兴更能代表"中国文学技巧上的特质"。至于比兴在技巧上的特殊表现与追求，在钱穆看来，主要是主内附外，重情略事，强调通过抽离具体的人生别相来表现超越时空的抽象道德共相。这些内容我们在前文已经作了详细分析，这里就不重复介绍了。

在钱穆看来，"比兴"不仅代表着中国文学表现技巧的特质，而且是中国文学所追求的最高理想境界。比兴乃是表现技巧与艺术境界的融凝合一，也就是说，比兴"即技巧即境界"。

钱穆指出："其实自然方面之比兴固即是人文之赋，而中国人文之赋乃皆由自然之比兴来，此即所谓万物一体、天人合一之一种内心境界，在

① 宗白华：《宗白华全集》第3卷，合肥：安徽教育出版社1994年版，第490页。
② 钱穆：《读诗经》，《中国学术思想史论丛（一）》，第211页，《全集》第18册。
③ 钱穆：《双溪独语》，第26页，《全集》第47册。

文学园地中之一种活泼真切之表现与流露。故不识比、兴，即不能领略中国文学之妙趣与深致。"①在他看来，中国文学深具人文主义道德精神，看重作家内心道德修养尤在其艺术技巧之上，强调中国文学家"在其文学作品之文字技巧，与夫题材选择，乃及其作家个人之内心修养与夫情感锻炼"②，必须与文化精神之大传统、大体系融凝合一，如此方能成为其文学上之最高成就。因而代表文学技巧特质的比兴必然同时也是作家内心境界的艺术化，必然是经由人生与自然关系的抽象体悟和形象表达而达成的艺术境界。这种艺术境界乃是人生境界与宇宙境界的融凝合一，而比兴则是将人生境界与宇宙境界缩合成艺术境界的关键。

在谈到《论语·述而》"饭疏食"章时，钱穆曾指出，此章"自属道德之修养之至高境界"，但是有了"于我如浮云"来作比兴，"便转进到文学境界中去"，"超乎象外"而别具神韵，其风情高邈可以使人心胸豁然开朗③。很显然，钱穆事实上已经将比兴予以泛化，视为人生境界与宇宙境界转化成艺术境界的根本方法。可以推论，这种转化一旦实现，它必然会逆向推动比兴由纯粹的艺术技巧升华为富有道德精神的艺术境界。钱穆在解说《论语·子罕》"唐棣之华"章时指出："中国诗妙在比兴，空灵活泼，义譬无方，读者可以随所求而各自得。……此章罕譬而喻，神思绵邈，引人入胜，《论语》文章之妙，读者亦当深玩。"④比兴的运用，可以使文章像诗歌那样，在"空灵活泼，义譬无方"的艺术表现下，呈现出"罕譬而喻，神思绵邈"的艺术境界。可见，比兴"即技巧即境界"，它首先是"技巧"，是通贯于艺术创造诸领域乃至人生实践的根本方法。

比兴"即技巧即境界"，它还是"境界"，是运化艺术技巧来抒写人生诸般别相以获得人生共相的同情共感的艺术境界。事实上，钱穆不仅将

---

① 钱穆:《中国文化与中国文学》,《中国文学论丛》,第50页,《全集》第45册。

② 钱穆:《中国文化与中国文学》,《中国文学论丛》,第49页,《全集》第45册。

③ 参见钱穆:《中国文化与中国文学》《中国文学中的散文小品》,《中国文学论丛》,《全集》第45册。

④ 钱穆:《论语新解》,第344页,《全集》第3册。

"比兴"视为艺术境界，而且认为比兴所达成的境界应该是人生境界与艺术境界二位一体的"天人合一"境界。钱穆指出："宋代理学家好言'气象'，气象亦是一种'心天合一'之境界。故其称孟子，则曰'泰山岩岩'。称濂溪，则曰'光风霁月'。其实在魏、晋人已早开此例。……人生能入诗境、入画境，此亦一种心天合一，此乃人生共相之最高理想所在。中国文化精神本重此'心天合一'之人生共相，故文学艺术诸种造诣，亦都同归于此一共相，以为最高境界，而莫能自外。"①在钱穆的学术话语体系中，"心天合一"就是"天人合一"。中国文化精神推重"天人合一"的人生共相，并常常用"泰山岩岩""光风霁月"一类形象化语言予以描述，而此类形象化语言经过长期文化积淀，实已转化为文化境界的类比或象征，能够兴发起人们内心世界深处文化生命的同鸣共感。人生"入诗境、入画境"，正是人生内蕴的道德精神外发表露为某种风貌，而这种道德精神的风貌具有审美特质，与艺术境界内在相通。以此推论，艺术境界正可以用来比兴人的道德境界，二者浑然一体，便是"心天合一"的境界。显然，钱穆所论切合中国传统文艺比德思维模式，但是能够运用"天人合一"理论阐明艺术比德的思想基础。

人生境界与艺术境界二位一体，由此达成天人合一的道德境界自然能够生动地展示人的文化生命的普遍共相，自然是人生实践、文艺创作所向往的最高境界。按照钱穆的阐释理路，人生境界与艺术境界其实构成了对道德境界的"比兴"，而这正是中国文化之所以能够运用"泰山岩岩""光风霁月"等审美语言描绘"心天合一"的道德境界的内在根据。钱穆认为，文学艺术乃从人类性灵之大本大源处展布流出，其运化比兴技巧，根本目的是要求对人类文化生命欣赏与传达（"文以达心"），因而必求技进于道。钱穆说："中国文化中之文学艺术，兴象寄托，乃与中国文化传统中之人品观，有其内在甚深之关联。"②文学艺术之"兴象寄托"，本分事是运化比兴技巧以创造一定的艺术境界，其之所以需要技进于道，从而

---

① 钱穆：《中国文化传统中之文学》，《中国学术通义》，第203页，《全集》第25册。
② 钱穆：《双溪独语》，第240页，《全集》第47册。

能够与"人品观"即道德境界发生内在关联，根本原因在于它们有着共同的文化趋向即"天人合一的人生之艺术化"。"天人合一的人生之艺术化"要求人生实践能够时时刻刻将道德生命流布运化于个体的举手投足之间，赋予人生别相即诸事、诸物以共相的光辉，由此达成的人生境界是道德人生的境界，同时也可以说是一种"比兴"境界。在这个意义上，"比兴"境界不仅存在于文学、艺术与道德中，举凡中国文化各部门如科学、经济、政治、历史等，无不同具此一共通的境界。因此，比兴非惟艺术境界，实际上同样是人生境界、道德境界，存神过化于人生实践全部领域乃至全部文化部门。

在钱穆看来，比兴"即技巧即境界"，乃是中国文艺的基本技巧特质与最高理想境界。钱穆的阐发不仅立足于诗学本身理清了赋比兴以"比兴"为主导的相互涵摄关系，而且从艺术思维、文化思维层面肯定了赋比兴"实不仅是作诗之方法，而乃诗人本领之根源所在也"[1]。尤为重要的是，钱穆将"比兴"推导至人生实践诸领域，阐明了"比兴"境界在文化人生中的重要意义。如果套用钱穆的表述，我们完全可以说，比兴不仅是"作诗之方法"，而且是"做人之方法"。当然，钱穆的论述颇具理学文论意味，体现了其文艺思想建构以文化涵摄文艺的基本取向与特征。

三、"比兴"阐释的拓展

有学者在谈到钱穆的先秦散文研究时说："总的说来，钱穆论先秦文的第一个重要特色，是不把比、兴二体局限于诗学范围，而视为先秦文乃至中国文学表达的主要方式和技巧。"[2]这个观察极为准确。但是，就文艺领域而言，钱穆的"比兴"论其实不仅不局限于诗学，甚至也并不局限于文学。钱穆对"比兴"的阐释，实际上拓展到了文学、艺术的全部领域，

---

[1] 钱穆:《读诗经》,《中国学术思想史论丛(一)》,第211页,《全集》第18册。
[2] 常森:《二十世纪先秦散文研究反思》,北京:北京大学出版社2002年版,第160页。

颇具文艺方法论和价值论建构的意味。

比兴"即技巧即境界",乃是"诗人本领之根源所在",代表着中国文学的技巧特质与理想境界,因而中国各体文学的创造无不运化比兴方法,非独韵文为然。钱穆认为,中国散文"其获臻于上乘之作,为人视奉为文章正宗者,实亦莫不有诗意,亦莫非由于善用比兴而获跻此境界"[①],如孔孟文章、庄子寓言、韩柳古文等,莫不如此。

抑且不仅韵散文学如此,举凡经史子集、稗史小说、佛禅语录、花部剧曲等,无不同样具有共通的比兴寄托心情,同以比兴为技巧特质与理想境界。"先秦九流十家中有小说家,实乃古代之稗史。然中国古代小说亦近诗,不近剧。又如各种寓言,鹬蚌相争、画蛇添足等,见之《战国策》者,亦皆诗人比兴之流。"[②]中国古代稗史小说同于史传,虽然运化赋体以叙事述史,但是其所以运思达意其实深具比兴思维特征,均已超越散体固有的赋的疆界而得以进入诗人比兴境界。"诗人之比兴,正似小说家之寓言。"[③]钱穆本以"诗"统合韵、散二体,其论散文、小说、戏曲等,同样将"比兴"视为此类散体的艺术表现技巧的根本特质。"诗情即哲理之所本,人心即天意之所在。《论语》孔子曰:'知者乐水,仁者乐山。'此已明白开示艺术与道德,人文与自然最高合一之妙趣矣。下至佛家禅宗亦云:'青青翠竹,郁郁黄花,尽见佛性。'是亦此种心情之一脉相承而来者。"[④]可见佛禅语录与儒家经典一样,同样能够运化比兴思维,以比兴技巧表达哲理,着实深具"天人合一"的比兴心情与妙趣。毫无疑问,钱穆显然认为"比兴"乃是中国文史撰述共通的抒写技巧、思维方式与理想境界,这是中国文化"天人合一的人生之艺术化"趋向的深入拓展。

钱穆对比兴研究领域的此番拓展,是有积极意义的。就文学研究领域

---

① 钱穆:《读诗经》,《中国学术思想史论丛(一)》,第209页,《全集》第18册。
② 钱穆:《诗与剧》,《中国文学论丛》,第154页,《全集》第45册。
③ 钱穆:《杂论唐代古文运动》,《中国学术思想史论丛(四)》,第67页,《全集》第19册
④ 钱穆:《读诗经》,《中国学术思想史论丛(一)》,第211页,《全集》第18册。

来看,至少可以启迪我们对于比兴技巧多样性的认识。在此,我们不妨以钱穆对《论语》运用比兴方法的分析为中心略作介绍。

钱穆认为,《论语》"其文情之妙者,亦莫不用比兴"①,而构成比兴的方法也不止于一端。如《子罕》:"子在川上曰:逝者如斯夫,不舍昼夜。"又同章:"子曰:岁寒,然后知松柏之后凋也。"钱穆指出,这两章文字"全用比、兴"而以散文方式写出,前者以逝水奔流寄托光阴似箭之感慨,后者以松柏后凋比喻离俗守道之坚贞,"话在此而意在彼",这是通过比喻手法的运用构成比兴,在韵文中运用较普遍。

又如《雍也》:"子曰:贤哉,回也!一箪食,一瓢饮,在陋巷,人不堪其忧,回也不改其乐。贤哉,回也!"钱穆指出,"此章纯属赋体,无比、兴",但是通过"贤哉,回也"的重复咏叹和"人不堪其忧"的反面衬托来作"加倍渲染",也就具有文学情味而进入比兴境界了。这是在纯粹的赋体中通过语句的前后重复呼应构成比兴的方法。

又如《述而》:"子曰:饭疏食,饮水,曲肱而枕之,乐亦在其中矣。不义而富且贵,于我如浮云。"钱穆指出,"此章也是直叙赋体",但是最后两句"便是运用比、兴,犹如画龙点睛,使全章文气都飞动了"。这是赋(前半章)与比兴(后半章)配合运用的方法。

又如《乡党》末章:"色斯举矣,翔而后集。曰:'山梁雌雉!时哉!时哉!'子路共之,三嗅而作。"在钱穆看来,《乡党》"本来不应是文学的",但是加上这一章,便可以使"全篇各节都成了文学化",转进至文学境界;换句话说,此篇前面各章直叙其事,末章则虚笔传神,虚实相生,显见末章实属比兴。②这是"各章可以先后配合"的比兴方法。

综合钱穆的分析来看,《论语》营构比兴境界的文学技巧至少有四种:其一,直接运用比兴的方法;其二,纯粹用赋体的方法;其三,赋与比兴相互配合的方法;其四,运用篇章虚实结构的方法。这些比兴技巧有的较常见,有的则少有人知,如第四种方法,在钱穆看来,"懂得到此的便少

① 钱穆:《读诗经》,《中国学术思想史论丛(一)》,第209页,《全集》第18册。
② 钱穆:《中国文学中的散文小品》,《中国文学论丛》,《全集》第45册。

了"。毫无疑问，钱穆对比兴这一艺术技巧的阐释，首先是拓展了问题讨论的范围，其次是丰富了比兴技巧本身的内涵，所论虽不够专精，却也能够启发和增进我们对中国诗学比兴手法的理解。

除了在中国诗学领域阐释"比兴"，钱穆的阐释还进一步拓展到了传统艺术领域。钱穆秉持"诗艺同构"观念，强调中国艺术与中国文学同样以比兴为根本方法，中国艺术诸如绘画、书法、音乐、戏剧、舞蹈、园林等，尽管媒介不同、方法各异，但是终究均以表现"人心"为旨归，持比兴为"艺家本领之根源"。

钱穆指出，中国艺术传统自魏晋以来，发生了重要变化。以绘画论之，唐代以前的中国画主要应用于政治上层或宗教场合，以政治人物画或宗教壁画为主，多半以富丽雄伟的姿态出现，较少比兴寄托，而中唐以后的中国画则主要是应用于日常人生场合的观赏画或书房画，其中虽有主张"无我"的禅学画与主张"有我"的理学画的重要分野，但是它们都追求将人生性情渗透进自然造化以创造"天人合一"的理想境界，尽管具体技巧有所区别。"古代的文学，是应用于贵族社会的多些，而宗教方面者次之。古代的艺术，则应用于宗教方面者多些，而贵族社会次之。但一到唐代全都变了，文学、艺术全都以应用于平民社会的日常人生为主题。这自然是中国文化史上一个显著的大进步。"[①]事实上，钱穆认为魏晋以降直至唐宋时期的中国画存在一个基于社会变动引发的平民化演变趋势，其表征是"平民社会的日常人生"成为绘画艺术的主题，其艺术追求相应地强调通过日常人生别相的刻画来比兴道德生命共相，因此，比兴逐渐成为中国画的艺术表现主流。其他艺术门类大体如绘画一样，也都先后在魏晋至唐宋时期确立了与诗学同构同调的比兴传统。

比兴"实不仅是作诗之方法，而乃诗人本领之根源所在也"[②]，非惟中国诗学，中国艺术也离不开比兴。以音乐论之。"音乐虽与文字分途发

---

① 钱穆：《中国文化史导论》，第178—179页，《全集》第29册。
② 钱穆：《读诗经》，《中国学术思想史论丛（一）》，第211页，《全集》第18册。

展，但其主要根源亦仍然出自音乐家之内心，故得与文学同归。"①钱穆认为，音乐与文学殊途同归，均植根于民族文化性灵深处，以"比兴"为核心技巧特质、思维方式与理想境界，蕴涵着"天人合一的人生之艺术化"趋向。"中国音乐贵能传心，传递生命，斯为得之。"②中国音乐与文学一样崇尚会心、达心、传心，其在技巧与境界方面的追求自然与文学有内在共通之处。钱穆曾在批评刘天华的音乐表演时说："如其奏《空山鸟语》，依中国文学意义言，此中妙趣乃在听此鸟语者，而不在鸟语本身。故奏此曲贵能亲切发挥出听者之内心；若仅在鸟语声上着意，技巧纵高，终落第二乘。《诗经》有赋、比、兴三义，仅在鸟语声上着意，此乃诗中之赋，然所赋仍贵在人之心情上。故必有比兴。"③中国音乐贵在"传心"，倘若过于看重拟声赋形，便难以达成演奏者与欣赏者相互之间的生命沟通。只有超越音声束缚，直指人心，才能够"亲切发挥出听者之内心"。因此，中国音乐"必有比兴"。

中国画也"必有比兴"。"天有气象，地有境界，人有风格。在此气象境界之中有此风格，配合起来，这是一个艺术的世界。中国画便要此'气象''境界'与'风格'之三者合一。"④钱穆认为，中国画追求"气象""境界"与"风格"的配合与统一，其中存在着"天、地、人三位一体的一种结构"⑤，此种"结构"便是"天人合一"的"比兴"境界及其具体技巧在绘画艺术的布局构图、运笔设色等方面传神运化的结果。中国画强调以人为中心或主脑，倘若没有画进人，那就以其他有生命的事物来作代替，这种处理其实就是要将人文（"气象"）融合进天文与地文（"境

---

① 钱穆：《略论中国文学中之音乐》，《中国文学论丛》，第225页，《全集》第45册。

② 钱穆：《略论中国文学中之音乐》，《中国文学论丛》，第227页，《全集》第45册。

③ 钱穆：《略论中国文学中之音乐》，《中国文学论丛》，第226—227页，《全集》第45册。

④ 钱穆：《中国文化中的最高信仰与终极理想》，《中华文化十二讲》，第122页，《全集》第38册。

⑤ 钱穆：《中国文化中的最高信仰与终极理想》，《中华文化十二讲》，第121页，《全集》第38册。

界"），运化技进于道的艺术技巧（"风格"），来作一番"天人合一的人生之艺术化"的艺术表现。

中国戏剧同样"必有比兴"。钱穆认为，以京剧为代表的中国戏剧往往把人生艺术化之后再去舞台上表演，通过"假戏真做"来为真实人生提供更高层面的理想与意义。"我说中国戏乃是假戏，其特别精神可用四字作说明，即是'抽离现实'。"①钱穆强调，中国戏剧与王国维《人间词话》主张的"不隔"恰恰相反，其长处"正在其与真实人生有隔"，而实现这一点的根本方法就是"抽离现实"。所谓"抽离现实"，主要指戏剧表现的故事情节在具体细节方面的弱化与虚化，强调戏剧表现与实际人生之间必须存在一定距离。钱穆说："中国画则是抽离现实，得其大意，重要在神韵、在意境，始是上乘作品。……中国京剧亦如作画般，亦要抽离，不逼真。"②中国戏剧抽离现实，主要通过高度程式化的表演给人以存神过化的内心感动，其核心要求是"动作舞蹈化""语言音乐化"和"布景图案化"，具体表现为脸谱、唱腔、动作等要素的程式化。可以说，中国戏剧"抽离现实"，摒弃真实人生别相的逼真表现，追求理想人生共相的神韵传达，这种艺术精神及其程式化的表现技巧，其实正是"比兴"在戏剧领域的伸展，因此，"中国京剧已是获得了中国艺术共同精神主要之所在。"③

综上所述，音乐、绘画、戏剧等中国艺术，与中国文学一样，无不以"比兴"为根本大法。同时，中国艺术运化"比兴"大法，也与中国文学一样，内在地追求"天人合一的人生之艺术化"。

钱穆说："如言艺术、绘画、音乐，亦莫不有其一共同最高之境界。而此境界，即是一人生境界。艺术人生化，亦即人生艺术化。"④中国艺术共同的理想境界，就是强调在艺术境界中将人生境界与宇宙境界贯通成一体，从而实现"艺术人生化"与"人生艺术化"的融凝合一亦即"天人合

① 钱穆：《中国京剧中之文学意味》，《中国文学论丛》，第201页，《全集》第45册。
② 钱穆：《中国京剧中之文学意味》，《中国文学论丛》，第202页，《全集》第45册。
③ 钱穆：《中国京剧中之文学意味》，《中国文学论丛》，第202页，《全集》第45册。
④ 钱穆：《周濂溪通书随劄》，《宋代理学三书随劄》，第208页，《全集》第10册。

一"境界。"宋以后画,尤以山水为宗。因画家之心,以寄于山水为最适。画山水不啻画己心。山水在大自然中真常不坏,画家此心亦常不坏。此亦一种'心天合一'。"①其实不仅是山水画,中国的人物画、花鸟画等都强调在自然与人文的融凝合一中表现人生真实性情,以"心天合一"即"天人合一"为最高理想境界。钱穆指出:"中国戏剧扼要地说,可用三句话综括指出其特点,是即'动作舞蹈化''语言音乐化''布景图案化'。换言之,中国戏剧乃是由舞蹈、音乐、绘画三部分配合而组成的。此三者之配合,可谓是人生之艺术化。"②中国戏剧遵循"抽离现实"的原则,以高度程式化的表演追求"人生之艺术化",戏剧表演所达成的存神过化的艺术境界同样是天人合一的境界。总之,在钱穆看来,中国艺术贵在能够运用本质上共通的艺术方法,在实际的艺术表现中实现"艺术人生化"与"人生艺术化"的高度统一,推动艺术创造达成"天人合一"的境界。

中国艺术赖以达成"天人合一"境界的技巧特质与思维方式,论其本质,同样也可以说就是"比兴"。钱穆指出:"诗以有比兴为贵,画以有寄托为高。惟诗至初唐,陈子昂、李太白已高谈比兴;而画至宋代,始有人提及寄托。文学艺术之新思潮,其出现容有前后参差,不足怪也。"③中国画之崇尚"寄托",正如诗之强调"比兴",都是要放大心胸,把自然造化用来抒写人生性情,此种艺术思维与技巧,究其实质而言,正是"比兴"。钱穆又说:"中国人之于艺术,必贵其技而进乎道。故于绘画,亦不专尚形似,而特重意境。若以文学为喻,形似者画之赋,意境则其所比兴。故中画以山水为主,盖因山水之用于比兴,其道多方,可以任其意之所寄而一于画出之。而画家又贵作题。画之有题,亦以补申其所比兴而已。又必以画道通诸书法。书法专仗线条,最为抽象。惟其属于抽象,故能尽比兴之能事。书家之意境,乃可于其运笔与结体之种种变化中,曲折精微,无所不到。中国人作画,则又以书家运笔与结体之妙寓其间。故其人苟无意

---

① 钱穆:《中国文化传统中之文学》,《中国学术通义》,第202页,《全集》第25册。
② 钱穆:《中国京剧中之文学意味》,《中国文学论丛》,第201页,《全集》第45册。
③ 钱穆:《理学与艺术》,《中国学术思想史论丛(六)》,第302页,《全集》第20册。

境，即不足以作画。其人苟不通诗之比兴与夫书家运笔结体之妙，亦不足以善用其意境以入画。"①他认为，中国画运笔用墨来应物象形，相当于"赋"，而其摹写神韵意境则相当于"比兴"，前者可以视为写实，后者正是写意。书法以线条运笔结体，属于"赋"，而在运笔结体的诸般变化间体现出的"曲折精微"之处，正是"比兴"的结果。"写实便不见有我之存在，写意又不见有物之存在"②，绝非中国绘画与书法的艺术理想，也难以为中国艺术精神所认同。中国艺术看重意境创造而不专尚逼真形似，强调观物写生"见与所见，正贵融凝合一"，以写实与写意融为一体的比兴境界为最高艺术理想，绘画、书法、音乐、戏剧等无不追求此种"技进于道""存神过化"的艺术表现。

钱穆认为，中国艺术推重运化"比兴"以达成"天人合一的人生之艺术化"，惟其如此，中国艺术看重艺术家的"品"，特别强调艺术主体的道德修养、艺术胸襟在艺术创造过程中的流露与寄托。他说："论诗，比不如兴。兴比又各有深浅高下。若是说风景，只从外面描写，非心中流出。从心中流出，虽说风景，却有比兴意在。"③诗歌倘若"从心中流出"，即便只是单纯运用赋法描写风景，却依然具有"比兴意"，因为，诗歌作品此时已经是诗人的道德修养、艺术胸襟的载体，诗歌是对诗人的比兴。"人之处世，合理会事当理会。理会了而见之诗，则比兴自见，自有诗人风格也。"④诗人的实际人生"合理会事"而达到"理会"的境界，其诗歌创作无论是运用赋法还是比兴，其实均能自然呈现其修养与胸襟而有"流出"的诗。这种创作境界，钱穆称之为"诗人风格"。非惟诗歌，其他中国艺术同样要求具有这种"诗人风格"。如中国绘画，钱穆以倪瓒为例指出："他所画，似乎谁都可以学。几棵树，一带远山，一弯水，一个牛亭，就是这几笔，可是别人总是学不到。没有他胸襟，怎能有他笔墨！这个笔

---

① 钱穆：《新亚艺术第二集序》，《新亚遗铎》，第438页，《全集》第50册。
② 钱穆：《中国文化与中国文学》，《中国文学论丛》，第53页，《全集》第45册。
③ 钱穆：《朱子之文学》，《朱子新学案（五）》，第192页，《全集》第15册。
④ 钱穆：《朱子之文学》，《朱子新学案（五）》，第194页，《全集》第15册。

墨须是从胸襟中来。"①倪瓒的画有意境,其实是其人有胸襟,非仅笔墨之功,笔墨只是画家胸襟的比兴寄托。显然,如诗人比兴寄托一样,画家笔墨亦须从胸襟"流出",亦须具有"诗人风格"。显然,钱穆标举"诗人风格",以"比兴"范畴阐释艺术作品的境界与艺术家胸襟修养之间的关系,事实上已经将"比兴"从创作方法层面提升到了艺术思维的高度,丰富了比兴为"根本大法"的内涵。"其实中国文学之全部精采,则正在比兴中。"②钱穆所言,确为洞见,中国文学艺术的艺术思维、艺术表现与艺术追求的精义正是"比兴"。总之,文学艺术创造倘若不识比兴,就难以达到"技进于道""天人合一"的理想境界。换句话说,比兴不仅是中国文学艺术技巧的核心特质,也是它的基本思维方式和最高理想境界,其主要特征便是技巧与境界当体不二,亦即我们前面指出的"即技巧即境界",这正是中国文化"天人合一的人生之艺术化"趋向与特质在文学艺术领域的精微体现。

如果我们将钱穆的"比兴"论与新文化运动以来运用现代修辞学方法的"比兴"研究略作比较的话,便自然会发现钱穆的研究所具有的独特优长。现代修辞学方法侧重于御用量化比较的方法,将"比兴"与西方诗学中的比喻、象征等联系起来,仅将"比兴"处理为修辞方法和表达技巧。例如,唐钺1923年在《修辞格》中就以《诗经》中的《螽斯》《硕人》等篇为例,来说明比喻中的"显比格"和"隐比格"。谢无量1923年在《诗研究》中也辟有专节讨论"《诗经》的修辞法"。王易1930年在《修辞学通诠》中谈到"直喻法"和"隐喻法"时,也援引《诗经》中的《螽斯》《硕鼠》等篇为例。黎锦熙1935年在《修辞学篇》中以大量篇幅研究《诗经》中的"比"和"兴",举例十分详尽。20世纪二三十年代有不少《诗经》研究者力图"把这部最古的诗也用修辞的方法略加以研究"③,这些研究大都将"比兴"简单处理成了纯粹的表现技巧或修辞方法。钱穆论述

① 钱穆:《谈诗》,《中国文学论丛》,第144页,《全集》第45册。
② 钱穆:《中国文化与中国文学》,《中国文学论丛》,第53页,《全集》第45册。
③ 谢无量:《诗经研究》,上海:商务印书馆1923年版,第140页。

"比兴"，显然超越了单纯的修辞技巧层面，业已触及文学方法论乃至文学思维问题。

综观钱穆的"比兴"论，能够以"天人合一的人生之艺术化"作为其"比兴"理论的创生原点，将"比兴"由传统诗学范畴拓展至全部文学、艺术领域乃至文化领域，将"比兴"处理为艺术技巧、艺术思维与艺术境界融凝合一的统一整体，显然具有文艺方法论与价值论的理论建构的积极意义。20世纪以来的"比兴"研究，研究进路和理论观点虽然不尽相同[①]，但是至今尚无能够获得一致认同的意见。钱穆的"比兴"论始终强调必须联属历史文化全体系来研究文学乃至全部文艺，以超越的文化学视野将"比兴"建筑在深厚的文化生命本体论基础上，这是他的"比兴"研究的独到之处，也体现了其文艺思想建构的人文关怀。

钱穆的"比兴"研究，不能算是最系统、最精微，但是它始终就本土资源立论，以求构建中国文学的"文学通论"，这一点是最值得关注的。后"五四"时代，如何回归胡适、陈独秀、马一浮、钱穆等人的学术语境以获得一种"同情的了解"，从而建构高度尊重传统资源的自本自根的文学艺术理论，其间还有很多问题值得我们深入思考。

---

① 李健《比兴思维研究——对中国古代一种艺术思维方式的美学考察》一书,将20世纪中国"比兴"研究的主要理论观点概括为6种(安徽教育出版社2003年版,第16—17页)。这个概括其实尚不足以反映20世纪"比兴"研究的全貌。

第三章 个案诠释中的文艺思想阐发

　　钱穆致力于将其文化学和史学研究中一贯坚持的文化生命本体论及人生思想，融贯到对中国文学史具体问题的诠释中，以学术思想史的宏观视野梳理中国文艺的整体脉络，发掘中国文艺的文化生命，进而探寻文艺现代化的理想进路。这是钱穆文艺研究的基本思路和归宿。粗看之下，钱穆的文艺研究多属"述而不作"宏观史论个案，难免会给人以粗疏零散的印象；但是如果将这些略显零散的史论个案连缀贯通为整体来看的话，我们自然不难看出其中蕴涵着丰富而深刻的文艺思想，并且这些理论观点的提出与阐发大都牵涉20世纪中国文艺现代化进程的具体问题，仅此而言，钱穆的文艺研究便值得引起更多的关注。

　　不过，由于钱穆的文艺个案阐发具有宏观的文化视野，讨论的问题往往牵涉面较广，并且在研究方法上基本遵循的是传统的"述而不作""温故知新"进路，因而他所能提供给我们的大多属于概论式的宏观意见，较少就相关文艺问题作详细具体的系统建构。在这个意义上，要全面梳理钱穆文艺研究的具体见解和理论体系，其实是相当困难的。在此，我们只能选取钱穆的文艺研究的一些重要个案作简要分析，争取能够从不同角度以点带面地描绘出钱穆文艺思想的基本面貌。

一、论"文学自觉"

在中国文学研究领域，魏晋时代是"文学的自觉时代"，几乎是研究者人所共知的命题。这个命题最早由日本著名汉学家铃木虎雄提出①，但是它后来能够产生很大影响却应归因于鲁迅先生。1927年，鲁迅先生在《魏晋风度及文章与药及酒之关系》中指出："汉末魏初这个时代是很重要的时代，在文学方面起一个重大的变化"，"用近代的文学眼光看来，曹丕的一个时代可说是'文学的自觉时代'，或如近代所说是为艺术而艺术（Art for Art's Sake）的一派"。②尽管鲁迅先生并未就此命题作出详尽缜密的论述且本意也不在论文衡艺，但是其影响异常广泛深远，魏晋"文学自觉"说自此遂成为学界广泛讨论的命题③。当然，围绕这个命题的研究本身有一个不断深化的过程，许多学者已经对此命题有所置疑，可以说至今尚未出现能获得一致认同的结论。

钱穆尝谓："古代人的文学独立观念要到三国建安曹氏父子开始。……东汉人已经懂得文学要慢慢地独立，可是真的觉醒独立是要到建安。这是我讲文学史的最大观点。至此，经学以外，又有了史学、文学。而从魏晋南北朝特别到隋唐，文学升到天上去了，大家第一要做文学

① 据张海明所著《回顾与反思——古代文论研究七十年》一书介绍，铃木虎雄曾著《支那诗史》一书，1925年由京都弘文堂书房印行，该书主要部分曾分别以"论格调、神韵、性灵之诗说""周汉诸家的诗说"和"魏晋南北朝的文学论"为题，先后发表于《艺文杂志》(1911、1919、1920)。该书的国内主要译本有《中国古代文艺史》(孙俍工译，北新书局1928年版，只收有前两篇)和《中国诗史》(许总译，南宁：广西人民出版社1989年版)。参见张著第247页，北京：北京师范大学出版社1997年版。

② 鲁迅：《而已集》，《鲁迅全集》第3卷，北京：人民文学出版社1973年版，第486、490—491页。

③ 关于"文学自觉"命题的学术讨论概况，参见陈文忠教授《论"文学自觉"的多元历史进程——30年"鲁迅问题"论争的回顾与思考》，载《陕西师范大学学报(哲学社会科学版)》2012年第5期。

家。"①这段话是他20世纪70年代在台北外双溪素书楼授课时所说。我想，钱穆一生治学严谨，他不可能不知道铃木虎雄和鲁迅先生早有魏晋"文学自觉"的说法，那么他为何还要将其引以为自己"讲文学史的最大观点"呢？事实上，钱穆曾经明确说过："中国古代文章中多只包括史学、哲学，而无纯文学；纯文学须至魏晋时代才正式开始。此一层从前人早已提出，惟与我所讲稍有不同而已。"②可见，钱穆所谓"最大观点"其实主要指"所讲稍有不同"，这是我们首先必须明确之处。当然，钱穆对这个"最大观点"有过反复的阐释，其间多少能够反映其文艺思想的某些特点，值得关注。

1."文学自觉"的脉络梳理

与其他研究者的阐释相同，钱穆首先肯定了道家思想的兴起对魏晋文学观念自觉具有重要意义。他说："中国历史上文学观念之独立觉醒，以及纯文学作品之创出，此事直到东汉晚年才开始。……那时又是庄、老道家思想复兴，适与新文学之创始如双轨并进，这也可见中国道家与中国文学之有紧密联系了。"③东汉中晚期政治衰替使得论道经邦的传统政治意识逐渐崩解，道家思想渐渐成为支配社会心理的思想主流，这是魏晋"文学自觉"的思想背景。钱穆以宏观的学术思想史视野，将"文学自觉"问题纳入中国文学观念演变的全部历史进程中展开讨论，认定其中存在一个动态的演进过程。

首先，钱穆认为，学术思想乃至传统文化有其整体演进的历史进程，其间有前后相续的核心与主流，讨论"文学自觉"问题，不能仅仅将魏晋文学观念新变从整体性历史进程中单独抽离出来考察。

事实上，钱穆在阐释魏晋"文学自觉"问题时，特别强调"文学自觉"作为文学观念新变的发端性质。他说："中国历史上文学观念之独立

---

① 钱穆：《经学大要》，《讲堂遗录》，第652页，《全集》第52册。
② 钱穆：《魏晋文学》，《中国学术思想史论丛（三）》，第235页，《全集》第19册。
③ 钱穆：《四部概论》，《中国学术通义》，第54—55页，《全集》第25册。

觉醒，以及纯文学作品之创出，此事直到东汉晚年才开始。"①又说："东汉有文学家是不错，西汉也有文学家，战国时代也有文学家，但是文学的一门在中国学术上独立，这要到三国时代建安七子开始。"②又说："中国古代文章中多只包括史学、哲学，而无纯文学；纯文学须至魏晋时代才正式开始。"③从这些表述来看，钱穆显然认为"文学观念之独立觉醒"其实只是中国文学观念新变的发端，并非最终完成。钱穆指出："若论立言不朽，叔孙豹所举如臧文仲，此下如孔、孟、庄、老，下至扬雄作《法言》《太玄》，亦皆立言不朽；惟其着意于文辞修饰，实已隐含有文章不朽之新意向，至曹丕而始明白言之。故曰：'年寿有时而尽，荣乐止乎其身，未若文章之无穷。'此种文学不朽观，下演迄于杜甫，益臻深挚。"④这里说得更清楚，"着意于文辞修饰"的"文学不朽观"由曹丕《典论·论文》首倡，但是它存在一个"下演"的历史进程，一直到杜甫那里才"益臻深挚"。由此可见，钱穆事实上认定中国文学观念有其客观的历史进程，以"纯文学"为表征的魏晋"文学自觉"只是这一历史进程的发端。

在钱穆看来，魏晋"文学自觉"得以发端的原因是多元的。他说："综观建安一代之文风，实兼西汉赋家之夸大奢靡，与夫东汉晚期古诗十九首中所表达之颓废激荡，纵横家言与庄老思想相间杂出，宫廷文学与社会文学融铸合一，而要为有一种新鲜活跃之生命力贯彻流露于其间；此则为以下承袭者所不能逮也。"⑤建安文风渊源多端，最能体现其"新鲜活跃之生命力"的无疑是"纯文学"抒写。"文人之文之特征，在其无意于在人事上作特种之施用。……其至者，则仅以个人自我作中心，以日常生活为题材，抒写性灵，歌唱情感，不复以世用撄怀。是惟庄周氏之所谓'无用之用'，荀子讥之，谓其'知有天而不知有人'者，庶几近之。循此乃

① 钱穆：《四部概论》，《中国学术通义》，第54页，《全集》第25册。
② 钱穆：《经学大要》，《讲堂遗录》，第545—546页，《全集》第52册。
③ 钱穆：《魏晋文学》，《中国学术思想史论丛(三)》，第235页，《全集》第19册。
④ 钱穆：《中国文化与中国文学》，《中国文学论丛》，第42页，《全集》第45册。
⑤ 钱穆：《读文选》，《中国学术思想史论丛(三)》，第185页，《全集》第19册。

有所谓纯文学。故纯文学作品之产生，论其渊源，不如谓其乃导始于道家。"①钱穆将魏晋"纯文学"概括为"文人之文"，其核心特质是庄子所谓"无用之用"，而在艺术表现上主要是"以个人自我作中心"和"以日常生活为题材"。

钱穆认为，魏晋"文学自觉"虽然"导始于道家"，但是其发展却并不以道家为归趣。"中国文化进展，先由整体一中心出发，其次逐渐向四围分别展开。又其后，乃再各自回向中心会合调整。如文学直到东汉始成独立观念，及唐代，诗有李、杜，文有韩、柳，始再回向中心，而创'文道合一'之新观念。"②钱穆认为，中国传统文化存在儒道互补结构，儒、道思想的碰撞与消长，形成了以儒家人生思想为主流的人文主义传统。中国文化各部门的历史演进，总是在各文化部门自身的特殊规律与其内在蕴含的人文主义传统相互激荡中呈现出不同的姿态。中国文学于魏晋时期形成"独立观念"，但是始终有"回向中心"的要求，于是出现了唐代"文道合一"新观念。

钱穆指出："建安以下，知为文以骚、赋、诗歌为尚，此为中国文学史上文学独立之一种新觉醒。然骚、赋、诗歌，必尚辞藻，必遵韵律，为之不已，流弊所趋，乃竞工外饰，忘其内本。唐兴，陈、李揄扬风雅，高谈兴寄，正以药其病。至于韩、柳有作，乃刻意运化诗、骚、辞赋之意境而融入之于散文各体中，并可剥落藻采，遗弃韵律，洗脂留髓，略貌存神；而文学之园地，转更开拓，文学之情趣，转更活泼。"③所谓建安以下的中国文学存在"竞工外饰，忘其内本"的流弊，正是其离心式发散展开的结果，偏离了传统儒学文艺观；而所谓"正以药其病"，指唐代文学针对魏晋南北朝文学流弊所作的向心式的会合调整，是对传统儒学文艺观的回归。如果说魏晋"文学自觉"即文学独立价值观念的发生多受道家思想

---

① 钱穆：《读文选》，《中国学术思想史论丛（三）》，第165页，《全集》第19册。

② 钱穆：《理学与艺术》，《中国学术思想史论丛（六）》，第283页，《全集》第20册。

③ 钱穆：《杂论唐代古文运动》，《中国学术思想史论丛（四）》，第71页，《全集》第19册。

影响，对文学的艺术价值的强调远胜过社会价值，属于文学传统背离以儒家人生思想为主流的人文主义传统的发散展开环节的话，那么唐代文学复古思潮则相应地可以看作由此发散展开环节回归中心的会合调整环节，其结果便是以儒学为底蕴的"文道合一"新观念的形成。按照钱穆的观点，隋唐文学复古思潮"鄙薄魏、晋以下，刻意复古，而适以成其开新"，起初仅要求文学像魏晋以前那样强调社会价值，如陈子昂"兴寄"说的着眼点"乃在其诗之内容，不指其丽采与技巧"，结果却在这种要求中进一步融会贯通了魏晋文学观念自觉对文学艺术价值的追求，如杜甫盛赞陈子昂"千古立忠义，《感遇》有遗篇"，便已明白揭示出"文、道相一贯之见解"，至韩愈"修辞明道"、柳宗元"文以明道"理论主张提出，乃将"文道合一"新观念附丽于缜密的理论构架。钱穆认为，唐代"文道合一"新观念实属传统儒学文艺观与魏晋纯文学观念在全新历史条件下的融合，是基于回归以儒家人生思想为主流的人文主义传统的内在要求，对魏晋文学观念在更高层面所作的扬弃与整合。钱穆考察魏晋"文学自觉"问题，常常由唐代文学观念进行回溯推论，由点到线地形成结论。这种处理问题的方法表明，钱穆始终将魏晋"文学自觉"问题置于整个文学观念历史演进的全部进程中考察，因而能够合理认识其发生的原因和演变的趋势。

综合梳理钱穆的相关文艺阐述，我们不难发现，钱穆事实上始终秉持儒学文艺观，将中国文学观念自觉的演变进程处理成了"发生—'自觉'—定型—新变"的架构。按照钱穆文艺思想的内在逻辑，中国文学观念以儒学文艺观为主线，在先秦两汉时期处于"发生"阶段，魏晋时期处于"自觉"即文学价值观宏观上偏离儒学文艺传统的阶段，从唐宋"文道合一"论直至近代"文以载道"的演变属于文学观念定型的阶段，"五四"新文化运动期间新文学兴起代表着文学观念发生新变的阶段。钱穆之所以对新文学有比较激烈的批评，根本上在于他认为新文学走的是西方文学道路，完全背离了中国传统文艺思想的主线。"新旧文学，为余当生一大争辩。"①钱穆的文艺研究其实就是针对现代文学观念的"争辩",阐明"中国文学之伟大有其内在的真实性"②,呼唤新文学的倡导者"必于旧有文学之传统与其体系有所了解,而更必于旧有文化之传统与其体系有所了解"③。钱穆对以魏晋"文学自觉"为发端的中国文学观念的历史演进的考察,具有宏观的学术史视野,其对魏晋"文学自觉"的发端性质的概括应该说是比较准确的。

其次,钱穆立足于传统儒家人生思想,深入阐释了魏晋文学观念自觉得以发生的内在脉络。

魏晋"文学自觉"确实造就了魏晋文学创作的种种新变化,因其与此前以汉大赋为代表的文学创作有显著差异而被现代研究者称为"纯文学"。但是,钱穆认为这种"纯文学"创作背后的文学价值观其实并没有根本变化,本质上是以"纯文学"艺术表现之新瓶装"人生不朽"价值观念之旧酒。

钱穆说:"中国人讲人事又有三大目标,即春秋时晋叔孙豹所提出的'立德、立功、立言'三不朽。……此三不朽,各时代人对之亦各有所偏。如汉唐人重立功胜过于立言,宋明人重立言胜过于立功。要之,则皆须自德性出发。"④尽管建安诸子"无事而仅为文,所以成其为文人之文",文学创作固已臻于"纯文学"境界,但是在重视"立功"胜过"立言"的历史条件下,他们在文学价值上却并未真正达成自觉。钱穆指出:"建安以后,始以文学作品为表现作者人生之用,以文学为作者私人不朽所寄。魏文帝所谓:'惟立德扬名,可以不朽,其次莫若著篇籍。'又曰:'文章经国之大业,不朽之盛事。'是也。于是人求以文章期不朽,遂求融作者于作品中,务使作家与作品相会合一,而成为一种新文学。唐宋韩柳古文,实亦袭此意境而惟略变其体貌。故在中国文学史上开始有纯文学之抒写,

---

① 钱穆:《八十忆双亲师友杂忆合刊》,第377页,《全集》第51册。
② 钱穆:《谈诗》,《中国文学论丛》,第150页,《全集》第45册。
③ 钱穆:《中国文化与中国文学》,《中国文学论丛》,第54页,《全集》第45册。
④ 钱穆:《如何研究学术史》,《中国历史研究法》,第89页,《全集》第31册。

亦是此一时代一大贡献也。"①先秦时期"三不朽"说所提示的人生观念，在魏晋时期出现了新的变化，"立言"范畴扩大至文学创作，文学作品可以成为"作者私人不朽"的寄托，原本属于"雕虫小道"的"文章""篇籍"被视为"立言"而成为"不朽之盛事"。

不过，在钱穆看来，魏晋时期人生观念的变化虽然推动了"纯文学之抒写"的发端而出现了"新文学"，但是这种"新文学"其实依旧裹挟在"文章""篇籍"之中，并未真正独立。他说："是魏文心中所追向，亦仍以古人著书成一家言者为其最高之准则。彼固未尝确认彼当时所随意抒写，倾吐心膈，薄物短篇，若无事为文者，而终能为文章之绝唱，亦可与古者一家之言同传于不朽也。"②建安诸子混"家言"于集部，固然认为"成一家之言"的"文章"可以不朽，其实还是将文学创作纳入"立言"范畴来看待的，并未真正确认基于"无事为文"的日常生活情感表达的文学创作也可以不朽。钱穆认为，萧统《文选》"不以经、子列于纯文学之类也"，"魏文尚混家言于集部，以此较之，其对纯文学之观点，可谓尤更清澈矣"③，也就是说，与追求"立言不朽"的"文章""篇籍"相区别的独立的"纯文学"观念，直到萧统《文选》才真正获得清晰的呈现。因此，魏晋"文学自觉"尽管催生了迥异的新文风，其实依旧是以全新的艺术表现承载着"立言不朽"的传统旧观念。

魏晋"文学自觉"在文学创作层面主要表现为艺术表现和题材重心两方面的新变。魏晋文学在艺术表现方面的新变，钱穆将其概括为"文人之文"。他说："文人之文之特征，在其无意于在人事上作特种之施用。……其至者，则仅以个人自我作中心，以日常生活为题材，抒写性灵，歌唱情感，不复以世用撄怀。是惟庄周氏之所谓'无用之用'，荀子讥之，谓其'知有天而不知有人'者，庶几近之。循此乃有所谓纯文学。故纯文学作

---

① 钱穆：《略论魏晋南北朝学术文化与当时门第之关系》，《中国学术思想史论丛（三）》，第263—264页，《全集》第19册。

② 钱穆：《读文选》，《中国学术思想史论丛（三）》，第174页，《全集》第19册。

③ 钱穆：《读文选》，《中国学术思想史论丛（三）》，第191页，《全集》第19册。

品之产生，论其渊源，不如谓其乃导始于道家。"①所谓"文人之文"，在艺术表现方面本着"无事为文"的创作态度，"抒写性灵，歌唱情感"，"着意于文辞修饰"②，"不复以世用撄怀"，完全超越了政治功用性，是一种"纯文学"的精神与技巧的体现。

魏晋文学在题材重心方面的新变，钱穆分析得较为细致。他说："中国文学最先表现在政治上层方面，随后始移转到社会全部人生方面来。而作为文学之内在骨干，或称为文学主要内容的，却是儒、道两家。所以'文学'与'人生'合一，是中国文学一条大主流。"③钱穆认为，魏晋文学观念自觉发生之际，正是中国文学由"政治上层方面"向"社会全部人生方面"转进的时期，文学创作"以个人自我作中心，以日常生活为题材，抒写性灵，歌唱情感，不复以世用撄怀"④，文学题材的重心开始由庙堂政治转向日常生活。

钱穆认为，从文学史视角看，仲长统《乐志论》尤其值得留意。《乐志论》"是一篇消极性的文字，只为私人发抒情志，而其情志对象又只是他私人的日常生活"，但是，"我们读其作品，觉得一时间开朗解脱，仿佛在阴霾之中照耀出一线新光明"，因为，与此前的文学"都重在家、国、天下大题目上"相比，《乐志论》能够"把一切大题目撇开"，专意表现"近在目前的卑之无甚高论的理想与境界"，"遂因此开出了建安以下的新文学来"⑤。钱穆重视仲长统《乐志论》的文学史意义，就在于它能够发文学新变之先声，体现了魏晋"文学自觉"在文学表现的题材上，重心由庙堂政治转向日常生活的新变化和新特点。

那么，钱穆为什么会将仲长统《乐志论》定位为"消极性的文字"呢？因为，《乐志论》在"把一切大题目撇开"的同时，也把家、国、天

① 钱穆：《读文选》，《中国学术思想史论丛（三）》，第165页，《全集》第19册。
② 钱穆：《中国文化与中国文学》，《中国文学论丛》，第42页，《全集》第45册。
③ 钱穆：《四部概论》，《中国学术通义》，第54页，《全集》第25册。
④ 钱穆：《读文选》，《中国学术思想史论丛（三）》，第165页，《全集》第19册。
⑤ 钱穆：《汉代之散文》，《中国学术思想史论丛（三）》，第227—228页，《全集》第19册。

下的人生情怀撇开了。《乐志论》有云:"消摇一世之上,睥睨天地之间。不受当时之责,永保性命之期。"显然是基于道家思想,表达一种保全性命于乱世的当下生活情感,"其实他并无理想,若说有理想,则理想仅在目前;亦复无境界,若说有境界,境界也仅在目前"①,自然属于"消极性的文字"。钱穆说:"中国文学既是侧重表现人生,又侧重在作者自我人生之抒写,则作者个人之内心修养及其人格锻炼,必然成为中国文学主要评价之中心。魏、晋以下,中国文学家最为后人推重的首推陶渊明,陶渊明正是兼有儒家理想中崇高修养与道家理想中的冲淡生活的。"②陶诗同样"侧重在作者自我人生之抒写",但是由于其中"兼有儒家理想中崇高修养与道家理想中的冲淡生活",因而能够超越"自我人生"种种别相,灌注有"作者个人之内心修养及其人格锻炼",相较于仲长统《乐志论》,无疑是为后世普遍推重的"积极性的文字"。透过其对仲长统《乐志论》和陶诗的评价来看,钱穆虽然说中国文学的"内在骨干"是"儒、道两家",但是对儒、道两家在文学发展中的作用与意义又并非等量齐观的。即以其对文学自觉问题的阐释看,钱穆显然强调魏晋文学自觉本身有动态演变的过程:同样是题材重心由庙堂政治转向日常生活,以仲长统《乐志论》为代表的日常生活抒写是依托道家思想,对庙堂政治作了一番对抗式的解构,是"消极性"的;陶诗所代表的日常生活抒写则是回归儒家"人生不朽"思想,对庙堂政治作了一番调和式的转化,是"积极性"的。

总之,钱穆解析魏晋"文学自觉"问题,认为仲长统《乐志论》发其先声,曹丕《典论·论文》立其观念,陶渊明诗歌创作成其典范,强调"文学自觉"发生的内在根据是人生观念的嬗变,而魏晋文学创作在题材重心和艺术表现方面的新变的整体趋势则是基于回归儒学文艺观的要求所作的会合调整。应该说,钱穆对魏晋文学自觉的内在脉络的梳理是比较清晰的,尤其是以人生价值观为根据阐释魏晋文学自觉的相关问题,切中肯綮,言说透彻。

---

① 钱穆:《汉代之散文》,《中国学术思想史论丛(三)》,第228页,《全集》第19册。
② 钱穆:《四部概论》,《中国学术通义》,第55页,《全集》第25册。

再次，钱穆以学术思想史视野看待"文学自觉"问题，阐明了儒学对于"文学自觉"的意义，一定程度上拓展了"文学自觉"问题讨论的范围。

事实上，钱穆对魏晋"文学自觉"的内涵与性质的讨论，能够切入"文学自觉"内部，从文学创作、价值观念与学术研究三个层面予以展开。相较于其他论者，这种条分缕析的讨论似乎更容易得出结论。钱穆关于魏晋"文学自觉"在文学创作和价值观念层面的分析，前文已有涉及，这里主要介绍他对于魏晋"文学自觉"在学术研究层面的表现的基本观点。

在钱穆看来，魏晋文学虽然由庙堂政治转向日常生活的抒写，确立了"文章不朽"的观念，但是艺术表现相对偏重于辞藻、韵律等"纯文学"技巧层面，未能就"人生不朽"在思想情感表达层面真正有所建树，陶诗"兼有儒家理想中崇高修养与道家理想中的冲淡生活"，虽为后世推重，但毕竟只是个案。钱穆指出："勉强来说，也可说建安以下有了新文学。但认真讲，建安以下所谓的新文学，也只是追随着时代在那里变，并不能由一种新的文学来创造一个新的时代。"[①]魏晋文学有全新的艺术表现，但是作为"自觉"观念基础的儒家"人生不朽"思想尚不能转化为思想情感表达的有机组成部分，因而整体上不能在思想上给予时代积极影响而"创造一个新的时代"。换言之，所谓"文学自觉"其实只是应变式的，"自觉"的魏晋文学并不能积极主动地施加影响于全部社会文化、社会生活。这种情况直到唐代才发生根本改变。

钱穆认为，唐代文学步武魏晋"文学自觉"而有文学观念的新发展。他说："故自唐代起，自杜诗、韩文始，儒学复进入了文学之新园地。自此以后，必须灌入儒家思想才始得成为大文章。此一新观点，实为以前所未有。必至此后，经学、史学与文学，均成为寄托儒学、发挥儒学之工具。于是四部中之集部，亦遂为儒学所包容。我特称唐代为儒学之转进期，意即在此。"[②]钱穆曾将儒学发展分为六期，认为唐代为"转进期"。

---

① 钱穆:《杜佑通典(上)》,《中国史学名著》,第208页,《全集》第33册。

② 钱穆:《中国儒学与传统文化》,《中国学术通义》,第83页,《全集》第25册。

儒学转进文学，催生"文道合一"新观念，文学创作逐步强调"灌入儒家思想"，成为"寄托儒学、发挥儒学之工具"，对整个社会生活产生了巨大影响。"中国文化进展，先由整体一中心出发，其次逐渐向四围分别展开。又其后，乃再各自回向中心会合调整。如文学直到东汉始成独立观念，及唐代，诗有李、杜，文有韩、柳，始再回向中心，而创'文道合一'之新观念。"①钱穆认为，唐代诗文创作"文道合一"新观念的出现，论其趋势或性质，是"回向中心"的一种"会和调整"。所谓"回向中心"，就是儒学转进文学，文学价值观与思想情感表达重新回归儒家思想。这种"回向中心"的"会和调整"，其实意味着，"唐代与前代相接续，文学批评走了一条曲折的、螺旋形上升的道路"②。那么，"会和调整"是如何开展的呢？钱穆指出："杜诗之表现，同时亦即是一种儒学之表现。故说直到杜甫，才能真将儒学、文学汇纳归一。换言之，即是把儒学来作文学之灵魂。此一运动，到韩愈又进一步。韩愈之'古文运动'，其实乃是将儒学与散体文学之合一化。韩愈散体文之真价值，一面能将魏、晋以下之纯文学观念融入，一面又能将孔、孟儒学融入。此是韩愈在文学史上一大贡献，亦是在儒学史上一大贡献。"③结合"文道合一"新观念来看，所谓"会和调整"，就是文学与儒学相会和而以儒学为中心作文学方面的调整，也就是说，按照儒学的要求，调整魏晋以来的"纯文学"观念及其艺术表现技巧，"把儒学来作文学之灵魂"。"纯文学"观念与儒学思想"会和调整"的结果，使得通过个人生活的抒写来表达文学家以儒学思想为底蕴的内心修养与人格锻炼，成为文学创作的主流，同时也使得文学具有控搏时代潮流的力量。因此，钱穆反复强调，"文学自觉"虽然因为道家思想而发生，但是必待融通儒家思想方得以整合定型，真正会和调整为更高层次的人文自觉，成为有"灵魂"的文学。

---

① 钱穆：《理学与艺术》，《中国学术思想史论丛（六）》，第283页，《全集》第20册。
② 王运熙、顾易生：《中国文学批评史新编》上册，上海：复旦大学出版社2001年版，第166页。
③ 钱穆：《中国儒学与传统文化》，《中国学术通义》，第82页，《全集》第25册。

"建安以降，文学遂分两大宗：一曰体物之赋，一曰缘情之诗。而缘情之风终胜于体物。盖前者特遗蜕之未尽，后者乃新芽之方苗。而其同为趋向于一种纯文学之境界而发展则一也。"①魏晋诗赋"缘情之风"蔚为主流，但是其"倾吐心膈"大多偏于缘事即景的日常生活情感，也就是说，仍缺乏普遍认同的内在思想体系来作为文学创作的灵魂与依托。这种情况必待儒学于唐代转进文学，方才有根本改观。因此，将魏晋文学自觉与唐代文学新观念联系起来看，如果说道家思想在文学观念自觉过程中具有发生意义的话，那么，儒家思想无疑赋予了"自觉"的文学创作以可大可久、可感可通的人文思想支撑，具有定型意义。

事实上，钱穆不仅认为魏晋文学自觉处于"开始"的进程中，而且这种文学自觉也是有限的。魏晋诗赋创作"虽尚缘情之作，重藻饰之工"，"既喜建安，仍守两汉窟穴"，其核心观念上仍求步武两汉以表演于政治舞台，发挥文学"经国之大业"的社会价值。钱穆说："建安新文学起，即如魏文帝《典论·论文》，亦已求因文而进乎道。刘勰撰为《文心雕龙》，其时佛、老盛行，刘勰又亲为僧侣，然其论文，首主宗经明道，斯可见中国文学传统精神所谓'文以载道'之旨，决不待韩愈始。"②在他看来，魏晋"文学自觉"的进程事实上从未偏离儒学轨辙，其对于文学价值的核心观念整体上依然强调"以文附经"，也就是说，魏晋"文学自觉"主要表现为道家影响下的文学创作的新变，而文学价值观念层面依然遵循着旧轨辙。因此，魏晋"文学自觉"所体现的文学独立观念，显然是有限的。

当然，魏晋"文学自觉"虽然是有限的，但是同样具有不容忽视的学术史意义。事实上，钱穆认为，魏晋"文学自觉"引发的文学创作新变与儒家学术范式的会和调整，奠定了集部之学成立的基础，引发了中国文学在学术层面的自觉。

钱穆认为魏晋时期是儒学的扩大期，一方面儒家经学注疏多有开创性成就，另一方面儒学扩大至史学与文学，开创了传统学术内部经、史、

① 钱穆:《读文选》,《中国学术思想史论丛(三)》,第185页,《全集》第19册。
② 钱穆:《中国学术特性》,《中国学术通义》,第232—233页,《全集》第25册。

子、集四部分野的基本格局。钱穆指出，"从东汉到魏晋南北朝有两种新的学问：一是史学，一是文学；于是乃有经、史、子、集之四部分类"①，虽然四部之名始见于《隋书·经籍志》，但是"其实在晋代的荀勖著《中经》，已分经史子集四部，但他称作甲乙丙丁，这所谓'有开必先'"②。集部之学的成立有其历史必然性。钱穆在讨论刘勰《文心雕龙》时指出："……足见刘氏之文学思想，应具三源头：一是建安以来以文学作品表达作者个人之新潮流，一是魏晋南北朝人重视经学、尊尚儒术之旧传统，又一则在彦和自身又加进了当时佛门子弟一种宗教的新信仰；汇通合一以成其一家之言。此刘氏之一家言，乃在此时代中孕育而出。此一时代之学术风气，人生理想，以及此时代人之共同精神，刘氏之书，至少亦可代表其一部分或一方面。"③暂且撇开个人化的"新信仰"不论，刘勰《文心雕龙》成书是"新潮流"与"旧传统"碰撞激荡的产物。"新潮流"即"文学作品表达作者个人"的文学创作新规范，提示了《文心雕龙》学术建构的近乎文学概论式的内容框架；"旧传统"即"重视经学、尊尚儒学"的学术风气，决定着《文心雕龙》主张宗经征圣的学术旨趣。钱穆认为，刘勰《文心雕龙》所体现的"新潮流"与"旧传统"相互碰撞，在集部之学中表征着"此一时代之学术风气，人生理想，以及此时代人之共同精神"，表征着文学在学术层面的"自觉"。他又指出："《昭明文选》已将文学从经史百家中抽离独出，钟嵘又将诗与清谈分疆划界。……此皆证当时人对文学确有一种独立观点，同时亦可说庄老清谈在当时学术界亦仅占一部分。一面既别有所谓经史之学，另一面则文学亦自有园地。"④萧统《文选》、钟嵘《诗品》等反映的文学"独立观点"，同样是"新潮流"与"旧传统"碰撞激荡的结果。显然，按照钱穆的理解，魏晋"文学自觉"与其

① 钱穆：《刘知几史通》，《中国史学名著》，第191页，《全集》第33册。
② 钱穆：《综论东汉到隋的史学演进》，《中国史学名著》，第157页，《全集》第33册。
③ 钱穆：《略论魏晋南北朝学术文化与当时门第之关系》，《中国学术思想史论丛（三）》，第266页，《全集》第19册。
④ 钱穆：《略论魏晋南北朝学术文化与当时门第之关系》，《中国学术思想史论丛（三）》，第266—267页，《全集》第19册。

说是文学创作层面的自觉，还不如说是学术研究层面的自觉。因为，在钱穆看来，魏晋文学只是在创作题材和表现技巧方面出现了"新潮流"，而在文学价值观方面并未偏离儒学"旧传统"，但是这种"新潮流"与儒学"旧传统"碰撞激荡，确实推动了文学在学术上成为一门独立的学问，促成了集部之学的成立。

　钱穆将魏晋时期称为儒学的"扩大期"，主要指儒学在学术层面向史学与文学的拓展，亦即史学开始采用经学注疏形式而有史部之学的成立，文学则回归儒学"旧传统"而有集部之学的成立。他说："季汉以来，迄于魏晋，本内心批评之精神，而极于自我之发见，一惟以个人小己为归宿，此三百年间学术风尚之主潮也。"[①]汉魏三百年学术格局偏狭，"本内心批评之精神"而儒学传统不彰，不过，因其"极于自我之发见"，遂有学术领域之开拓而儒学得以扩大至文史之学。儒学扩大至文学，在学术研究与文学创作两方面却并不同步，儒学在文学创作方面的影响其实依然是有限的。钱穆指出："魏晋以下之门第，一面谨守儒家旧传统，一面又竞慕文学新风流。在此二者间，未能融会调剂，故使利弊互见，得失交乘。"[②]所谓"未能融会调剂"，若就文学创作方面来看，即是文学创作在表现技巧方面尽显风流，而在思想情感方面则极为驳杂，未能"谨守儒家旧传统"。这与唐代儒学转进文学所达到的境界，有着很大差异。钱穆说："子部之学实与集部之学相通。每一理想的文学家，同时即是一思想家，特其表达之方式有不同。中国第一流的文学家及其文学作品，乃无一而非于此信仰与智慧中透出，因此，子部与集部亦同样可以代表着中国传统文化主要精神所在之一面。"[③]钱穆认为，唐代儒学转进文学，文学创作在"文道合一"观念下与儒学的深度融合，确立了思想表达与艺术表现的全

① 钱穆：《南北朝隋唐之经学注疏及佛典翻译》，《国学概论》，第187页，《全集》第1册。

② 钱穆：《略论魏晋南北朝学术文化与当时门第之关系》，《中国学术思想史论丛（三）》，第311页，《全集》第19册。

③ 钱穆：《四部概论》，《中国学术通义》，第67页，《全集》第25册。

新的"信仰与智慧"。这种"信仰与智慧"与魏晋时期刘勰等人高度个人化的"新信仰"完全不同，它是以儒家人文精神为底蕴的对于文学使命的一种集体性的人文信仰，"实为中国文化一向所重视之人文修养之一种至高境界"，"几等于一种宗教精神"①。在分析杜甫《醉时歌》、陈子昂《登幽州台歌》时，钱穆对这种文学创作的"信仰与智慧"新境界多有阐释、多有推崇。显然，钱穆认为，儒学转进文学所滋养催发的"信仰与智慧"即文学创作的人文精神，才真正代表着中国文学在创作层面的"自觉"。按照钱穆的阐释，魏晋"文学自觉"在文学题材与艺术方面虽然蔚为"新潮流"，却未能会和贯通于儒学"旧传统"，也未能形成文学精神的集体性"新信仰"，因此，"文学自觉"在创作层面只能算是"开始"，但是在学术层面则确实可以因集部之学的成立而视之为"自觉"。

钱穆说："盖古人本不以文为学，如西汉人奏议并不是存心要来写一篇文章，其主要用意在论事，故说其'无意为文'。中国人向来论文，常认'无意为文'始属文境之最高者。但至魏晋时代始多'有意为文'。我们亦可说，至是文章始有独立性，始有其独立存在之价值，故魏晋以下人始知以文为学。此乃中国文学史上古今转变一极大分别。"②魏晋文学既是"无事为文"，又是"有意为文"。所谓"无事为文"，是指文学创作对于庙堂政治的疏离而转向日常生活的抒写，属于文学题材重心的转移。所谓"有意为文"，主要是"以文为学"，指文学疏离庙堂政治而具有独立的学术价值，属于文学价值观的变化。钱穆指出：班固《汉书》没有《文苑传》，其《艺文志》亦仅列《辞赋家》，显然仍以文学附于经学；范晔《后汉书》则于《儒林传》之外别立《文苑传》，虽然已经开始认识到了文学的特殊价值，但是仍未明确肯定文学本身也可以成为一门独立学问；直至魏晋"文学自觉"发生后，文学才开始脱离经史范围而在学术上正式独立。钱穆认为，文学独立成一门学问在魏晋时期主要有三方面表现：其一是强调"文思"，"此即文之技巧，文之艺术之所由见，而亦文之高下精粗

---

① 钱穆：《中国文化与中国文学》，《中国文学论丛》，第42页，《全集》第45册。
② 钱穆：《魏晋文学》，《中国学术思想史论丛（三）》，第236页，《全集》第19册。

美恶之所由判也"，由此引发了魏晋时期关于文体、构思、技巧等问题的系统性理论探究；其二是注重"批评"，"文章变为不朽，可以无穷，于是乃知有文学批评"①，专在文字与风格上衡量佳恶，催生了审美鉴赏理论；三是看重"历史"，"以变动的历史眼光叙述文学"②，兼用文学和史学的眼光来看待文学创作自身的历史演变，创立了文学史观念及相应理论。这三个方面的表现是集部之学成立的核心表征，也是魏晋时期文学真正意义上的"自觉"，而这一切归根到底是儒学扩大至文学领域的结果。

"就时代之先后言，一时代有一时代之学术思想，亦如一时代有一时代之艺术，固皆随时不同。但若通就每一时代之横断面言之，则若时代中之一切，又莫不有其相互近似之共通性。"③钱穆在讨论魏晋"文学自觉"问题时，既能够精准切入魏晋学术"横断面"，又能够深刻把握不同时代学术"共通性"，梳理了中国文学观念演进的历史脉络，阐明了魏晋"文学自觉"的具体内涵与性质，虽谓"所讲稍有不同"，其实恰恰体现了他"讲文学史的最大见解"。余英时曾经指出："事实上，他无论是研究子学、文学、理学，也都是站在'史学立场'上。我们可以说，'史学立场'为钱先生提供了一个超越观点，使他能够打通经、史、子、集各种学问的千门万户。"④钱穆以极具超越性的"史学立场"阐释魏晋"文学自觉"问题，强调了魏晋"文学自觉"引发的文学观念新变所具有的文学史价值与意义，认为"下迄唐、宋，直至近代，论文学观念，似不能越出此一时代人之所想像与标榜"⑤，梳理了中国文学观念"发生—'自觉'—定型—新变"的演进架构。除了"史学立场"，钱穆的文艺研究自有其人文立场。

---

① 钱穆：《魏晋文学》，《中国学术思想史论丛（三）》，第239页，《全集》第19册。

② 钱穆：《读文选》，《中国学术思想史论丛（三）》，第187页，《全集》第19册。

③ 钱穆：《理学与艺术》，《中国学术思想史论丛（六）》，第280—281页，《全集》第20册。

④ 余英时：《钱穆与新儒家》，《钱穆与中国文化》，上海：上海远东出版社1994年版，第34页。

⑤ 钱穆：《略论魏晋南北朝学术文化与当时门第之关系》，《中国学术思想史论丛（三）》，第264页，《全集》第19册。

他说："若真能写一部像样得体的中国文学史，确实以死者心情来写死者，果真能使死者如生，则有了此一部中国文学史，对此下新文学之新生，旧文学虽死，宜亦有其一分可能之贡献。"①以"死者之心情"开展文艺研究，还原中国文学史种种真相以推动中国文学的新生，进而建设中国的文学通论，这是钱穆文艺研究的基本人文立场，也是其全部学术研究的人文立场。史学立场与人文立场的交织，是钱穆文艺研究的学术特质，值得今天的学术研究思考与借鉴。

2.社会形态转变与文学观念演进

关于文学观念自觉的整体性质与演进趋向，我们可以从钱穆对社会形态转化与文学观念演进趋势之间关系的阐发中获得领解。过去学术界讨论魏晋文学观念自觉问题，大多能够注意到儒道思想及玄学等外缘影响，但是很少能以宏观文化史视野论述社会形态转化给文学观念自觉所带来的深刻影响。在这一点上，钱穆的阐发应该说是独具慧眼的。

汉唐时期是中国文化发展的重要时期。钱穆指出："汉代人对于政治、社会的种种计划，唐代人对于文学、艺术的种种趣味，这实在是中国文化史上之两大骨干，后代的中国，全在这两大骨干上支撑。"②汉代社会政治制度上的建构和唐代文学艺术上的趣味具有显著的文化意义，但其间的魏晋南北朝时期则明显是一个中衰期。不过，在钱穆看来，这个暂时性的文化中衰其实只是中国文化在原有基础上进行民族与宗教再融合的正常现象，虽然经历着社会形态的再度转化，中国文化生命依然生生不息地生长着，甚至在文化上有着一些重要创辟。因此，魏晋南北朝时期乃是传统文化在变异中曲折演进的时期，此一性质实由社会形态上发生的变化决定的。钱穆指出："秦汉以来，封建社会逐步崩溃，代之而起的，是东汉以迄隋唐的'士族门第社会'。……士族门第，也可说是一种'变相的贵族'，决非封建贵族。安史以后，这一种门第贵族又趋崩溃。宋以后的社

① 钱穆:《中国文学史概观》,《中国文学论丛》,第75页,《全集》第45册。
② 钱穆:《中国文化史导论》,第181页,《全集》第29册。

会，又转入一新形态，我无以名之，姑名之为'科举社会'。"①虽然钱穆在此仅指认宋代以后属于所谓"科举社会"，但是这只是就社会形态转化的最终定型而言，事实上唐代推行科举制度，已经逐渐步入科举社会，只不过尚未能形成像宋代那样以理学作为整个社会的思想核心与领导力量的定型化的科举社会。钱穆认为，唐代科举社会政治、经济走上正轨，"带有传统文化性的平民精神正在逐步上升"，反映在文学、艺术上则引发了新的演进趋势。从魏晋到唐代，社会形态转化必然会给发生和演进于此一时期的文学观念自觉带来深刻影响，而隋唐以来文学、艺术演进的新趋势绝非凭空产生，也必然与魏晋文学观念自觉有着甚深的内在联系，甚至"下迄唐、宋，直至近代，论文学观念，似不能越出此一时代人之所想像与标榜"②。

在《中国文化史导论》中，钱穆曾将唐代文学、艺术演进的主要趋势概括为"由贵族阶级转移到平民社会"和"由宗教方面转移到日常人生"两方面。他指出："古代的文学，是应用于贵族社会的多些，而宗教方面者次之。古代的艺术，则应用于宗教方面者多些，而贵族社会次之。但一到唐代全都变了，文学、艺术全都以应用于平民社会的日常人生为主题。这自然是中国文化史上一个显著的大进步。"③钱穆认为，中国文学自魏晋时期开始便不断远离庙堂政治，但是受门第传统和玄佛思想的影响，文学抒写难以完全摆脱贵族性与宗教性，而唐代文学完全"由贵族阶级转移到平民社会"，即由应用于政治上层贵族阶级转移到应用于平民社会日常人生，具有一种平民精神。他又说："中国文学史上纯粹平民文学之大兴，自然要从唐代开始，那是与政治、社会一应文化大流的趋势符合的。……唐诗之最要精神，在其完全以平民风格而出现，以平民的作家，而歌唱着

---

① 钱穆：《唐宋时代的中国文化》，《中国学术思想史论丛（四）》，第393页，《全集》第19册。

② 钱穆：《略论魏晋南北朝学术文化与当时门第之关系》，《中国学术思想史论丛（三）》，第248页，《全集》第19册。

③ 钱穆：《中国文化史导论》，第178—179页，《全集》第29册。

平民日常生活下之种种情调与种种境界。纵涉及政府与宫廷的，亦全以平民意态出之。"①唐代文学能够以平民精神描写日常社会人生，"普及全社会全人生，再不为上层贵族阶级所独有"，已经是纯粹平民文学。当然，唐代文学的平民化、社会化也得益于佛教的进一步中国化即禅宗的兴起与盛行。钱穆指出："禅宗的精神，完全要在现实人生之日常生活中认取，他们一片天机，自由自在，正是从宗教束缚中解放而重新回到现实人生来的第一声。……中国此后文学艺术一切活泼自然空灵脱洒的境界，论其意趣理致，几乎完全与禅宗的精神发生内在而很深微的关系。所以唐代的禅宗，是中国史上的一段'宗教革命'与'文艺复兴'。"②禅宗的兴起与盛行，也可以说是社会形态转化的结果，其重心已由律学义疏转向现实人生的心理调整，逐步走上了中国传统文化所主张和要求的人生艺术化道路，唐代文学审美心理机制与艺术境界实多受禅宗精神沾溉，尤其具有平民化、社会化的浓厚生活气息。

钱穆同时指出，文学平民化与社会化趋向并不起始于唐代，魏晋文学观念自觉即已具有此种趋向，并随着社会形态转化的深入而渐趋显豁。钱穆认为，魏晋时期实属中国文学史上一段转变创辟时期，文学开始摆脱政治应用，"个人之内心情感、日常生活大量奔放送进文章作品中"③，已有平民化与社会化趋向。即以曹操而论，诗文"仍不失社会下层之私情绪"，其《述志令》"所陈则皆私人情怀"，而《短歌行》甚至"可谓是士大夫之平民诗"④。建安诸子文学创作无不有此平民化与社会化倾向，此正是魏晋文学观念自觉的主要内容与表征。但是如果与唐代文学比较起来，魏晋文学观念自觉所呈现的平民化与社会化倾向还带有过渡性质，尚未定型。按照钱穆的分析，这种过渡性质大体表现在两方面。

首先是文学的贵族性向平民性的过渡。钱穆认为，魏晋南朝五言诗逐

---

① 钱穆：《中国文化史导论》，第177—178页，《全集》第29册。
② 钱穆：《中国文化史导论》，第175页，《全集》第29册。
③ 钱穆：《魏晋文学》，《中国学术思想史论丛（三）》，第237页，《全集》第19册。
④ 钱穆：《中国文学史概观》，《中国文学论丛》，第57页，《全集》第45册。

渐发展，"纯粹平民性的文学亦逐渐抬头"，"那时是古代的贵族文学逐渐
消失，后代的平民文学逐渐长成的转变时代"①。魏晋时期文学观念自觉
发生后，文学即已呈现出平民化与社会化趋势，但是由于魏晋文学创作主
体或出身门第新贵族，或跻身上层政治，深具贵族性与政治性文化心理，
因而魏晋文学还不能算是纯粹的平民文学，还只是以贵族意态描写社会人
生，尚未直接融入平民精神。文学演进趋势与文化心理之间这种不同步现
象，足以说明魏晋文学观念自觉尚未达到成熟定型阶段。钱穆认为，魏晋
文学观念自觉的发生较多地受到道家思想影响，崇尚个体自我觉醒，不为
社会人生着想，"其作者莫非政治人物，而见诸篇章，则皆社会私情"②，
文学个性伸展多具个人主义思想特质；而唐代文学的平民精神基本属于
"文化性的大群主义"，与魏晋文学有很大区别，唐代文学观念自觉则力求
定型于"文道合一"新观念，其平民精神虽多由禅宗启发，但最终则力求
回归儒学，陈子昂、杜甫、韩愈等人莫不深受儒家思想陶冶。可见，魏晋
文学观念自觉在思想特质上主要是以道家思想为主，尚未契合于以儒家人
文主义道德精神为核心的文学传统。在钱穆看来，文学观念自觉从魏晋到
唐代的演进趋势，"全可归纳在一大通例之下，即是由贵族性的转化成平
民性的，由宗教出世性的转化成日常生活的"③。从这个整体演进趋势来
看，魏晋文学观念自觉的基本精神还是贵族性的、个人主义的，正处于观
念转化途中，实属"旧瓶装新酒"而犹带过渡性质，其根本原因则在于尚
未完成由"门第贵族社会"向"科举社会"的社会形态转化。

　　其次，魏晋文学观念自觉的过渡性质，在文体变革方面也同样有所反
映。就散文而论，魏晋时期新文体已露面，如诏令、书札、奏议等，"便
已是把平民社会的日常情味，带进贵族庙堂之庄严文体中，而形成一新风

---

　　① 钱穆：《中国文化史导论》，第177页，《全集》第29册。

　　② 钱穆：《中国文学史概观》，《中国文学论丛》，第58页，《全集》第45册。

　　③ 钱穆：《唐宋时代的中国文化》，《中国学术思想史论丛（四）》，第397页，《全集》第
19册。

气"①，但是这种"新风气"终究只是昙花一现，散文各体仍未脱离政治、宗教等领域的特定应用，"必待社会本质全体变了，相应于新社会的新文体，才会正式流行，那则必待于韩、柳"。钱穆认为，散文各体在魏晋时期虽然不乏适应社会形态转化趋势的上乘佳构，但是在整体上要达到"纯文学"境界，则须待韩愈、柳宗元等人以平民精神将散文应用领域扩大到社会日常人生，方才"开始于散文体中创出纯文学作品，此即当时及以下所谓的'古文'"②。就韵文而论，魏晋文学"论其精神，实当自当时新兴之五言诗来，而并不上承汉赋"③，而当时观念却仍以汉赋为宗，"虽尚缘情之作，仍重藻饰之工"。但到了唐代，"诗的地位代替了赋，而诗之内容及其情调，也显见逐渐由贵族性的、宗教性的，转化成平民性与日常生活性的"④。赋体与诗体地位升降的观念变化，恰恰反映着魏晋、唐代文学观念自觉有着不同性质，所达到的境界也不相同，而这也是由社会形态的移步换形所决定的。在钱穆看来，魏晋文学韵散各体均存在"旧瓶装新酒"情况，这是文学观念自觉的过渡性质的具体表现。

综上所述，钱穆认为文学观念自觉从魏晋到唐代的演进存在着转化定型趋势，"其本原则在社会形态之转化中连带而起"⑤。魏晋时期正处于社会形态由"门第贵族社会"向"科举社会"转化进程中，因而魏晋文学观念自觉终究烙有深深的过渡痕迹，反映在文学创作上也多有"旧瓶装新酒"情况存在。不过，魏晋文学观念自觉"纵不与儒学合流，但仍还有自己的立场"⑥，虽缺乏儒家思想灵魂而仅具过渡性质，却能以"有意为文"的自觉意识抒发性情，创造"无意为文"的新境界，自然率真，心口如

① 钱穆：《唐宋时代的中国文化》，《中国学术思想史论丛（四）》，第398页，《全集》第19册。
② 钱穆：《四部概论》，《中国学术通义》，第56页，《全集》第25册。
③ 钱穆：《读文选》，《中国学术思想史论丛（三）》，第181页，《全集》第19册。
④ 钱穆：《唐宋时代的中国文化》，《中国学术思想史论丛（四）》，第398页，《全集》第19册。
⑤ 钱穆：《唐宋时代的中国文化》，《中国学术思想史论丛（四）》，第397页，《全集》第19册。
⑥ 钱穆：《中国儒学与文化传统》，《中国学术通义》，第90页，《全集》第25册。

一，为唐宋文学观念的新进展在艺术上作了准备。钱穆认为，这不仅是魏晋文学的"真血脉"与"真来源"，而且契合当时社会形态转化的内在要求，同时也引发了此下中国文学演进趋势。钱穆曾经指出："我们必须把捉住整个社会之本质上的演变来测定其背后的文化之内涵意义与真实价值。一应经济、政治、文学、艺术与哲学、宗教，皆相随于此整个社会之本质上的变而与之俱变，也为要完成此一整个社会之本质的变而各有所变。"①钱穆文学研究的这种宏观文化视角与方法，是值得我们借鉴的。

3. 看似矛盾的论断背后

讨论文学观念自觉，就不能不涉及所谓"纯文学"问题。

如前所述，钱穆肯定魏晋时期有"纯文学作品之创出"，又认为韩、柳古文运动"开始于散文体中创出纯文学作品"，显然认定"纯文学"是客观存在的文学史事实。但他同时又指出："因此中国文学乃亦融入于社会之一切现实应用中，融入于经、史、子之各别应用中，而并无分隔独立之纯文学发展。"②这里则明确认定中国文学史上并无"纯文学"。毫无疑问，钱穆就中国文学史上究竟有无"纯文学"所作论断，看起来似乎显得有些矛盾。那么，钱穆的论断是否矛盾，其确切意涵究竟应该如何理解呢？

我们首先必须注意到钱穆对"纯文学"的理解。所谓"纯文学"，"盖因其不为社会之某种需要与某种应用而产生，此乃一种无所为而为者。亦可谓是由于人类心性中之特有的文学兴趣与文学需求而产生，故谓之为是纯文学性的文学"③，它不具有特定的社会政治应用性。表面看来，钱穆的理解似乎与"五四"新文化运动以来对"纯文学"的认识并无多少区别，其实不然。

---

① 钱穆：《唐宋时代的中国文化》，《中国学术思想史论丛（四）》，第403页，《全集》第19册。

② 钱穆：《中国文化与中国文学》，《中国文学论丛》，第41页，《全集》第45册。

③ 钱穆：《中国文化与中国文学》，《中国文学论丛》，第40页，《全集》第45册。

"纯文学"一词的源范畴乃是晚清民初时期的"美术",是当时由日本传入的"新术语"。"美术"这个概念,原是日本明治维新后由西方的"fine art"意译而来的术语,属于以"美"为词根的同族词之一。清末民初中国学人如刘师培、王国维、鲁迅、周作人等都曾使用过"美术"概念,而且基本包含有排斥功利的倾向。例如,王国维指出:"天下有最神圣而无与于当世之用者,哲学与美术是已,天下之人嚣然谓之曰'无用',无损于哲学、美术之价值也。"①王国维早年服膺康德与叔本华,其"美术"概念主要出于康德美学思想,强调"审美无功利性"。这里所谓"美术"主要指"美学",其最大特征便是"无与于当世之用"即非功利性。鲁迅也曾指出:"由纯文学上言之,则以一切美术之本质,皆在使观听之人为之兴感怡悦。文章为美术之一,质当亦然,与个人暨邦国之存,无所系属,实利离尽,究理弗存。"②这里所谓"美术"主要指"艺术",也包括"文章",具有"无所系属,实利离尽"的性质,而"纯文学"在此则指艺术及其研究的非功利立场或视角。"美术""纯文学"等新术语的使用,最初在清末民初不可避免地存在着内涵模糊、概念混淆等现象,到"五四"新文化运动前后,它们的内涵和使用范围才基本固定下来。这里大体可以肯定的是,"五四"新文学所强调和依据的"纯文学"范畴显然来源于"美术",其理论基础正是具有西方思想背景的真、善、美三分的观念。在西方思想资源中,真、善、美很早就已经一分为三,各有其特定内涵、对象及其性质等。"五四"新文学的"纯文学"范畴,观念核心无疑是"美",有些情况下也兼容"真",但是绝对要求疏离传统的"善"以及由此派生的社会政治伦理纲常。这一点可以从新旧文学论争及新文学的理论建设中得到清楚说明,这里就不详细展开了。

在强调"纯文学"观念的非功利性这一点上,钱穆无疑与"五四"新文学是一致的。他说:"建安时代在中国文学史上乃一极关重要之时代,因纯文学独立价值之觉醒在此时期也。《诗》《书》以下迄于《春秋》乃及

---

① 王国维:《论哲学家与美术家之天职》,《海宁王静安先生遗书》,民国线装本。
② 鲁迅:《摩罗诗力说》《坟》,《鲁迅全集》第一卷,北京:人民文学出版社1981年版。

诸子百家言，文字特以供某种特定之使用，不得谓之纯文学。纯文学作品当自屈子《离骚》始。然屈原特以一政治家，忠爱之忱不得当于君国，始发愤而为此。在屈原固非有意欲为一文人，其作《离骚》，亦非有意欲创造一文学作品。汉代如枚乘、司马相如诸人，始得谓之是文人；其所为赋，亦可谓是一种纯文学。然论其作意，特以备宫廷帝王一时之娱，而藉以为进身之阶，仍不得谓有一种纯文学独立价值之觉醒存其心中也。"①不难看出，钱穆事实上对纯文学作品与纯文学观念有着明确分梳。就作品而言，屈原《离骚》和枚乘、司马相如诸人辞赋，具有较高艺术价值，固已可称之为"纯文学性的文学"；但是就"作意"即创作意图而言，这种"纯文学性的文学"显然不是以纯文学兴趣与需求为动机，并未超越"政治圈"，因而很难说观念上有着文学独立价值的自觉意识。钱穆认为，建安诸子"有意为文"，以文辞修饰、文章技巧本身为目的。"至若纯文学之产生，则应更无其他动机，而以纯文学之兴趣为动机；此乃直抒性灵，无所为而为者。"②纯文学属于"无所为而为者"，超越了实用动机和政治场合，"乃属文学价值可以独立自存之一种新觉醒"③。

不过，钱穆的阐释尤有胜意。在钱穆看来，建安文学价值观念的"新觉醒"，实由扬雄"后世复有扬子云，必好之矣"一语启发，而表现为"直抒性灵"。"此种文学不朽观，下演迄于杜甫，益臻深挚。"④文学观念演化至杜甫，已经超越建安文学"直抒性灵"的文学书写，达到了全新的高度。钱穆以杜甫"但觉高歌有鬼神，饿死焉知填沟壑"二句为例阐释道："世无好者，乃始有饿死之忧，然无害也。至于后世是否仍有杜子美，亦可不计。引吭高歌，吾诗之美，已若有鬼神应声而至。此种精神，几等于一种宗教精神，所谓'推诸四海而皆准，质诸天地鬼神而无疑，百世以俟圣人而不惑'。不仅讲儒家修养者有此意境，即文学家修养而达于至高

① 钱穆：《读文选》，《中国学术思想史论丛（三）》，第161页，《全集》第19册。
② 钱穆：《中国文化与中国文学》，《中国文学论丛》，第41页，《全集》第45册。
③ 钱穆：《中国文化与中国文学》，《中国文学论丛》，第42页，《全集》第45册。
④ 钱穆：《中国文化与中国文学》，《中国文学论丛》，第42页，《全集》第45册。

境界，亦同有此意境。中国文化体系中本无宗教，然此种自信精神，实为中国文化一向所重视之人文修养之一种至高境界，可与其他民族之宗教信仰等视并观。而中国文学家对于其所表达之文学所具有之一种意义与价值之内在的极高度之自信，正可以同时表达出中国内倾型文化之一种极深邃之涵义。"①钱穆特别标举"文学家修养"，并将其比照于儒家修养、人文修养，认为杜诗体现的文学观念，对文学价值与意义有一种近乎宗教信仰的"自信精神"，已然超越了建安文学"直抒性灵"的文学观念，其自觉程度更加"深挚"。

显然，钱穆肯定建安文学"直抒性灵"的文学思想史意义，认为其确实为文学观念自觉的开端，但是并不认为它是一种理想的文学自觉。"直抒性灵"是文学在创作动机和创作内容上的全新价值体认，只有到杜诗，才上升至文学精神层面，从而达成文学创作的全面自觉。

杜诗代表着文学观念自觉在创作层面的新高度，而在理论层面，朱熹"文道一贯"论则代表着文学观念自觉的最终成型。"轻薄艺文，实为宋代理学家通病。惟朱子无其失。其所悬文道合一之论，当可悬为理学、文学双方所应共赴之标的。惜乎后世之讲学论文者，精神气魄，不足以副此，而理学与文苑，遂终于一分而不可合。"②钱穆何以主张朱熹的"文道合一"论"当可悬为理学、文学双方所应共赴之标的"？理学与诗学的交涉，是宋代诗学思想流变的新的增长点，其在诗学层面主要表现为"性情关系"问题的争辩。北宋初年田锡《贻宋小著书》主张"以情合于性，以性合于道"，"性情关系"此后成为宋代诗学讨论的重要命题。苏轼《王定国诗集叙》云："若夫发乎情止乎忠孝者，其诗岂可同日而语哉。"黄庭坚《书王知载朐山杂咏后》云："诗者，人之性情也。非强谏争于庭，怨忿诟于道，怒邻骂坐之为也。"凡此诸般讨论，均内在要求"吟咏性情之正"，而诸家诗论在性与情的抑扬关系处理上则略有细微差异，大体上理学主张扬性抑情、诗学主张扬情抑性。钱穆认为，朱熹"文道合一"论最为恰

① 钱穆：《中国文化与中国文学》，《中国文学论丛》，第42—43页，《全集》第45册。
② 钱穆：《朱子之文学》，《朱子新学案（六）》，第173—174页，《全集》第15册。

切，当奉为圭臬。"（朱子）教人读诗，语极平淡，意极深至。乃以学诗
与学道一并合说也。学诗能即如学道，此是学诗最高境界。"①又："朱子
就文论文，就诗论诗，各有不同。要之亦可谓最先是流出之诗，此下乃做
作之诗。仅知做作，无流出，则为朱子所不取。此与其论文大致相似。"②
朱熹倡导文道合一，主张"性""情"皆为"道"之"流出"，诗亦为
"道"之"流出"，纠正了理学、诗学之偏失，实际上启示了一种新的诗学
观念。在钱穆看来，朱熹"文道合一"论超越了纯粹的文学创作论，要求
文学创作与道德实践的高度统一，事实上代表了一种"最高境界"。虽然
钱穆没有明确指出朱熹"文道合一"论是中国文学观念自觉在理论上的定
型或完成，但是从他对后世"理学与文苑，遂终于一分而不可合"的感慨
来看，实已包含此层意思。

　　概括地说，钱穆论中国文学观念自觉问题，抱持发展观，将其阐释为
一个由发端到深化再到完成的过程，这是他的独到之处。不过，钱穆讨论
这一问题的根本立场，意在强调儒学在文学观念自觉进程中的重要意义，
与青木正儿、鲁迅等中外学者的观点有显著差异，而其现实的关注点则在
于"五四"新文化运动中的新、旧文学论争，也就是说，包含着对"五
四"新文学的"纯文学"观的批评。

　　"西方人分宇宙大自然为真、善、美三项。哲学、科学求其真，宗教
求其善，艺术求其美，故亦称美学。中国人不主分，不特立艺术美学一名
目。"③钱穆认为，中西文学所谓"纯文学"观念的根本分野，主要即在于
真善美是相和合的还是相分别的。"纯文学"观念排斥功利实用，并不必
然意味着它一定要像西方文学那样，以真善美相分别为观念前提并且排斥
道德意义的"善"。钱穆曾多次对西方文化将真善美一分为三的观念提出
批评，认为其中存在着难以弥补的缺陷。他说："本来真善美全应在人生
与宇宙之近合处寻求，亦只有在人生与宇宙之近合处，乃始有真、善、美

---

① 钱穆：《朱子之文学》，《朱子新学案（六）》，第198页，《全集》第15册。
② 钱穆：《朱子之文学》，《朱子新学案（六）》，第189页，《全集》第15册。
③ 钱穆：《略论中国艺术》，《现代中国学术论衡》，第286—287页，《全集》第25册。

存在。若使超越了人生，在纯粹客观的宇宙里，即不包括人生在内的宇宙里，是否本有真、善、美存在，此层不仅不易证定，而且也绝对地不能证定。"①西方文化强调将真善美作为超越人生的纯粹客观的知识对象来讨论，但是其中存在着"一个小破绽"，即"真是全宇宙性的，美是全宇宙性的，而善则似乎封闭在'人'的场合里"，真善美三范畴终究不属同一理论层面，因而西方文化既难以证定真善美是否真正存在，也无从把握它们的价值与意义。钱穆强调真善美三范畴惟有在人类心生命上开展，才是真实的、有意义的，离开了"人心"，将无从讨论真善美是否存在等问题。他进而就此对中西观念作了比较："西方分真、善、美为三，中国则一归之于善。善即人情。使真而无情，即真不为善，虽真何贵？西方言美，亦专就具体言。如希腊塑像必具三围，此属物体，无情可言。无情亦无善。美而无善，亦可成为不美。"②钱穆认为，中国文化主张真善美一体相即，以善为真与美的根本，强调真与美必须归向善，并不认为真与美可以脱离善而独立存在，一切学问也都具有真善美和合贯通的特性。毫无疑问，钱穆讨论文学观念自觉问题，并未援引西方文化真善美相分别的观念，而是坚持了中国文化真善美相和合的传统观念，这应该是他与"五四"新文学在"纯文学"观念上的根本思想分野之所在。

基于传统文化真善美相和合的观念，钱穆认为，道德与艺术在文化生命本原处存在甚深共鸣，中国文学注重道德与艺术的融凝合一。他说："中国文学富有'人生的道德'与'人生的艺术'之两项重要性。人生道德必经真实践履，人生艺术必经真实表现，而始成其为道德与艺术。因此在文学作品中，若要求有人生道德与人生艺术之两种内在性，则必将要求此项道德与艺术之先经真实的经验。"③钱穆指出，儒、道思想乃是中国文学的内在骨干与主要内容，人生道德修养来源于偏重人文精神的儒家思想，而人生艺术修养则多受偏重自然主义的道家思想启发，中国文学种种

---

① 钱穆：《适与神》，《人生十论》，第13—14页，《全集》第39册。
② 钱穆：《诗与剧》，《中国文学论丛》，第160页，《全集》第45册。
③ 钱穆：《四部概论》，《中国学术通义》，第59—60页，《全集》第25册。

艺术表现及理想境界正建筑在人生道德修养与艺术修养相统一的基础上，因而说，中国文学家是"无一不兼通道家的"而又"无一违背儒家的"①。钱穆认为魏晋文学观念自觉引发的"纯文学"观念虽然缺乏儒学思想灵魂，暂时偏向了人生艺术修养一面，但是其整体演进趋向则是回向传统文化中心的，惟此才有唐代"文道合一"新观念的出现。

很显然，钱穆将文学观念自觉的讨论，由魏晋时期下延至隋唐，根本意图是要以"文道合一"观念为切入点，在传统文化真善美相和合观念基础上来建构本土化的"纯文学"观念。为此，钱穆赋予了"道"全新的诠释，他在解释"文道合一"问题时便指出："此所谓'道'，乃指整体人生之中心所在，亦即中国文化之主要精神所在也。故中国文化虽与时俱新，而后之与前，仍属一体。"②又说："中国人言'道'字，即犹今人言'文化'。理想中之艺术、文学，必从全部文化中生根流出，亦必回归于文化大体系中为其止境。"③钱穆将"道"阐释为"文化"，明显包含着将"文道合一"扩展理解为人生道德修养与艺术修养合一的意思，因为这样一来，"文道合一"便可以作为"纯文学"观念的本土化表述形式，而"纯文学"的判断标准也就可以同时由创作动机是否具有功利性，转换成文学创作是否符合传统文化精神。

钱穆标举"文道合一"为其本土化"纯文学"观念的核心内涵，并认定其判断标准乃是"雅"。他强调说："是则在中国传统观念下，可谓始终无一纯文学观念之存在。岂仅无纯文学，亦复无纯哲学，纯艺术，乃至无纯政治，并无其他一切之专门性可确立。一切皆当纳入人的共通标准之下而始有。"④在此，钱穆之所以否定"纯文学"的存在，乃针对"五四"新文学以西方文化真善美相分别观念为背景的"纯文学"观念而发。他批评

---

① 钱穆：《中国人的文化结构》，《从中国历史来看中国民族性及中国文化》，第132页，《全集》第40册。

② 钱穆：《理学与艺术》，《中国学术思想史论丛（四）》，第283页，《全集》第20册。

③ 钱穆：《雅与俗》，《晚学盲言》，第849页，《全集》第48册。

④ 钱穆：《中国文学史概观》，《中国文学论丛》，第73页，《全集》第45册。

西方式的"纯文学"观念强调文学的专门性，既放不进真实人生，也与其他学问相互隔绝而缺乏共通标准，乃是"俗"。按照钱穆的阐释，如果说中国文学确实应当有自己的"纯文学"观念的话，那么这种观念乃必然建立在传统文化的共通标准上，也必然是"雅"的；换句话说，钱穆所欲建构的本土化"纯文学"观念，实际上也就是"雅文学"观念。钱穆说："唐之初兴，文章承续徐、庾余风，天下祖尚，乃已成俗。陈子昂作《感遇诗》三十八章，始变雅正。文学'复古'，即是文学'开新'，亦即是由'俗'返'雅'。由俗返雅亦是变，但变而不失其常。"①联系前面的分析来看，唐代"文道合一"新观念的创出，实属以"复古"形式回归传统文化中心进行会合调整后的"开新"，也就是以"道"的观念将魏晋文学观念自觉引发的片面重视表现技巧的"纯文学"观念，重新整合为人生道德修养与艺术修养和合贯通的"文道合一"观念。钱穆将这个演变进程概括为"由俗返雅"，实际上确定无疑地指明了其本土化"纯文学"观念乃以"文道合一"观念为核心内涵，它的基本取向与判断标准便是"雅"。

钱穆指出，中国文学特别看重雅俗问题，自始即有"尚雅"观念，而所谓"雅"，并不纯粹属于表现技巧问题，更主要的乃是文学是否符合传统文化精神的问题。他说："文学之特富于普遍性者遂亦称为'雅'。'俗'则指其限于地域性而言。又自此引伸，凡文学之特富传统性者亦称'雅'。'俗'则指其限于时间性而言。"②富于普遍性与传统性的文学方可称之为"雅"，"以其建立在人群最高共通标准上，故曰雅"③，可见"雅"具有超越性，其中蕴涵有一种绵延持续的文学内在价值。钱穆认为，具有西方思想背景的现代"纯文学"观念，只能使文学趋于外在化，不复以雅人深致为旨归，难免陷于时代性而缺乏内在一贯不变的传统性。为此，钱穆强调中国文学必须回归中国文化传统，以全部传统文化生命体系为思想资源来寻求文学开新的合理进路，而首要任务便是辨明中国传统的"雅文学"观

---

① 钱穆：《雅与俗》，《晚学盲言》，第846页，《全集》第48册。
② 钱穆：《中国文化与中国文学》，《中国文学论丛》，第36页，《全集》第45册。
③ 钱穆：《中国文学史概观》，《中国文学论丛》，第73—74页，《全集》第45册。

念与西方"纯文学"观念的文化分野，祛俗返雅，既不可一味大众化、通俗化而失去应有的精英立场，也不能偏废人生道德修养而成为"Art for Art's Sake"一派纯粹的"艺术精英"。

综上所述，钱穆关于文学自觉问题的阐发，与鲁迅先生大为不同，他以历史的眼光强调了"文学价值独立观念"是一历史完成的过程，坚持了一贯主张的儒家人文精神，可谓词章之觉醒非文学之真正觉醒，必待儒学转进至文学而有文学价值之真正独立。以此衡量，钱穆关于中国文学史上是否存在"纯文学"的论断显然并非自相矛盾的，这个论断背后隐藏着以"文道合一"观念来建构本土化"纯文学"观念体系的努力，其根本意图乃是以传统的"雅文学"取代具有西方思想背景的"纯文学"，确立中国文学现代化的保守的精英主义立场。这是钱穆讨论魏晋文学观念自觉问题的理论旨趣所在，其中蕴涵着他对传统文化精神的独特理解，也生动地体现了他的文学现代化担当意识。

二、"辨异"与"明变"

中国文学中的辨体理论渊源久远。西晋时即已出现了不少以某种专门体裁作品如诗、七、奏、碑等汇集成的总集，而挚虞《文章流别集》（今佚）更是汇集各体文章且附以系统评论。南北朝时期的"文、笔"之辨，标志着辨体理论的正式滥觞。《文心雕龙·总术》云："今之常言，有文有笔。以为无韵者笔也，有韵者文也。夫文以足言，理兼诗书。别目两名，自近代耳。"刘勰既总结了此前文笔说的理论成果，复以《明诗》至《书记》二十篇"论文叙笔"，尚论各种文体缘起流变及审美特征。继此以往，诸家辨体愈见发达，或辨于文章时代风格，或别以作家体性差异，或综论文章异同流变，或运用辨体选诗品鉴，辨体理论及其运用遂蔚成大观。钱穆也非常重视文学辨体，他在《汉代之散文》《魏晋文学》等论文中详细阐发了他的基本见解，并对传统辨体理论有所发展。

1.钱穆的文学辨体论

"大凡文体之变，莫不以应一时之用，特为一种境界与情意而产生。"①钱穆认为，中国文学常求表演于政治场合、切合社会应用，并无"纯文学"，因此，文体嬗变的内在动因是社会应用的变化及文学作者对此意变化的回应。钱穆强调，传统辨体功夫是文学研究必需的基本素养，今天仍然值得提倡。

钱穆说："我们研究文学……简单说来，文章各有体裁，如诗、词、文、赋，为体各别。所谓'明变'，一体之中，因时代不同，而其风格亦异，如唐诗与宋诗，六朝文与唐宋文，固皆有变。又如昔人言韩昌黎'以文为诗'，余曾谓韩昌黎亦是'以诗为文'，此等亦是所谓变。由此辨体与明变之两途，逐步深入，始能明白得历代各家文学之内容。"②这里所谓"辨体"与"明变"并未超出传统辨体理论范畴，但是钱穆显然更重视"明变"，因为"辨体"只是对文学体裁审美特征的辨析，属于微观专精的静态研究，而"明变"则是对文章体气历史沿革的考察，属于宏观通识的动态研究。钱穆认为，"辨体"与"明变"乃是构筑文学史知识体系的基本方法，由"辨体"而达于"明变"，主要目的在于获得对文学史演进整体脉络的宏观把握。

不过，钱穆并不满足于传统文学渊源流变的辨章评骘，而是要在西学东渐的历史语境下，以传统的辨体形式来表达他对中国文学的特殊文化生命及其现代化趋向的理论思考。这是钱穆文学辨体理论卓然独特的新视野所在。钱穆指出：

> 讲究文章首应懂得辨异、明变。"辨异"者，应能辨此篇与彼篇之不同，如韩昌黎《答崔立之书》与《答孟尚书书》不同，其《送董邵南序》与《送李愿归盘谷序》不同。进一步要懂得此家与彼家之不

---

① 钱穆：《中国民族之文字与文学》，《中国文学论丛》，第21页，《全集》第45册。
② 钱穆：《汉代之散文》，《中国学术思想史论丛（三）》，第211页，《全集》第19册。

同，如韩柳、欧王之各不同。再进一步要懂得此一时代与彼一时代文章之不同，如西汉与东汉不同，唐宋与明清又各不同。苟明于此，即掩去作者名字，亦可约略推定其文之时代与作者。……若自此更进一步，则知一个国家与一个民族之文学，亦自与其他国家与民族之文学有不同。近代西方各大学皆设有"比较文学"一课，即是此义。能"辨异"自能"明变"。将此诸"异"按历史时代顺序排列，即是文学之"变"。如是始可进一步治"文学史"。但在此"异"与"变"之中，又必能明其共同相通一贯不变处，如是始有"文学通论"之建立。①

这里所谓"辨异"与前文所谓"辨体"内涵大体相同，只是它更能体现钱穆辨体理论的侧重点与方法特质。由具体论述看，钱穆的文学辨体理论认定辨体内容可以区分为四个层次：其一，篇章辨异，即不同作品的比较品鉴；其二，作家辨异，即不同作家相互间整体创作特色的比较；其三，时代辨异，主要考察作家、作品的时代特征；其四，民族辨异，主要考察不同国家、民族文学创作的文化差异。很显然，前三个层次尚不出传统辨体理论范畴，主要是在中国文学内部进行辨体，最后一个层次则属钱穆的独特发挥，已经涉及不同文化体系中的文学比较问题。

按照钱穆的论述思路来看，文学辨体重在辨察文体差异（包括篇章、作家与时代三个层次），而这些差异"按历史时代顺序排列，即是文学之'变'"，"明变"的对象或内容主要即在此，其最终目的则在于经由"文学史"研究建立起关于中国文学的"文学通论"。这就意味着钱穆虽然判明"辨异"有四个层次，但是他并不认为不同国家、民族文学间的文化比较可以直接构成"明变"的对象或内容，换句话说，它只能作为研治中国文学的参考与旁证，而不能构成"文学通论"的有机组成部分。

钱穆强调"辨异"当以"明变"为鹄的，必须在明辨文学史上诸多"变"与"异"的同时，把握和坚持其中的"共同相通一贯不变处"即中

①　钱穆：《魏晋文学》，《中国学术思想史论丛（三）》，第231—232页，《全集》第19册。

国文学以儒家人文主义道德精神为核心的文化生命本体。这是建构"文学通论"知识体系的本体依据和整体脉络，它既可以经由中国文学传统内部不同层次的文学辨体得到抉发和梳理，也可以在与不同国家、民族文学的相互比较中呈现得更为清晰，但是无论哪一层次的文学辨体，都决不能违离中国文学传统的"共同相通一贯不变处"，更不能毁弃中国文学的文化生命。钱穆曾经指出："夫并论中西，非将以衡其美丑，定其轩轾。如实相比，则即彼而显我，拟议而易知也。"①他认为"我们讲文化没有一个纯理论的是非"②，也很难说中西文学孰高孰低，二者相互间的比较只是为了"即彼而显我"，以异质的西方文学作为参照来认识中国文学的特质，因而中西文学比较不能惟西方文学马首是瞻，必须固守中国文学的"本我"文化生命本体，其最终目的不是要以西方文学取代中国文学，而是要谋求中国文学生命的开新与复兴。由此可见，钱穆虽然将中西文学比较也纳入其辨体理论，但是又无疑有着鲜明的中国文学"本我"立场，与"五四"新文学以西方近现代文学批判中国文学的"全盘西化"立场有着本质区别。换句话说，钱穆将中西文学比较纳入传统辨体理论范畴，其实就是要针对新文学的"全盘西化"主张，试图以西方文学为"他山之石"，运用传统理论表述方式来建构本土化的"文学通论"。

钱穆指出："譬如讲文学，中国有文学，西方亦有文学，文学同文学当然可相比较。而文学亦是文化中间的一部分。中国文学在中国文化体系中，它所占的地位，或者说它的意义价值，从文化的结构来讲，与西方大不同。"③可以说，钱穆的文学辨体，尤其是中西文学比较，并不仅仅限于表现技巧、审美风格和艺术修养等文学内部具体艺术表现的对比，而是已经扩展到整个文化结构来考察文学生命的意义价值。他又说："'文化'乃指人类生活多方面的一个综合体而言，而'文学'则是文化体系中重要

① 钱穆：《中国民族之文字与文学》，《中国文学论丛》，第20页，《全集》第45册。
② 钱穆：《从中国历史来看中国民族性及中国文化·前言》，第15页，《全集》第40册。
③ 钱穆：《中国人的文化结构》，《从中国历史来看中国民族性及中国文化》，第110页，《全集》第40册。

之一部门。欲求了解某一民族之文学特性，必于其文化之全体系中求之。换言之，若我们能了解得某一民族之文学特性，亦可对于了解此一民族之文化特性有大启示。"①对于文学特性的辨察，必须关联于全部文化体系，才能从文化生命根源处获得真切体认。总体上看，钱穆的文学辨体理论有着宏观的文化学视野，并不局限于纯粹的文学理论体系建构。

就其涉及对象或运用领域来看，钱穆的文学辨体理论大体上包括传统文学辨体、中西文学辨体和新旧文学辨体三个部分，而它们之间的结构关系则明确提示着钱穆文学辨体理论的基本思路。钱穆说："我们应懂得文章做什么用的，不能只说白话文就行了。白话文也要成一个体，'体'是要有分别的。"②他认为新文学提倡白话文固然可以称得上"文体解放"，但是"白话文也得有体"，"而且文体解放，也并不是说你想说什么就可写什么"③，还是要讲究性情与修养，不能只知道在行文上用技巧、尚雕饰，或者干脆模仿西方文学句法与技巧。从这些意见来看，钱穆文学辨体理论的全部立足点，主要即在于通过新旧文学辨体来建设复兴中国文化所需要的"新文学"。

不过，从钱穆的文学研究来看，他并没有就新旧文学辨体作出系统阐发。因为在钱穆看来，新文学基本上是貌袭西方文学的，新旧文学辨体基本可以看作中西文学辨体的延伸，中西文学之体既经辨明，则新旧文学之体不辨自明。深入考察文学辨体各部分间的结构关系，我们恐怕不难看出，一方面，通过中西文学辨体，便可以在揭明中西文学本体差异的同时，从侧面否定新文学的白话文本体的价值意义；另一方面，通过传统文学辨体，则可以进一步发掘传统文学的深厚文化生命与艺术特质，从正面为建设"新文学"提供文化生命本体论根据并树立艺术标准。由此可见，钱穆文学辨体理论的基本思路，是要以传统文学辨体和中西文学辨体来为新旧文学辨体提供理论依据，从而论证文学现代化的合理进路，以实现中

---

① 钱穆：《中国文化与中国文学》，《中国文学论丛》，第33页，《全集》第45册。
② 钱穆：《经学大要》，《讲堂遗录》，第550—551页，《全集》第52册。
③ 钱穆：《中国文学中的散文小品》，《中国文学论丛》，第108页，《全集》第45册。

国文学自本自根的复兴。这个思路无疑是蕴涵着鲜明的现实人文关怀精神的。

文学辨体的基本方法架构是"从异明变"和"从变见性",这是钱穆的通史研究方法在文学研究领域内的运用与延伸。钱穆说:"如我们读《左传》,先明白了春秋时代是怎么一回事,待我们读到战国史时,便见战国与春秋有不同。此即所谓'从异明变'。"①所谓"从异明变",简单说来,就是要通过发现和比较研究对象相互间的不同之处来辨明其中所发生的变化及其原委,它所获得的结论乃是关于对象"变异性"的认识。就文学辨体而言,"从异明变"要求对辨体对象作尽可能深入机微的探究。所谓"从变见性",则是"从异明变"的后续方法,它要求在明察"变异性"的基础上,进一步把握文体演变的内在规定性,亦即超越文体本身去探究更为深邃的文化层面的根据与属性。就文学辨体而言,就是要总揽全局,从文学史通体本身来认识中国文学的独特生命姿态。完成"从异明变"和"从变见性"两步骤,便可以进而在文学辨体基础上建立"文学通论",亦即统合"变异性"与"特殊性",明体达用,概括出中国文学的"传统性"即"共通一贯不变处"。钱穆的文学辨体方法架构,大体贯彻了前述基本思路,而在每一方法步骤的具体开展上,又是有所侧重的,亦即重视"内情"胜过"外貌"。

钱穆指出:"每一篇文章可分两方面看:一是'内情',一属'外貌'。内情即是文之'心',外貌则是文之'体'。'作意'是内情,'作法'是外貌。论作法又有'字法'、'句法'、'章法'、'篇法'诸项。能自此数方面慢慢分别认识,应可懂得一家、一时代文章之外貌。其中字法最易懂,篇法最难讲,此刻暂置不谈。"②他把文章(其实也适用于韵文)分为"内情"与"外貌"两个方面:所谓"内情",主要指为文之用心,亦即文心诗情;所谓"外貌",一是各种文学体裁相对固定的体类形式,一是具体创作方法与技巧,大体均属文学的外在形式要素。钱穆认为文学辨体应当

---

① 钱穆:《如何研究通史》,《中国历史研究法》,第8页,《全集》第31册。
② 钱穆:《魏晋文学》,《中国学术思想史论丛(三)》,第232页,《全集》第19册。

着重辨察内情，因为"大凡文体之变，莫不以应一时之用，特为一种境界与情意而产生"①，外貌沿革总是源于内情变异，辨察内情理当成为文学辨体的重点内容；并且，辨察外貌沿革只能提供建构"文学通论"所需要的知识体系，而辨察内情变异则能够深入知识体系背后的"一贯共通不变处"，为建构"文学通论"提供整体性的文化生命本体依据。钱穆既坚持以文化生命本体论考察中国文学，其文学辨体重在辨察"内情"，反对新文学全盘仿照西方文学之"外貌"的做法，反对其"以用害体"，自然是顺理成章的。总之，主张"从异明变"、重视辨察"内情"，乃是钱穆文学辨体的基本方法原则。很显然，运用此种方法原则进行文学辨体，自然主要着眼于宏观比较而难免给人以缺乏细微知性分析的印象，不过，钱穆的文艺研究追求的并非西学范式的知性分析，而是极具民族文化立场的现实关怀。

综上所述，钱穆的文学辨体理论建构有着独特的宏观文化学视野，可以说是对中国传统文学辨体理论的深化与发展；同时又有着坚确的民族文化立场，以弘扬传统文学的文化生命为追求，体现了他的文学研究的现实人文关怀精神。就以上诸点而论，钱穆的文学辨体理论就已经值得引起我们注意。

2.古典文学辨体

钱穆文学辨体理论的重要取向之一，便是以文化生命本体论观照中国文学，力求通过对传统文学资源的发掘与阐释，重新把握和认识中国文学的"共通一贯不变处"即独特生命精神，并以此为核心来寻求本土化"文学通论"的建构，为建设真正符合我们时代需要的"新文学"提供正面的参考与启迪。由此，如何阐释中国文学的"共通一贯不变处"，则具有了极高的研究立意。

古典文学辨体实是钱穆文学辨体理论的中心内容。钱穆深通集部之

---

① 钱穆：《中国民族之文字与文学》，《中国文学论丛》，第21页，《全集》第45册。

学，文学辨体功夫深厚，议论多能切中肯綮。钱穆说："讲中国文学，必先讲到'韵文'和'散文'之别。"①韵文与散文是中国文学最重要的基本文体，明于韵、散流变，便可准确把握中国文学演进的整体脉络。这里我们不妨就其中比较重要的韵、散之辨略作讨论。

首先是韵、散二体产生时间先后问题。钱穆说："《诗经》的年代较后于《尚书》。韵文较散文晚出，民间性的文学作品较后于上层统治阶级政治性和历史性的文件，这也可代表说明中国文化之一个特征。"②又说："今若将《书经》年代远推而上，至于虞、夏，则何以散文官史，发展成熟远在二千年之前，而歌诗雅颂，抒情韵文，转远起二千年之后乎？此又与世界各地一般的文学起源，远有不同。抑且古人每以《诗》《书》并称，而又《诗》在前，《书》在后，其说亦无法可通也。"③他在《老子辨》《中国文学论丛》等著述中，均同样主张"散文在先，韵文转在后"。钱穆认为只有"写的文学"才是"正式的文学"，而其他唱的、说的、做的文学则只能视为"一种原始的文学资料"，必经一番俗歌雅化过程才能成为正式的文学，因而在他看来，那些"升降讴谣，纷披风什"的原始韵文只能是"文学之胚胎，或文学之种子"，而就历史遗存的文献材料来看，则似乎散文发展又转在韵文之前了④。钱穆认为，古人"《诗》《书》并称，而又《诗》在前，《书》在后"，其实用意本不在于分辨韵、散先后，而在于提示因文体变化而必须坚持的文学精神。"只因现代我们的学者，惯于把西方观点来衡量东方之一切，因此既不肯承认散文之可先于韵文，又不肯承认文学之必辨于雅俗，而极意想提倡民间文学、俗文学，认为只有地方性的，流行于下层社会的，才始是自然的活文学。"⑤钱穆强调，不能够因

---

① 钱穆：《中国古代散文——从西周至战国》，《中国学术思想史论丛（二）》，第463页，《全集》第18册。

② 钱穆：《中国文化史导论》，第70页，《全集》第29册。

③ 钱穆：《西周书体辨》，《中国学术思想史论丛（一）》，第238页，《全集》第18册。

④ 钱穆：《中国文化与中国文学》《中国京剧中之文学意味》，《中国文学论丛》，《全集》第45册。

⑤ 钱穆：《略论中国韵文起源》，《中国文学论丛》，第126—127页，《全集》第45册。

为一时之主张，便抛弃了文学大传统，背离文学史事实，强为解说。

其次是韵、散二体的源流统属关系问题。钱穆的主张大体可以概括为"韵散相通"和"诗统韵散"两个基本观点。

先看"韵散相通"。钱穆指出："《诗》和《书》，本是两种不同文体，一是散文，一是韵文。讨论中国文学，首先必分此韵、散两体的分野。但韵文、散文其间又尽有相通，不可严格分别。"①钱穆明确强调，韵文与散文虽有明显分野，但其间多有相通之处，不应作严格区别。例如汉赋，钱穆分析说："汉人的赋既是'古《诗》之流，《雅》《颂》之亚'，而直接则由纵横家言递变而来。故古诗之变，一变而为春秋辞令，再变而为战国纵横家言，三变而为汉人之辞赋。如此般的递变，可见韵文之与散体，在中国文学史里是虽有别而实相通的了。"②汉赋为《诗》之流亚，中间实有嬗递流变的复杂环节。先是散文体的春秋辞令，虽由赋诗言志变为废诗直言，但体气吐属仍与诗人比兴同调；再是战国纵横家言，既求以声色动人，遂减少了辞令中委婉的比兴分量，力求铺张夸大，赋体比重增大；至汉赋，虽多用韵，而文笔体气全属重叠铺陈，实渊源于纵横家言。钱穆认为，"赋体可以有散文，散义体也可以押韵"，韵、散二体本源相通，不宜严格区分，像姚鼐《古文辞类纂》兼收辞赋、李兆洛《骈体文钞》并录散体，都很能说明中国文学韵散相通的特质。又如唐人赠序，钱穆认为此体渊源于六朝，"实皆'赠答诗'之变相"③，如李白《江夏送倩公归汉东序》《夜宴桃花园序》等，变诗为文而体气格调仍留有辞赋痕迹；至韩愈纯用散文笔法运化诗体神韵，以诗为文，乃确立赠序体格，如《送李愿归盘谷序》《送董邵南序》等，显然运用散文体气改换辞赋格调，融诗体神理韵味于散文。钱穆又指出："宋人记亭阁，记斋居，皆摩空寄兴，不为题材所限，尚有运诗入文之遗意，而宋人亦不自知。后之论诗者，率分唐

---

① 钱穆：《汉代之散文》，《中国学术思想史论丛（三）》，第213页，《全集》第19册。

② 钱穆：《汉代之散文》，《中国学术思想史论丛（三）》，第216页，《全集》第19册。

③ 钱穆：《杂论唐代古文运动》，《中国学术思想史论丛（四）》，第61页，《全集》第19册。

诗、宋诗而为二；今亦可谓韩公'赠序'诸篇，皆是唐诗神韵，至其'杂记'，如《燕喜亭》《滕王阁》之类，则已开宋诗境界矣。"①是则唐、宋诗亦有散文意境，"以诗为文"和"以文为诗"的基本依据乃在韵、散相通。因此，钱穆强调说："由此可知，中国文学本不必严格分韵、散。从文学论，韵散技巧虽不同，而境界则终是一样的。"②韵、散二体虽有分野，但体式、技巧、境界均有相通之处，不必过于拘泥韵、散体类差异。钱穆强调"韵散相通"，乃隐然针对近代以来愈演愈烈的桐城派与《文选》派骈散之争而发，他认为骈散二体本源相同、技巧相通，自不必此疆彼界的门户之见。

再看"诗统韵散"。钱穆认为，中国文学韵、散相通，而在文学的基本文化精神和技巧特质上，韵、散二体又完全可以用"诗"作为融凝统合的象征，因而"中国文学以诗为主"③，换句话说，中国文学不论韵、散，其实都是具有诗意或诗味的。钱穆的这个意见，我们将其概括为"诗统韵散"。作为中国文学的内在骨干，儒、道思想所具有的"天人合一"精神，在钱穆看来，可以称之为"诗意的看法与想法"即充满诗性精神的宇宙观与人生观，它内在地赋予了中国文学一种"诗意的"文化精神。他说："中国传统思想中，偏重人文精神的儒家，大体都带有文学性，即都带有诗的情调。"④儒家思想以"诗的情调"充实了中国文学人生道德修养的诗性特质，而道家思想那种自然主义的心情与智慧，"也可说其极富于艺术情调"⑤，直接构成了中国文学人生艺术修养的重要来源之一。中国传统文化诗情与哲理常相会通，儒、道思想的"诗的情调"或"艺术情调"奠定了中国文学的基本文化精神，因而就韵、散二体之"内情"即文化精神而言，它们是完全可以象征性地统合于"诗"的。钱穆指出："孔子曰：

---

① 钱穆：《杂论唐代古文运动》，《中国学术思想史论丛（四）》，第66页，《全集》第19册。

② 钱穆：《中国文学中的散文小品》，《中国文学论丛》，第101页，《全集》第45册。

③ 钱穆：《诗与剧》，《中国文学论丛》，第154页，《全集》第45册。

④ 钱穆：《四部概论》，《中国学术通义》，第53页，《全集》第25册。

⑤ 钱穆：《四部概论》，《中国学术通义》，第54页，《全集》第25册。

'不学《诗》，无以言。'凡中国古人善言者，必具诗味。其文亦如诗，惟每句不限字数，句尾不押韵，宜于诵，不宜歌。盖诗、乐分而诗体流为散文，如是而已。"①诗体流衍为散文，而散文则多具诗味，相当于不限字数、不押韵的"诗"，其内在文化精神乃是诗意的。钱穆举例说："唐人喜欢写诗赠人，韩昌黎改用赠序和书札等，外形是散文，内情则是诗，是小品的散文诗。……又如柳宗元的杂记，尤其是山水游记，则可称为散体的赋，即无韵的赋。散文诗则是无韵之诗。"②文学辨体不当仅求外貌，重心当在辨察内情；韩、柳古文如赠序、书札、杂记诸体，体式结构虽为无韵散体，文化精神却是极富诗意的，就体用根源而言，无疑是可以归宗会元于"诗"的，因此钱穆概括说："文有骈、散，而根源皆在诗。"③

"诗统韵散"也同样反映在文学技巧特质上。如前所述，比兴乃是中国文学"天人合一的人生之艺术化"的主要方式，儒、道思想中的"天人合一"境界本身即是"诗意的"，而"艺术化"也就是运用特定表现技巧来呈现诗意境界的物化赋形过程，因而诗意的比兴乃是中国文学的技巧特质，韵、散二体艺术表现上的种种法度规矩，本质上均渊源于比兴。钱穆说："比兴的抒写方法，不仅在韵义中普遍主要地运用，即在散文中亦然。"④正如我们前面介绍的那样，原本属于诗词特有技巧的比兴，在钱穆看来，完全可以拓展理解为韵、散二体共通的技巧特质，因而在方法技巧意义上，韵、散二体亦可统合于"诗"。当然，"诗统韵散"之"诗"并不是文体层面的概念，而是文学精神层面的概念。所谓"诗统韵散"，一言以蔽之，就是中国文学无论韵、散，均深具"诗"的精神，这也就是钱穆所说的"共通一贯不变处"。

总之，钱穆认为研治中国文学固然应当注意韵、散分野，但是不能拘泥于体式结构、声律法度等"外貌"，更应当深刻把握韵、散二体本质上

① 钱穆:《诗与剧》,《中国文学论丛》,第153页,《全集》第45册。
② 钱穆:《中国文学中的散文小品》,《中国文学论丛》,第104页,《全集》第45册。
③ 钱穆:《诗与剧》,《中国文学论丛》,第154页,《全集》第45册。
④ 钱穆:《四部概论》,《中国学术通义》,第52页,《全集》第25册。

的一本同源关系，这样才能把握住中国文学的"内情"，概括出其中的"共通一贯不变处"。钱穆的古典文学辨体强调以宏观文化学视角梳理文学的"内情"与"外貌"关系，主张遗貌取神，直透"内情"而不必斤斤计较于"外貌"，从而抉发中国文学的文化生命，这应该是其不同于传统文学辨体的显著特色之所在。

3.中西文学辨体

如果说钱穆的古典文学辨体大体属于概括性的微观研究的话，那么，他的中西文学比较则无疑属于总揽全局的宏观研究。钱穆的古典文学辨体旨在唤醒中国人对古典文学抱持生命的温情与敬意，强调深透辨析到古典文学文化生命的精微细密处，自宜运用微观分析方法；而他的中西文学比较重在提醒人们认清中西文学的整体文化差异，批评新文学在学习西方文学的同时抹杀中国古典文学的做法，主要运用宏观的文化比较方法。当然，钱穆的中西文学比较其实并不是那么客观公允，至少在一定程度上，他并不是非常了解西方文学，但是这种中西文学比较并不妨碍他通过宏观的文化学比较来强调某种民族立场与感情，以回应他那个时代所面临的种种问题。这是钱穆中西文学比较的基本学术语境，对此我们应当给予充分的"同情的了解"。

钱穆指出：进行中西文学比较，"应该特别注重他们的相异处，而其相同之点则不妨稍缓。又应该从粗大基本处着眼，从其来源较远、牵涉较广处下手，而专门精细的节目，则不妨暂时搁置。"①中西文学比较应遵循"从异明变"和"从变见性"的方法，只是视野当放在双方文化生命本源处来作宏观比照，注重宏观面的比较，而专门精细的辨析则转属次要。正因为如此，钱穆的中西文学比较乃侧重于通过宏观比照来彰显中国文学的整体文化生命特质，可以视之为以文学为切入点的"文化比较"，与今天所谓"比较文学"完全不同，不能简单化地视之为空泛蹈虚而痛加诟病。

---

① 钱穆：《灵魂与心》，《灵魂与心》，第1页，《全集》第46册。

　　钱穆的中西文学比较不求专门精细的知性辨析，而主要是文化特质和文学精神的整体性比较。钱穆的中西文学比较涵盖面异常宽广，几乎牵涉中西文化比较的全部体系与内容，很难作系统梳理。这里我们只能就其中主要内容略作介绍。

　　其一，"内倾"与"外倾"。钱穆强调中国文学是一种内倾型文学，而西方文学则是外倾型文学，其间差异大体是由创作与欣赏之间关系决定的。西方文学多发生于狭小密集的文化中心，创作者与欣赏者当面觌体，文学创作为求欣赏，必然外倾而较富通俗性与具体性；中国文学则开展于文化空气稀疏的磅礴地面，创作者与欣赏者并非直接当前，文学创作不易受欣赏的影响，因而往往内倾蕴藉，富有沉思性与固定性①。

　　中国文学富于内倾性，因而文学描写往往重视作者"自我"，以作者自身情志为主来描写外面事象，"而必然以作者之'内'为主，而以作者所描写之'外'为附"②，是主内附外的内倾型文学。西方文学则力求真实细微地描写外在客体事象，重心完全偏向了人生中的种种具体事件，甚至虚构人生事件，不见作者内心情感存在。钱穆指出："中国文学重心，西洋文学重事。"③"重心"与"重事"的差异，也就是内倾与外倾的区别。"设辞作譬，正如一面镜子，西方文学用来照在外面，而中国文学乃重在映放内面。也可说，西方文学是火性，中国文学是水性。火照外，水映内。"④钱穆的这个比喻非常贴切，很能说明中西文学之间的文化差异性。钱穆强调"内倾"与"外倾"的差异，旨在唤醒人们认清中西文学的文化特质，从而回归中国文学的生命世界，以陶冶自我性情。

　　其二，"和合"与"分别"。钱穆指出："余尝谓中国人重和合，西方人重分别，此乃中西文化大体系歧异所在。"⑤中国文化标立"心本位"，

---

① 钱穆：《中国文化与中国文学》，《中国文学论丛》，《全集》第45册。
② 钱穆：《四部概论》，《中国学术通义》，第65页，《全集》第25册。
③ 钱穆：《中国文化传统中之文学》，《中国学术通义》，第194页，《全集》第25册。
④ 钱穆：《中国散文》，《中国文学论丛》，第80页，《全集》第45册。
⑤ 钱穆：《略论中国音乐》，《现代中国学术论衡》，第291页，《全集》第25册。

重心而内倾，因而文化结构各部门均能相互融会贯通而具有和合性；西方文化属于"物本位"的外倾型文化，各文化部门各有对象而相互隔绝，有分别性而无和合性。中西文学亦同样有此文化差异。"中国人认为一切学术的共同对象是人类社会与人生实际，所以应该是人为主而学为从。"[①]钱穆认为"中国的国民性中，深具有艺术性与和合性"[②]，因而中国传统学术一向看重通人胜过专家，文学也同样如此，其艺术创造上的种种表现，往往联属牵附于中国文化的全体系，并不自我封闭于纯粹的文学园地。

钱穆认为，中国文学具有和合性，总是能够围绕传统文化中心来将文史哲艺会通融凝为一体，所谓诗画相通、诗乐一体、诗艺同构等命题，也都说明了中国文学与其他学术乃是贯通的，同具和合性的文化特质。相比之下，西方文化则强调科学精神，重学不重人，没有类似于中国文化"通人之学"这样的学术观念，因而各门学问并不能融会贯通，分别性异常突出。文学也同样如此，不仅文学与哲学、政治、历史等其他学术相互暌隔，即使文学内部不同文学样式之间，也各有各的艺术特征与艺术追求，缺乏相应的文学本体作为相互贯通和合的基础。钱穆特别强调中西文学的上述文化差异，认为建设符合时代需要的文学，仍须坚持和发挥中国文学的和合性，兼顾文学的人生道德修养和人生艺术修养这两项内在性，而不能仅仅看重文学技巧的修养。钱穆的这一意见，恐怕主要还是针对新文学运动的"全盘西化"主张而发，尤其是具有西方文学背景的"纯文学"观念，多少也体现了其文学研究的人文关怀。

其三，"诗"与"剧"。中西文学的种种文化差异，表现在文艺精神上便是"诗"与"剧"不同。钱穆指出，西方文学"以小说、戏剧为主"，大体以写实精神描写人生，注重特定时空背景和逼真故事情节，因而富有刺激性，而中国文学以诗为主，各种文体无不力求诗化而蕴涵诗意或诗味。例如古代小说，大体"近诗，不近剧"，"皆可改为诗歌讽咏，但不宜

① 钱穆：《四部概论》，《中国学术通义》，第61页，《全集》第25册。
② 钱穆：《中国人的文化结构》，《从中国历史来看中国民族及中国文化》，第127页，《全集》第40册。

创为戏剧表演"，本质上均属"比兴之流"①。又如中国戏剧，也并不像西方戏剧那样搬演人生力求具体逼真，往往"抽离现实"，与真实人生保持一定距离，只把真实人生艺术化了而在舞台上表演，因而"诗的成分弥漫剧中，不贵动作"，与崇尚性情的诗具有同样文学精神②。

钱穆认为，西方文学建筑在"戏剧人生"上，文学精神是现实的，可以用"剧"作为象征；而中国文学则以"诗化人生"为基础，文学精神是空灵的，相应地可以用"诗"作为象征。文学精神的差异，也导致中西文学在创作、欣赏、批评等方面呈现出了不同面貌，这里就不详细介绍了。总体上看，钱穆将中西文学精神的差异辨析为"诗"与"剧"的不同，应该说是可以成立的。以"诗"来代表中国文学精神，相信不会引起争议。将西方文学精神概括为"剧"，其实也不存在问题。西方哲人如尼采，中国学者如朱光潜，都曾采用古希腊戏剧中的"日神精神"或"酒神精神"来概括西方文学的艺术特质，这多少也可以从侧面说明钱穆将西方文学精神概括为"剧"的观点，乃是相当准确的。

钱穆的中西文学比较尚有许多中肯剀切的意见，恕不一一详为介绍。中西文学之所以存在上述种种差异，当然与双方文化结构的不同有关，但最直接的原因恐怕还是文学本身体用关系类型的不同。钱穆指出："中国之欣赏文学，乃即体以见用。西方之刺激文学，乃集用以为体。此其大不同所在。"③中国文学乃"心本位"的文学，本身即是真实人生的一部分，文学本体也就是人生本体，一切艺术表现与理想均建筑于绵延相续的文化生命本体而以"达心"即文化生命的欣赏为用，因而可以说是即体见用或明体达用的文学；而西方文学则是"物本位"的文学，其表现人生只能"以多方面复杂性来拼凑一人生"，放不进真实人生，"其文化生命终不免

---

① 钱穆：《诗与剧》，《中国文学论丛》，第154页，《全集》第45册。
② 参见钱穆：《中国京剧中之文学意味》《诗与剧》等，《中国文学论丛》，《全集》第45册。
③ 钱穆：《欣赏与刺激》，《中国文学论丛》，第258页，《全集》第45册。

要逐步切断"①，因而文学与人生之间并无一贯相承的共同文化生命本体，文学自有其特定艺术本体，乃由种种文学表现与艺术技巧拼凑而成，可以说是"集用为体"。钱穆认为这是中西文学之间最主要的文化差异，是双方"大不同所在"，其他一切文体形式、文学精神、艺术技巧等方面的差异，根本上均取决于上述体用关系类型的不同。姑且不论钱穆的上述意见是否合理，但它明确提醒人们中西文学的差异是全面的、根本的，以西方文学取代中国文学只能以摧毁传统文化生命为代价。总之，钱穆的中西文学比较显然并未局限于双方具体细节的辨异，而是以文化生命本体论为理论根据，单微直凑地从根源处辨察"内情"，因而论述虽或不免倚轻倚重，整体上还是能够深入准确地把握中西文学各自精神特质的。

综上所述，钱穆的文学辨体理论无疑是有积极意义的。钱穆归纳出"辨异"四层次，将古典文学辨体和中西文学比较一并涵括在自己的文学辨体理论框架内，这本身即是在新的历史语境下对传统文学辨体理论的发展。同时，钱穆的文学辨体理论有着自觉的理论意识，其出发点在于以文化生命本体论为中国文学现代化建构本土化理论体系，以对治"五四"新文学"全盘西化"的激进主张给传统文学思想资源带来的负面影响。尽管钱穆的文学辨体理论与实践还存在着不够系统、准确的问题，但就以上两点而言，它在20世纪中国文学思想史上的地位与意义便足以引起人们的注意。

三、文学考据的意见

钱穆先生以史学名家，早年治学能够超越汉宋学术门户，坚持义理、考据、辞章的融会贯通，其《刘向歆父子年谱》《周官著作时代考》《史记地名考》《先秦诸子系年》等，均以记诵博洽、考订精审而享誉学界。严耕望在《从师问学六十年》中指出："（钱穆）先生虽以考证文章为学林

---

① 钱穆：《中国文化传统中之文学》，《中国学术通义》，第188页，《全集》第25册。

所重……但先生民族文化意识特强，在方法论上，日渐强调通识，认为考证问题亦当以通识为依归，故与考证派分道扬镳，隐然成为独树一帜、孤军奋斗的新学派。"①这是对钱穆新史学考据理论特点与趣向的恰当概括。钱穆关于文学考据的基本意见，乃是其新史学考据理论在文学研究领域的延伸与拓展，不仅具有特殊"意境和方法论"，同样贯穿着鲜明强烈的"民族文化意识"，而且能够结合文学研究的特点作出独到发挥。

1.钱穆的新史学考据理论

考据与义理兼顾并重，是钱穆新史学考据理论的基本主张。尽管钱穆可能对中国现代考古学并无好感，但他不仅并不排斥和拒绝考据方法的运用，而且对考据方法有自己独到的理解。

义理与考据相通相济，这是钱穆新史学考据理论的首要主张。钱穆在《学术与心术》一文中指出："惟考据乃证定知识之法门，为评判是非之准的。考据之学，又乌可得而菲薄之？"②在他看来，考据是学术研究的基本操作方法，一切研究领域内基本知识体系的建构及其客观性标准的奠立，其实都离不开考据方法的运用。正是在这个意义上，钱穆对乾嘉考据学者从事的考据工作也有相当肯定——"盖自有清儒之训诂考覈，而后古书可读，诚为不可埋没之功。"③不过，钱穆并不认同乾嘉考据学者为考据而考据的学术风气与方法，因为在他看来，考据虽然是做学问的重要法门，但它本身并不足以构成独立的学问。他强调说："因各项学问都该要有考据，而考据不应自成为一种学问。"④考据仅仅是做学问的手段，而不是目的，"不能单凭考据便认为尽了学术研讨之能事"，更不能专重于烦琐的考据之学，"藏头容尾于丛脞破碎之中"而忘记了学术大义。他又指出："考据独

---

① 严耕望：《钱穆宾四先生与我》，台北：商务印书馆股份有限公司1992年版，第88页。
② 钱穆：《学术与心术》，《学籥》，第160页，《全集》第24册。
③ 钱穆：《国学概论》，第354页，《全集》第1册。
④ 钱穆：《近百年来诸儒论读书》，《学籥》，第148—149页，《全集》第24册。

立成为一种学问，经学亦仅视为一堆材料。他们把同样的目光来治史，史亦成为一堆材料。材料无尽，斯考据工作亦无尽。"①此虽仅批评清代考据学，但亦有普遍意义。钱穆显然认为以考据代学问有害无益，最终只能是"有用无体"，无当于学术大义。钱穆强调考据"仅为从事学问之一方法"，"不当即以考据代学问"，考据之外其实别有学问所在。出于同样的缘故，钱穆对"以科学方法整理国故"的科学考订派也提出了批评。他说："道咸时人尚知反向历史自寻出路，而民国以来人则重斩此萌芽初苗之新史学，强抑为乾嘉经学之陪台附庸，而美其名曰'以科学方法整理国故'。盛誉乾嘉校勘训诂考据之支离破碎，以谓惟此有当于西洋之科学方法。既抑道咸以来之新史学为经学之陪台附庸，又抑乾嘉史学为西洋科学之陪台附庸。"②钱穆极其重视"科学精神"，但是对新文化运动所宣扬和提倡的"西洋之科学方法"则持否定态度。他认为科学考订派其实是以西方实证主义将乾嘉考据学风发展到了极致，"以'为学术而学术'之语调为护符，而实际则学术未必有裨于身世"③。

在钱穆看来，无论是乾嘉考据学还是科学考订派，都只注重材料的训诂考据，而忽略了义理的探寻研讨，本质上混淆了学问的方法和目的。钱穆尖锐地指出："若在学术界昧失了大义，则训诂考据亦将无所丽以自存。"④在他看来，学术研究尤其是史学研究，首要任务便在于"能于国家民族之内部自身，求得其精神之所在"，而考据亦必当立意于发掘历史材料中作为"民族生命之泉源"的文化精神，决不能"以活的人事，换为死的材料"⑤。为此，钱穆提倡"从读书中明义理"的"士大夫之学"，"做那使用材料的人，不是为材料所用的一个工具"⑥，反对专务训诂考据而不脱乾嘉牢笼的"博士之学"，强调史学研究必须超越汉、宋学术门户，

---

① 钱穆：《中国儒学与文化传统》，《中国学术通义》，第94页，《全集》第25册。
② 钱穆：《新时代与新学术》，《文化与教育》，第103页，《全集》第41册。
③ 钱穆：《近百年来诸儒论读书》，《学籥》，第91页，《全集》第24册。
④ 钱穆：《近百年来诸儒论读书》，《学籥》，第85页，《全集》第24册。
⑤ 钱穆：《国史大纲·引论》，第24页，《全集》第27册。
⑥ 钱穆：《中国史学名著》，第79页，《全集》第33册。

将考据与义理兼容贯通起来，并提出了"以记诵考订派之功夫，而达宣传革新派之目的"的新史学理论主张。毫无疑问，钱穆"新史学"强调考据必须以发明义理为归宿，当求发掘蕴涵于对象材料中的民族精神和文化生命，只有将考据与义理融会贯通起来，学问才会符合时代需要而"有裨于身世"。

钱穆认定史学考据不当专限于史料考订，这是其新史学考据理论的又一重要主张。在钱穆看来，史料考订是史学考据的主要而非全部对象或内容，因为史料并不仅仅是些零碎的历史知识，同时也是涵蕴着撰史者褒贬是非的"精神存在"。完整意义上的史学考据应当是联属史实背景意义的史料考订辨识。钱穆指出："从事学问，不能只看重材料。……我们必须了解到每一书的作者，才懂得这一书中所涵蕴的一种活的精神。"①这种"活的精神"也就是作为"精神存在"的史实，亦即历史材料的史实背景意义。钱穆强调史学考据必须由零碎的知识材料拓进到史料意义层面，否则考据充其量只能发现一些"历史遗骸"，而不能领会和理解"历史灵魂"，将零碎史料转化为"有裨于身世"的历史知识。因此，史学考据的对象或内容绝非局限于史料，史料所缊涵的"活的精神"实与史料同具考据价值。

由此，钱穆强调思想义理亦应构成史学考据的对象或内容，因为"考据之终极，仍当以义理为归宿"，而阐发义理亦必以考据为法门，二者并不能截然割裂。他说："故即治思想，亦当知考据。我若笃信一家，述而不作，此亦一种考据。若兼采两家，折衷异同，会而通之，此亦一种考据。凡此皆虚心实学之所得。"②研治思想义理亦必求科学性，无论是"述而不作"还是"折衷异同"，均需获证于考据。换句话说，思想义理实亦可以构成考据对象或内容。钱穆说："中国史学，'言'与'事'并重，这是中国人的一套历史哲学。"③何谓"言"？按钱穆的解释，"言"就是有组

---

① 钱穆：《中国史学名著》，第17页，《全集》第33册。
② 钱穆：《学术与心术》，《学籥》，第164页，《全集》第24册。
③ 钱穆：《中国史学名著》，第72页，《全集》第33册。

织有结构的生命性的思想，既然为史学所重，那么理应与"事"一起成为史学考据的对象或内容。钱穆曾自谓其《读明初开国诸臣诗文集》一文"本文作意，不在论诗文，而在藉诗文以论史。……此文则在藉诗文以论其时代内蕴之心情。"①很显然，"由文考史"就是以诗文集材料中蕴涵的史实背景意义即"史情"为考据对象或内容的，换句话说，思想义理完全可以构成史学考据的对象或内容。钱穆又说："本文作意，不在论诗文，而在藉诗文以论史。论史者多据正史纪、传、志、表，旁及稗乘、野史、小说、笔记之类，所论以史事为主。或据文章著作以论一时代人之思想及其议论意见。此文则在藉诗文以论其时代内蕴之心情。"②他的《读明初开国诸臣诗文集》一文以"思想"和"议论意见"为论史的材料，而不以"史事"为主，无疑乃认定思想义理亦可成为史学考据的对象或内容。循此思路，钱穆认为考据运用领域实亦不当仅限于研治中国学术，"治西学者，亦当循考据途径"，"如此则义理、考据，固可相济，而中学、西学，亦可相通"③。就实际情况来看，中国近现代以来研治西学者的确多以思想义理为主。钱穆此论，言下之意无疑是认定思想义理也可以而且应当成为考据的对象或内容。即今人治学，也每有"思想考据"之说，其实，钱穆这里说的岂不正是一种"思想考据"吗？总之，钱穆并不认为史学考据的对象只局限于一堆堆的客观性史料，蕴涵着历史演进"活的精神"的史情、思想等，实际上完全可以构成精神性史料，同样应该视为史学考据的对象。钱穆对考据对象的这种扩大的理解，不仅沟通了考史与论史两方面，而且为会通文史哲艺诸领域奠立了理论基础。

　　史学考据多数场合乃是出于辨伪的需要，但辨伪亦需有正确的态度。钱穆指出："读史不能辨伪，便会有许多说不通处。但辨伪工夫中寓有甚

---

① 钱穆：《推寻与会通》，《学籥》，第206页，《全集》第24册。

② 钱穆：《读明初开国诸臣诗文集》，《中国学术思想史论丛（六）》，第101页，《全集》第20册。

③ 钱穆：《学术与心术》，《学籥》，第169页，《全集》第24册。

深义理，不能轻易妄肆疑辨。"①他认为史学考据必须为辨伪服务，而辨伪乃是史学研究的重要工夫修养，如果辨伪缺乏正确的态度，那么不仅会影响到义理的阐发，而且会减损史学考据的价值。

钱穆强调辨伪必先立信。他说："学者之始事，在信不在疑，所谓'笃信好学'是也。信者必具虚心，乃能虚己从人。"②史学考据应遵循"两信而疑"原则，不能一上来就抱有凡事必疑的态度。"考据之价值，亦当就其对象而判。"③如果"妄肆疑辨"，就会错认考据对象，考据的价值自然大打折扣，不会对辨伪有多少帮助，更不会对发明义理有所裨益。按照钱穆的解说，疑古辨伪属于很高的学问境界，应该经历"立信辨伪""两信而疑""因疑考信"这样一些研究过程，并不是盲目地"妄肆疑辨"那么简单。

钱穆晚年撰《师友杂忆》，曾对夏曾佑《中国历史教科书》深致欣赏，称赞其"无考据方式，而实不背考据精神"④。事实上，钱穆的新史学考据理论也颇具"考据精神"，坚持义理、考据、辞章相结合，尤其强调思想义理和史学通识，主张考据当求发明义理、考据必先立信等，这些都是极其精要剀切的意见。当然，钱穆新史学理论关于考据的论述还涉及许多其他问题，这里就不详细介绍了。

2.文学考据与欣赏

考据"乃证定知识之法门，为评判是非之准的"⑤，文学研究同样需要运用考据方法，不仅文学史基本材料辨伪工夫需要以考据为基本手段，而且"考据工作，未尝不有助于增深对于文学本身之了解与欣赏"⑥。钱穆曾经说过："窃尝谓文章之士，每薄校勘、训诂、考据于不为。而从事

---

① 钱穆：《中国史学名著》，第10页，《全集》第33册。
② 钱穆：《学术与心术》，《学籥》，第164页，《全集》第24册。
③ 钱穆：《学术与心术》，《学籥》，第161页，《全集》第24册。
④ 钱穆：《八十忆双亲师友杂忆合刊》，第85页，《全集》第51册。
⑤ 钱穆：《学术与心术》，《学籥》，第160页，《全集》第24册。
⑥ 钱穆：《中国文化与文艺天地》，《中国文学论丛》，第173页，《全集》第45册。

于校勘、训诂、考据之业者，又往往不擅于文事。而不悟其不可以偏废也。"①他强调"文章"与"考据"不可偏废，文章当讲"为文之用心"，考据必求"有裨于身世"，二者均当就正于义理。义理、考据、辞章融会贯通，也是钱穆讨论文学考据问题的基本出发点和宗旨。他在解说《论语·公冶长篇》"乘桴浮于海"章时说："读者当取此章与'居夷'章参读，既知因文考事，明其实际，亦当就文论文，玩其神旨。如此读书，乃有深悟。若专以居夷释此章之浮海，转成呆板。义理、考据、辞章，得其一，丧其二，不得谓能读书。"②在他看来，文学固不当仅为纯粹辞章之学，无论"因文考事"，还是"就文论文"，均应追求义理、考据、辞章的融会贯通。

钱穆治学一贯主张以通驭专，特别强调宏观通识对于专精微观研究具有重要的指导意义。同样，钱穆也强调文学考据并不仅仅是技术层面的问题，主张文学考据须以把握文学通识为前提，认为只有在对中国文学基本特质和演进脉络具有宏观了解的基础上，才能真正有效地从事于专精问题考据。

他在评述朱熹《韩文考异》时即指出："昌黎一集，自有晦翁之《考异》，而后始有定本可资循诵，此文章之有待于校勘者甚显。……至于考据，每一文有其本题之故实，有作者当时之心情，有其文所包罗之万象，苟非博考旁稽，何以知其所云云。然亦必精熟文理，乃知孰者当考，乃知所考之孰得其是而无疑，固亦非字字而详，句句而寻者之所与知也。"③钱穆认为，"精熟文理"乃是从事文学考据的基本前提条件，文学考据涉猎范围广泛，如果不能做到"精熟文理"，对文学通识缺乏宏观把握，那么即使"博考旁稽"，恐怕也不能合理衡量文学考据的正当性与准确性，甚至难以判断对象的价值而陷入"字字而详，句句而寻"的盲目考据境地。钱穆这里所说的"文理"，并不仅仅指文章的肌理格调、体性结构等行文

---

① 钱穆：《韩文导读序》，《新亚遗铎》，第572页，《全集》第50册。
② 钱穆：《论语新解》，第157页，《全集》第3册。
③ 钱穆：《韩文导读序》，《新亚遗铎》，第572—573页，《全集》第50册。

理论或文法技巧，更主要的是指中国文学的基本特质和演进脉络，即所谓中国文学的"共同相通一贯不变处"①，也就是文学通识。

例如，他在评价"红学"考据时就曾指出："沉浸于旧文学传统稍深者，终觉不能仅此儿女亭榭，即为文学之上乘，乃相继比附，认为《红楼梦》乃影射清初朝廷君臣事迹。此若稍近传统之意，然终亦无奈考据之实证何。"②钱穆认为，中国文学的基本特质之一就是"贵在作品出于作者之自述"，而曹雪芹创作《红楼梦》恰恰"并不能直接把自己的真实人生放进其书中"③，因而要从小说本身来考证曹雪芹的身世生平乃至清初史事，那是不可靠的。以此衡量，"红学"影射索隐其实经不起考据推敲，考据价值极其有限。且不说这个推断是否完全成立，钱穆很显然是根据他所认定的小说虚构而不能将作家与作品合一的文学通识来下结论的，所谓"精熟文理"在此具体是指"旧文学传统"及其相关文学通识。

又如关于王世贞是否《金瓶梅》作者的考证问题，钱穆认为，王世贞虽然曾被归有光讥斥为"狂庸巨子""俗学"，但是王世贞却犹能于归氏亡故后对其称赞有加："风行水上，涣为文章，风定波息，与水相忘。千载有云，继韩欧阳。予岂异趣，久而自伤。"并且，王世贞作《鸣凤记》褒贬得当，"仍带有上层政治意味"。据此，钱穆得出结论：王世贞"终为正人"，"虽妄、虽庸、虽俗，绝非荒唐轻薄之流。其非《金瓶梅》之作者可知。"④钱穆在此从"有德斯有言"的文学通识出发，并佐以相关旁证材料，得出的结论仍然是有说服力的。钱穆曾经指出："论古之事，固不必一一有据以为之说，而其大体宜可推寻而知。"⑤他认为考据不必一一皆求有坚确不移的史料以为支持，只要有可以足够推寻大体的"理据"，符合文学通识，那么考据推论未尝不可成立。

---

① 钱穆：《魏晋文学》，《中国学术思想史论丛（三）》，第232页，《全集》第19册。
② 钱穆：《中国文学史概观》，《中国文学论丛》，第72页，《全集》第45册。
③ 钱穆：《中国文化传统中之文学》，《中国学术通义》，第205页，《全集》第25册。
④ 钱穆：《中国文学史概观》，《中国文学论丛》，第68页，《全集》第45册。
⑤ 钱穆：《读诗经》，《中国学术思想史论丛（一）》，第171页，《全集》第18册。

当然，钱穆所谓"文理""理据"等通识，往往关联于涵盖全部文史哲艺的人文素养。钱穆曾指出："考据必先把握到一总头脑处……否则先不求其总头脑所在，只于版本上，字句上，循诸小节，罗列异同，恐终不易于细碎处提出大纲领，于杂浅处见出大深意。"①这里所谓"总头脑"，就不仅仅指文学通识，而主要指宏观人文素养。钱穆认为，只有先确立"总头脑"，把握到文学的"共同相通一贯不变处"，文学考据才能真正发掘出考据对象蕴涵的价值与意义，否则将不见其为允当。他在谈到《水浒传》的作者考证问题时说："若认文学作品必有时代作背景，则《水浒传》必出元末明初，实有极坚强之理据。圣叹既酷嗜《水浒传》，其认施耐庵为《水浒传》作者，应亦有其根据。苟非有明确之反证，不容轻易推翻。"②这里所谓"理据"，乃是由文考史所获得的"史识"，亦即他在《读明初开国诸臣诗文集》和《读明初开国诸臣诗文集续篇》等论文中反复阐明的元末明初文人内心深蕴的时代心情。在他看来，这是考证《水浒传》作者问题所应首先把握的"总头脑"，只有把握住了元末明初文人依违于道统与治统之间而彷徨于出处进退之际的复杂时代心情，才能根据小说刻画描写中的情感倾向及其特征来判定其创作加工的时代，进而推测出作者生平事迹；否则只能纠缠于版本、字句等细碎小节，不易真正领会到考据对象所具有的"大纲领"或"大深意"，考据工作亦将随之失去应有价值。总之，钱穆强调文学考据先具通识，实际上也就是强调文学考据必须立足于深厚的人文素养，不仅不能局限于版本、字句等辞章小节，而且应当超越文学本身，将文史哲艺融会贯通。这无疑是极其通达正确的意见。

考据虽然是证定知识的不二法门，也有助于增深对文学作品本身的了解与欣赏，但是钱穆指出，考据与欣赏"究属两事，不能便把考据来代替了欣赏"③。换句话说，文学主要还是辞章之学，文学考据只是解析辞章及其义理的手段与方法，不能专务考据而忽略了对文学作品的理解与欣

① 钱穆：《中国文化与文艺天地》，《中国文学论丛》，第183页，《全集》第45册。
② 钱穆：《中国文化与文艺天地》，《中国文学论丛》，第180页，《全集》第45册。
③ 钱穆：《中国文化与文艺天地》，《中国文学论丛》，第173页，《全集》第45册。

赏，甚至误入"为考据而考据"的歧途。显然，这与他的史学考据理论反对"以考据代学问"的观点是一致的。钱穆曾赞赏王国维《红楼梦评论》以西方悲剧理论所作研究能够"着眼在《红楼梦》之文学意义上"，批评时下"红学"及明清小说研究"几乎全都集中在版本考据上"的不良现象。例如《水浒传》版本考证，虽然经过广泛搜寻考索，发现了众多不同版本，但是究竟不能取代金圣叹批注的"贯华堂七十回古本"。钱穆认为这些不同版本的考证，其实充其量只能作为撰写小说史的材料，并不能增进人们对于其文学价值的理解与欣赏，考据价值着实有限。

其实钱穆并非一味反对版本考证，如果版本考证有助于理解与欣赏，那么自然应当提倡。我们不妨以钱穆的《读柳宗元集》为例，来推寻他关于版本考证的基本立场与旨趣。

《读柳宗元集》是一篇很有学术价值的版本考证文字，钱穆在此文中首先从《四库提要》著录的柳集不同版本入手，详细考辨各本源流卷帙，不仅认定"今传之四十五卷本，决非刘编之旧"，而且进一步将刘禹锡所编柳集、《吕和叔集》进行了比照，指出此二集编次分类当是"文在前，诗在后"，这与《文选》以"赋"为首的编纂体例及衡文旨趣皆有不同，由此"正可藉以窥见当时柳、刘诸人对于创为古文之意见与其抱负"，以及对于此下集部编纂体例"先立言，后体物"全新趋势与潮流的创始功绩[1]。钱穆此番版本考证，并不局限于辨章源流、比较异同，而着意于考察唐代古文运动的文学精神及集部编纂体例的学术分野，不仅具有较高版本考证价值，而且为人们理解和欣赏集部作品提供了宏观指导。由此可见，钱穆并不赞成单纯出于考证目的而停留于比较异同层次的版本考证，至于有助于文学欣赏的版本考证乃至所有文学考据，其实他并不反对。

钱穆说："盖昔人治集部，每多注意于讹字错句，僻音奥义；能为校勘音训，谓已尽其能事；而于全集之体类大义，尠知探讨。此可谓仅知以

---

① 钱穆：《读柳宗元集》，《中国学术思想史论丛（四）》，第91—106页，《全集》第19册。

散篇诗文治集部，而不复知以古人'成一家言'之精神重集部也。"①治集部之学固然需要版本考证、校勘训诂，但是集部考据之能事其实并不仅于此。探讨集部"体类大义"即思想义理的梳理不仅是一种考据，而且其价值意义犹在版本考证、校勘训诂之上。由此可见，钱穆并不否定版本考证、校勘训诂的必要性，但是他显然更强调考据当须发明义理，考据应当悬义理为标的，否则所"考"非欣赏与理解之所必"据"，考据自然也就会昧失本义而减损其价值。

由此可见，钱穆其实主张文学考据的主要内容不应局限于版本考证、校勘训诂以及历史事实等知识材料层面，而应深进到思想义理层面，拓展至时代背景的考证、创作心情的还原等领域，与欣赏关联起来。钱穆以苏轼《赤壁赋》为例分析说："抑东坡游赤壁，乃一己私人事，故可赋。屈原之与曹孟德，其及身事涉政治，不限私人者，则不可赋。其实苏东坡之居临皋雪堂，亦有事涉政治，不可赋者。后人为东坡诗文笔记编年，合而观之，乃见东坡此游之真实境况，而此赋中之心情乃益显。此之谓文学中之考据，亦即据其背景而考其心情。若考苏东坡游赤壁非即曹孟德当年之赤壁，则无当文心，无当诗情，所考亦非所必考。"②在他看来，苏轼游赤壁既有"可赋"之事，又有"不可赋"之事，就此所作考据，当结合苏轼当时"诗文笔记"考证其中隐含的"不可赋"之事，并以此发明赋文中蕴涵在"可赋"之事背后作者的真实境况与心情。如果专门考证苏轼所游赤壁是否当年曹操所游之地，那就陷入了盲目考据境地，所考必然"无当文心，无当诗情"。正当的文学考据应是"据其背景而考其心情"，以增进对于文心诗情的理解与欣赏。

在谈到杜诗考证问题时，钱穆指出，杜甫能够把自己全部日常人生融入诗中，见称为"诗史"，因而读杜诗最好能分年考察他作诗的背景，这样才能欣赏到其中的妙处。但是他同时也对杜诗学中的过度考证提出了批评，他说："后来讲杜诗的，一定要讲每一首诗的真实用意在那里，有时

---

① 钱穆：《读柳宗元集》，《中国学术思想史论丛（四）》，第104页，《全集》第19册。
② 钱穆：《略论中国文学》，《现代中国学术论衡》，第269页，《全集》第25册。

不免有些过分。而且有些是曲解。我们固要深究其作诗背景，但若尽用力在考据上，而陷于曲解，则反而弄得索然无味了。"①毫无疑问，"就诗求诗"固然难以深入体会杜诗的真趣味，然而"每诗必考"不仅未必真能讲清杜诗的"真实用意"，而且可能会由于过度考证影响到文心诗情的领悟与欣赏，最终反而会索然无味；更何况杜诗也并非每首都寓含史料。正如苏珊·朗格所指出的那样："诗人是以心理方式编织事件，而不是把它当作一段客观的历史。……因此倾向性是诗的世界的主要问题。"②诗人描写历史有其特定心理方式，这与史家客观地记载历史事件有着本质差异，因而以诗证史的效用是有限的，仍当以领解诗人在描述历史事件时流露的"倾向性"为主。钱穆对杜甫"诗史"的理解其实也正偏重在"倾向性"即诗史精神方面，他指出："杜甫读万卷书即是深究自然，深究人性，深究历史文化之内在意义。读破了万卷书，然后能心知其意，把握到人类性情之最深最高境界，'下笔如有神'，即是文艺陶写不凭藉哲学理论，不凭藉历史考据，深入浅出，语语直透进入人之肺腑，而把握到人心之深微共鸣处。故说'下笔如有神'。"③杜甫见称为"诗史"，其创作精神乃在于"不凭藉哲学理论，不凭藉历史考据"，如果一味考证杜诗中的史实，那只能算是史学考据，重在考覈史料、以诗证史，未必能够阐明杜甫诗歌创作的真精神。因此，"考据亦自有止境"④，当以有助于欣赏为归趣，无需深求曲解，更不必"一一为之作无证之强说"⑤，处处考定最后是非。

综观钱穆的上述意见，有一个问题恐怕值得注意，即文学考据所证定的知识究竟如何能转化为欣赏的对象或依据？这个问题牵涉到考据有助欣赏并最终有裨人生的观点能否成立的根据。如前所述，钱穆对考据有着扩大的理解，即考据并不仅仅限于客观知识的考证，思想义理层面的讨论也

① 钱穆：《谈诗》，《中国文学论丛》，第136页，《全集》第45册。

② 苏珊·朗格：《情感与形式》，刘大基、傅志强、周发祥译，北京：中国社会科学出版社1986年版，第247页。

③ 钱穆：《文风与世运》，《中国文学论丛》，第352页，《全集》第45册。

④ 钱穆：《中国文化与文艺天地》，《中国文学论丛》，第183页，《全集》第45册。

⑤ 钱穆：《读诗经》，《中国学术思想史论丛（一）》，第170页，《全集》第18册。

可以涵括在考据的范围内。同时，钱穆对欣赏也有自己的理解。他认为，中国文学所谓"欣赏"，一方面要求作家将自己经历过的真实人生放进作品中，创作乃是作家对其本身生活的自我欣赏，另一方面则强调读者必须以心会心，联系自己当下人生与作家进行心灵对话，归根到底乃求"赏以心，则自尽各心而已"。"欣赏则即在生命中，与生命为一。"①文学欣赏与生命融凝合一，自然包括由生命本体开显的人生道德修养与艺术修养两方面，而并不仅限于感性的审美经验层面，在理性层面与考据所提供的历史知识（包括思想义理）有着甚深内在联系，甚至是一体相即的。因此，按照钱穆文化生命本体论的理解，历史知识、思想义理、审美经验等都是融凝和合的，内在会通于文化生命本体，在这个意义上，文学考据与欣赏理原本应是统一的文学活动，由文学考据知识向文学生命欣赏的转化关系乃是先验自明的。

钱穆的意见显然建立在传统文化真善美相和合观念基础上，关于这一点，我们可以将钱穆与朱光潜略作比较，以获得更清晰的认识。朱光潜先生也强调文学考据须有助于欣赏，但他在《诗论》之六《灵魂在杰作中的冒险——考证、批评与欣赏》一文中则明确主张欣赏与考据须保持距离。朱先生指出："考据所得的是历史的知识。历史的知识可以帮助欣赏却不是欣赏本身。"又说："只就欣赏说，版本、本源以及作者的生平都是题外事，因为美感经验全在欣赏本身，注意到这些问题，就是离开欣赏本身。"②文学考据有助于欣赏，而考据不等于欣赏，不能以考据代替或削弱欣赏，在这些方面，钱穆与朱光潜的意见无疑是一致的。但是，朱光潜似乎更倾向于将文学考据对象与内容仅仅限定在客观的历史知识方面，似乎更强调欣赏的审美本位，以美感经验规定欣赏的内涵而将考据排除为"题外事"；而钱穆则对文学考据作了扩大的理解，强调欣赏与考据在生命本位上是统一的。这些细微差别说明，他们虽然都有坚持桐城派义理、考据、辞章相统一主张的学术思想背景，但是朱光潜显然接受了西方文化真

① 钱穆：《欣赏与刺激》，《中国文学论丛》，第257页，《全集》第45册。
② 朱光潜：《朱光潜全集》第二册，合肥：安徽教育出版社1987年版，第38页。

善美相分别的观念，而钱穆则固守着传统文化真善美相和合的观念，这是他们讨论欣赏与考据关系问题的根本学术思想分野所在。相比较而言，钱穆似乎能够以文化生命本体论统贯文学考据与欣赏，但是毕竟缺乏沟通不同知识体系相互间内在联系的有效知性分析，稍显笼统；而朱光潜的论述，表面看来似乎强调了文学考据与审美欣赏的差异，但是这种具有现代学科意识的观照，恰恰是进一步梳理二者间内在联系所需要的，只有这样，才能超越经验感悟来建构严密的理论体系。不过，钱穆强调文学考据必当以文学的文化生命的欣赏为归趣，对于专务考据的文学研究仍然有其纠偏意义。

仔细辨析起来，钱穆所说的"文学考据"实际上并不局限于文学史料的考证，同时还包含着对文学史料的批评，这也正是他一贯主张的"考史"与"论史"相结合观点的具体实践。钱穆曾经指出：

> 中土著述，大体可分三类：曰"史"，曰"论"，曰"诗"。中国人不尚作论，其思辨别具蹊径，故其撰论亦颇多以诗、史之心情出之。北溟有鱼，论而近诗。孟子见梁惠王，论而即史。后有撰论，大率视此。诗、史为中国人生之轮翼，亦即中国文化之柱石。吾之所谓诗、史，即古所谓《诗》《书》。温柔敦厚，《诗》教也。疏通知远，《书》教也。絜静精微，则为《易》教。《诗》《书》之教可包礼乐，《易》则微近于论。木落而潭清，归真而返璞，凡不深于中国之诗与史，将不知中国人之所为论。……中国民族之文学才思其渗透而入史籍者，至深且广。[①]

这里所谓"论"，约略相当于"思"，指义理思辨。钱穆认为，传统学术思想不大主张脱离"诗""史"而纯粹思辨的"论"，"论"必当深进于"诗""史"层面，方有其价值与意义；反之，所谓"诗""史"则必然兼涵着"论"。从钱穆的文化生命本体论来看，"诗""史"互补，乃是中国

---

① 钱穆：《中国民族之文字与文学》，《中国文学论丛》，第16页，《全集》第45册。

文化生命开显呈露的具体形式。文学考据立足于"诗""史"而将"论"融贯其中，以发挥中国文学的独特生命性相。很显然，钱穆强调文学考据当归于文化生命的欣赏，主要意义亦即在此。钱穆强调文学考据要通过文学史料的考证来发挥文学史真相，要通过文学史料的批评来运辞章以发义理，发掘出文心诗情以及其中深蕴的文化生命，事实上也就是在文学研究领域对"诗""史""论"的综合与会通。总之，钱穆主张义理、考据、辞章的融通，认为不能仅仅将文学考据对象看作冷冰冰的"考据材料"，而要在整体上视之为作家文化生命的活的载体，立足于领悟其中蕴涵的艺术技巧、道德境界、文心诗情以及历史人生等，这样文学考据才会有助于欣赏，有裨于身世。

四、文言与白话的文化生命

当代学者郑家栋在比较现代新儒家（包括钱穆）与"国粹派"的异同时曾指出："从外在形式来看，早期的国粹派把传统文化与它的表达方式——文言文视为统一的，而新儒家则并不注意传统文化的外在形式。"[1]这个说法基本意思并不错，现代新儒家并不坚执固守"文言文"这种传统文化的外在形式。其实，从"外在形式"切入传统文化精神内核，也是现代新儒家研究传统文化的一个重要进路。例如，唐君毅在《中国文化之精神价值》中就曾指出："然吾人上文所言中西文学精神之差别，尚可自中国文学之文字、文法，及文体内容与风格诸方面论之。"实际上就是从文字、文法等"外在形式"切入，讨论中西文学精神的差异，进而发明"中国文化之精神价值"[2]。钱穆及现代新儒家由"外在形式"来讨论中国传统文化及中西文化差异，主要集中在他们的文学研究方面。

文言与白话的论争及其影响，在20世纪中国诸思想流派中都已沉淀为一种历史事实，只是隐显多寡有别而已，因为文言与白话的论争乃是中

---

① 郑家栋：《现代新儒学概论》，南宁：广西人民出版社1990年版，第24页。
② 唐君毅：《中国文化之精神价值》，台北：正中书局1970年修订版，第317—323页。

西、新旧文化论争的发端及最初表现形式，各思想流派均由此土壤萌蘖生长，不可能真正回避掉所谓"外在形式"问题。钱穆就非常重视中国传统文化的"外在形式"，他不仅在其文化学理论中阐发了语言、文字对人类文化发展的重要意义，认定人类语言文字是一种独特的"生命工具"，而且特别针对胡适等人提倡白话文学的主张，通过辨析白话与文言的历史演进关系，强调中国文学语言有其一贯不变的内在文化生命。

钱穆指出："一民族文字、文学之成绩，每与其民族之文化造诣，如影随形，不啻一体之两面。故觇国问俗，必先考文识字；非切实了解其文字与文学，即不能深透其民族之内心而把握其文化之真源。欲论中国民族传统文化之独特与优美，莫如以中国民族之文字与文学为之证。"①在他看来，考文识字不仅是了解和把握民族文化真源的基本门径，而且文字（包括语言）本身即是民族文化生命的重要组成部分，我们不仅不能将语言文字仅仅看作纯粹的思想媒介或思维工具，更不能人为地切断它的文化生命脉络，而且应该对本民族语言文字及以此为媒介的文学抱有历史的"温情与敬意"。

1."文化生命工具"论

前文已经指出过，钱穆曾将人类生命区分为"身生命"与"心生命"，并论述了心生命对于身生命及其自我的超越乃是文化生命演进的基本机制，人类心生命的发达完成在一定程度可以说意味着特定文化体系的确立。那么，人类的心生命又是如何发达完成的呢？"自然聪明之进而转为传统聪明，主要即由文字。"②钱穆认为，人类心生命由自然向人文的转进大体可以分为两大步骤，其中语言和文字的先后出现，着实具有极其重要的文化意义。需要指出的是，在钱穆的论述中，"语言"主要指口头语言，"文字"指书面语言，与今天的一般理解略有区别。钱穆认为，不能将语言与文字仅仅视为外在于人类心生命演进过程的纯粹客观的思维载体，而

---

① 钱穆:《中国民族之文字与文学》,《中国文学论丛》,第1页,《全集》第45册。
② 钱穆:《双溪独语》,第420页,《全集》第47册。

应该看作自成生命且与人类心生命如影随形的统一体。由此，钱穆提出了"文化生命工具"论，着重讨论了语言文字的文化生命意义。

人类心生命的演进，在钱穆看来，第一个步骤是知觉转化为记忆。人类最初没有"心"，只有和动植飞潜相同的知觉。知觉由接受外面具体可见的物质印象而产生，大体上是被动的，一往不留的，"必待那些知觉成为印象，留存不消失，如此则知觉转成了记忆"。钱穆认为，人类有了记忆，便可以不再仅仅依靠外面具体物质来产生知觉，而可以把以往的知觉作为再知觉的对象，从而渐渐脱离外面物质界而独立了。记忆的功能不断发达，便产生了人心。"心可以知觉他自己，便是知觉他以往所保留的印象，即是能记忆。如是我们可以说记忆是人类精神现象之创始。"钱穆认为文化是"大群集体人生—精神的共业"，如果没有精神现象的创始，也就不可能有文化，而人类文化生命的历史传承本质上也就是文化生命绵延的"记忆"。由此可见，知觉转化为记忆，不仅是人类心生命的开始，而且是人类文化创始的起点。

心生命演进的第二个步骤则是物象转化为意象或心象。人类有了记忆，乃是精神现象的创始，但是记忆的结果只是物象即由外面事物得来的印象。物象如果不能客观化，就会消失，就不可能积累、扩大而进一步成为思想，文化创造便无从谈起。物象客观化，也就是物象转化成意象或心象而留存于精神记忆，其中一个重要的工具便是语言。"语言的功用，可以把外面得来的印象加以识别而使之清楚化深刻化。而同时又能复多化。"钱穆认为，语言可以将记忆从外面得来的物象有条理、有门类，从而能经过赋名而以声音形式留存下来，"如此则物象渐渐保留在知觉之内层而转成了意象或心象，那便渐渐融归到精神界去了"，也可以说，语言使意象或心象得以显现在声音中而客观化了。文字的出现则进一步使语言符号化。声音形式容易湮灭，有了文字，声音意象或心象获得符号形式而进一步客观化。钱穆说："人类用声音语言来部勒印象，再用图画文字来代替声音，有语言便有心外的识别，有文字便可有心外的记忆。换言之，即是把心之识别与记忆的功能具体客观化为语言与文字，所以语言文字便是人心功能之向外表襮，向外依着，便是人心功能之具体客观化。因此我们说，由知觉（心的功能之初步表见）慢慢产生语言包括文字，再由语言文字慢慢产生'心'。这一个心即是'精神'，他的功能也即是精神。"①语言、文字使知觉和记忆的印象客观化，这实际上就是心功能的扩大与完善，也是心生命的初步完成和继续开展的前提。钱穆显然认为，心或心生命是体用不二的，其本体是"精神"，其作用也是"精神"。"这一个心是广大而悠久的，超个体而外在的，一切人文演进，皆由这个心发源。"②人类文化生命发源于知觉，并经由记忆相互沟通而成就为共通的"心"，而语言、文字使得知觉与记忆客观化，无疑是生命绵延即生命记忆的重要工具。当然，钱穆所谓"工具"，并不仅仅局限于纯粹媒介性的物质载体，更主要的是指其实践性，即语言文字不仅是思维的物质外壳，而且是文化生命的具体实践。

凡文化必有其共通性与传统性。考察人类文化演进，我们不难发现，文化的上述基本性质的确立，显然与语言、文字有很大关系。钱穆指出："人类有语言，乃为心与心相通一大机能。语言传达曲折细微，此心之所感受，可以传达他心，使同有此感受；此心之所想望，可以传达他心，使同有此想望。于是此心乃不复拘束在各自躯体之内，可以越出此躯体而共通完成一大心。"③语言的产生使得人类心生命的知觉得以相互沟通，能够摆脱身生命的拘束限制而有曲折细微的心灵感受与传达。这样一来，心生命便可以超越空间限制在不同个体之间扩大和融合，并在相互间同情共感的基础上"共通完成一大心"。这是文化创始的首要条件，因为文化首先是大群集体人生的整一全体，如果没有用语言形式达成的同情共感，心生命只能是个别、孤立的存在，也就不可能扩大和融合众多心生命来完成一种精神性共业。但是，语言形式的心生命只能在有限空间内作横向的交汇

① 钱穆：《精神与物质》，《湖上闲思录》，第7页，《全集》第39册。
② 钱穆：《精神与物质》，《湖上闲思录》，第8页，《全集》第39册。
③ 钱穆：《再论灵魂与心》，《灵魂与心》，第143页，《全集》第46册。

融合，由此完成的"大心"也只能是一种平面的铺展。人类心生命要超越时间限制作纵向深进，则必待文字产生方告可能。钱穆指出："人类有文字，乃为心与心相通第二大跃进，第二大机能。文字传达，较之语言传达，可以更细微、更曲折、更深挚、更感动。不仅远地人可用文字传达，异时人，乃至数百千年以上以下人，文字在，即此心在，此心仍可传达。于是一人之心，可以感受异地数百千里外、异时数百千年外他人之心以为心……此始为吾心之真生活、真生命所在。"①文字表情达意的功能较之语言更为曲折细微、深挚感动，尤为重要的是，它能使人类心生命的传达不仅摆脱了空间拘限，而且能够纵向跨越时间长河，既平面铺展，又立体深进，于是乃有其传统性。"文化传统，便是民族一部生命史。"②作为民族历史记忆的文化传统，它的留存与传递主要依靠文字为媒介；换句话说，文化传统是大群集体人生历史的精神共业，既有共通性，又有传统性，这两个基本特性实由语言、文字这两大跃进或机能催生。按照钱穆的理解，文字兼有语言的生命功能，因而人类文化生命的贮藏与传递其实主要依靠文字为媒介，文字乃是最重要的文化生命工具。

按照钱穆的文化生命本体论来理解，"文化是生命"③，文化体系中一切与"心"相关联的文化要素，其实都可以称之为"生命工具"。语言、文字是思维的外壳，具有工具性。但是，语言、文字作为人类文化的主要载体，在一切生命工具中实属最重要，因为有实体的生命工具常常会受到各种不同制约，而语言、文字只是符号，没有实体，是最自由的生命工具。不仅如此，钱穆认为一切生命工具的存在都是为着塑造、传递和贮藏那作为文化生命本体的"心"。如前所述，语言、文字乃是人类心生命演进过程中的两大跃进或机能，直接参与了心生命的发达，因而语言、文字的出现是"人类文化史上一个划时代的大标记"④。钱穆说："人类之有文

① 钱穆：《再论灵魂与心》，《灵魂与心》，第144页，《全集》第46册。
② 钱穆：《中国文化精神》，《中国文化精神》，第10页，《全集》第38册。
③ 钱穆：《文化中之事业与性情》，《中国文化精神》，第139页，《全集》第38册。
④ 钱穆：《物与心》，《人生十论》，第50页，《全集》第39册。

字，乃贮藏人类心灵之宝库。人类心灵一切活动，皆赖文字作媒介，以传播于他人。"①在他看来，文字（包括语言）能够贮藏"心"的知觉与记忆，而且能够传播给他人，这其实就是"心"的扩大与融和，同时也就是"人类生命工具之变进，人类生命工具之扩大，也即是人类生命工具之融和"②。钱穆认为，语言、文字既扩大和完成了人类心生命，同时也承受人文化成的陶冶而自成生命。人类运用语言文字进行思维，"思维则只紧贴在情感上"，其内容显然并不仅限于客观知识，必然附随着深厚的人类文化生命情感，因而语言、文字表情达意的功能不断完善，这也就是生命工具的变进、扩大与融和。在钱穆看来，语言、文字并不仅仅是一种工具，其自身也有生命，而且其生命力也和它作为生命工具所负载的文化生命的活力紧紧联系在一起。这样来看，语言、文字既是人类文化生命工具，又是文化生命本身，这也正是文化生命主客统一、体用不二性相的一个具体表现。

钱穆强调说："从更大意义讲，研究民族文化种种要点，有许多从语言文字入手，是极富很深意义之蕴藏的。也可说，此下中国文化不复兴，也就因为我们的不识字，或识字识得太粗浅、太浮薄，不能从精细深奥处去了解。"③对他来说，语言文字乃是探究我们民族文化精神的重要工具，掌握了语言文字的文化生命特性也就可以很好地把握我们民族文化思想的要点与特性，从而开启民族文化复兴的新机运。可以说，"文化生命工具"论一方面反映了钱穆对传统文化"外在形式"的重视，另一方面也直接体现了他的文学研究乃至文化学研究的人文关怀。

钱穆提倡"文化生命工具"论，不仅是针对新文化运动废止汉字的偏激主张而发，也不仅仅是要强调语言文字是思想内容与语言形式的统一体，而是要深入发掘其中蕴涵的文化生命，将其视为中国传统文化生命的历史实践，意在唤起国人对本民族语言、文字的温情与敬意。世界各民族

---

① 钱穆：《双溪独语》，第420页，《全集》第47册。
② 钱穆：《物与心》，《人生十论》，第48页，《全集》第39册。
③ 钱穆：《郑樵通志》，《中国史学名著》，第316页，《全集》第33册。

均有其文化生命，也都有其语言与文字；各民族文化生命盛衰久暂各自有别，语言与文字的生命活力也各不相同。按照钱穆"文化生命工具"论的基本精神来理解，尊重一个民族语言与文字即是尊重该民族的文化生命，应该是一个必然的结论吧。关于这一点，我们可以在他对中国文学语言的文化生命的讨论中，获得更为深切的认识与体会。

2.中国文字的文学意味

钱穆研究中国文学，非常重视我们民族文字的独特文化特质及其对于中国文学生命精神的生成意义。他说："中国文字由于中国民族独特之创造，自成一系，举世不见有相似可比拟者。而中国文学之发展，即本于此独特创造之文字，亦复自成一系，有其特殊之精神与面貌。"[①]中国文字是我们民族文化生命的智慧结晶，它的生命历程与中国文化生命同步，其文化特性对于中国文学乃至全部中国文化的独特生命具有极其重要的生成意义。

中国文字可谓中国人源于文化生命性情的独特艺术创造。钱穆说："中国文子（字）亦可说是由中国人独特创造，而又别具风格的一种代表中国性的艺术品。我们只有把看艺术作品的眼光来看中国文字，才能了解其趣味。"[②]中国文字乃是我们民族性灵存神过化的艺术结晶，其中蕴涵着足以"代表中国性"的文化生命精神，必须以一种艺术眼光才能深透领悟其中的生命情趣。在钱穆看来，中国文字这种精妙深微的艺术特质，主要源于它本身的两大基本文化特性。

第一个文化特性是中国文字能很快由最初的"象形"发展为"象意"和"象事"。文字起源于对外在自然事物的模仿，因而世界各民族文字最初几乎都是象形文字。中国文字的创造也不例外，但是它很早就并不专注于具体细致的描画物象，而转向追求抽象化地"描绘一个意象或事象"。钱穆认为，中国文字的变化虽然远较《易经》八卦活泼生动，但是与后者

---

① 钱穆：《中国文化与中国文学》,《中国文学论丛》,第1页,《全集》第45册。
② 钱穆：《中国文化史导论》,第93页,《全集》第29册。

用"简单空灵的几个符号"来概括演示人文化成具有"一样的心境"。这种心境"又著实而又空灵",乃是中国人生命智慧的艺术化。在《四部概论》中讨论中国传统学术所表现的中国人智慧时,钱穆曾指出中国人的心智常倾向于一种"综合而简化的要求",即期望能通过异中求同把种种思想理论简化为综合性的共同大真理,其本质乃是对于宇宙生命绵延的崇高信仰①。按照钱穆的文化学理论来看,中国人的这种心智其实与中国文字以抽象符号描绘复杂事理的"象意"与"象事",也具有"一样的心境"。换句话说,中国文字赖以创生的独特艺术匠心,实渊源于中国人文化生命性情深处对于宇宙生命绵延的信仰。

　　第二个文化特性是中国文字的创造善于利用曲线。这个特性实际上是第一个特性的条件,二者乃属因果关系。钱穆认为,中国文字最初亦走了"象形"道路,但是在具体方法与途径上又与其他民族文字利用图画、直线等象形有所不同,它是利用曲线来象形的。"中国文字虽曰象形,而多用线条,描其轮廓态势,传其精神意象,较之埃及,灵活超脱,相胜甚远。而中国线条又多采曲势,以视巴比伦专用直线与尖体,婀娜生动,变化自多。"②钱穆认为中国文字象形方法与途径蕴涵有独特文化智慧,"艺术聪颖"殊胜其他民族。曲线象形,既能以简单线条准确描绘轮廓,又能以动态曲折传达生命精神,总之是要摆脱具体事物形象的束缚来对事象与意象作一种单微轻灵的象征。

　　基于对中国文字上述两大文化特性的认识,钱穆强调中国文字具有艺术性,它渊源于中国文化对于宇宙生命的崇高信仰,而中国文学与中国文字"亦走在同一路径上","同样想用简单的代表出繁复,用空灵的象征出具体"。中国文学亲附人生,但是往往只用空灵轻巧的表现形式来描绘具体著实的人生内容,单微直凑地把握到人类心灵的深处。钱穆认为,这种文学精神及其风格,与中国文字实有共同的文化生命源泉。在这个意义上,不仅中国文字"亦如有生命性",并且中国文学也因于其文字媒介的

---

　　① 钱穆:《四部概论》,《中国学术通义》,第38页,《全集》第25册。
　　② 钱穆:《中国民族之文字与文学》,《中国文学论丛》,第7页,《全集》第45册。

生命性而具有了立体化的文化生命深度与厚度。

如前所述,钱穆认为文字乃是语言符号的"客观化",它对于人类文化生命超越时空限制而得以存留与传达实有重要意义。就中国文字与语言的"客观化"关系而言,也有其特殊精神。钱穆认为,中国文字虽然和其他民族文字一样,也是对语言符号的客观化,但是始终与语言保持着一定距离。他说:"中国文字本来是一种描绘姿态与形象的,并不代表语言,换言之,中国文字本来只是标意而不标音。但自形声字发明以后,中国文字里面声的部门亦占着重要地位,而由此遂使'文字'和'语言'常保着若即若离的关系。"①钱穆认为,文字与语言保持着若即若离的关系,乃是中国象形文字与西方拼音文字的区别所在:西方拼音文字"仅作声音的符号",文字随语言变动而不能统一;而中国文字"把字形来统辖语音",文字与语言留有距离而始终统一。中国文字与语言保持距离,一方面"使全国各地的语言不致分离益远,而永远形成一种亲密的相似",并促成语言常臻于统一,另一方面则"大有裨于民族和文化之统一"。综合钱穆的有关论述来看,中国文字这一文化特性的文学价值,大体可以概括为两个方面。

其一,中国文字与语言"亲密的相似"关系,对于中国文学文化生命特质的形成实具有极其重要的生成意义。钱穆说:"中国文学可谓有两大特点:一、普遍性:指其感被之广。二、传统性:言其持续之久。其不受时地之限隔,即是中国文化之特点所在。此即《易传》所谓之'可大'与'可久'。而此特点其最大因缘,可谓即基于其文字之特点。"②所谓普遍性,指文学生命的传达对于空间限制的超越;所谓传统性,则指对于时间限制的超越。钱穆认为,中国文字相对独立于语言而具有稳定性,遂能超越古今时空暌隔而将以此为媒介创作和记录的中国文学抟成"同一心情,同一生命",日益增进其"广大性"(普遍性)与"悠久性"(传统性)③。中国文学种种文化生命特质实皆依托于它的文字载体的文化特性,这是中

---

① 钱穆:《中国文化史导论》,第95页,《全集》第29册。
② 钱穆:《中国文化与中国文学》,《中国文学论丛》,第36页,《全集》第45册。
③ 钱穆:《中国文化传统中之文学》,《中国学术通义》,第188页,《全集》第25册。

国文字给予中国文学的积极影响之一。

其二，中国文字的文化特性决定了中国文学起源与其他民族文学尤其是西方文学有别。钱穆认为，世界各民族最初都有一些口头创作的歌谣传说，如果一个民族的文字与语言直接对应而无一定距离，就很容易把那些原始的文学资料用文字记录成正式的文学，"故世界各民族一般文学之起始，往往以诗歌与神话故事小说及戏剧为主，职以此故"。中国文学由于文字与语言距离较远，"便不易将其在未有文字以前之许多原始文学材料用文字记录而成为写的文学之开始"，因而能够别具匠心，另有起源。钱穆在《略论中国韵文起源》中，认为中国文学起源与其他民族不同，是"散文在先，韵文转在后"。他并不否认沈约《宋书·谢灵运传论》所谓"升降讴谣，纷披风什"可以代表中国文学起源，但是他强调说："但严格言之，则仅只是文学之胚胎，或文学之种子，也可说它还未形成为正式的文学。"[①]在钱穆看来，作为文学胚胎或种子的原始歌谣乃用方言俗语创作，如果不经过一番随俗雅化而使之成为"当时各地所流行的一种普通话"，那么它就不可能浮现到文化上层而成为正式的文学。这种随俗雅化，实际上就是语言的文字化，即地方性语言润饰改造为音义统一的通用文字的过程。钱穆认为，中国文字与语言保持不即不离的距离而语言必求随俗雅化的文化特性，对于中国文学起源形态影响至深，就中国文学实存史料来看，中国文学起源散文先与韵文，不能以某种所谓普遍规律对此一例相绳而漠视中国文学文化生命的特异姿态。实际上，钱穆还认为中国文学演进方式及其内在趋向或规律，也与中国文字的文化特性有关。

钱穆指出："（中国文学）在其文学作品之文字技巧，与夫题材选择，乃及其作家个人之内心修养与夫情感锻炼，实已与文化精神之大传统、大体系，三位一体，融凝合一，而始成为其文学上之最高成就。"[②]在他看来，中国文学并不仅仅是所谓"词章之学"，文字技巧、题材选择等固然是构成文学的基本要素，但是文学之能事并不仅于此；最高的文学，当能

① 钱穆：《略论中国韵文起源》，《中国文学论丛》，第121页，《全集》第45册。
② 钱穆：《中国文化与中国文学》，《中国文学论丛》，第49页，《全集》第45册。

透过作品见出作家的内心修养与情感锻炼及其植根于其中的文化精神。肯认文学与人生、文化融凝合一的整体，是心学文艺观的基本主张，其价值主要在于开显中国文艺及其研究的文化生命与意义世界，因而钱穆始终强调在"心本位"传统文化的大背景中透视和贞定中国文学的基本性质。在这个意义上，它所完成的是一种"文学文化学"的建构，"由人文来创造艺术，不使艺术来淹没人生，此乃为艺术之至上品"①。钱穆强调中国文学文化生命的人文关怀，将文学视为自本自根的有机生命整体，立意在于"要把一种生命的科学来融化物质的科学，要用文学艺术来融化机械功利"②，唤醒国人在中国文学艺术的意义世界里陶铸自己的文化生命，积聚中国文化翻新复兴的力量。可以说，这正是钱穆心学文学观的精义之所在。

钱穆充分阐发了中国文字的文化特性，认为中国文字本身即具有生命艺术性，而它与语言的特殊关系对于中国文学的起源与演进实有重要价值意义。"中国文字实在是具备着'简易'和'稳定'的两个条件的，这一点不能不说是中国人文化史上一种大成功，一种代表中国特征的艺术性的成功，即'以简单的驾驭繁复'，'以空灵的象征具体'的艺术之成功。"③钱穆强调中国语言文字只能传达知识，本身并不构成知识，因而不能用机械性的纯粹知识眼光，而应当用一种艺术性的文化生命观点来看待中国语言文字，以及运用这种艺术性的文字所记录的中国文化、中国文学甚至中国艺术等。钱穆的这个观点既基于对我们民族文化生命的"同情的了解"，又饱含着深深的"温情与敬意"，无疑是值得肯定和提倡的。

3.文言与白话关系的梳理

新、旧文学论争在钱穆乃是"当生一大争辨"，其中重要内容之一便是文言与白话的关系问题。钱穆对中国文学语言文化特性的考察，最后的

---

① 钱穆：《双溪独语》，第520页，《全集》第47册。
② 钱穆：《农业与中国文化》，《中国文化丛谈》，第135页，《全集》第44册。
③ 钱穆：《中国文化史导论》，第97页，《全集》第29册。

着眼点也正是要解决这个问题。钱穆说："我绝不反对白话文……但我不主张提倡白话而废止文言，尤不主张不教学生读文言古书。"①他曾多次明确表示并不反对新文化运动提倡白话文学，但他同时强调中国文字古今一体，实属同一生命，不能将文言与白话人为地对立起来，也不能以声义合一的新要求来否定中国文字"书同文"的传统。为了更好地论述自己的观点，钱穆进一步梳理了文言与白话的关系。

按照钱穆的解说，白话与文言同属语言的"客观化"，都是用文字符号对语言（口语）的记录，只不过前者记录的对象是方言俗语，而后者记录的对象则是经过随俗雅化的通用语言。钱穆认为，"中国文言与白话分途，自有文字以来即如此"②，这是由于"中国文字本来只是标意而不标音"③，与语言保持有距离，但是无论文言或白话，其实都是中国文字整体生命的有机组成部分。钱穆指出："我们国家几千年的文化，都寄托在文字上。"④无论鄙弃白话还是废止文言，其实都是对中国文字整体生命的破坏，结果也都会对我们民族文化生命造成或多或少的损害，因而在钱穆看来，文言与白话并行不悖当是公允中和的主张。

其实文言与白话的区别是中国语言文字发展中极其正常的历史现象。日本学者吉川幸次郎在其所著《中国文学史》中指出，口语文学在元代与虚构文学前后兴起，至本世纪文学革命后才占支配地位。中国书面语与口语相分离，走着自己的发展道路。一般认为《论语》较接近口语，但也不是地道的口语。散文文体与口语文体总存在有区别，这正揭示了中国文学具有较强的修辞性。⑤诚如所言，中国的"口语文学"（白话文学）占据文学创作的主导地位其实是很晚的事情，但是文言文学和白话文学的交融渗透早在先秦时期就已经存在。中国文字经过长期发展，文言中有白话成

---

① 钱穆：《漫谈新旧文学》，《中国文学论丛》，第233页，《全集》第45册。
② 钱穆：《维新与守旧》，《中国学术思想史论丛》，第20页，《全集》第23册。
③ 钱穆：《中国文化史导论》，第95页，《全集》第29册。
④ 钱穆：《中国史学名著》，第315页，《全集》第33册。
⑤ 吉川幸次郎：《中国文学史》，陈顺智、徐少舟译，成都：四川人民出版社1987年版，第14页。

分，白话中也有文言成分，二者很难截然分开，只不过，文言与白话的交融互渗存在一个由文言为主到白话为主的变化趋势。

钱穆指出："中国人因语言与文字分歧，因此文章亦有文言、白话之分。但细辨之，仍可说有'文言的白话'与'白话的文言'；后者我谓之'语体文言'。今天流行的白话文，其实多是'文言白话'，一经说破，比较易知。"①这里所谓"文言的白话"与"白话的文言"，揭示的正是中国文字文言与白话相互渗透转化的现象。所谓白话的文言，钱穆又称之为"语体文言"，主要指运用白话句法创作的文言；所谓文言的白话，即"文言白话"，主要指运用文言句法写成的白话，包括今天的"白话文"。钱穆认为，曹操的《让县自明本志令》是语体文言的代表性作品，充分反映了魏晋散文的"语体化"和"诗化"特点。如文中"设使国家无有孤，不知当几人称帝，几人称王"一句，即是以语体为文的典型，若用文言句法表达，则应是"不知称帝者几人，称王者几人"。在钱穆看来，魏晋时期诗文多能直接抒发内心平民化的日常生活自然性情，实与以白话句法融入文言创作的"语体化"即"诗化"倾向有关；而现在通行的白话文，其实是在语体中加入了文言句法，如禅宗语录、宋明理学白话语录和宋元白话小说等，"可见文言与语体只看使用适当，其本身并无优劣雅俗之别也"②。钱穆认为，文言与白话其实各擅胜场，当求合理运用，相互配合，以增进文章韵味。

从钱穆的论述来看，"文言的白话"与"白话的文言"的区别与融通，实际上包括造字法、句法和章法等方面，而以句法为重要。就造字法而言，中国文字不主故常，与时俱化，"有俗语而上跻雅言之列者，有通文而下降僻字之伍者"③，文言雅语与白话俗字常处于渗透转化之中，此固不必细述。就句法而言，文言与白话的渗透转化往往直接影响到文章体气与风格的变化。

---

① 钱穆:《魏晋文学》,《中国学术思想史论丛(三)》,第233页,《全集》第19册。
② 钱穆:《魏晋文学》,《中国学术思想史论丛(三)》,第242页,《全集》第19册。
③ 钱穆:《中国民族之文字与文学》,《中国文学论丛》,第6页,《全集》第45册。

　　按照钱穆的理解，"语体平直，文言则多曲折"，文言较白话更适宜表现细微婉曲的思想感情，而白话亦有抒情直白热烈的优点；"语体句短，文言句长"，白话多用短句成文，节奏明快，文气急促，文言则节奏舒缓，文气悠长；"语体可省许多虚词，文言则用虚词多"，语体行文洁净简省，文言则相对繁复铺张。钱穆认为，语体与白话各有短长，其相融互渗实出于文体的内在要求，不能以一己偏好定是非。他说："夫文体随时解放，因境开新，此本固然，不自今起。中国文字虽与口语相隔，然亦密向追随，不使远暌。古文句短而多咽灭，唐宋以下句长而多承补，若驰若骤，文章气体常在变动之中。……今求于旧有轨途之外，别创新径，踵事增美，何所不可！"①就中国文字演进立场看，文体开新也表现在语体化与文言化分量上的轻重调适，以求文言与白话相应相济、相得益彰，二者并非相互排斥的关系。

　　钱穆说："余之所言，惟求文言与白话相承相通，而后始有文化传统之可言。"②文言与白话在历史上本来就是相承相通的，这恰恰体现了中国文字善于吸收语言成分而又能够保持稳定的文化特性，而中国文化传统绵历悠久，融凝广博，在很大程度上有赖于中国文字的此一文化特性。在这个意义上，如果没有中国文字中文言与白话的交融渗透，那么中国文化至少将失去其一部分精彩，其生命传统亦将是单薄而易断的。

　　钱穆强调说："近代中国人提倡白话文，欲使'文字语言化'。此在普及教育及通俗应用上，不能谓无贡献。但另一面，也该使'语言文字化'，始可使语言渐臻精密圆满，庶可无损于此文化传统将来之继续发展与进步。"③白话文的发展趋向不能单一地追求"文字语言化"，必须同时强调"语言文字化"，只有两方面相互协调配合，才能有益于文化传统的继续生长。事实上，中国文字演进乃以"语言文字化"为主流，"如此则文字控

---

　　① 钱穆:《中国民族之文字与文学》,《中国文学论丛》,第23页,《全集》第45册。
　　② 钱穆:《文化中之语言与文字》,《中国文学论丛》,第30页,《全集》第45册。
　　③ 钱穆:《无师自通中国文言自修读本之编辑计划书》,《中国文学论丛》,第342页,《全集》第45册。

制着语言，因文字统一而使语言也常接近于统一"①，也使民族与文化始终统一。钱穆指出："中国人每一语言，必求通之文字。语言属现代化，文字则传统化，现代与传统相承，乃可行之久远。……而今人则不务求之文，而仅惟求之言，而又尊称之曰'白话'，无根源、无规律，随意所欲，出口即是。此诚不失为中国传统文化一大突变。"②钱穆并不反对现代白话追求"文字语言化"即现代化，但是他更强调"语言文字化"即传统化，认为前者须以后者为基础，否则必将"无根源、无规律"；只有二者相通相济，现代白话文才能在继承中国文化传统生命基础上不断开新。这不失为相当通达精审的意见。

著名汉学家高本汉曾经说过："中国不废除自己的文字而采用我们的文字，并非出于任何愚蠢的或顽固的保守性……中国人抛弃汉字之日，就是他们放弃自己的文化基础之时。"③诚然，中国文字明显地拥有自己的历史文化色彩，也可以说在我们民族文字所形成的意义网络中，蕴涵着大部分的中国文化生命。新文化运动之所以有取消汉字的偏激意见，主要原因之一，恐怕就是从单纯实用角度将语言文字看成了纯粹的表达工具，未能认识到语言文字是内容与形式的统一体，且具有特定文化意义。

"文运与时运相应。文字语言，足以限思想，亦足以导行动。"④钱穆对此实有深切会悟，他不仅认为语言文字中包含着现时使用者的思想情感，而且强调语言文字的内容是历史文化的积淀，因而他说："一考中国文字之发展史，其聪慧活泼自然而允贴，即足象征中国全部文化之意味。"⑤钱穆以文化生命本体论考察中国文字，认定中国文字本身具有一体相承的深厚文化生命，文言与白话的区别实属同一文化生命两显之相，不能割裂它们的内在联系来作简单化的高下优劣判断，更不能偏激地主张取

---

① 钱穆：《中国文化史导论》，第95页，《全集》第29册。
② 钱穆：《文化中之语言与文字》，《中国文学论丛》，第30—31页，《全集》第45册。
③ 转引自F.R.帕默尔《语言学概论》，李荣、王菊全、周焕常、陈平译，北京：商务印书馆1983年版，第99页。
④ 钱穆：《中国民族之文字与文学》，《中国文学论丛》，第23页，《全集》第45册。
⑤ 钱穆：《中国民族之文字与文学》，《中国文学论丛》，第3页，《全集》第45册。

消中国文字。

　　总之，钱穆不遗余力地梳理文言与白话的文化生命及其相互关系，最终目的乃在谋求合理发挥文字语言的文化功能，唤起中国人对本民族语言文字的深厚感情，从而增强民族文化凝聚力，实现中国文化的伟大复兴，其中贯穿的深厚民族文化意识与情感，无疑是值得我们深入思考的。

五、在诗、史、论之间

　　钱穆讨论文艺问题，基本的方法路径是秉持述而不作的传统，以文化生命本体论贯通诗、史、论三者，所论往往理据充盈而观点独到。

　　诗、史关系的讨论在中国渊源久远。清人王世贞《艺苑卮言》卷三："沈休文云：'子建"函京"之作，仲宣"灞岸"之篇，子荆"零雨"之章，正长"朔风"之句，并直举胸情，非傍诗史，正以音律取高前式。'然则少陵以前，人固有'诗史'之称矣。"明人杨慎《升庵诗话》卷十"诗史"条，论此更详细。所论正见诗史观念渊源久远。中国学术思想史上最早直接讨论到诗与史关系的，恐怕要算《孟子》所谓"王者之迹熄而《诗》亡，《诗》亡而后《春秋》作"，而后世关于诗史关系问题的种种讨论，或多或少都可以追溯到对《诗经》诗史性质的审视。钱穆说："吾之所谓诗、史，即古所谓《诗》《书》。"他对诗史关系问题的探究，也毫不例外地首先注意于《诗经》，主要是以梳理它与《尚书》的关系为起点，集中阐发《诗经》"史的价值"。

　　事实上，钱穆并不认定诗史关系的全部史学意涵仅仅表显在史料层面。就史学立场而言，"诗以征史"所提示的诗史关系，其意义主要表现在它所蕴涵的文化精神上。"我们可以说：'研究历史，就是研究此历史背后的民族精神和文化精神。'我们要把握这民族的生命，要把握这文化的生命，就得要在它的历史上去下工夫。"①钱穆认为，历史的本体就是发端

---

① 钱穆：《史学精神和史学方法》，《中国历史精神》，第12页，《全集》第29册。

于过去、绵延于现在并将继续塑造民族未来的文化生命，因而历史研究的主要功能和用意并不在于考订史料的真伪，而在于把握研究对象中内在蕴涵的民族历史的文化生命。因此，"诗以征史"的主要功能和用意也就是要以诗为媒介，发掘、再现和丰富特定历史情实及其蕴涵的文化生命，这才是诗史关系的主要史学意涵所在。

循此思路，钱穆以《诗经》为中心，着重阐发了一种超越史料层面的诗史关系。他说："《尚书》固然保留了当时许多历史文件，但《诗经》中所包有的当时许多的历史情实，更较《书经》为丰富。《诗经》可谓是中国古代一部史诗。因其诗中大部分内容，实即是历史。"[①]这里我们首先要注意"历史文件"与"历史情实"的区别：前者意味着典籍本身即可以视为史料文献；后者则主要指典籍所反映的社会历史面貌，并不仅仅指典籍本身。

钱穆说《诗经》"实即是历史"，主要就"历史情实"而言，并非指认《诗经》为"历史文件"。钱穆说："今果认《诗经》乃古代王官之学，为当时治天下之具，则其书必与周公有关，必然与周公之'制礼作乐'有关，必然与西周初期政治上之大措施有关；此为讨论《诗经》所宜首先决定之第一义。"[②]他认为由《诗经》本属王官学这一历史事实出发，即可断定其最初编集必与周公有关。钱穆指出："在周公时代，已有《诗》《书》之编集。《书》推为后代史书之祖。其实《诗》亦为史，而且其史的价值，尤应在《书》之上。"[③]《诗经》主于记事，具有"史的价值"，较之《尚书》更能比较详细地反映当时历史情实，因为《尚书》史体仅主记言，且记言也仅属片断摘要，记载史事难免有所阙略；而《诗经》主于记事，诗体相对完备，能于观物比兴中艺术化地反映当时的历史情实，因而"转可以考见当时史迹之大"。

钱穆认为《诗经》"史的价值"首先表现在史料方面，即围绕《尚书》

① 钱穆：《四部概论》，《中国学术通义》，第5页，《全集》第25册。
② 钱穆：《读诗经》，《中国学术思想史论丛（一）》，第160页，《全集》第18册。
③ 钱穆：《四部概论》，《中国学术通义》，第15—16页，《全集》第25册。

而有"补阙"和"详略"两类史料价值。所谓"补阙",就是指《诗经》能够补充《尚书》未曾记载的历史事件。如《尚书》无文王之典,而"《颂》始《清庙》,《大雅》始《文王》",均能考见文王事迹,可补《尚书》所阙。所谓"详略",则指《诗经》能够对《尚书》简略记载的历史事件予以详细描述。如《尚书》记载幽、厉朝事较为简略,而《诗经》"即下迄幽、厉,周道中衰,而致东迁,此皆可于诗人之歌咏寻迹之",能详《尚书》所略。由此,钱穆指出:"此岂非古人《诗》《书》各有分职,所以互足相成。"①他认为在诗体与史体融而未分的历史条件下,《诗经》与《尚书》"互足相成"的关系,主要是前者围绕后者所形成的"补阙"与"详略"关系,而由此奠立的诗史关系在史料层面也主要是以"史"为中心的"诗以征史"。就学术流变而言,史料层面的"诗以征史",应该是诗史关系的最初的、最基本的史学意涵之所在。钱穆所谓《诗经》"史的价值"首先指此。

与此同时,钱穆也指出《诗经》各体篇什所具有的史料价值其实不完全相同。他说:"当西周时,不仅列国无诗,即王室亦不见有史。周之有史,殆在宣王之后。其先则《雅》《颂》即一代之史也。周之既东,不仅列国有诗,并亦有史。然时移势易,列国之诗,与西周之诗不同。"②这里说得明白,"一代之史"即指《雅》《颂》诸篇,因为宣王之后篇什尤其是列国之诗,产生于诗、史渐趋分途的时代,当时诗体"不仅直叙其事,而必以比兴达之"③,文学性日渐突出,其史料价值相应地逐渐削弱,自然难有"一代之史"的价值与地位。他在《中国古代散文——从西周至战国》中也指出:"《西周书》虽可说是一部历史书,但大体乃是一部记言之史,而《诗经》却转是一部韵文的记事诗。……《诗》亡之后,继之以《春秋》,这是由韵文的记事诗变为散文的记事史。"在他看来,《诗经》虽有"史的价值",但终究只是"韵文的记事诗",与"记言之史"《尚书》

---

① 钱穆:《西周书文体辨》,《中国学术思想史论丛(一)》,第242页,《全集》第18册。
② 钱穆:《读诗经》,《中国学术思想史论丛(一)》,第190页,《全集》第18册。
③ 钱穆:《读诗经》,《中国学术思想史论丛(一)》,第208页,《全集》第18册。

或"散文的记事史"《春秋》有着本质区别，是"诗"而不是"史"，因而不能仅从史料层面来抉发其"史的价值"。按照钱穆的分析，《诗经》"史的价值"在史料层面上只限于最早兴起的《雅》《颂》诸篇，"诗以征史"在此层面既不能推展于《诗经》所有篇什，更不宜无条件地拓宽运用于考察后世诗文所反映的诗史关系问题。换句话说，"诗以征史"在史料层面所提示的诗史关系，其史学意涵相当有限。因而钱穆以《诗经》为中心对诗史关系的抉发，乃主要立意于就《雅》《颂》诸篇中的可信文献史料本身来发挥中国历史的人文精神，而无意于像闻一多等人那样运用西方近现代文化人类学方法来推究《诗经》篇什残存的史前史状貌，与顾颉刚等古史辨派则距离更远。

钱穆说："中土著述，大体可分三类：曰'史'，曰'论'，曰'诗'。中国人不尚作论，其思辨别具蹊径，故其撰论亦颇多以诗、史之心情出之。北溟有鱼，论而近诗。孟子见梁惠王，论而即史。后有撰论，大率视此。诗、史为中国人生之轮翼，亦即中国文化之柱石。吾之所谓诗、史，即古所谓《诗》《书》。温柔敦厚，《诗》教也。疏通知远，《书》教也。絜静精微，则为《易》教。《诗》《书》之教可包礼乐，《易》则微近于论。木落而潭清，归真而返璞，凡不深于中国之诗与史，将不知中国人之所为论。"①诗、史、论本为三种不同的文体，也代表着三种不同的建言立论的方式。钱穆在此指出了传统文化中"诗""史""论"三者相互间关系，并溯源于儒家典籍，强调了对传统文化、学术的把握与了解，必须以领悟"诗""史"为前提和基础，并暗示了研讨"诗""史"及二者关系亦须以"论"为归趣。所谓"论"，约略相当于"思"，指义理。从"著述"意义上看，"诗""史""论"大体相当于今天所谓文、史、哲。从钱穆《四部概论》的相关论述来看，"诗史"之范围其实可以拓宽，而史之意义亦可深入"历史精神"层面，如此则史学层面与诗学层面的诗史关系乃可以"诗"的精神在"论"的层面上统合起来。钱穆以"诗"统摄中国文学，

---

① 钱穆：《中国民族之文字与文学》，《中国文学论丛》，第16页，《全集》第45册。

并将传统诗史观念丰富和拓展为四个层面，即诗为心史（本质）、诗史心情（修养）、读诗如史（方法）和诗以征史（功能）。这种义理（"论"）趣向充分体现了钱穆学术研究的儒学立场，也决定了他研讨诗史关系问题的重心在"论"，而不像陈寅恪那样落实在"诗""史"及其关系的知识建构方面。他认为诗与史在某些大关节上具有共通性，统合于中国人在人生、文化等方面的深邃的思考，后者即所谓"论"。"论"为中国人所不尚，往往以诗史心情出之；换句话说，就是"论"蕴涵于"诗"与"史"中。诗、史、论的融贯，正是中国学术"融通合一的精神"的内在要求。钱穆的这一番发覆，促成了其文学研究对传统诗史观念有所丰富与拓展。

钱穆的诗史观念可以分为两个层面来谈，一是诗与史在史学层面的关系，一是诗与史在诗学层面的关系，前者可以《诗经》为例，后者可以杜甫为例。钱穆史学也是将史分为史料与史心两个层面来讨论的。诗、史的化合既有学的层面，也有文的层面。此足见其诗史观念的特殊性，可与陈寅恪、马一浮所论进行比较，大体可见他们的讨论分别侧重于不同的方面，不像钱穆进行的是宏观的统合考察。应该说，"藉诗文以论史"（诗以征史）虽然不免将文学视为"史料"，但是它的重心则在于"史情"与"时代心情"的汇合（诗为心史、读诗如史、诗史心情亦有其渐进的层次性），后者则显现为"士风""人心"和"文心"等，诗、史、论遂得以在完整的文化生命上获得亲切的会通。因此，钱穆的诗史观念在一定程度上可以说反映了传统学术"通人之学"的观念，其"融通合一的精神"正是钱穆文学研究的价值之所在（诗史观念的现代意义）。

钱穆的诗史观念，与马一浮、陈寅恪等人是有所区别的。马一浮的诗史观念走的是诗学与经学会通的路子，强调通过诗的隐义钩沉来发挥义理，其间并无史学之基础；陈寅恪的诗史互证，能够将资料考证与隐义钩沉结合起来，侧重于"香草美人"式的隐义钩沉，而非义理的钩沉与发挥；钱穆与陈寅恪之间的共同点，显然多于他和马一浮之间的相似处，他的"同情的了解"与陈寅恪的"了解的同情"虽有区别，但史实层面的

"了解"是共同的，区别只在"同情"上。钱穆的"同情"是以心感心的文化心的理性的同鸣共感，不仅仅是艺术情感层面的意味，因此，他对宏观史实基础上的义理的发挥，多于陈寅恪，而陈寅恪对微观史料基础上的史实的看重，则胜过钱穆。诗史观念，其实牵涉到诗、史、思三个层面，各人取舍有别，亦各有胜义。

苏珊·朗格说："诗人是以心理方式编织事件，而不是把它当作一段客观的历史……因此倾向性是诗的世界的主要问题。"①事实上，钱穆探究诗史关系问题，原本即无意于方法与理论体系的建构，他关注的是诗史关系在其动态演进中所呈现的史学意涵、诗学意涵以及二者间的内在关联。可以说，钱穆对诗史关系问题的探究，基本进路乃是通过《诗经》"史的价值"和杜诗的"诗史"性质这两个中心问题的讨论，梳理诗史关系的史学意涵与诗学意涵，并力求以文化生命本体论为核心发掘和贯通二者之间的内在联系，从而勾勒出中国文艺思想史上诗史关系的动态完成过程。

钱穆对文艺文体的讨论与思考，辐射面极广，远非本书的粗略分析所能涵摄。例如，钱穆对中国文艺"雅化"与"随俗"互动关系的讨论，就明显具有概括中国文学演进规律的意图，其批评指向则是针对以普遍性文学发展规律否定中国文学史演进特殊性的做法。又如，钱穆的"集部观"也很有特色，他对经史子集四部之学的性质有着很好的判认，强调四部不以学问内容而以成书体例分别，而他的"集部观"多受清代学者章学诚的影响；钱穆的学思生命汲源于孔孟而归宗于朱熹，此为人所共知，但是其学术观点多受章学诚影响与启发，似乎尚未有人论及。此外，钱穆的一些重要文学史个案研究，如《诗经》、《文选》、唐代古文运动、朱熹文学观、桐城派古文等，虽然在本书初步构思时也曾加以考虑并列出了写作纲要，但是或者因为所论问题涉及面广泛，或者由于本书整体构思与行文安排的缘故，都未能作哪怕极其简略的介绍，这些只能留待日后再作思考与讨论了。

---

① 苏珊·朗格：《情感与形式》，刘大基、傅志强、周发祥译，北京：中国社会科学出版社1986年版，第247页。

第四章　"文学开新"的现代化取向

在20世纪中国文艺思想史上，"现代化"无疑是中国近代以来以建立民族国家为底蕴的宏大现代叙事的主旋律之一。尽管对"现代化"的理解可能不尽相同，20世纪中国的各个文艺思想流派，无论自由主义、激进主义抑或保守主义等，恐怕都无法根本规避和拒绝这一问题，事实上它们对此也都有意或无意地以不同的方式作出了自己的回应。

"现代化"一词在钱穆的文艺研究乃至全部学术研究中，可能并无多少积极意涵，但是钱穆的文艺研究依然明确地融贯着深沉的"现代化"的担当意识。这种担当意识，完全可以视为钱穆史学研究中的"国史"意识在文学研究领域的延伸。关于钱穆史学，台湾学者黄俊杰曾撰文指出："钱宾四史学标举中国史的独特性，从而建立中国历史知识的自主性价值。"[①]钱穆史学强调"国史"意识，以文化生命观反对将中国历史经验仅仅视为验证普遍历史规律的材料，力求在现代史学研究的宏观背景下凸显中国历史的独特性及其自主性价值，期以唤醒现代中国人对本国历史附随应有的温情与敬意。

钱穆的文艺研究同样致力于彰显本土文学资源的特殊价值，同样要求对于传统文学及其现代价值的文化认同，并以此为基础探究自本自根的文学开新进路。钱穆曾经说过："文化定要从全部人生来讲。所以我说中国

---

① 黄俊杰：《钱宾四史学中的"国史"观：内涵、方法与意义》，见黄俊杰编《传统中华文化与现代价值的激荡》，北京：社会科学文献出版社2002年版，第464页。

要有新文化，一定要有新文学。文学开新，是文化开新的第一步。一个光明的时代来临，必先从文学起。一个衰败的时代来临，也必从文学起。"①他的文学研究其实就是要通过凸显中国文学传统的文化个性及自主性价值，唤起国人对文化传统产生一种亲切的想象，以回应现代化的时代要求，迎接中国文化的"光明的时代"的来临。以钱穆为典型个案来检讨20世纪中国文学现代化进程的得失，我想，恐怕多少会有一分切实的学术思想史意义。

一、钱穆的新文学批评

就一般印象而言，在20世纪中国文学思想史上，钱穆的文学观点与新文学主流观点是相互对立的，——至少在表层意义上的确存在着分歧。不过，如果透过表层印象来看，那么我们恐怕不难发现钱穆与新文学主流之间其实存在着相当复杂的关系，不能一概而论。就钱穆文学研究的实际进展来看，他对新文学的系统性省察是与他对新文化运动的省察同步展开的②，前者是后者的重要组成部分之一。可以说，钱穆是20世纪中国极少数坚持不懈地反思新文学优劣得失的文学史论家，他的全部文学研究事实上也都是围绕着对新文学的批评性省察展开的，是以一种极具针对性的建构方式对文学现代化问题的回应。

1.从"旗帜"到"工具"

新文化运动兴起时，钱穆正在无锡乡村执教，未能直接参与其中，但是正如他后来回忆所述，他对新文化运动其实相当关注。钱穆说："然于当时新文化运动，一字、一句、一言、一辞，亦曾悉心以求。乃反而寻之

---

① 钱穆：《谈诗》，《中国文学论丛》，第146页，《全集》第45册。
② 关于钱穆对新文化运动的省察，参见罗义俊《钱穆对新文化运动的省察疏要》一文，载方克立、李锦全主编《现代新儒学研究论集》，北京：中国社会科学出版社1991年版。

古籍，始知主张新文化运动者，实际于自己旧文化认识不真。"①又说："时余已逐月看《新青年杂志》，新思想新潮流纷至涌来。而余已决心重温旧书，乃不为时代潮流挟卷而去。及今思之，亦余当年一大幸运也。"②如果剔除其中一些事后的观点或情感因素，那么，钱穆自始即关注新文化运动与新文学这一事实不仅是可信的，而且其意义也应重新审视。事实上，钱穆不仅在十年乡教生涯中实验过杜威的教育思想和白话文教学，而且曾大量阅读传播"新思想新潮流"的报章杂志，并且在1922年任教集美中学时还曾创作过白话新诗，有《闽南白话诗稿十首》③。这些均反映了钱穆早年对新文化运动（包括新文学）的关注甚至热情参与的积极态度。因此，我们至少应该明确一点，即钱穆与新文学主流之间无疑存在着严重分歧，但是他对新文学的态度前后也确实有一个变化过程，并非一般想象的那样自始即处于新文学的对立面。钱穆对新文学最初的省察也大体说明了这一点。

1920年，钱穆发表了《研究白话文之两方面》一文，初步表达了他对新文学运动倡导白话文的意见。他认为胡适等人提倡的"白话文"，应该视为一种新的文体。"盖今日之所提倡，不当称白话文。新体文之主旨，在于熔铸白话之精神于文学之中，而还以文学之兴趣，方便灌输于白话使用界之脑海，而求其相接近，此我所十分同意，而别有见解，当另为专篇以发言。至于简直以白话为文，此在今日，故未尝不可真为普通所尝试，然亦实有主张是说者。"④钱穆肯定了可以通过白话文学将所谓"白话之精神"即新文化运动提倡的科学与民主，"方便灌输于白话使用界之脑海"，发挥白话文学的思想文化普及作用，但是同时认为白话文在"声"与"义"的统一方面还有待改进，尚处于"尝试"阶段，还不能直接以白话

---

① 钱穆:《从中国历史来看中国民族性及中国文化·序（二）》，第8页，《全集》第40册。

② 钱穆:《八十忆双亲师友杂忆合刊》，第91页，《全集》第51册。

③ 钱穆:《素书楼余沈》，第483—496页，《全集》第53册

④ 钱穆:《研究白话文之两方面》，《教育杂志》1920年4月第2卷第4号。

作为文学创作的媒介。应该说，钱穆这个意见是相当客观中肯的，肯定了白话在思想传播与文化普及方面的积极作用。

1928年，钱穆在其《国学概论》最后一章"最近期之学术思想"中，对民国十七年间（1912—1928）学术思想的演变作了全面的回顾与评价。关于新文学，钱穆指出："故当时实以政治无可希望，乃转而谋社会一般之改进，遂为新文学发展之机运。"[①]在他看来，由于政治革新无以为继，转而谋求通过激发关于社会道德思想和人生意义的新想象来实现社会政治革新和国家民族的振兴，乃是文学革命发生的根本原因。他说："文学革命之外面，虽为白话文与文言文之争，其真意义所在，则为对于文学观念之不同。进言之，乃一种人生意义之争也。"[②]钱穆认为，新文学是文学革命的积极成果，它所引发的论争在表现形式上虽然是文言与白话之争，但是本质上是新、旧文学观念及其蕴涵的人生观念的论争，因而它不期然而然地成为新文化运动的"旗帜"。他说："新文化运动，唱自胡适之、陈独秀，以文学革命为旗帜，以社会道德思想一般之改进为目的，以西洋之科学与民治为趋向之标准，以实验主义的态度，为下手之方法。"[③]钱穆这一带有结论性的概括，强调了文学革命作为新文化运动"旗帜"的意义，肯定了以白话文为语言形式的新文学在中国文化现代化转型中的积极作用。这个判断，较之1920年的《研究白话文之两方面》一文仅将白话新文学视为一种以文学兴趣普及新思想的"新体文"，显然要深刻得多。同时，钱穆也指出："故文学革命的运动，实乃人生思想道德革命的运动。言其成效，亦以改换社会人生观念与提出新思想新道德之讨论，为此次文学革命莫大之成绩。至于新文学之本身，则今尚在试验时期，堪称为精美之作品者，尚不多见。"[④]在他看来，文学革命具有"思想道德革命"的性质，其最主要的成绩是促进了社会人生观念的争论，以及援引西方思想提出了一

---

① 钱穆:《国学概论》，第378页，《全集》第1册。
② 钱穆:《国学概论》，第377页，《全集》第1册。
③ 钱穆:《国学概论》，第376—379页，《全集》第1册。
④ 钱穆:《国学概论》，第399页，《全集》第1册。

些"新思想新道德"。当然，文学革命并没有产生多少脍炙人口的精美作品，新文学本身仍处于"试验时期"——这个看法又延续了他此前在《研究白话文之两方面》中对新文学的"尝试"性质的认识。

整体上看，钱穆在1928年前对新文学基本都抱持积极的态度。"盖凡此数十年来之以为变者，一言以蔽之，曰求'救国保种'而已。凡此数十年来之以为争者，亦一言以蔽之，曰求'救国保种'而已。其明昧得失有不同，而其归宿于救国保种之意则一也。"①钱穆将新文化运动和新文学纳入鸦片战争以来中国学术思想的大潮流中考察，肯定了它们"救国保种"的立场。

事实上，钱穆最初对"新文化运动"本身也有阶段性区分。他说："至于民八'五四'之学生运动，而新文化运动之趋势遂达于最高潮。自此以下，一般青年之误解新文化运动的意义，而转趋于堕落放纵的生活者，既日繁有徒，而新文化运动之自身，亦自改进社会思想道德方面，仍转而入于政治之途。"②钱穆始终认为五四运动与新文化运动存在着根本性质的差异，并且将五四运动视为新文化运动的分水岭。1950年，钱穆在《回念五四》一文中指出："然而五四运动毕竟和新文化运动有别。'五四运动'主要是一种民族复兴意识之强烈的表现，'新文化运动'则是一种自我文化之谴责与轻蔑。"③尽管钱穆后来的批评视角与立场态度有所变化，但是他始终强调五四运动和新文化运动是有区别的，这个观点在他是一以贯之的。

基于对五四运动和新文化运动关系与性质的判认，钱穆对五四运动之前的新文化运动基本持肯定态度，而对五四运动之后"转而入于政治之途"的新文化运动，则持激烈的抨击立场。他说："继此以往，国人精神所注，既已返入政治一途，而新文化运动，亦成衰歇。则其一方反对之言

---

① 钱穆：《国学概论》，第399页，《全集》第1册。
② 钱穆：《国学概论》，第381—383页，《全集》第1册。
③ 钱穆：《回念五四》，《历史与文化论丛》，第391—392页，《全集》第42册。

论，因亦同归于休止。此则最近数年间学术思想骤呈枯寂之所以然也。"①
显然，钱穆将五四运动至科玄论战期间"学术思想骤呈枯寂"，归因于新
文化运动自五四运动起向社会政治运动的转向。如果联系其对五四运动前
的新文化运动"救国保种"性质的判定来看，钱穆事实上仅仅对学术研究
层面的"救国保种"持肯定态度，他并不认为新文化运动所引发的社会政
治运动也属于"救国保种"范畴——毫无疑问，这是他的局限性之所在。

需要注意的是，钱穆在1928年《国学概论》完稿之后，基本上就不再
对新文化运动作阶段性区分，而是以五四运动之后的新文学运动指称整个
新文化运动，并且对其整体上持否定的立场。正是由于对新文化运动的立
场发生了变化，钱穆对新文学的态度也随之发生了变化，亦即由整体肯定
的态度转向了全盘否定的态度，并且这种态度再也没有发生根本改变。

1943年7月，钱穆于《思想与时代》月刊发表《中国民族之文字与文
学》一文，该文可以说是其文艺研究著述中最早直接全面纠弹"新文学"
的一篇文字。钱穆在该文中指出："民国以来，学者贩稗浅薄，妄目中国
传统文学为已死之贵族文学，而别求创造所谓民众之新文艺。……而颓波
骇浪，有主尽废汉字而为罗马拼音者，有主线装书全投毛厕者，趋新之论
转为扫旧，一若拔本塞源。此之不塞，则彼之不流。则往古文体不变，岂
必全废旧制，始成新裁？谬悠之论，流弊无极！"②若将此幅文字与《国学
概论》中的相关论述略作比照，二者在精神意态方面的差异是显而易见
的。首先，《中国民族之文字与文学》不再像《国学概论》那样坚持将
"新文学"区分为五四运动前、后两个阶段来评价，一定程度上是以对五
四运动之后的"新文学"的评价作回溯，给整个"新文学"进行定性。其
次，钱穆在文中用"民众之新文艺"描述"新文学"，事实上认定它已经
完全偏离了五四运动之前"文学改良"或"文学革命"的初衷，不再具有
"思想道德革命"性质，只是政治宣传，甚至"流于浪漫颓废"③。最后，

---

① 钱穆:《国学概论》,第397页,《全集》第1册。
② 钱穆:《中国民族之文字与文学》,《中国文学论丛》,第23页,第45册。
③ 钱穆:《国学概论》,第384页,《全集》第1册。

钱穆以"贩稗浅薄""颓波骇浪""谬悠之论"等多少带有气谊色彩的措辞，取代了此前相对客观的批评话语，表明他彻底走向了"新文学"的对立面。总之，钱穆认为，五四运动以后，新文化运动与新文学并未将"民族精神之发扬"与"物质科学之认识"融通会合，反而在"全盘西化"的道路上走得越来越远了，"对中国一线相承之文化传统，攻击无微不至，破坏性远过于建设性"①——这个意见，可以说表达了钱穆在1928年以后始终坚持的新文学批评立场。如果说钱穆最初对新文学的辩证省察主要坚持的是学术研究的立场的话，那么，他此后对新文学的全盘否定显然是出于政治见解的差异。我们在分析钱穆的新文学批评意见时，对学术性批评和政治性批评，是需要有清晰判定的。

与1928年之前将新文学定位为新文化运动的"旗帜"不同，钱穆在1928年之后转而将新文学定位为新文化运动的"工具"。他说："新文学运动只为新文化运动作工具。……他的一套思想，只是取法于《水浒传》《西游记》，作为容易为大众接受的、浅显而轻薄而又像是新鲜而生动的，可以使人不诉之于理智、不考虑于缜密与精详的思想步骤，而立刻便得了解，而容易赋予同情的，那些不正当的并加以文学渲染的宣传语句。严格说来，那些既不是思想，也算不得是文学。单就文学角度来衡量，还是像鲁迅的《孔乙己》《阿Q》之类，比较算得是近乎文学的。"②前文已经指出，钱穆在1928年之后开始以五四运动之后的新文化运动代指整个新文化运动，这里自然也不例外。在钱穆看来，五四运动之后的新文化运动业已由社会思想道德运动转变为社会政治运动，相应地，新文学也成为社会政治运动的"工具"。由"旗帜"到"工具"，钱穆对于新文学与新文化运动之间关系定位的改变，表明他对新文学的价值与意义的判断发生了变化。钱穆认为新文学成为社会政治运动的"工具"，"既不是思想，也算不得文学"，只是一些"不正当的并加以文学渲染的宣传语句"，忘却了文学自身

---

① 钱穆：《维新与守旧》，《中国学术思想史论丛（九）》，第34页，《全集》第23册。

② 钱穆：《五十年代中之中国思想界》，《历史文化论丛》，第250—251页，《全集》第42册。

的艺术本分，缺少真正的文学情味；同时又刻意模仿西方文学，"把日常现实人生依样葫芦搬上舞台，重事不重情，事非真事，则情亦非真情，与中国文学传统之意义价值乃迥异"①。总之，钱穆对新文学的基本路线持有全盘否定的态度。

基于"新文学运动只为新文化运动作工具"的定位，钱穆对新文学运动成果的评价也是消极的。他认为新文学立意不高，"所谓成绩，亦在普及方面，不在提高与深入方面"②，并未产生多少真正好的作品。"浅显而轻薄"，可以说是钱穆对新文学整体艺术表现的基本判断。在他看来，新文学作品中只有鲁迅的《孔乙己》《阿Q正传》等"比较算得是近乎文学的"，因为鲁迅作品能够立足于探讨国民性与社会文化问题，用心"为三四千年来中国人心作写照"③，具有思想深度，立意并不仅限于思想普及。

事实上，鲁迅是钱穆唯一给予正面评价的新文学作家。钱穆认为，"鲁迅一生的文学生涯，可分三阶段"。"《域外小说集》时期"为第一阶段，"那是有意学林纾的"；"《呐喊》时期"为第二个阶段，"他的精神，实近于唐宋八家，在文学中描写人生，像《社戏》《孔乙己》《故乡》《端午节》……都是偏重日常生活的描写，实在主要是以描写人生来作文章"，"文学意味够浓厚"；此后为第三个阶段，"卷入政治旋涡以后，他的文字更变得尖刻泼辣了。实在已离弃了文学上'文德敬恕'的美德"④。在钱穆看来，鲁迅之所以能够"以白话新文学擅盛名"，主要在于他的文学创作，尤其是"《呐喊》时期"的文学创作，能够"以描写人生来作文章"，贴近中国文学传统而富有文学意味。除了鲁迅之外，钱穆对新文学创作基本上持全面否定态度。不过，钱穆对鲁迅的正面评价显然是有限的。他说："但鲁迅最好的也是他的小品。像他的《呐喊》之类，这和西方小说

---

① 钱穆：《略论中国文学》，《现代中国学术论衡》，第266页，《全集》第25册。
② 钱穆：《谈当前学风之弊》，《学籥》，第233页，《全集》第24册。
③ 钱穆：《再论中国小说戏剧中之中国心情》，《中国文学论丛》，第220页，《全集》第45册。
④ 钱穆：《中国散文》，《中国文学论丛》，第89—90页，《全集》第45册。

不同，还是中国小品文传统。"①钱穆将鲁迅"《呐喊》时期"的创作成绩归结为继承和发挥了"中国小品文传统"，主要原因即在于其文学创作精神能深深扎根于中国文学传统的深厚土壤，并非刻意模仿西方文学。

就其新文学评论而言，钱穆始终坚持文学必须通过日常生活抒写以表达人生性情的取向，反对可以模仿西方文学。他说："今天大家写白话文，我也不反对。但白话与文言之分，并不即可算是文学上的新旧之别。若尽把西方文学中的观点来移作我们文学的题材，尽把西方文学的风格来变成中国文学之体貌，在我看来，似乎此事大可商榷。我总认为中国人应在其自己文化传统之下，即在自己这一套历经四五千年文化陶冶而成之特有性情之下，自求出路。其最主要的任务，却该交与'文学'与'艺术'两项。要使在此两项中，使我们现代的中国人，一如游子回故乡，又如在明镜前重睹真我面目。要能发掘得我们的自我性情，然后从性情发为事业，从性情创出人生，那才是我们当前应有的理想。"②钱穆认为，新文学对于社会人生的描写，其实是模仿了西方文学传统，只是描写社会人生外在的事象，并未深入人生性情层面，因此"浅显而轻薄"，并不能发挥引领"思想道德革命"的"旗帜"作用，甚至会沦为社会政治运动的"工具"。

从"旗帜"到"工具"，钱穆对新文学性质判认的前后变化，充分体现了其文艺思想的保守主义性质。钱穆在《国学概论》中将民初十七年间的学术思想的主潮定位为"救国保种"，认定此后学界努力的方向也不出"救国保种"范畴，并将学术思想的发展趋向概括为"民族精神之发扬"与"物质科学之认识"。他说："余尝论先秦诸子为'阶级之觉醒'，魏晋清谈为'个人之发现'，宋明理学为'大我之寻证'。则自此以往，学术思想之所趋，夫亦曰'民族精神之发扬'，与'物质科学之认识'而已。此二者，盖非背道而驰、不可并进之说。至于融通会合，发挥光大，以蔚成一时代之学风，则正有俟乎今后之努力耳。"③寻求"民族精神之发扬"与

---

①　钱穆:《中国文学中的散文小品》,《中国文学论丛》,第107页,《全集》第45册。
②　钱穆:《谈谈人生》,《人生十论》,第266页,《全集》第39册。
③　钱穆:《国学概论》,第411页,《全集》第1册。

"物质科学之认识"的融通会合以形成时代学风，达成"救国保种"目标，这是钱穆整个学术思想的核心内涵。不过，钱穆提出的学术思想路线并没有超越近代以来"中体西用"的框架，同时他显然更倾向于在学术研究层面进行"救国保种"，而对于社会政治层面的"救国保种"则持否定态度，这与他所主张的"学固不患乎多门，而保种救国之道亦不尽于一途也"[①]的观点也是相互矛盾的。

惟其学术思想具有保守主义性质，钱穆对新文学的批评也有其难以克服的局限性。钱穆将五四运动之前的新文学定性为新文化运动的"旗帜"，主要是基于他将新文化运动的性质判定为"思想道德运动"。然而这个判定其实并不准确，在一定程度上影响了他对五四运动之前的新文学核心性质的深入理解。而钱穆将五四运动之后的新文学定性为新文化运动的"工具"，直接体现了他对新文学"政治化""通俗化"倾向的不满。从"旗帜"到"工具"，钱穆对新文学的认识在精神意态上无疑是前后异趣的，反映了他对新文学由心存期待到彻底决裂的转变过程。这种转变的发生，根本原因在于，钱穆学术思想的保守主义性质妨碍了他对新文学性质的认识。与此同时，钱穆始终坚持以学术思想史视角看待新文学，而忽视了艺术创作视角的考察，因而难以准确把握新文学的多元功能及其现实要求。

2. "失其正趋"与"失其本心"

钱穆晚年在谈到现代中国思想界诸问题时说道："此下自前清之咸、同、光、宣四朝，下迄民国，直至于今，革新、守旧，永远成为此一时代中之一项大争执，而要之'求变'则为双方之共同归趋。"[②]钱穆认为"求变"是近现代以来中国思想界"救国保种"思潮的内在要求，而新文化运动正是"求变"的结果，因此，"谓其亦是一爱国运动，亦未尝可谓尽失

① 钱穆:《国学概论》，第411页,《全集》第1册。
② 钱穆:《现代中国之思想界》,《中国学术思想史论丛(九)》,第12页,《全集》第23册。

其真也"①。按照钱穆的论述逻辑，新文学无论作为新文化运动的"旗帜"还是"工具"，理应具有基于"求变"的"爱国运动"的性质。那么，钱穆何以会对新文学给予全盘否定的评价呢？原因在于，钱穆认为新文学的"求变"虽然基于"救国保种"的要求，但是在思想路线的选择上出现了问题，以致"失其正趋"而导致新文学"求变"的实践"失其本心"。

1928年，钱穆在评价新文化运动由"思想道德运动"转入"政治"时说："最近数年中，共产主义青年之激增与夫带有性欲刺激的作品之广布，可为青年歧途两极端之好例。以一人而兼此两种极端之性格与生活者，亦多有之。要之为新文化运动中之落伍而失其正趋者也。"②显然，钱穆认为新文化运动"转入政治之途"，造成青年在思想与生活两方面均走上"歧途"，并不能发挥"思想道德"启蒙教育的作用，因此新文化运动在五四运动之后由"文化运动"转变为"政治运动"乃至"社会运动"，业已"失其正趋"。同样，新文学有新文化运动的"旗帜"转变为"工具"，也必然"失其正趋"。

那么，新文化运动与新文学基于"救国保种"的要求而"求变"，其正确路径即所谓"正趋"应该是什么？钱穆将现代中国思想界的"求变"路线分为两派即"和平稳健派"与"激烈急进派"。他说："有主从中国本身内部求变，因以迎合世界新潮流，采纳西方新风气，而仍不失我自己之旧传统；此是守旧一派，但亦以创新为目标，今可称之为'和平稳健派'。有则主张先破毁自己旧传统，以便世界新潮流、西方新风气之顺利输入；此是革新一派，乃先以破旧为手段，今可称之为'激烈急进派'。此两派既同主中国之变，本当会归合一，同舟共济。而论其内情，则甚为复杂。意见既各不同，进程亦互有异。"③如何对待中国"旧传统"是区分"和平稳健派"与"激烈急进派"的重要标尺。在"求变"的思想路线问题上，

---

① 钱穆：《维新与守旧》，《中国学术思想史论丛（九）》，第34页，《全集》第23册。
② 钱穆：《国学概论》，第385页，《全集》第1册。
③ 钱穆：《现代中国之思想界》，《中国学术思想史论丛（九）》，第12页，《全集》第23册。

钱穆虽然对"激烈急进派"批评较多，但是他又主张两条思想路线的"会归合一"，事实上也不完全属于"和平稳健派"。

钱穆在学术思想上宗主朱子，而在政治上则服膺孙中山。他说："于此而有深闳博大之思，足以鼓动全国，以开未来学术思想之新机运者，则为孙中山先生之'三民主义'。先生本革命活动之经验，而创'行易知难'之说，又定'三民主义'以为救国之方针，其于恢复民族固有道德知识能力，以恢复民族固有之精神者，尤言之深切而著明。"①钱穆认为，孙中山"三民主义"有革命活动经验为支撑，其精神始终在于"救国保种"，因此其"求变"是一种"深闳博大之思"。不过，钱穆强调，孙中山在政治和文化上的"求变"路线，其实有差异。他说："中山先生力主革命排满，论其政治立场，近似洪秀全；但从其文化立场言，则颇近曾国藩。试观其手创之三民主义，亦求尽量迎合世界潮流，采纳西方风气，极多开新之一面。然其崇重中国自己文化旧传统，力主保留，只主在自己传统中求变，绝不有毁弃自己传统以为变之主张与理论之迹象，此则读其书而可知。"②钱穆认为孙中山在政治上持激进革命的立场，而在文化上则持稳健保守的立场，二者融通会和所产生的"三民主义"体现了"救国保种"的"深闳博大之思"。钱穆服膺孙中山，盛赞其"三民主义"，表明他对于"求变"以"救国保种"的思想路线的核心认识——政治层面激进革命而文化层面稳健保守。

当然，钱穆对上述思想路线有着更为学理化的表述。他说："余尝论先秦诸子为'阶级之觉醒'，魏晋清谈为'个人之发现'，宋明理学为'大我之寻证'。则自此以往，学术思想之所趋，夫亦曰'民族精神之发扬'，与'物质科学之认识'而已。此二者，盖非背道而驰、不可并进之说。至于融通会合，发挥光大，以蔚成一时代之学风，则正有俟乎今后之努力

---

① 钱穆：《国学概论》，第397页，《全集》第1册。
② 钱穆：《现代中国之思想界》，《中国学术思想史论丛（九）》，第13页，《全集》第23册。

耳。"①钱穆倡导"民族精神之发扬"与"物质科学之认识"的融通会合，以形成"一时代之学风"。显然，钱穆并不反对"物质科学之认识"方面的"求变"乃至激烈革命，但是他强调"民族精神之发扬"方面必须稳健保守，并且"物质科学之认识"必须以"民族精神之发扬"为前提，必须以"民族精神之发扬"为内核与归趋。这个表述，较之政治层面激进革命而文化层面稳健保守的思想路线，显然更为系统、更为深入，关键是提供了思想路线内部不同要求实现融通会和的基本路径——"救国保种"之变革应当以"民族精神"为体、以"物质科学"为用，体用圆洽，以尽其功。

在钱穆看来，上述思想路线是基于"救国保种"时代要求"求变"的"正趋"，应当成为"一时代之学风"，而新文化运动与新文学并没有遵循"民族精神之发扬"与"物质科学之认识"融通会合的思想路线。钱穆曾经指出："中国近百年来，长在一新旧相争之过程中。"②诚如所言，"新"与"旧"的碰撞和斗争，可以说，构成了中国近现代学术思想史上的一条主线。钱穆认为，新文学在维新和守旧问题上完全偏向"物质科学之认识"，未能坚持以"民族精神之发扬"为内核与归趋，自然会出现"失其正趋"的主张与表现。

钱穆指出，新文学对"新旧""中西"缺乏深刻的学术思考，在价值取向上"一切学术，除旧则除中国，开新则开西方"③，明显存在"新的一切是，旧的一切非"的思想风气。他批评说："于今日，凡以前新文化运动时代所引进之新名词、新观念，几于皆渐成定论，无可置疑。苟有不然，即群目为异论僻见，可置不问。凡属新者，则必是。凡属旧者，即必非。新旧之分，即是非之分。此乃现代中国人之定论。……可知近代中国人，新的一切是，旧的一切非，风气已成，乃绝不有向新的发问置疑之余

---

① 钱穆：《国学概论》，第411页，《全集》第1册。
② 钱穆：《维新与守旧》，《中国学术思想史论丛（九）》，第19页，《全集》第23册。
③ 钱穆：《现代中国学术论衡·序》，第9页，《全集》第25册。

地。"①钱穆认为，"中国"与"西方"只是代表着两种不同的文化形态，本身不应直接用"新"与"旧"这类具有价值判断性质的语词来划等号。"故民初以后，'政治革命'之呼声，乃一转而为'文化革命'。对中国一线相承之文化传统，攻击无微不至，破坏性远过于建设性。文化革命之未能满意，遂又一转而为'社会革命'，惟以一变故常为快。"②在钱穆看来，新文学这种一元论的绝对化思想风气，是在由"政治革命"到"文化革命"再到"社会革命"的思想路线变动中历史地形成的，整体上难免"失其正趋"。

新、旧文学之争首先表现为白话文与文言文之争。"文学革命之外面，虽为白话文与文言文之争，其真意义所在，则为对于文学观念之不同。进言之，乃一种人生意义之争也。"③白话文与文言文之争，所涉及的绝不仅仅是文学媒介与表现形式的问题，更主要是文学观念的问题，钱穆对这一"真意义"的把握无疑是准确的。钱穆其实并不反对白话文，甚至认为提倡白话文"在普及教育及通俗应用上，不能谓无贡献"④，但是他同时强调，"专以文言白话来作新旧文学之分辨，此层似尚未臻论定，还值研讨"⑤。钱穆晚年也指出："今天大家写白话文，我也不反对。但白话与文言之分，并不即可算是文学上的新旧之别。若尽把西方文学中的观点来移作我们文学的题材，尽把西方文学的风格来变成中国文学之体貌，在我看来，似乎此事大可商榷。"⑥很显然，钱穆认为白话与文言只是文学媒介，不能仅仅据此判定它们所体现的文学观念及其反映的思想路线，必须切入白话与文言的"内情"来作考察。

钱穆指出："实际上，在胡适以前，已有人写白话文了，如黄远庸即

---

① 钱穆:《维新与守旧》,《中国学术思想史论丛(九)》,第22页,《全集》第23册。
② 钱穆:《维新与守旧》,《中国学术思想史论丛(九)》,第34页,《全集》第23册。
③ 钱穆:《国学概论》,第377页,《全集》第1册。
④ 钱穆:《无师自通中国文言自修读本之编辑计划书》,《中国文学论丛》,第342页,《全集》第45册。
⑤ 钱穆:《漫谈新旧文学》,《中国文学论丛》,第233页,《全集》第45册。
⑥ 钱穆:《谈谈人生》,《人生十论》,第266页,《全集》第39册。

是其中之一。然而正式提倡白话文，乃自胡适始。可是胡适实不是一位文学家。"①中国现代白话文创作肇始于晚清时期，如裘廷梁、梁启超、黄远庸等人，均着意于提倡白话文创作，以宣传资产阶级思想，而在思想路线上则"莫不本于国家民族自己的历史文化传统以为图样，而求加以改进"②。"继之有陈独秀、胡适之之'新文化运动'代之而起。所争之主题乃由政治扩大至文化之全体。其时最主要者，首为新旧文学之争。一切文言文，目之为'旧文学'、'死文学'、'封建文学'、'贵族文学'等种种坏名称，务求尽情摒弃。倡为白话文之'新文学'，始为'平民文学'、'社会文学'、'活文学'。一时轰动，无可争辩。"③钱穆认为，新文学将白话文与文言文转化为"新文学"与"旧文学"之争，扩大了文学论争的范围，客观上开启了以西方观念为轨辙的"趋新"与"扫旧"并提的思想路线，因此，不仅未能以"民族精神之发扬"作为"物质科学之认识"的内核与归趋，反而形成了以排斥"民族精神之发扬"为前提来寻求"物质科学之认识"的思想路线。

"近代人的文学观念与文学理论，则彻头彻尾崇尚革命性。开新便得要拒旧，而且认为非拒旧则不足以开新。"④钱穆认为，新文学在文学观念与理论上均遵循"革命性"思想路线，将新文学作为新文化运动的"工具"，实际上是社会政治层面激进革命的要求给予文化（文学）层面"求变"趋向的消极影响，其结果便是在文化（文学）方面"惟分新旧，惟分中西，惟中为旧，惟西为新，惟破旧趋新之当务"⑤。钱穆指出："故在当时新文化运动一大潮流之下，又分三支：一为胡适之，专在思想言论上作学术性之批判。一为周树人鲁迅，专在白话文学上作创造。一为陈独秀，既不愿为胡适之，仍留在思想言论方面作空洞之倡导；亦不能为鲁迅，正

---

① 钱穆：《中国散文》，《中国文学论丛》，第89页，《全集》第45册。
② 钱穆：《维新与守旧》，《中国学术思想史论丛（九）》，第25页，《全集》第23册。
③ 钱穆：《维新与守旧》，《中国学术思想史论丛（九）》，第20页，《全集》第23册。
④ 钱穆：《中国文化与文艺天地》，《中国文学论丛》，第176页，《全集》第45册。
⑤ 钱穆：《现代中国学术论衡·序》，第10页，《全集》第25册。

式在白话新文学中求创辟；乃单独走上共产主义，在政治界作一极端反抗派之领袖。"①在钱穆看来，陈独秀"任性使气"，"其性向则好人生一切实务践履"，既力求负担国家重任而又并无政治出路，于是"改而从事于社会改造之运动"，"遂不期而转上共产主义运动之一路"②，但是他并不是文学家，他在文学方面发表意见，"主张打倒旧文学"③，不免流于过激；鲁迅文学创作"都是偏重日常生活的描写，实在主要以描写人生来作文章"，"他的精神，实近于唐、宋八家，在文学中描写人生"，但是"卷入政治旋涡以后"的作品"实在已离弃了文学上'文德敬恕'的美德"④；胡适《文学改良刍议》"仅主改良，并不要一气推翻打倒旧文学"⑤，"当时新文化运动三大主张，一曰废止文言文，二曰打倒孔家店，三曰全盘西化，其实皆不自适之发之"⑥，其过激思想"非由其主动"⑦。钱穆认为，新文化运动诸将在文化上偏离了康有为、梁启超、章太炎等人"皆尚在国家民族自身立场上求改变"的思想路线，"如胡适之，如陈独秀，则求在国家民族自身立场外，来改变国家民族之自身"，"意态偏激，务求一变以为快"⑧。总之，钱穆认为新文化运动在思想路线上属于"激烈激进派"，这种思想路线导致新文学崇尚"革命性"，"一笔抹杀了中国以往文学大统"，"尽把西方文学中的观点来移作我们文学的题材，尽把西方文学的风格来变成中国文学之体貌"⑨，终究难免会无视中国文学发展的历史事实。

在钱穆看来，新文学在思想路线上既已"失其正趋"，其结果必然是"失其本心"。他说："盖其先为救国之故，不惜尽废其一国之故常，以趋变而图存。嗣又见尽废一国之故常之不易，其病根在人人有爱国之一念，

① 钱穆：《维新与守旧》，《中国学术思想史论丛（九）》，第32页，《全集》第23册。
② 钱穆：《维新与守旧》，《中国学术思想史论丛（九）》，第31页，《全集》第23册。
③ 钱穆：《维新与守旧》，《中国学术思想史论丛（九）》，第25页，《全集》第23册。
④ 钱穆：《中国散文》，《中国文学论丛》，第89—90页，《全集》第45册。
⑤ 钱穆：《维新与守旧》，《中国学术思想史论丛（九）》，第25页，《全集》第23册。
⑥ 钱穆：《维新与守旧》，《中国学术思想史论丛（九）》，第26页，《全集》第23册。
⑦ 钱穆：《中国散文》，《中国文学论丛》，第89—90页，《全集》第45册。
⑧ 钱穆：《维新与守旧》，《中国学术思想史论丛（九）》，第35—36页，《全集》第23册。
⑨ 钱穆：《谈谈人生》，《人生十论》，第266页，《全集》第39册。

则乃不惜灭去其爱国之心以便其求变之意。此孟子所谓'失其本心'之切例也。"①钱穆认为，新文化运动思想路线极富"革命性"，其三大主张即废止文言文、打倒孔家店和全盘西化都是以批判中国传统文化为手段的极端意见，属于"失其本心"的文化主张。

钱穆指出："今日国人提倡新文学，主要意义亦在创造人心，惟求传入西方心，替代中国心。于中国旧传统则诟厉惟恐其不至。"②按照钱穆的阐释，新文学最初为新文化运动之"旗帜"，"主要意义亦在创造人心"，是站在本民族立场上求变图存的"救国保种"运动。关于钱穆的这个观点，余英时后来作了系统、辩证的发挥。余英时认为，五四运动尽管继承了中国文化传统中反传统的倾向，但是，"当时在思想界有影响力的人物，在他们反传统、反礼教之际首先便有意或无意地回到传统中非正统或反正统的源头上去寻找根据"③。在钱穆看来，五四运动之前的新文化运动与中国旧传统仍有甚深联系，不曾完全绝缘。他指出，蔡元培、胡适、吴稚晖、鲁迅、周作人等虽然领导着时代潮流，其实出处进退甚至学术思想并没有真正违离固有传统。像胡适"讲学形成新潮流，而其题材则尽属旧传统"；又如鲁迅，不仅翻译《域外小说集》"尽用古文体，似效林琴南"，而且白话作品在内容上也多采用"旧社会旧材料"。凡此不胜枚举。钱穆说："当年新文化运动成为时代一新潮流，而其与学术旧传统乃处处有牵涉，几成一不可分割之势。"④总之，钱穆认为五四运动之前的新文化运动与新文学不曾真正割断其与旧传统的内在联系，但是新文化运动"转入政治之途"后，"惟求传入西方心，替代中国心"，主张以西方文化来改造甚至替代中国传统文化，事实上已经背离了"救国保种"的初衷，无疑是

---

① 钱穆:《国学概论》，第400页，《全集》第1册。

② 钱穆:《再论中国小说戏剧中之中国心情》，《中国文学论丛》，第219页，《全集》第45册。

③ 余英时:《中国思想传统的现代诠释》，南京：江苏人民出版社1989年版，第364页。

④ 钱穆:《学术传统与时代潮流》，《中国学术思想史论丛（九）》，第47—48页，《全集》第23册。

"失其本心"。

钱穆指出，新文化运动及新文学因为"失其本心"，因而专意批判传统旧文化与旧文学，甚至产生所谓"文化自谴病"。他说："民初新文化运动提倡新文学以来，老要在旧文学里找毛病，毛病那里会找不到？……若专讲毛病，中国目前文化有病，文学也有病，这不错。可是总要找到文化文学的生命在那里。这里面定有个生命。没有生命，怎么能四五千年到今天？"①在钱穆看来，新文化运动与新文学持"革命性"思想路线，但求"物质科学之认识"而反对"民族精神之发扬"，因此新文学不愿正视传统旧文学的文化生命，刻意以"找毛病"的方法对待传统旧文学，也就不可能自觉接续传统旧文学的文化生命，结果必然导致新文学原本涵蕴的"救国保种"之本心在文学园地无所寄托。中国传统旧文学和合内倾而不自我封闭，非常善于吸收其他民族文化与文学的有益成分，例如小说、神话、戏剧、传奇等"大体都是受了外来影响"，而传统旧文学的民族性灵同时也"因于外来启示，而另开了一些新的户牖"②。与传统旧文学不同的是，新文学"惟求传入西方心，替代中国心"③，无视传统旧文学发展的历史事实，"一笔抹杀了中国以往文学大统"，"尽把西方文学中的观点来移作我们文学的题材，尽把西方文学的风格来变成中国文学之体貌"④，"舍己之田，而芸人之田"，这其实只是"一种媚外蔑己之表现"，完全无当于"民族精神之发扬"与"物质科学之认识"融贯会合的真思想路线。

钱穆指出，新文学继承了近代以来中国思想界"救国保种"的"求变"观念，但是未能立足于国家民族自身立场，"乃求以西方为图样，抹杀自己传统，以求改进"，将传统旧文学视为"冢中枯骨"而不加爱惜，"一以讥笑讽刺打击为主"，贯彻的是全盘西化的路线。在钱穆看来，"全

---

① 钱穆：《谈诗》，《中国文学论丛》，第147—148页，《全集》第45册。
② 钱穆：《中国文化与中国文学》，《中国文学论丛》，第53页，《全集》第45册。
③ 钱穆：《再论中国小说戏剧中之中国心情》，《中国文学论丛》，第219页，《全集》第45册。
④ 钱穆：《谈谈人生》，《人生十论》，第266页，《全集》第39册。

盘西化"必然会导致当时学术思想风气由对西方文化的谦卑心而衍生对本民族文化的骄傲心，"复因此而对其国种转生不甚爱惜之念，又转而为深恶痛疾之意，而惟求一变故常以为快者"①，对本民族历史文化传统施以破坏性的攻击与摧残。学习西方先进文化本无可厚非，但是，"慕效西化，谦卑自居，则决不当对国人对古人转持一种崇高骄傲之态度，漫肆批评"②，否则只能导致一种民族历史虚无主义的"失其本心"的精神意态。钱穆曾举例道："又如莎翁乐府，乃西方四百年前事，国人亦研赏不辍。何以在西方尽古尽旧都足珍，在中国求变求新始可贵。此恐特系一时风气，非有甚深妙理之根据。"③钱穆此一诘问不能说完全没有道理，它多少道出了新文学在文学现代化典范选择与处理方面所存在的问题，即情感上单向选择西方典范与理智上双向比较中西典范差异的学理悖论。钱穆将新文学"全盘西化"路线描述为"文化自谴病"。他说："这可说是一种'文化自谴病'。今天的中国人，看自己文化传统，正抱此病。"④钱穆认为，新文学以这种"文化自谴病"精神意态来谋求文学革新，只能将"趋新之论转为扫旧，一若拔本塞源"，将白话与文言对立起来，"欲尽翻中国文学之曰窠"而"别求创新所谓民众之新文艺"，终究不免"张皇太过，排击逾情"而违离了"中国文学之正趋大流"⑤。

事实上，钱穆并不反对新文学从西方文学中吸取有益营养，进而达成"救国保种"之归趋，他反对的是新文学将"开新"与"扫旧"完全对立的"全盘西化"取向。"在此等观念与意识之下，我认为中国文化里尽可以渗进西方文化来，使中国文化更充实更光辉。并不如一般人想法，保守了中国固有之旧，即不能吸收西方现代之新。"⑥钱穆认为中国文化具有兼容并蓄的特质，历史上中心有主地吸收外来文化的情形不在少数，今天的

---

① 钱穆：《国学概论》，第399页，《全集》第1册。
② 钱穆：《略论中国科学》，《现代中国学术论衡》，第71页，《全集》第25册。
③ 钱穆：《漫谈新旧文学》，《中国文学论丛》，第238页，《全集》第45册。
④ 钱穆：《如何研究文化史》，《中国历史研究法》，第146页，《全集》第31册。
⑤ 钱穆：《中国民族之文字与文学》，《中国文学论丛》，第22—23页，《全集》第45册。
⑥ 钱穆：《中国文化中的中庸之道》，《中国文化十二讲》，第146页，《全集》第38册。

中国文化同样有吸收西方文化的可能性，只是中国文化吸收西方文化的前提应该是对中、西文化的充分认识，新文化运动与新文学并没有做到这一点。他说："在我们没有把握到西方文化此一历史文化之整体精神而真切了解之以前，专从其浮显在外层，或流漫到末梢处的种种现实问题上来作枝节之认识与模仿，则往往知其一不知其二，见其貌未见其心，而匆遽硬插进中国思想之原有体系中来，更易引生波折，增添混乱。"①在对西方文化有真切认识前便将其引进中国思想体系中来，甚至"全盘西化"，结果必然会引起中国思想的波折与混乱。新文学吸收西方文学，同样存在这种情况。他说："而今人乃又以'古典文学'四字来称旧文学。既曰'古典'，即见其不合时，可不再有排斥，而尽人知弃之不加理会矣！其实所谓'现代化'，亦不过为西化一变相新名词。"②在钱穆看来，新文学主张"开新必先扫旧"，其实误将全盘西化当作现代化，并不契合文学开新的本意。钱穆指出，新文学之所以思想过激而"失其正趋"以致"失其本心"，根本病因在于对中、西文学传统认识不真，"既不能深窥中国文学传统之堂奥，亦未曾望见中国文学传统之门墙"③，其理论主张充其量不过是"捃撦其他民族之不同进展，皮毛比附，或为出主入奴之偏见"的谬悠之论④。

综观钱穆对新文学的思想路线的批评，不能说没有一定道理，但是局限性非常明显。一方面，钱穆纯粹以学术视角看待新文学，而未能还原新文学的文学创作的本来面目，取消创作与学术的界限难免妨碍了他对新文学的性质与任务的思考。钱穆认为新文学"只重发表创造，不求学问承继"⑤，"只可说乃是由意见来选定知识，不是由知识来决定意见"⑥，其理论主张并没有坚实的学问和客观的知识作为基础，不能对中国文学旧传

① 钱穆：《现代思想》，《中国思想史》，第265页，《全集》第24册。
② 钱穆：《文化中之语言与文字》，《中国文学论丛》，第30页，《全集》第45册。
③ 钱穆：《中国文化传统中之文学》，《中国学术通义》，第207页，《全集》第25册。
④ 钱穆：《读诗经》，《中国学术思想史论丛（一）》，第222页，《全集》第18册。
⑤ 钱穆：《谈当前学风之弊》，《学籥》，第218页，《全集》第24册。
⑥ 钱穆：《中国文化精神》，《中国文化精神》，第3页，《全集》第38册。

统与西方文学传统有真切了解，结果只会在过激的"革命性"思想路线下走上"全盘西化"的道路。不过，正是由于模糊了学术与创作的边界，钱穆的新文学批评与西方文学批评事实上并未能真正切入文学本体范畴，他对新文学与西方文学的艺术表现特质的分析相当匮乏，这就难免会对其批评结论的得出产生消极影响。另一方面，钱穆排斥学术与政治之间的关联，妨碍了他对新文学的"救国保种"性质的把握。早在1928年的《国学概论》中，钱穆就对新文化运动"转入政治之途"提出了批评，在他看来，"政治运动""文化运动"和"社会运动"应该各有畛域、各尽其事。1945年，钱穆在《学统与治统》一文中说："'学治'之精义，在能以学术指导政治，运用政治，以达学术之所蕲向……学术者，乃政治之灵魂而非其工具，惟其如此，乃有当于学治之精义。"①显然，钱穆强调学术是政治的灵魂而不是工具，主张学术的独立性，其实仅仅看到了学术与政治之间关系的一个方面。钱穆既将新文学纳入学术范畴，自然也就排斥其与政治的联系，因而他不可能准确把握新文学"救国保种"归趋的现实内涵与要求，他对新文学所作"失其正趋"和"失其本心"的批评自然也就不够恰当。

综上所述，钱穆大体按照自己的理论逻辑理清了新文学在新、旧文学论争中思想风气过激的前因后果。在他看来，新文学运动单纯依凭"救国保种"的救亡意识谋求以新的文学来"创造人心"，但缺乏必要的学术思想知识的准备和累积，难免惊羡西方文化的进步而提倡非中国化的全盘西化，终因思想过激而不免"失其正趋""失其本心"。有鉴于此，钱穆指出："窃谓今日我中国人自救之道，实应新、旧知识兼采并用，相辅相成，始得有济。一面在顺应世界新潮流，广收新世界知识以资对付；一面亦当于自己历史文化传统使中国之成其为中国之根本基础，及其特有个性，反

---

① 钱穆：《道统与治统》，《政学私言》，第88页，《全集》第40册。按：该文1945年8月刊载于《东方杂志》第41卷第15期，原题为《学统与治统》。

身求之，有一番自我之认识。"①他主张"新、旧知识兼采并用"，切实发挥中国文化的自主价值和生命个性，从中翻出中国文化、中国文学的新生命。应该说，钱穆倡导的中国文化、中国文学"自救之道"有其特殊的时代背景，其中蕴含的民族文化立场与民族文化自信，还是应当给予"同情的了解"的。

二、"文学开新"的主张

"文学开新，是文化开新的第一步。一个光明的时代来临，必先从文学起。一个衰败的时代来临，也必从文学起。"②钱穆认为，现代中国必须要有新人生、新文化，而经由传统文学艺术生命的现代转化来灌注建设新文化、新人生所需的新鲜血液和精神力量，当是中国传统文化生命灵根再植的首要选择之一。唐君毅也指出："然势所趋，亦即见中国文学艺术，而必须有一开新之道也。"③文学艺术的"开新"即现代转化乃是现代新儒学的共识。

通过对新文学的批评性省察，钱穆明确强调"现代化不等于西化"，反对将中国文学现代化的热忱完全投注于西方文学，强调返本开新，回归固有文学传统，期以唤醒当代中国人对固有文学传统的亲切想象和认同，以回应我们时代的要求，开启中国文学现代化的新局面。钱穆的"文学开新"论背后所蕴涵的文化认同和现实关怀，事实上是钱穆的文化生命本体论在其文艺思想领域的延伸与拓展。

1.倡新莫如复旧

钱穆说："时代变了，文学也要变，这一时代的文学同上一时代的文

---

① 钱穆:《从中国历史来看中国民族性及中国文化·序(二)》,第7页,《全集》第40册。

② 钱穆:《谈诗》,《中国文学论丛》,第146页,《全集》第45册。

③ 唐君毅:《中国文化之精神价值》,台北:正中书局1970年修订版,第528页。

学绝对会不同的，如果完全一样就没有价值了。"①文学艺术必然存在着"新"与"旧"的历史嬗替，"新"与"旧"各有其时代价值，而"新"与"旧"串联起来便构成了文学艺术的历史知识。"历史知识，随时变迁，应与当身现代种种问题，有亲切之联络。"②钱穆认为，文学开新必须通过对"历史知识"的重新审视来回应时代问题，不能撇开固有文学传统来谋求文学艺术的现代化。为此，钱穆以其文化生命本体论为理论基础，结合他对中国固有文学传统的学术思考，明确提出了"倡新莫如复旧"的文学开新主张。

文学开新的路向选择，无疑牵涉文学现代化的目标归趋和价值判断问题。在钱穆看来，中国文学开新的目标归趋是"救国保种"，现代中国不同的文学开新路向选择归根到底都没有偏离"救国保种"的时代要求。毫无疑问，现代中国文学开新即文学现代化的路向选择的分歧，主要源于文学价值判断问题。钱穆认为，文学开新是"救国保种"激发的"求变"要求的体现，必须在"新"与"旧"、"中"与"西"的选择上有鲜明的立场与方法。钱穆说："'变'之所在即历史精神之所在，亦即民族文化评价之所系。"③他认定"民族精神之发扬"与"物质科学之认识"的融通会合乃是解决现代中国种种问题的基本思想路线，反对站在国家民族自身立场之外来探究文学开新问题，因此，文学开新既然旨在"求变"，则其价值判断理应站在国家民族自身的立场，在国家民族的历史精神与文化评价体系中寻求或重建能够适应"救国保种"需要的价值尺度与核心路径。

对于"文学开新"的立场与态度，事实上体现着一定的文学发展观。钱穆的文学发展观以文化生命本体论为基础，是对中国传统"常变"观的转化。他说："凡属历史生命与文化生命，必然有两种的特征：一是变化，一是持续。……但我们的文化生命，则在持续中有变化，在变化中有持

---

① 钱穆:《经学大要》,《讲堂遗录》,第796页,《全集》第52册,
② 钱穆:《国史大纲·引论》,第22页,《全集》第27册。
③ 钱穆:《国史大纲·引论》,第34页,《全集》第27册。

续，与自然现象绝不同。"①与历史生命和文化生命一样，文学的生命绵延存在"变化"与"持续"两种情态，这两种情态在文学发展过程中相互伴随、相互涵容。如果按照中国传统常变观来理解，那么"变化"是"变"，"持续"是"常"。钱穆认为，人文生命是本体，"常"与"变"属于人文生命演进的作用，是"化"的不同表现。他说："'所过者化'，只是此一现象过去了；'所存者神'，乃是此一现象之背后之本体仍存在。"②人文生命本体恒常不变，其作用乃能衍生或"常"或"变"诸般现象。换言之，或"常"或"变"的人文生命现象（"所过者"）不断演进，这种演进正是恒常不变的本体（"所存者"）神妙作用的表征。按照钱穆的阐释，包括文学艺术生命在内的人文生命的历史演进其实是人文生命本体的一体之"化"，"变化"（"变"）与"持续"（"常"）不过是本体作用衍生的现象。

钱穆又说："常中有变，变中亦有常，中国古人用一'时'字，即兼容并包此'常'与'变'之两义。"③"变化"（"变"）与"持续"（"常"）不过是本体"存神过化"之"时"，亦即本体作用的阶段性呈现。人文生命本体作用流行，或为"常"，或为"变"，内在根据在于本体作用之"时义"。古人阐发"人文化成"诸问题时，常用"时义"概念。萧统《文选序》："《易》曰：'观乎天文，以察时变；观乎人文，以化成天下。'文之时义远矣哉。"《晋书·文苑传序》："夫文以化成，惟圣之高义……既而书契之道聿兴，钟石之文逾广，移风俗于王化，崇孝敬于人伦，经纬乾坤，弥纶中外，故知文之时义大哉远矣。"杨炯《王勃集序》："大矣哉，文之时义也。有天文焉，察时以观其变；有人文焉，立言以重其范。"凡此不胜枚举。文化生命本体一体之"化"，亦有其"时义"。按照钱穆的文化生命本体论理论逻辑，文化生命本体属形而上，文化生命之"时义"属形而下，而所谓"时义"，大体可以理解为文化生命现象所表征

---

① 钱穆：《史学精神和史学方法》，《中国历史精神》，第13页，《全集》第29册。
② 钱穆：《变与化》，《晚学盲言（上）》，第119页，《全集》第48册。
③ 钱穆：《常与变》，《晚学盲言（上）》，第73页，《全集》第48册。

的文化生命本体的时代意义与要求，是本体作用的阶段性表征。

基于上述体用架构的"常变"观，钱穆认为文学开新是固有文学生命的一体之"化"，亦有其"时义"。他说："故居今言文学，果真欲提倡新，莫如复兴旧。古代《诗》《骚》乃其含苞初放期，唐、宋则其群艳灿烂期，明、清则其凋谢零落期。然终为同一花朵，同一生命。器物可以除旧布新，生命则有起死回生。贞下起元，循环往复，一阴一阳之谓道，此惟中国人能知之，能言之。"[①]中国文学生命中早已融凝和合有中国民族的全部文化生命，虽然它在不同历史阶段上业已绽放为不同的生命姿态，但终究只是同一文学生命的存神过化。钱穆强调，"生命是一体相承的"[②]，近代以来的中国文学虽然处于复杂的历史变动之中，但是其内在的文学生命则是一以贯之、一脉相承的，因此，"文学开新"根本上只能是中国传统文学生命的开新。如前文所述，钱穆认为新文化运动与新文学事实上体现了中国文化在近代以来"救国保种"的历史要求下的"求变"的意愿与努力，新文化运动是文化开新，新文学是文学开新。如果按照钱穆的"常变"观来理解，"文学开新"乃是中国文学生命的开新，其中蕴含的"时义"便是"救国保种"。

应该说，钱穆实际上并不否认新文学体现了"救国保种"的时代要求，他之所以对新文学持否定性批评立场，主要在于他认为新文学并不符合"救国保种"的时代要求，换句话说，钱穆并不认同新文学的"文学开新"的路向选择。

关于"文学开新"的路向，钱穆将其分为两种，即"以旧变新"和"由旧化新"。他说："依中国人传统观念，凡新必生于旧，凡旧亦必生有新。新之与旧，乃一体之'化'。……故'以旧变新'，乃一种唯物观。

---

① 钱穆：《略论中国文学》，《现代中国学术论衡》，第266页，《全集》第25册。
② 钱穆：《中国人的行为》，《从中国历史来看中国民族性及中国文化》，第70页，《全集》第40册。

'由旧化新'，乃为一种生命观。"①所谓"以旧变新"就是把"旧"的全部推翻来创造"新"，"由旧化新"就是在"旧"的基础上转化出"新"。"从器物观点言，则有新陈代谢。从生命观点言，则当继续成长。"②"以旧变新"是一种新陈代谢式的发展，实际上是"新"对"旧"的革命，而"由旧化新"则是一种生命演进式的发展，"新"是"旧"的继续生长。显然，钱穆认为，"文学开新"应该是文学生命本体不同面相的开显，而不是本体的根本否定；文学不是"器物"，而是"生命"，不能用器物观点把文学发展简单地处理为"新陈代谢"式的自我否定，而应根据生命观点强调文学的内在历史连续性即一体相承的生命绵延。

　　钱穆指出："中国文化虽与时俱新，而后之与前，仍属一体。后代之开新，仅对前代之成就作更深更广更高厚之发展，不为对立之代兴，更不见有破坏之攻击。故中国文化绵亘数千年，虽亦富有日新，而不失其传统之一贯。"③中国文化开新乃是自我生命的一体之化，只有回饰增美，而无对立破坏，有其一贯会通的传统性即历史连续性。中国文学同样如此，"文不论雅俗，体不论古今，一部中国文学史先后承续一贯会通"④，不能将"新"与"旧"作人为割裂。钱穆认为，新文学的三大主张即废止文言文、打倒孔家店和全盘西化，引发了"开新必先扫旧"的思想风气，因此，新文学的"文学开新"路向其实是"以旧变新"，其结果必然是对中国文学旧传统的破坏。在钱穆看来，"文学开新"必然的合理路向应该是"由旧化新"。他说："中国文化之特别伟大处，并不在推翻了旧的，再来一套新的。而是在一番新的之后，又增添出另一番新的。以前的新的，不仅不须推翻，而且也不能推翻；而以后仍可有另一番新的兴起，而以后的

---

　　① 钱穆：《学术传统与时代潮流》，《中国学术思想史论丛（九）》，第53页，《全集》第23册。
　　② 钱穆：《略论中国文学》，《现代中国学术论衡》，第264页，《全集》第25册。
　　③ 钱穆：《理学与艺术》，《中国学术思想史论丛（六）》，第283页，《全集》第20册。
　　④ 钱穆：《略论中国文学》，《现代中国学术论衡》，第264页，《全集》第25册。

另一番新的，仍然有价值，仍然是不可能推翻的。"①钱穆比照中国文化的历史经验，强调"文学开新"必须尊重文学生命内在的历史连续性，不能抛弃了固有文学生命，作一种赤地新建式的革命，而应该坚持"由旧化新"路向，开拓中国文学固有生命的新格局。

黑格尔在《哲学史讲演录》中指出："传统并不仅仅是一个管家婆，只是把它所接受过来的忠实地保存着，然后毫不改变得保持着并传给后代。它也不像自然的过程那样，在它的形态和形式的无限变化与活动里，永远保持期原始的规律，没有进步。这种传统并不是一尊不动的石像，而是生命洋溢的，有如一道洪流，离开它的源头愈远，它就膨胀得愈大。"②"传统"的生命洋溢，动力在于人文演进历史过程内部的矛盾运动。像黑格尔一样，钱穆看到了"传统"不断创新的可能性与必然性，他强调对既有文学传统的尊重，主张"由旧化新"的文学开新路向，这是其文学开新论的合理的一面。不过，钱穆坚持用体用论阐释"传统"创新的动力与机制问题，也体现了其文艺思想的文化保守主义的局限性。他说："惟'旧'乃时间之悠久，惟'久'乃有意义价值可言。亦可谓新只是一'工夫'，而旧乃是其'本体'。"③以体用论阐释"新"与"旧"的关系，将"新"处理成"旧"的作用，一方面只能是将"新"之作用视为"旧"之本体的静态自动，另一方面也无法提供"新"之作用转化并融入"旧"之本体的有效进路，因此，它事实上既取消了传统开新现代的可能性，又不能提供传统开新现代的有效路径与机制。不过，钱穆强调倡新莫如复旧，其用意主要在于有针对性地提示文学开新的应有立场与态度，无意于提供文学开新的具体路径与机制——其实这对于包括钱穆在内的文化保守主义来说，也是不可能完成的任务。

---

① 钱穆:《中国文化传统之演进》,《中国文化史导论·附录》,第257页,《全集》第29册。

② 黑格尔:《哲学史讲演录》第1卷,贺麟、王太庆译,北京:商务印书馆1959年版,第8页。

③ 钱穆:《辨新旧与变化》,《晚学盲言(下)》,第1170页,《全集》第49册。

钱穆说:"一切文化只是一传统,只是一旧,但定会日新又新,不断往新的路上走。"①钱穆承认文学开新具有历史必然性,只不过他反对新文学那种完全截断中国文学传统的"以旧变新"的激进路向,主张在尊重与保守中国文学传统的基础上"由旧化新",增进中国文学生命的历史延续性。为此,钱穆一方面强调"当知新文学之创兴,仍必求其有得于旧文学之神髓"②,"开新之前,必先守旧"③,表明了自己的文学开新立场与态度;另一方面,他又强调"守旧即是开新,开新亦即以守旧。二者间,实无甚大之区别,而能融为一体"④,"最重要的一点就是'守旧'不害'开新'"⑤,有意调和"守旧"与"开新"之间的紧张。钱穆指出:"今天我们有一个欠正确的观念,认为进步便可不要旧的了。不晓得进步是增有了新的,而在此新的中间还是包容着旧的。这才是进步,而不是改造。改造未必是进步。进步必是由旧的中间再增加上新的,新的中间依然保留着旧的,那么这个新的当然比旧的是进步了。"⑥显然,钱穆并不认同"开新"即是"进步""守旧",即是"保守",因为"开新""守旧"体现的是立场与路向,"进步""保守"是对特定思想路线的价值判断,两组范畴之间并不存在特定的对应关系。换言之,"开新"未必"进步","守旧"未必"保守"。因此,钱穆的文学开新论主张"倡新莫如复旧",有意调和"开新"与"守旧"之间的紧张,表明其文艺思想具有开明而温和的文化保守主义色彩。

综上所述,钱穆以文化生命本体论阐释了中国文学发展应有的内在理路,主张文学开新必须了解和护持固有的中国文学传统,从中国文学传统中自本自根地发掘文学开新所必需的精神力量和新鲜血液,开显出中国文学的现代生命姿态。"倡新莫如复旧"的主张,尽管并不能提供文学开新

① 钱穆:《中国文化精神》,《中国文化精神》,第8页,《全集》第38册。
② 钱穆:《中国文化与中国文学》,《中国文学论丛》,第54页,《全集》第45册。
③ 钱穆:《维新与守旧》,《中国学术思想史论丛(九)》,第39页,《全集》第23册。
④ 钱穆:《辨新旧与变化》,《晚学盲言(下)》,第1166页,《全集》第49册。
⑤ 钱穆:《经学大要》,《讲堂遗录》,第608页,《全集》第52册。
⑥ 钱穆:《史记》,《中国史学名著》,第108页,《全集》第33册。

的具体路径与机制，但是它所提示的对固有文学传统应抱持"温情与敬意"的文学开新立场，有其合理性，体现了钱穆文艺思想的民族情怀，也具有一定的纠偏意义。这对于后"五四"时代深入反思新文学运动的文学发展观以探寻中国文学现代化的合理进路，不失为一笔宝贵的思想资源。

2."找毛病"与"找生命"

在文学开新的路向选择问题上，钱穆坚持"由旧化新"，主张"倡新莫如复旧"，这并不是要将"旧"全盘转化为"新"，而是要求运用"找生命"的方法来培固中国文学传统的生命活力，进而开新中国文学的现代生命姿态。钱穆认为，中国文学生命一经抟成便自有统绪即内在历史连续性，"此乃文化大统，所不能以时代与私人意见而加以轻蔑与破毁者"①。因此，文学开新首先应立足于"找生命"，以充满"温情与敬意"的学术方法切实阐明中国文学史的客观真相，从而凝聚起中国文学生命贞下起元所需要的新鲜血液和精神力量。

钱穆指出："民初新文化运动提倡新文学以来，老要在旧文学里找毛病，毛病那里会找不到？……若专讲毛病，中国目前文化有病，文学也有病，这不错。可是总要找到文化、文学的生命在那里。这里面定有个生命。没有生命，怎么能四五千年到今天？"②显然，钱穆并不否认旧文学存在诸多"毛病"，但是在认清旧文学的"毛病"的同时，必须对旧文学的"生命"抱持一种坚定的信仰，否则，文学开新必然会遵循"以旧变新"的激进路向，必然会背离文学开新的"救国保种"的时代趋向。

毋庸置疑，钱穆提倡"找生命"，是对新文学坚持"找毛病"的激进思想路线和学术风气的回应。他说："我国自辛亥革命前后，一辈浅薄躁进者流，误解革命真义，妄谓中国传统政治全无是处。……彼辈既对传统政治一意蔑弃，势必枝蔓牵引及于国家民族传统文化之全部。于是有'打

---

① 钱穆：《中国文化与中国文学》，《中国文学论丛》，第54页，《全集》第45册。

② 钱穆：《谈诗》，《中国文学论丛》，第147—148页，《全集》第45册。

倒孔家店'、'废止汉字'、'全盘西化'诸口号，相随俱起。"①在钱穆看来，新文化运动号召"重新估定一切价值"，其思想路线和学术风气实承清末民初"政治革命"而来，只是"所争之主题乃由政治扩大至文化之全体"②，结果导致了对传统文化的全盘否定。这种思想路线和学术风气影响于新文学，表现为以"历史进化的眼光"来强调新文学对旧文学的"革命"，提倡以白话新文学取代文言旧文学。钱穆认为，新文学专意"找毛病"，倡导新文学对于旧文学的"革命"，其实是"误解革命真义"。钱穆以传统"因革"观阐释"革命"，强调文学"革命"应该是有因有革，应该是在继承文学传统基础上的"革命"，"但果抛弃了传统，则亦无所谓革命"③，只能是有革无因的"割命"。

"找生命"的文学开新方法，旨在发掘中国文学传统中富有生命活力的资源，以应对中国文学现代化进程中面临的种种病痛。在这一点上，"找毛病"与"找生命"理应殊途同归。如果仔细辨析的话，理论上讲，"找生命"应该以"找毛病"为参照，"找毛病"亦应以"找生命"为后续。事实上，钱穆纠弹新文学"找毛病"，批评重心并不在于"找毛病"本身，而主要在于新文学"找毛病"的后续主张。他认为新文学在找出旧文学的"毛病"之后，并没有坚持固有的民族文化立场，而是采用全盘西化的方法，"尽把西方文学中的观点来移作我们文学的题材，尽把西方文学的风格来变成中国文学之体貌"④，这显然不是中国文学传统的灵根再植，而是西方文学传统的强行移植。同时，全盘西化的方法也使得"找毛病"由客观的学术方法演变成过激的思想风气，"复因此而对其国种转生不甚爱惜之念，又转而为深恶痛疾之意，而惟求一变故常以为快者"⑤。由此，我们不难得出结论，钱穆对新文学"找毛病"的纠弹，主要是由于

① 钱穆:《中国传统政治与儒家思想》,《政学私言》,第123—124页,《全集》第40册。
② 钱穆:《维新与守旧》,《中国学术思想史论丛(九)》,第20页,《全集》第23册。
③ 钱穆:《中国文化与文艺天地》,《中国文学论丛》,第176页,《全集》第45册。
④ 钱穆:《谈谈人生》,《人生十论》,第266页,《全集》第39册。
⑤ 钱穆:《国学概论》,第399页,《全集》第1册。

全盘西化反噬了"找毛病"的必要性和正当性，因此钱穆力主文学开新必须坚持"找生命"。

钱穆的"找生命"主张，有其文化生命本体论理论逻辑。他认为，文学开新必须坚持"找生命"方法，也就是，必须要透过中国文学种种"病态"去发现其"病原"，进而根据中国文学的"生原"，针对"病原"来疗治"病态"，重新焕发中国文学的生命活力。他说："'生原'者，见于全部潜在之本力，而'病原'则发于一时外感之事变。故求一民族国家历史之生原者，贵能探其本而揽其全；而论当前之病态者，则必辨于近而审其变。"①就文学开新而论，中国文学"当前之病态"显然必须通过"找毛病"方可发现，可见钱穆不仅不讳言近代以来的中国文学存在毛病，而且认可"找毛病"方法的运用。"找毛病"理应包括找"病态"和找"病原"两个层面，钱穆强调"找毛病"无论是找"病态"还是找"病原"，只能是"辨于近而审其变"，应该有其限度，亦即针对中国文学的现实状况来"找毛病"，而不能回溯整个中国文学传统来"找毛病"。钱穆在《中国古代文学与神话》一文中比较了中西神话的差异性，认为中国文学"偏偏不能或不爱运用这些神话来作文学题材"，但是我们"却不该单看西方古代文学，有如许瑰奇生动的神话故事，便责怪中国古人不成器，没有能像西方人般，来多编造些神话题材的文学了"②，因为这种"责怪"所遵循的"找毛病"方法是越格的，违背了"辨于近而审其变"的原则。在钱穆看来，新文学根据"以旧变新"激进思想路线对待中国文学传统，"欲尽翻中国文学之臼窠"而"别求创新所谓民众之新文艺"③，这种"找毛病"其实既不能真切认识中国文学当前的"病态"，也不能准确把握中国文学真正的"病原"，无法完成文学开新的历史使命。

与"找毛病"不一样，"找生命"主要是找"生原"，亦即发掘中国文学"全部潜在之本力"即文化生命。钱穆强调，文学开新必须在找准中国

---

① 钱穆：《国史大纲·引论》，第50页，《全集》第27册。
② 钱穆：《中国古代文学与神话》，《中国文学论丛》，第117—118页，《全集》第45册。
③ 钱穆：《中国民族之文字与文学》，《中国文学论丛》，第22页，《全集》第45册。

文学"病态"和"病原"的基础上,遵循"探其本而揽其全"的原则,找出中国文学的"生原",实现中国文学的"更生之变"。在钱穆看来,近代以来中国文学演进中出现的种种"病态",只不过是"发于一时外感之事变"的顿挫与波折,亦即中国文学无以胜任"救国保种"这一历史使命而出现的种种问题。显然,钱穆并不认为近代以来中国文学出现种种"病态"的原因在于中国文学传统自身,其"病原"应是近代以来西学东渐的冲击。如果仅仅在中国文学中"找毛病",那就很难获得对中国文学传统生命与历史真相的同情的了解,因而也就难免会将"生原"误判为"病原",难免会陷于"一种偏激的虚无主义"①,进而产生"文化自谴病"。钱穆认为,近代以来中国文学所呈现的种种"病态",属于中国文学生命进程中的歧出现象,不过是中国文学在中西文化交汇碰撞的历史语境下所作的自我调整与更新,本质上应是中国文学生命的"更生之变"。"所谓更生之变者,非徒于外面为涂饰模拟、矫揉造作之谓,乃国家民族内部自身一种新生命力之发舒与成长。"②所谓"更生之变",即文化生命依托自身固有"生原"的革故鼎新,而不是对文化生命外部因素的嫁接或移植。钱穆认为,文学开新不能通过全盘西化的方式将西方文学传统移植于中国文学传统,而应坚持"找生命",探寻和发挥中国文学固有生命力即"生原",确立文学开新的思想路线与基本路向,开创西学东渐背景下中国文学现代化转型的新格局。基于对文学开新的"更生之变"性质的把握,钱穆反复强调以"找生命"的方法对待中国文学传统,重新凝聚起文学开新的精神力量。

钱穆说:"一个民族生命力的判断也要请医生,判断民族生命的医生就是历史。"③民族生命力的判断不能站在民族自身立场之外,应当在民族自身的历史中去寻找根据与标准。"找生命"同样必须坚持民族文化立场,遵循"探其本而揽其全"的原则。所谓"探其本",就是要探寻中国文学

---

① 钱穆:《国史大纲》卷首"凡读本书请先具下列诸信念",《全集》第27册。
② 钱穆:《国史大纲·引论》,第55页,《全集》第27册。
③ 钱穆:《中国文化之潜力与新生》,《历史与文化论丛》,第212页,《全集》第42册。

与中国文化的内在生命力即"生原";所谓"揽其全",就是要宏观把握中国文学与中国文化的全部历史进程。"找生命",作为文学开新的根本方法,就是要求深透、贯通中国文学史与中国文化史,抉发中国文学的生命活力。钱穆指出:"凡研治文学史者,必联属于此民族之全史而研治之,必联属于此民族文化之全体系,必于了解此民族之全史进程及其全体系所关而研治之。必求能着眼于此民族全史之文化大体系之特有貌相与其特有精神,乃可把握此民族之个性与特点,而后对于其全部文学史过程乃能有真知灼见,以确实发挥其独特内在之真相。"①研治中国文学史,不能仅仅着眼于中国文学史本身,需要"揽其全",拓展至全部历史文化体系,这样才能"探其本"即把握中国文学"独特内在之真相"。钱穆强调,文学开新如果坚持以西方文学传统为尺度来就中国文学"找毛病",那就无法准确把握中国文学现代化进程中种种"病态"背后真正的"病原",至于根据中国文学的"生原"来疗治种种"病态",也就无从谈起。

钱穆倡导"找生命",表明他对中国文学的"生原"的执着信念。在钱穆看来,中国文学的"生原"凝聚出中国文学的主流大统,它具有自我调适与超越的生命力量,能够克服文学发展过程中出现的种种问题。他说:"任何一种文化都会出毛病,但所谓文化病往往恰好正从其文化优点上生出。……故我说,所谓'文化精神',应指其特殊长处。而所谓'文化病',则正亦出生在其特殊见长处,而不在其短缺处。"②所谓"文化病",并非滋生于毫无价值的文化死角,相反,它恰恰是文化的"特殊见长处"未能适应特定时代要求而呈现的文化阵痛。在这个意义上,"即使要批评某一文化之短处,亦应自其长处去批评"③。与"文化病"是"从其文化优点上生出"一样,"文学病"也发生于中国文学的"特殊见长处",因此,对中国文学的批评也应该从中国文学的长处着手。钱穆认为,中国文学内在的文学精神能够自我调适和超越中国文学发展不同历史阶段

---

① 钱穆:《读诗经》,《中国学术思想史论丛(一)》,第221—222页,《全集》第18册。
② 钱穆:《如何研究文化史》,《中国历史研究法》,第148—149页,《全集》第31册。
③ 钱穆:《从西方大学教育来看西方文化》,《新亚遗铎》,第311页,《全集》第50册。

上出现的种种问题，而特定历史阶段上被调适和超越的种种问题，在前一历史阶段又恰恰有其正当性，并不成其为问题，因此"文学病"其实具有相对性，而新文学以"找毛病"的方法对待中国文学传统，所找出的"毛病"其实均已为中国文学传统所调适、所超越，并不能算是真正的"毛病"。"若仅谓近代中国人已不能读中国古书，故说中国旧文学已死去，则正贵有志创造新文学者，能从中国古书《诗经》《楚辞》《文选》乃及唐宋以下各家诗、文、词、曲、说部中，熟玩深思，取精用宏，独具机杼，使其推陈而出新，乃庶有当于文学复兴或中国新文学之称。"①钱穆指出，新文学既然指认"中国旧文学已死去"，是"死文学"，那么，新文学的"找毛病"也就失去了意义和作用。显然，钱穆事实上强调"找毛病"不能偏离中国文学传统与文学精神，不能在中国文学的过往历史中"找毛病"，主张"找毛病"必须以"找生命"为旨归，在中国文学传统中取精用宏以收推陈出新之效，而在具体原则上也只能遵循"辨于近而审其变"，即找寻中国文学传统与文学精神回应当下时代语境过程中出现的问题。由此可见，钱穆主张"找生命"，其实并不排斥以认同中国文学传统与文学精神为前提的"找毛病"，在这个意义上，"找毛病"其实与"找生命"殊途同归。

综上所述，中国文学在西学东渐背景下出现了现代化转型的历史要求，钱穆主张文学开新必须坚持民族文化自身立场，以"找生命"的方法，探寻中国文学传统与文学精神贞下起元的合理进路，归根到底，体现了一种力求提振与改变弱势文化处境的民族文化情怀。钱穆的"找生命"，无疑蕴含着对中国文学传统与文学精神的深沉信仰，同时也传达出他对基于民族文化自身立场实现文学开新历史使命的高度自信。"我们要认识中国文学几千年来的变化，要从各时代不同的变化背后去认识文学共同的'传统性'，然后我们才懂得今天以后如何来提倡'新文学'。"②钱穆的"找生命"要求中国文学的现代转型必须坚持返本开新路径，必须尊重和

① 钱穆：《中国学术通义·序》，第5—6页，《全集》第25册。
② 钱穆：《经学大要》，《讲堂遗录》，第796页，《全集》第52册。

重视中国文学的"传统性",这个意见在今天依然值得深思。

3."温故知新"与"集异建同"

"如欲创造中国新文学,仍当先求了解中国旧文学,期能从旧文学中翻新复兴,而后乃有合理的中国新文学之产生。"①钱穆始终认为,文学开新就是中国文学生命的灵根再植,开新的力量只能自本自根地来源于固有文学生命内部,不当完全由外面移植而来。为此,钱穆强调文学开新必须坚持客观冷静的学术思考,一方面需要"温故知新"以打通古今文学,另一方面也需要"集异建同"以融通中外文学,唯有如此,文学开新方可迎来柳暗花明的新天地。

钱穆强调,今天的中国人在文学乃至全部学术方面,"大家正处在旧的没有,而新的还未产生出来的这一段真空地带里……没有一条可依归的路"②,目前最重要的是要创出一条新路来。钱穆自始至终坚持以学术的眼光看待文学开新问题,认为新学术的建构是文学开新的重要保障。他说:"然所谓新学术,亦是温故知新,从已往旧有中蕴孕而出。并非凭空翻新,绝无依傍。新学术之产生,不过能跳出一时旧圈套,或追寻更远的古代,或旁搜外邦异域,或两者兼而有之。从古人的或外邦人的所有中,交灌互织,发酵出新生命。此种新生命,可以使动乱的年代渐向承平。"③新学术蕴孕于学术旧传统,是学术旧传统受时代大环境刺激的自我调适,因此,新学术的产生必须建立在对学术旧传统的深透认识基础上,"温故知新"是学术开新的基础性或前提性的方法。文学开新亦复如此。钱穆说:"孔子曰:'温故而知新,可以为师矣。'有志提倡新文学,求为中国文学开新风气,而仍望其所开新之可久可大,则必于旧有文学之传统与其体系有所了解,而更必于旧有文化之传统与其体系有所了解。"④欲求文学

---

① 钱穆:《中国学术通义·序》,第5页,《全集》第25册。
② 钱穆:《中国散文》,《中国文学论丛》,第90页,《全集》第45册。
③ 钱穆:《新时代与新学术》,《文化与教育》,第98页,《全集》第41册。
④ 钱穆:《中国文化与中国文学》,《中国文学论丛》,第54页,《全集》第45册。

开新，必先深透认识中国文学乃至全部中国文化的固有传统与体系，换言之，必须首先认识中国文学之自我，才能开出中国文学之新我。钱穆又说："传统中国文化中之艺术与文学，同主一本性灵，而同时又主好古向学。何以故？因人类性灵，本出同一模子，本属同一生命。"①所谓"一本性灵"指的是中国文学艺术内在蕴含的人文精神，而所谓"好古向学"其实也就是"温故知新"，指的是中国文学艺术善于继承传统以求不断创新的创作精神与学问品格。"凡属中国学问，亦皆从对前人之爱、敬、亲、尊来。孔子曰：'述而不作，信而好古'，是也。如经、史、子、集各部分的学问，均当从此一意求之，乃为中国文化传统之特性与基本所在。其是非得失，则亦胥当由此而判定。"②中国文学艺术"好古向学"的学问品格，体现了中国文化传统的基本特性。在钱穆看来，中国传统文学艺术的发展与创新，始终能够尊重与继承传统，"温故知新"甚至可以说代表着中国传统文学艺术的核心发展模式。总之，钱穆认为，文学开新"贵能不忘本我"，务求联属中国文化的全体系来认识中国文学的内在生命，"认识自我，乃始有力可用，有途可循"③；如果割舍了旧文学的文化生命，那么新文学的建设必将失去生命源泉而无所成就。

与新文学"开新必先扫旧"的观念不同，钱穆始终坚持中国文学的返本开新文"必温于故而可以知新，非离于古而始可以开新"④，必须有意识、有系统地从固有文学传统中汲取文学开新所必需的精神力量和新鲜血液。为此，钱穆针锋相对地提倡开展一个"旧文学运动"。他说："我想将来中国要变，第一步该先变文学。文学变，人生亦就变。人生变，文化亦就变。我想要来一个中国旧文化运动，莫如先来一个中国旧文学运动。不是要一一模仿旧文学，我们该多读旧文学，来放进我们的新文学里去。尽

① 钱穆：《双溪独语》，第429页，《全集》第47册。
② 钱穆：《中国学术与中国文化》，《中国学术思想史论丛（九）》，第83页，《全集》第23册。
③ 钱穆：《历史与文化论丛·序》，第7页，《全集》第42册。
④ 钱穆：《中国思想通俗讲话·自序》，第5页，《全集》第24册。

可写白话文，但切莫要先打倒文言文。今天我们不读古书、不信古文，专一要来创造新文学、创造新人生，这篇文章似乎不易作。"①所谓"旧文学运动"，并非将旧文学原封不动地平移为新文学，也不是要求新文学在文学形式和表现方法等方面模仿旧文学，而是要求切实了解旧文学的价值与意义，从而在旧文学生命传统中陶冶文化性灵。钱穆并不反对新文学采用白话文形式，毕竟白话文在文化普及与思想教育方面发挥了不容忽视的积极作用，他强调新文学提倡白话文创作，不能以排斥文言文学为前提，更不能背离中国文学传统。显然，钱穆所想象的新文学，其实是以现代白话文之新瓶装中国文学传统之旧酒的文学样式，因而他强调新文学的建设本不必争执于文言与白话孰优孰劣，"只求其能成为文学即可，何必分新旧"。钱穆提倡的"旧文学运动"，立意在于"温故知新"，旨在通过对中国文学传统的深刻把握，积聚新文学建设所必需的知识体系与终极关怀。"此下中国新文学兴起，无疑仍会曲折走上此一路，特其具体的形态之变新，则无法预知。"②钱穆坚信中国新文学的兴起，尽管会有具体形态的翻新变化，但是无疑仍将遵循"温故知新"的精神品格，继续以新的文学样式传承中国传统文学精神。

中国文学的返本开新不能无视西方文化与西方文学的影响，钱穆就此进一步提出了"集异建同"的文学开新主张。他说："先把此人类历史上多采多姿各别创造的文化传统，平等地各自尊重其存在；然后异中求同，同中见异，又能集异建同，采纳现世界各民族相异文化优点，来会通混合建造出一理想的世界文化。"③"集异建同"，就是要在承认和尊重文化个性的前提下，建设兼具民族性和世界性的民族文化。"集异"，主要是尊重与吸收世界其他各民族文化的优点。"建同"，倒并不是要建设"理想的世界文化"，而是要建设各民族文化平等交流的文化语境，它对于民族文化

---

① 钱穆：《中国人的文化结构》，《从中国历史来看中国民族性及中国文化》，第130页，《全集》第40册。

② 钱穆：《四部概论》，《中国学术通义》，第67页，《全集》第25册。

③ 钱穆：《如何研究文化史》，《中国历史研究法》，第152页，《全集》第31册。

而言，就是要在保持民族文化个性的基础上强化民族文化的世界性。"世界各文化当互将长处相调融发挥，如此方可有一新文化出现。"①钱穆始终认为，世界各民族文化各有精彩，文化交流首先必须以相互尊重为前提，各民族文化建设与发展也必须在保持自身文化个性的前提下吸收其他民族文化优点，"于诸异中见一同，即于一同中出诸异"②，求同存异，集异建同，确立世界各民族文化共同认同的文化交流的基本准则与价值尺度。钱穆对西学东渐带来的历史巨变感受深切，他特别强调对本民族历史与文化的温情与敬意。"要之'进化论'与'播散论'之两派，已为西方谈文化者已往之陈言，迭经驳正，不足复据。盖此两说，有一共同谬误，即蔑视文化之'个性'。"③钱穆认为，文化进化论和文化传播论等文化理论内在隐含西方文化立场，或多或少表现了高位文化对低位文化的优越感，在一定程度上具有取消民族文化个性的倾向，因此，中国文化的现代化转型首先要认识自家本来面目，保持自己的文化个性，集异建同，继往开来。

按照钱穆的文艺思想的内在理路，民族文化返本开新的"集异建同"原则方法，也是文学开新所必须遵循的。不过，钱穆"集异建同"论的阐释重心主要在发掘与弘扬中国文学的民族性或传统性方面，而不在对于中国文学现代转型所可能具有的"世界性"内涵与特征的理论想象方面，因此，钱穆的中西文学比较的重心主要在梳理中西文学的差异性。"今天的中国人，一意羡慕西化，却谓中国文学已成为死文学，如冢中之枯骨，能用白话模仿西方文学者始为新文学。又复主张废止汉字，单化汉字，一若不达到把汉字尽变成拉丁文拼音，其意终不快。此等主张，既不能深窥中国文学传统之堂奥，亦未曾望见中国文学传统之门墙。究不知彼辈于西洋文学曾有若何深沉之研寻与认识。要之，只在外面事上尽量求新求变，却于自己内在心情，缺乏一分修养。而于中国诗人所谓温柔敦厚之教，则相

---

① 钱穆：《从西方大学教育来看西方文化》，《新亚遗铎》，第310—311页，《全集》第50册。
② 钱穆：《国史大纲·引论》，第33页，《全集》第27册。
③ 钱穆：《中国文化与中国青年》，《文化与教育》，第1页，《全集》第41册。

距尤远。"①就其对新文学运动的批评来看，钱穆并不否认新文学同样遵循着"集异建同"的原则方法，但是在他看来，"集异建同"理应存在"辨异""集异"和"建同"三个相互依存的环节，而新文学在"辨异"环节上便已存在诸多问题，缺乏对中西文学传统乃至文化传统的真切了解，因而新文学"集异建同"的努力难见成效。

钱穆说："在我们没有把握到西方文化此一历史文化之整体精神而真切了解之以前，专从其浮显在外层，或流漫到末梢处的种种现实问题上来作枝节之认识与模仿，则往往知其一不知其二，见其貌未见其心，而匆遽硬插进中国思想之原有体系中来，更易引生波折，增添混乱。"②借鉴和吸收西方文学资源谋求中国文学的现代化转型，必须科学把握西方文学精神乃至全部西方文化的知识体系与内在精神，立足中国文学传统作一番"集异建同"的工作，不能不加分析地指认西方文学为进步的文学而走上全盘西化的道路。钱穆指出："今人好作新旧之争，又莫不喜新而厌旧。实则新、旧只是一名词分别。就时间言，今日之新明日已成旧。就空间言，彼此两地亦必互见为新。"③"新旧之争"是近现代以来中国学术思想论争的主线之一，它包括两方面内容："时间"层面的"新旧之争"即古今之争，和"空间"层面的"新旧之争"即中西之争。钱穆批评道："于今日，凡以前新文化运动时代所引进之新名词、新观念，几于皆渐成定论，无可置疑。苟有不然，即群目为异论僻见，可置不问。凡属新者，则必是。凡属旧者，即必非。新旧之分，即是非之分。此乃现代中国人之定论。……可知近代中国人，新的一切是，旧的一切非，风气已成，乃绝不有向新的发问置疑之余地。"④无论是古今之争层面还是中西之争层面，"新旧之争"均需付诸严肃且科学的学术讨论，不能够将本属知识层面的"新旧之分"处理为价值层面的"是非之分"，更不能武断地认为"新的一切是，旧的

---

① 钱穆：《中国文化传统中之文学》，《中国学术通义》，第207页，《全集》第25册。
② 钱穆：《现代思想》，《中国思想史》，第265页，《全集》第24册。
③ 钱穆：《周濂溪通书随劄》，《宋代理学三书随劄》，第211页，《全集》第10册。
④ 钱穆：《维新与守旧》，《中国学术思想史论丛（九）》，第22页，《全集》第23册。

一切非"。钱穆认为，新文学指认西方文学为"新"、中国文学为"旧"，其实并不仅仅着眼于中西文学客观知识体系的比较，实际表达的是对中西文学的整体性的价值判断，不可避免会形成全盘西化的风气。

"集异建同"首先需要就中西文学开展"辨异"的工作。钱穆说："譬如讲文学，中国有文学，西方亦有文学，文学同文学当然可以相比较。而文学亦是文化中间的一部分。中国文学在中国文化体系中，它所占的地位，或者说它的意义价值，从文化的结构来讲，与西方大不同。"[1]钱穆指出，中西文学在各自文化体系中所处的地位有所不同，文学自身的价值和意义也有差异，中国文学"集异建同"首先必须把握中西文学的整体性差异。当然，关于中西文学"辨异"，钱穆所论并不深入细致，但是也不乏一些相当精要的宏观意见。例如，他说："文艺是人生七巧板中的一块，中国文学与西洋文学的不同在那里？现在学者讲的没搔着痒处。中国文艺的最高层是诗，而把小说戏曲放在最后；西洋文艺的最高层是戏剧，小说居第二位，诗与散文等远在其后。"[2]这是以文体地位的差异，对中国文学抒情传统与西方文学叙事传统的比较。他又说："我只想说在西洋文学上比较小说、戏剧之类更占些上风，在中国文学上则比较诗的上风多些。而诗则取材贵空灵而见为通方，戏剧、小说的取材则贵着实而落偏隅，此则中西皆同。"[3]这是对中西文学同类型文学体裁的题材风格的共同点的表述。他又说："'上山采蘼芜，下山遇故夫，长跪问故夫，新人复何如。'这亦是讲的离婚故事。……若由外国人来写，他们如何结婚，如何离婚的经过，必会详细写出，交代明白。他们是重在'事变'上，我们中国人则重在'情义'上。"[4]这是对中西文学艺术表现重心的差异性的概括。凡此不胜枚举。整体上看，钱穆的中西文学比较并非比较文学专论，缺乏系统

---

① 钱穆:《中国人的文化结构》,《从中国历史来看中国民族性及中国文化》,第110页,《全集》第40册。

② 钱穆:《中国思想界的出路》,《文化与教育》,第155页,《全集》第41册。

③ 钱穆:《关于中西文学对比——敬答梁实秋先生》,《中国学术思想史论丛(九)》,第268—269页,《全集》第23册。

④ 钱穆:《中国人生哲学》,《人生十论》,第207页,《全集》第39册。

性和理论深度，不过，其中西文学比较的用意本身其实并不在于判定中西文学的高下优劣，而在于彰显中国文学的特质。钱穆说："夫并论中西，非将以衡其美丑，定其轩轾。如实相比，则即彼而显我，拟议而易知也。"①对于中国文学的返本开新而言，中西文学的"辨异"本身不是目的，其用意当在"即彼而显我"，亦即通过中西文学比较来增进对中国文学传统的切实了解，纠正"集异建同"的光年与风气，为文学开新提供切实可行的着力点。

钱穆说："现在我们讲的是中国经学、中国史学，或者说是中国的思想哲学，其实即使讲中国文学也一样，总先要把握住中国学术思想的传统性。不能说从今以后中国的文学就走上了西洋文学的路，这是错误的观念。我们要认识中国文学几千年来的变化，要从各时代不同的变化背后去认识文学共同的'传统性'，然后我们才懂得今天以后如何来提倡'新文学'。时代变了，文学也要变，这一时代的文学同上一时代的文学绝对会不同的，如果完全一样就没有价值了。可是我们要有一个中心点，要发扬中国人的传统性。"②钱穆始终强调文学开新必须挺立中国文学的"传统性"，唯有如此，中国文学的返本开新才能够不失本我而有新生命的发皇呈露。"窃谓民族之形成，胥赖其有历史与文化之两项。无历史，则无世界新潮流，斯乃吾民族处境之变。贵能不忘本我，乃可善为因应。因应在我，岂能去其我以求因应？我之不存，又谁为其因应者？亦何贵有一切之因应？"③钱穆曾反复表示开新必先守旧、守旧不害开新的意见，其实际所谓"守旧"，正是指固守与挺立中国文学的"传统性"亦即中国文学生命本我。就"传统性"这一文学开新的中心点而言，钱穆主张的"温故知新"和"集异建同"其实是相反相成、殊途同归的。"温故知新"重在强化对中国文学"传统性"的正面梳理与把握，'集异建同'则力求通过中西文学的差异性的比较来凸显中国文学的"传统性"。当然，按照钱穆的

---

① 钱穆：《中国民族之文字与文学》，《中国文学论丛》，第20页，《全集》第45册。
② 钱穆：《经学大要》，《讲堂遗录》，第796页，《全集》第52册。
③ 钱穆：《历史与文化论丛·序》，第7页，《全集》第42册。

理论逻辑，"集异建同"除了钱穆所着重用力的"辨异"之外，尚有"集异"和"建同"需要进一步展开思考与讨论。钱穆力主文学开新的中心点在于挺立中国文学的"传统性"，经由"集异建同"的努力，使"传统性"转化为"世界性"，充分体现了他对于中国文学现代化未来走向的高度自信。

综上所述，钱穆文学开新论的核心主张主要包括"倡新莫如复旧""找生命""温故知新"和"集异建同"等，这些主张毫无例外地表达了一个共同的祈向：重新认识传统文学资源及其自主性价值与意义，重新挺立中国文学的传统性。毫无疑问，钱穆的文学开新论是对中国文学现代化曲折进程的反思，其中多有合理意见。总之，钱穆的文学开新论拒绝新文学所谓"文学革命"，认定返本方能开新，要求认同中国文学的生命本我，并附随世道人心的现实人文关怀。这一有着鲜明的文化认同文学开新论述，其价值与意义究竟如何，尚需纳入中国现代学术思想史的全幅进程中来进一步考量与评判。

三、"现代化"问题：钱穆的启示

"现代化"可以说是中国近百年历史进程中的一个极其重要的关键词。新文化运动代表着中国文化现代化进程的一个重大转进，它在接受西方"科学"与"民主"观念的基础上，尝试对中国传统文化作出新的解释，寻求以改造文化、革新传统为手段来实现中国文化的现代化。而作为这个运动的重要组成部分，新文学运动不仅充分显示了现代中国在吸收、消化外来文化方面的高度热忱，而且昭示了中国文学现代化发生发展的历史必然性。后"五四"时代如何在反思新文学运动的基础上继续推进中国文学现代化，已经成为摆在我们面前的新任务。

如果我们可以把近现代中国文学的演进看作以建立现代民族国家为底蕴的宏大叙事的组成部分的话，那么，文学现代化无疑是其中的一条极其重要的叙事主线。事实上，近现代中国文学思想史上几乎所有文艺思潮最终都无法真正避开文学现代化问题。钱穆的"文学开新"论显然只能算是中国文学现代化进程中的相当边缘化的个案之一，但是由此一个案切入中国近现代思想史，以边缘视角来反思文学现代化进程的成败得失，梳理其中客观存在的一些基本学术思想分野，相信不仅有助于我们对钱穆文艺思想的价值与意义获得较为清晰的认识，而且有助于我们正确认识和把握中国文学现代化进程的历史启示和未来趋向。

1."传统开新现代"的性质

美国著名学者保尔·柯文（Paul A. Cohen）曾经说："任何史学家都无法完全摆脱他生活的时代占据主导地位的假设。"[1]在近现代中国"占据主导地位的假设"恐怕当属以民族解放与国家复兴为核心内涵的"现代化"问题，钱穆将其概括为"救国保种"。他说："盖凡此数十年来之以为变者，一言以蔽之，曰求'救国保种'而已。凡此数十年来之以为争者，亦一言以蔽之，曰求'救国保种'而已。其明昧得失有不同，而其归宿于救国保种之意则一也。"[2]钱穆认为，自鸦片战争以来中国社会发展过程中出现的种种论争与变动，内在驱动与根本归宿均在于"救国保种"，中国思想界没有，也不可能超越"救国保种"这一现代化叙事语境。应该说，钱穆的概括把握住了近现代中国"现代化"叙事的核心底蕴，对此我们应当赋予"同情的了解"。

钱穆的"现代化"主张，包括文学开新论，核心内涵可以概括为"传统开新现代"，其实这也是现代新儒家普遍认同的意见。不过，钱穆对"现代化"（modernization）的理解是存在一定偏差的。钱穆说："历史传统中必有不断之现代化，每一现代化亦必有其历史传统之存在。"[3]他认为现

---

① 保尔·柯文：《在中国发现历史——中国中心观在美国的兴起》，林同奇译，北京：中华书局1989年版，第47页。

② 钱穆：《国学概论》，第378页，《全集》第1册。

③ 钱穆：《略论中国史学》，《现代中国学术论衡》，第154页，《全集》第25册。

代化并非像普通所理解的那样只是现代社会的问题，其实它始终贯穿于历史传统的演进过程中，也就是说，历史传统中必然包含着现代化的客观要求与发展趋势，现代化也必然蕴涵着历史传统因素。显然，钱穆将"现代化"处理成历史传统发展的一般规律，强调"现代化"只是"传统性"的延续，拒绝承认"现代化"的"现代性"（modernity）内涵，这就在事实上取消了"现代化"的特殊性。钱穆的这一理解无疑是对"现代化"概念的一种曲解。

与此相关联，钱穆主张"现代化"应该是"传统"的自我调适。他说："故言现代化，则必求其'传统'之现代化，而非可现代化其'传统'。"①所谓"'传统'之现代化"，主要指自本自根的"传统"的自我调适，"现代化"的要求与动力主要来自"传统"内部；所谓"现代化其'传统'"，主要指以"传统"为对象进行"现代化"改造，"现代化"的要求与动力主要来自"传统"外部。钱穆认为历史传统的现代化应该是应变式现代化，也就是说，现代化应该是历史传统因应内部矛盾或外部刺激的自我调适。近现代以来的"现代化"主潮要求的是基于批判反思文化传统的兼容并蓄的现代性建构，换言之，追求的是建构式现代化。建构式现代化的核心尺度来自不同民族文化交流所构成的现代性文化语境，主要是"先进"或"进步"——如果仔细梳理中国近现代学术思想史，应该不难发现，"先进"或"进步"无疑是极具话语力量的关键词。在现代性文化语境中，西方文化属于强势文化，无疑扮演着现代化的"先进"与"进步"尺度的提供者角色。钱穆主张的"'传统'之现代化"，尽管表达了他对西方文化不尊重其他民族文化个性甚至实施文化殖民的不满，但是其"传统开新现代"的应变式现代化主张恐怕很难实现。

近现代以来的民族文化现代化应是开放性历史进程，钱穆的"传统开新现代"显然不具有开放性特质。钱穆说："先把此人类历史上多采多姿各别创造的文化传统，平等地各自尊重其存在；然后异中求同，同中见

---

① 钱穆：《略论中国社会学》，《现代中国学术论衡》，第258页，《全集》第25册。

异，又能集异建同，采纳现世界各民族相异文化优点，来会通混合建造出一理想的世界文化。"①所谓"世界文化"，并不是指实在的文化系统，而是指世界各民族文化交往交流的文化语境。世界文化在性质上是现代性文化语境，它要求世界各民族文化必须呈现出一定的开放性。钱穆的"传统开新现代"主张"'传统'之现代化"，强调保持文化的"传统性"，反对全盘西化的现代化选择给文化"传统性"造成的冲击，认为建构式现代化会不可避免导致传统的断裂。应该说，钱穆的意见不无道理。不过，对于世界各民族文化而言，"现代化"的核心课题是如何处理"传统性"（或"民族性"）与"世界性"的关系。"传统性"要求"世界性"给予"传统性"应有的尊重，"世界性"则要求"民族性"给予"世界性"一定的开放，这两个方面相反相成，缺一不可。钱穆身当内忧外患的历史境遇，其"传统开新现代"主张高扬文化"传统性"而拒绝"现代化"对"传统性"提出的开放要求，自在情理之中。但是，钱穆的"传统开新现代"无疑存在理论上的不完整性，重"传统性"而斥"世界性"，决定了钱穆的文化主张的文化保守主义性质。

总之，钱穆将基于现代性要求的"现代化"处理成一般性的文化演进现象，强调文化的"现代化"应该是应变式的"'传统'之现代化"，文化现代化应该在自我调适中保持"传统性"，"世界性"对于处于弱势地位的民族文化是不合时宜的。整体上看，钱穆的"传统开新现代"主张有其鲜明的民族文化立场，但是终究因为缺乏对"现代性"的准确把握而略显空洞，无法契合"现代化"的真实要求，文化保守主义色彩非常浓厚。

钱穆的文学开新论是其"传统开新现代"的文化现代化主张在文艺思想方面的延伸，也同样具有鲜明的民族立场和文化保守主义色彩，局限性非常明显。不过，钱穆强调文学开新必须挺立"传统性"，还是有其积极价值与意义的。钱穆说："我们固是要现代化，但不能把现代化转成为非中国化，把中国的一切都在现代中化掉了。"②在钱穆看来，"现代化"是

① 钱穆:《如何研究文化史》,《中国历史研究法》,第152页,《全集》第31册。
② 钱穆:《文化的前瞻与回顾》,《中国文化精神》,第242页,《全集》第38册。

完成"救国保种"历史任务的必由之路，但是"现代化"不是"西化"，更不应该是"非中国化"，中国历史与现状内在地规定着中国的"现代化"进路。"就中国人立场，当由中国之旧传统而现代化，不应废弃旧传统，而慕效为西方之现代化。"①中国的"现代化"必须在中国文化传统的整体框架内展开，舍弃中国文化传统的全盘西化或"非中国化"的现代化选择均是不可取的。同样地，钱穆强调，文学开新即文学现代化也不能脱离中国文学传统与文化传统的生命母体，必须以文学传统、文化传统的固有文化生命为本体来谋求中国文学的"现代化"，不存在与传统完全断裂的文学现代化选择。他说："若仅谓近代中国人已不能读中国古书，故说中国旧文学已死去，则正贵有志创造新文学者，能从中国古书《诗经》《楚辞》《文选》乃及唐宋以下各家诗、文、词、曲、说部中，熟玩深思，取精用宏，独具机杼，使其推陈而出新，乃庶有当于文学复兴或中国新文学之称。否则只是西方文学之侵入与替代，断非中国文学之复兴与创造。"②钱穆始终认为中国文学有其一体相续的内在文化生命，文学开新应当是中国文学固有文化生命传统的翻新复兴，只有在深入了解和掌握传统的基础上取精用宏、推陈出新，"把新旧融为一体，把前后古今汇成一贯"③，才能开显中国文学的新生命。钱穆的文学开新论反对全盘西化，强调给予中国文学传统应有的"温情与敬意"，坚持护持"传统性"前提下的"'传统'之现代化"的中国文学现代化道路选择。

钱穆的"传统开新现代"主张之所以会存在局限性，根本原因在于他对中西文化关系的定位是不够准确的。钱穆说："今人好作新旧之争，又莫不喜新而厌旧。实则新、旧只是一名词分别。就时间言，今日之新明日已成旧。就空间言，彼此两地亦必互见为新。"④新、旧之争"就空间言"即是中、西之争。钱穆认为中、西文学应该是"互见为新"，本不存在新、

① 钱穆：《略论中国史学》，《现代中国学术论衡》，第154页，《全集》第25册。
② 钱穆：《中国学术通义·序》，第5—6页，《全集》第25册。
③ 钱穆：《中国文化传统中之史学》，《中国学术通义》，第141页，《全集》第25册。
④ 钱穆：《周濂溪通书随劄》，《宋代理学三书随劄》，第211页，《全集》第10册。

旧之别，更不应直接关涉文学价值判断。这是他反对新文学的全盘西化主张的基本理论逻辑，也与他主张世界各民族文化应互相尊重各自文化个性在理论逻辑上是内在一贯的。不过，钱穆的"传统开新现代"主张并没有完全遵循文化平等观的理论逻辑，他实际上是以体用观来看待中西文化、中西文学的，"传统开新现代"不过是近代以来"中体西用"论的现代变相。

对于钱穆"传统开新现代"主张的体用论理论逻辑，我们需要予以辩证的考察与分析。王元化先生曾经指出："我一向认为，'中体西用'的提出，是曾国藩、张之洞、李鸿章等面临西方船坚炮利，面临三千年未有之变局而刺激出来的一种民族忧患，因之是有其时代的特殊背景，它不能涵盖后来思想家所提出的问题。比如陈寅恪即使说过'议论近于湘乡、南皮之间'，以及'中西体用相循诱'这样的话，但陈的时代已不同于曾、张、李的时代，他所面临的问题和曾、张、李在他们那个时代所认识到并企图加以解决的问题，已经很不相同了。陈寅恪提出上述说法，可能更多是针对当时成为主流的以西学为坐标的观点。他一再强调的'独立之思想，自由之精神'，以及'不自由，毋宁死耳'，固然也可以说含有中国传统士人的某些精神因子，但更基本的精神显然是来自西方的自由思想资源。这是我不能同意用'中体西用'去简单概括陈寅恪、杜亚泉这一批人物的原因。"[①]诚如所言，"中体西用"论的提出确实"有其时代的特殊背景"，尽管后来的思想家也多用类似"中体西用"的表述来提出和试图解决他们所面临的时代问题，他们的思想观点也不能简单地用"中体西用"来加以概括。王先生的话提示我们一方面需要辨析相关"中体西用"主张提出的时代背景，另一方面也需要对"中体西用"本身内涵的演变有深入考察。钱穆"传统开新现代"主张的体用论理论逻辑，需要置入"中体西用"论的历史坐标中来评述。

钱穆说："梁启超、张之洞皆主以'中学为体西学为用'，彼辈所谓

---

① 王元化：《思辨随笔》，上海：上海文艺出版社1994年版，第16页。

'中学'，决非乾嘉校勘训诂考据之遗绪。彼辈之意，殆欲从传统历史中求一道路，来创建政治改革社会，自本自根，而副以西方科学与实业图富强。"①钱穆将梁启超与张之洞主张的"中学为体，西学为用"引为同调，考之"中体西用"论的历史演进，所论尚不够细致。近代以来的"中体西用"论，实际上经历了一个由"艺（器物）"到"政（政制）"再到"教（文化）"的演进过程。冯桂芬《校邠庐抗议》首倡"以中国之伦常名教为原本，辅以诸国富强之术"，此一主张经洋务派诸人迭相表述，至1895年沈寿康于《万国公报》发表《救时策》正式明确提出"中学为体，西学为用"概念，后由张之洞在1898年出版的《劝学篇》中作了全面系统的阐述。这是"中体西用"论演进的第一个阶段，或者说是左宗棠、张之洞等洋务派的"中体西用"论，属于"艺（器物）"层面的"中体西用"，其重心正如钱穆所说，在于"副以西方科学与实业图富强"。梁启超的"中体西用"论，主张超越洋务派所持的中学为主而西学为副的观念。他说："要之舍西学而言中学者，其中学必为无用，舍中学而言西学者，其西学必为无本，皆不足以治天下。"②显然强调平衡中学与西学二者之间的关系。不过，梁启超的"中体西用"论已经深入涉及"政制"层面，与张之洞一样主张"中教为体，西政为用"。梁启超说："能次第进步继长增高又各国之宪政，多由学问议论而成，英国之宪政则由实际上而进，故常视他国为优焉。"③与张之洞主张效仿日本式君主立宪政体不同，梁启超主张采纳英国式君主立宪政体，二者的共同点是"中教为体，西政为用"。这是"中体西用"论演进的第二个阶段，以维新派的"中教西政"论为代表，属于"政（政制）"层面的"中体西用"。维新变法失败之后，资产阶级启蒙思潮兴起。严复译介《天演论》，用进化论对"中体西用"进行了批

---

① 钱穆：《新时代与新学术》，《文化与教育》，第101—102页，《全集》第41册。
② 梁启超：《西学书目表后序》，《饮冰室合集·文集之一》，中华书局1989年版影印本，第129页。
③ 梁启超：《各国宪法异同论》，《饮冰室合集·文集之四》，中华书局1989年版影印本，第72页。

判，针锋相对地倡导"自由为体，民主为用"。辛亥革命推翻帝制，孙中山"三民主义"所代表的资产阶级革命民主主义思想本质上属于进化论。进化论是"中体西用"论的对立面，辛亥革命成功推翻帝制，宣告了"政（政制）"层面的"中体西用"的破产。事实上，张之洞、梁启超等人的"中西体用"论本身前后也有变化，内部情况极其复杂，不过整体上看，张之洞的"中体西用"论的重心在"艺（器物）"层面，梁启超的"中体西用"论的重心则在"政（政制）"层面，钱穆显然没有细致辨析二人"中体西用"论的差异性。

就钱穆与现代新儒家的相关论述而言，他们的"返本开新"论、"传统开新现代"主张或"内圣开出外王"论等，本质上也具有"中体西用"性质，属于"中体西用"论的第三个阶段，即"教（文化）"层面的"中体西用"。诚如余英时指出的那样，直到五四运动前夕，近代以来的"中体西用"思想格局并没有发生根本的变化，"中体西用"虽然在政治上已经破产，但在学术上仍有相当大的影响①。后"五四"时代，钱穆以及绝大多数现代新儒家在"现代化"问题上所主张的"传统开新现代""内圣开出外王"，尽管所吸取和利用的思想资源不尽相同，但是理论逻辑上都属于"教（文化）"层面的"中体西用"论范畴。

梁漱溟在《人心与人生》中曾将人类的精神分为本能、理智和理性三个层次。他说："理智者人心之妙用，理性者人心之美德。后者为体，前者为用。"②梁漱溟认为，理智的作用在于"以静观物"，目标是客观地把握"物理"，而理性的作用在于对事物进行判断，目标在于"以无私的感情为中心"来把握"情理"。按照梁漱溟的阐释，理智是认知的而理性是道德的，二者之间构成体用关系。梁漱溟所说的"理性"其实就是"良知良能"，亦即传统儒家的道德理性，因此他在中西文化比较时所表达的核心意见是——中国文化是理性的，西方文化是理智的，二者之间因存在体

① 余英时：《中国近代思想史上的胡适》，《现代危机与思想人物》，北京：生活·读书·新知三联书店2005年版，第150—151页。

② 梁漱溟：《人心与人生》，上海：学林出版社1984年版，第85页。

与用的差异而有高下之判。

贺麟"新心学"倡导哲以学化、宗教化、艺术化三途径吸收西方思想文化的长处，由此改造、补充和发挥儒家学说，以谋求"儒家思想的新开展"。他说："就个人言，如一个人能自由自主，有理性、有精神，他便能以自己的人格为主体，以中外古今的文化为用具，以发挥其本性，扩展其人格。就民族言，……如果中华民族不能以儒家思想或民族精神为主体去儒化或华化西洋文化，则中国将失掉文化上的自主权，而陷于文化上的殖民地。"①贺麟明确强调中国文化的现代化必须坚持中国文化主体性，立足于儒家思想或民族精神来"儒化"或"华化"西方文化。"新心学"之建构虽然深受黑格尔哲学影响，其核心理论逻辑无疑是"中体西用"论架构。

牟宗三提出了"良知坎陷"说，成为现代新儒家力图以儒家精神为体而涵摄科学、民主之用的典型代表。牟宗三以黑格尔绝对理念自我异化、不断演进的"精神之内在有机发展观"为理据，主张道为精神之体而精神为道之用。在牟宗三看来，作为儒学之体的"良知"能够通过自我否定，由德性主体开出知性主体，并且知性主体最终收摄于心性本体，如此则儒家"良知"之体与科学、民主之用也就可以相互贯通。他说："中西文化之相融相即而又不失其自性者，亦当就中西各自的'道统说'。"②中西文化各有其"道统"，但是中国文化的返本开新必须以儒学"良知"所开显之道统为体，以西方文化科学、民主之道统为用。整体上看，牟宗三的"良知坎陷"说在理论逻辑上依旧是"中体西用"架构。牟宗三的追随者王邦雄更是明确指出："返本者，返传统儒学之本，对自家文化能自作主宰多开新者，开科学民主之新，使西学中国化而为中国所用。"③由此可见，新儒家牟学一派返本开新论实深具"中体西用"论架构。

---

① 贺麟:《文化与人生》，北京:商务印书馆1988年版，第6页。
② 牟宗三:《生命的学问》，桂林:广西师范大学出版社2005年版，第57页。
③ 王邦雄:《当代新儒家面对的问题及其开展》，封祖盛、景海峰主编《当代新儒家》，北京:生活·读书·新知三联书店1989年版，第196页。

除此之外，冯友兰、徐复观、唐君毅等新儒家代表人物的"返本开新"论，也都在理论逻辑上存在或隐或显的"中体西用"论架构。我国著名新儒家研究者方克立教授认为："新儒家提出'返本开新'、'由内圣开出新外王'的口号，仍是沿袭'体用'模式，较直接地就是'中体西用'思想的翻版。"①这个评述极为精当，准确概括了新儒学思想体系的基本性质。

钱穆论中国文化"现代化"，主张"传统开新现代"，同样遵循着"中体西用"理论逻辑。钱穆说："只要深透认识我们的固有文化，尽有吸收新质点，扩大旧局面之可能。既不必轻肆破坏，更不必高提人欲。道咸以下人所说'中学为体，西学为用'的新格言，到此似还有让我们再一考虑的价值。"②在钱穆看来，中国文化现代化只有保持中国固有文化的"传统性"，才有吸收与转化其他民族文化"新质点"的可能性，因此他认为"中学为体，西学为用"在中国文化现代化模式与路径选择中仍然有其"再一考虑的价值"。不仅如此，钱穆的学术思想本身也是"中体西用"的架构。钱穆在《国学概论》中曾将近现代以来学术思想的趋向概括为"民族精神之发扬"与"物质科学之认识"的融通会合。他说："余尝论先秦诸子为'阶级之觉醒'，魏晋清谈为'个人之发现'，宋明理学为'大我之寻证'。则自此以往，学术思想之所趋，夫亦曰'民族精神之发扬'，与'物质科学之认识'而已。此二者，盖非背道而驰、不可并进之说。至于融通会合，发挥光大，以蔚成一时代之学风，则正有俟乎今后之努力耳。"③尽管钱穆强调"民族精神之发扬"与"物质科学之认识"理应融通会合，但是他的"传统开新现代"主张特别强调中国文化现代化必须挺立中国文化"传统性"，显然更偏向于"民族精神之发扬"一端。这种偏向的出现，可以理解为"救国保种"的时代要求所激发的民族立场使然，更

① 方克立：《现代新儒家与中国现代化》，《南开学报(哲学社会科学版)》1989年第4期，第8页。
② 钱穆：《东西人生观之对照》，《文化与教育》，第64页，《全集》第41册。
③ 钱穆：《国学概论》，第411页，《全集》第1册。

主要的恐怕还是由于钱穆学术思想内在地"中体西用"架构。按照钱穆的理论逻辑，"现代化"应该是民族文化"'传统'之现代化"，亦即以本民族文化传统"特殊见长处"为本体来吸收世界各民族文化"新质点"的自本自根的"现代化"。这种自本自根的"现代化"，一方面要求保持和发扬本民族文化传统"特殊见长处"，另一方面也主张以世界各民族文化"新质点"来弥补与丰富本民族文化传统"特殊见长处"，就后者来看，钱穆"传统开新现代"主张显然遵循的是体用论理论逻辑。钱穆虽然期望"民族精神之发扬"与"物质科学之认识"融通会合，但是他显然认为"民族精神之发扬"是本民族文化传统"特殊见长处"的现代延伸，而"物质科学之认识"不过是助益"民族精神之发扬"实现其现代延伸的外来文化"新质点"，二者的融通会合自然有体用、主次之别。钱穆之所以坚持"现代化"是"'传统'之现代化"，之所以特别强调护持和发挥中国文化的"传统性"，根本原因在于其"传统开新现代"主张内在地存在体用论理论逻辑。

当然，钱穆及现代新儒家的"现代化"理论建构所蕴含的"中体西用"理论逻辑，属于"教（文化）"层面的"中体西用"，是"中体西用"论的第三个阶段。与"艺（器物）""政（政制）"层面的"中体西用"架构仅仅涉及特定文化部门不同，钱穆及现代新儒家在"教（文化）"层面完成的"中体西用"理论架构以全部中国文化为对象，是整体性的理论建构。这个整体性的理论建构既体现了钱穆及现代新儒家"现代化"理论的长处，也暴露了它们的不足。

我们不妨以钱穆的"现代化"理论为例略作分析。钱穆的"传统开新现代"主张，虽然主要是运用传统资源完成的"述而不作"式的理论建构，不像牟宗三、贺麟等人借助西方哲学完成的理论建构那么缜密，但是它对"现代化"诸问题的讨论无疑是系统的、深入的，尤其是强调护持和发扬中国文化的"传统性"或"民族性"，完全契合"救国保种"的时代要求，这是其长处。钱穆"现代化"理论的不足之处也是非常明显的，试述如下。

第一，钱穆的"现代化"理论具有显著的"唯学术"倾向。钱穆在《国学概论》批评新文化运动"转入政治之途"，认为"政治运动""文化运动"和"社会运动"应该各有畛域、各尽其事。他在《学统与治统》一文中指出："'学治'之精义，在能以学术指导政治，运用政治，以达学术之所薪向……学术者，乃政治之灵魂而非其工具，惟其如此，乃有当于学治之精义。"①钱穆提倡尊"学统"，强调学术是政治的"灵魂"而不是"工具"。"现代化"需要学术讨论，但是更需要实践。钱穆将"现代化"视为单纯的学术问题或"文化运动"，排斥它与"政治运动""社会运动"等的联系，这种"唯学术"的"现代化"理论显然陷入有本体而无主体的困境。就整体观感而言，"教（文化）"层面的"中体西用"论虽然具有理论建构的整体性，但是反而不如"艺（器物）"或"政（政制）"层面局部性的"中体西用"论那么务实而具有现实可操作性，根本原因即在于前者的"现代化"理论存在一定程度的"唯学术"倾向。

第二，钱穆的"现代化"理论具有"道德一元论"特征。钱穆认为，"民族精神之发扬"与"物质科学之认识"融通会合，应该是中国文化"现代化"所必需的学术风气的基本趋向。钱穆强调中国文化"现代化"必须以体现中国文化"传统性"或"民族性"的"民族精神"为体，以西方文化"物质科学"之"新质点"为用，"现代化"只能是"'传统'之现代化"。不过，钱穆所谓中国文化的"传统"或"民族精神"，其实指的就是传统儒学提倡的道德理性，"'传统'之现代化"其实也就是"'道德'之现代化"或"'良知'之现代化"。显然，这种"道德一元论"特征决定着钱穆及现代新儒家的"现代化"理论，只能将重心放置在形而上的道德心性方面，而难以涵盖形而下的制度、社会、器物等方面，因而不可避免会成为乏力的现代化理论。

第三，钱穆的"现代化"理论难以摆脱"文化一元论"窠臼。钱穆倡

---

① 钱穆:《道统与治统》,《政学私言》,第88页,《全集》第41册。按:该文1945年8月刊载于《东方杂志》第41卷第15期,原题为《学统与治统》。

导"传统开新现代",主张世界各民族文化"平等地各自尊重其存在"①,这无疑是在西学东渐背景下对处于强势地位的西方文化的"文化一元论"的反拨,其中蕴含着深厚的民族立场与情怀。不过,钱穆"现代化"理论以"中体西用"架构将西方文化降格为中国文化现代化之"用",实际上背离了他基于尊重各民族文化个性以建设"世界文化"的诉求,陷入了"文化一元论"窠臼——只不过是将作为"一元"的西方文化置换成了中国文化。钱穆是这样,现代新儒家也大多难以摆脱"文化一元论"窠臼。民族文化"现代化"固然需要发挥"传统性"或"民族性",但是也不能一厢情愿地将"传统性"或"民族性"无条件地上升为"世界性",否则在处理各民族文化关系时难逃"己所不欲勿施于人"之诟病。

综上所述,钱穆"传统开新现代"主张的文化现代化进路,体用论理论逻辑极为显著,其中虽然有一些合理的意见,但是终究不免淹没于"道德一元论""文化一元论"的旧窠臼之中而处于高度边缘化境地。

钱穆的文学现代化主张同样遵循了其文化现代化主张的体用论理论逻辑,同样不可避免地存在一些局限性。钱穆认为中国文学现代化就是中国文学传统的现代化,主张以"找生命"的方法发掘中国文学传统的"特殊见长处",通过"温故知新"和"集异建同"实现中国文学现代化。不过,钱穆阐释中国文学现代化诸问题,遵循的是体用论理论逻辑,他的"文学开新"论实际上是一种自我封闭的文学现代化理论建构,最终不可避免会造成"传统性"与"现代性"的多重断裂。

钱穆说:"学术更没有一个标准,只有社会的现在便是一个标准,这实是太危险;所以我们要破坏一种学术,蛮省力。要兴复一种学术,则相当困难。不仅是史学,文学及其他也一样。"②文学固然需要超越的"标准",但是文学抒写也不能脱离"社会的现在",而钱穆恰恰反对文学直接

---

① 钱穆:《如何研究文化史》,《中国历史研究法》,第152页,《全集》第31册。
② 钱穆:《朱子通鉴纲目与袁枢通鉴纪事本末》《中国史学名著》,第293页,《全集》第33册。

表现"社会的现在"。"诗家园地自在性情"①，可以说是钱穆对文学功能属性的纲领性表述。钱穆认为文学表现的对象在内不在外，亦即文学抒写必须以表达符合传统儒家道德理性的内在人生"性情"为本分，"性情"赖以生发的外部人生境遇与社会现实不应构成文学抒写的直接对象。钱穆说："盖中国文化主要在看重当前社会之实际应用，又尚融通，不尚隔（各）别。因此中国文学乃亦融入于社会之一切现实应用中，融入于经、史、子之各别应用中，而并无分格独立之纯文学发展。"②钱穆虽然强调文学应融入于"社会之一切现实应用"，但是并不需要将"社会之一切现实应用"作为文学描写的对象。基于此，钱穆批评"新文学运动只为新文化运动作工具"③，批评新文学对现实社会黑暗面的描写偏离"文德敬恕"。显然，钱穆对文学功能属性的阐释，建立在"道德一元论"基础上，并非文学本体论范畴的理论建构，这就从根本上决定了他的"传统开新现代"的文学现代化主张极具"传统性"而缺乏"现代性"。

钱穆的"文学开新"论强调以"找生命"的文化姿态从正面确立中国文学现代化的学术标准，决不能腰斩了文学传统再来谋求文学现代化，这是其"文学开新"论主张以"传统性"为"体"、以"现代化"为"用"的根本用意所在——反对以西方文化的价值标准或真理标准作为中国文学现代化的尺度。这一点，或许正像美国学者邓尔麟（Jerry Dennerline）所指出的那样——"可是钱穆与一些倾向西方启蒙并摈弃中国传统文化的人不同，在过去的七十年中，他坚持不懈地发扬振兴中国的传统价值。钱穆的'对立面'既不是文化的过去，也并非'现代的'今天；被钱穆认为与中国现实格格不入的乃是西方文化所颂扬的真理标准。"④在钱穆那里，中国文化内部"传统"与"现代"之间原本并不存在对立，它们属于同一生

① 钱穆:《中国民族之文字与文学》,《中国文学论丛》,第16页,《全集》第45册。

② 钱穆:《中国文化与中国文学》,《中国文学论丛》,第41页,《全集》第45册。

③ 钱穆:《五十年代中之中国思想界》,《历史与文化论丛》,第250页,《全集》第42册。

④ 邓尔麟:《钱穆与七房桥世界·英文版序》,蓝桦译,北京:社会科学文献出版社1998年版。

命，真正构成对立关系的乃是"中国"与"西方"，即中国文化传统价值与西方文化真理标准的矛盾冲突。尽管钱穆的"文学开新"论也主张集异建同，也反复强调"一面当不断从其文化源头作新鲜之认识，一面又当不断向外对异文化从事于尽量之吸收"①，但是他坚持认为，西方文化根本只是"异文化"，它所主张的真理标准在我们民族国家现代化进程中不应被处理成超越于传统价值体系之上的价值尺度，否则我们的现代化进程便会因为失去固有的基础而产生变异，便会刺激"轻肆破坏"和"高提人欲"的时代风气的形成。因此，钱穆的"文学开新"论事实上强调以中国文学固有传统为基础，合理吸收西方文学的有益成分，可以说是一种自本自根、体用不二的文学现代化进路。

不过，钱穆虽然将文学发展看成是由"传统"与"现代化"合力构成的历史进程，但是他对构成这种合力的两方面的主次关系显然缺乏清晰的认识。文学发展毕竟表现为前瞻性的历史进程，可以说，永远具有"现代"特征，起主导作用的始终应是指向"现代"的历史力量即"现代化"——尽管"现代"所代表的价值意义也处于不断变动中——而不是指向"传统"的历史力量。换句话说，"现代化"代表着文学发展的指向与要求，"传统"则是"现代化"指向与要求赖以生成的基础。如果仅仅强调尊重"传统"而不能正视"现代化"指向与要求及其判断标准的历史必然性，那么，文学"现代化"将无从谈起。钱穆将文学"传统"的"现代化"看成文化生命本体自然绵延的历史演进趋势，以"传统"为体，以"现代化"为用，看重文学的传统性而拒绝其现代性，事实上也就取消了文学"传统"旧体发挥"现代化"新用的可能性，其"传统开新现代"的"现代化"立场无疑是极其保守的，相应地也缺乏可行性，自然不可避免地陷入边缘化的尴尬境地。

总之，钱穆的"文学开新"论坚持文化保守主义立场，强调传统与现代化的新型体用关系，虽然在肯定和张扬传统价值方面有其合理性，但是

---

① 钱穆：《东西文化学社之缘起》，《文化与教育》，第48页，《全集》第41册。

其中附随的传统儒学精英主义和整体主义文化倾向，又无疑妨碍了他对传统本身及其与现代化的关系作出更为辩证的理解和认识。可以说，钱穆的"文学开新"论本质上主张"传统开新现代"，并不符合中国文学现代化的社会历史语境，明显带有某种历史悲剧性，因而不可避免地成为一种与时代需要相错位的思潮而趋于边缘化了。不过，带有边缘性质的思潮或理论并非毫无价值可言。在现代化主流进程中反思边缘与核心的互动关系及其实质，相信一定会给我们思考和探索如何合理推动中国文学现代化进程继续开展，提供某些历史借鉴与深刻启示。

2.断裂与延续：文学现代化的表与里

钱穆说："直到西化东渐，中国社会又起了一番更深广的变动，最敏感的反映仍在文学上。最近一百年来，中国文学正迈向一种前所未有的大转变，此刻还无法指出将来中国新文学之具体新貌相。"①经过新文学运动以来近百年的发展，钱穆所无法明确描述的"新文学之具体新貌相"，在今天业已以现当代文学为代表获得成型。不过，今天的中国文学所形成的现当代文学与古典文学在创作与批评方面隔若河汉的并存格局，恐怕未必在钱穆及其同时代人的想象范围之内。我们需要追问的是：这样两种性质完全不同的文学形态划然并存格局的出现，是否契合文学现代化之宏旨？

中国文学现代化的缘起背景无疑是西学东渐，自然无法回避中国文学与西方文学的关系、文学"传统性"与"现代性"等问题。当代学者在研究新文化运动前后的中国文学思想史时，比较多地注意到了传统与现代之间的"断裂"。事实上，这一时期中国文学思想移步换形于传统与现代的激烈震荡中所呈现的学术思想图景，远比我们今天所能看到的要复杂得多，"断裂"一词恐怕不足以准确描述其中复杂的历史面相。

新文学运动以后的中国文学创作并非只有白话新文学，古典诗词曲赋创作事实上并未完全销声匿迹。当代著名文学批评家谢冕曾经指出："中

① 钱穆：《四部概论》，《中国学术通义》，第58页，《全集》第25册。

国文学由于它的历史悠久和传统深厚，在诗歌、散文、戏剧、小说各个门类都保留着生动丰富的'活化石'。古典的传统影响依然存在。以古典诗歌写作的现代旧体诗、民歌体新诗，以及大量的戏曲艺术作品、章回小说等，都是这一传统的延续和发展。"①这段话描述了一个客观事实：古典诗词曲赋创作在新文化运动以来的中国文学史上实属客观存在，尽管只是沉潜到了文学思想史记忆深处的边缘化存在。

客观地看，民国年间不仅仍有古典诗词曲赋结集印行，刊载时人古典诗词曲赋作品与批评的报刊出版发行也呈上升趋势，而且新文学事实上也并未完全放弃传统创作形式。《学衡》1922年第1、2期曾连载胡先骕的长文《评〈尝试集〉》，该文对胡适《尝试集》新旧混编情况作了分类批评，认为"《尝试集》之价值为负性的"。据吴宓记述，胡先骕此文曾投寄多家刊物，结果各刊不敢录用②。这种情况固然存在，但是古典诗词曲赋其实依然有其生存空间，甚至在一定程度上还为部分新文学人士所承认，单是胡适《尝试集》、郭沫若《蝴蝶集》等诗集将新旧体诗词混合印行这一点就足以说明问题，更何况许多新文学作家都坚持或后来转向了古典诗词曲赋创作——新文学毕竟不具有意识形态控制力量，并不能在物质与制度层面彻底摧毁古典诗词曲赋的存在基础。文学史事实提示我们，"断裂"只是表象而非真相，20世纪中国文学现代化进程有其深刻的内在历史连续性，尚需作更深入更全面的探究。

事实上，表面的"断裂"只能意味着20世纪中国文学现代化在创作、批评与研究等方面，确实存在着不同的学术思想分野与实现路径。贯穿20世纪中国文学现代化进程的基本学术思想分野，我们认为，主要是围绕文学雅、俗性质的思想论争而呈现出的古典精英立场与现代民间立场的分化与对峙。这里所谓"立场"，主要指研究者基于文学雅、俗性质判认而表现出的研究旨趣与学术姿态，亦即研究者对于文学现代化发展趋向或价值取向的学术思想认同。现代新儒家学者徐复观曾指出，新文化运动以来的

---

① 谢冕：《文学的绿色革命》，贵阳：贵州人民出版社1988年版，第165页。
② 吴宓：《吴宓自编年谱》，北京：生活·读书·新知三联书店1995年版，第229页。

文学史研究存在三点错误观念或风气,其中后两点是:"第二,'凡属文言的作品便是死文学;只有白话的作品,才是活文学'的口号,使文学史中,唯有俗文学才受到文学的待遇;五十年以前,每一时代的文学主流,便实际都受到'非文学'的待遇。……第三,进化的观念,在文学、艺术中,只能作有限度的应用。历史中,文学艺术的创造,绝对多数,只能用'变化'的观念加以解释,而不能用进化的观念加以解释。"①徐复观同样看到了"俗文学"与"进化的观念"在文学史研究中的负面影响,但他似乎未能揭示出这两方面的内在联系,而且对"进化的观念"也未作彻底否定,与钱穆的观点略有差异。具体地看,古典精英立场主张文学现代化必须发挥学术的社会领导作用,保持文学研究的精英性质;现代民间立场则强调文学现代化必须以引导通俗文学为文学研究的基本价值取向。类似的学术思想分野其实在近代以前的中国文学史上早已存在,只不过主要发生在中国文化体系内部而表现为传统的文学"雅俗"观念。近代以来,尤其是新文化运动以来,围绕文学雅、俗性质的思想论争,则是在西学东渐的文化背景下,伴随着建立现代民族国家的宏观历史叙事而发生的,有着特殊的思想特征和学术性质。如果宽泛地看,在文学立场的学术思想分野问题上,可以说,传统与现代之间没有"断裂"。

近代以来文学民间立场的形成,大体肇始于晚清时期的资产阶级维新变法运动,主要表现为对俗文学及其接受对象的发现、认识与培养,具体方式则是运用白话报刊为阵地发表通俗性文学作品,以实现"启民智"的社会思想启蒙目的。但是在辛亥革命以前,这种民间立场本质上仍然是以古典精英主义为思想底蕴的,因而并不能真正引发关于文学雅、俗性质的大规模论争。自新文化运动将"现代化"由器物和制度层面深化到文化层面并揭橥"文学革命",才彻底廓清了古典精英主义的纠葛,真正以西方近现代人文主义思想为核心发现和确立了文学的现代民间立场。

钱穆曾经指出,文学革命本质上属于人生思想道德革命,"言其成效,

---

① 徐复观:《中国文学论集·自序》,台北:学生书局1982年版,第3—4页。

亦以改换社会人生观念与提出新思想新道德之讨论，为此次文学革命莫大之成绩"，并且"所谓成绩，亦在普及方面，不在提高与深入方面"①，因而最终不可避免地转化成了社会革命、政治革命。很显然，钱穆认为新文学的基本性质是"普及"。如果进一步探究，所谓"普及"乃是新文学的现代民间立场的自我发现及其对象化。著名文学史家王瑶先生曾经指出："'五四'时期的先驱者们既是新文学历史的开创者，同时又是传统文学历史的新的解释者，这两者是相互联系和渗透的，他们对于传统的理解，一定程度上实际也是对他们自身的理解，或者说他们要在对传统的新解释中来发现和肯定自己。"②诚然，新文学先驱者们在开创与解释中理解、发现和肯定了他们自身，但是毫无疑问，这一切乃建筑于对传统文学历史的革命性颠覆之上。可以说，新文学革命是对以古典精英立场为主流的传统文学历史的重新解释，是以西方近现代人文主义文学思潮为参照的现代民间立场的发现与确立，因而新文化运动先驱者们的自我理解、发现和肯定，最终必然趋向于以"普及"方式认同真正的或最能代表现代民间立场的新的历史主体——农工大众、无产阶级、工农兵、人民群众等，而这种认同趋向又必然会激发"普及"与"提高"的新的紧张与互动关系。从新文化运动时期新文学所强调提出的一组组相互对应甚至对立的文学概念，例如新文学与旧文学、白话文学与文言文学、平民文学与贵族文学等等，到此后文艺界内部各种论争，例如为人生与为艺术、民族形式、大众化等，我们恐怕不难发现，其中贯穿着以建立现代民族国家为叙事背景，围绕历史主体的认同而形成的现代民间立场与古典精英立场的基本学术思想分野及其矛盾运动。

新文学现代民间立场的发现与确立，主要表现为在"科学"口号下以进化论观点对传统文学历史的重新解释，表现为通过俗文学传统的建构对抗甚至颠覆雅文学传统。在中国近、现代，由欧美输入的各种科学观念和

---

① 钱穆：《谈当前学风之弊》，《学籥》，第233页，《全集》第24册。

② 王瑶：《"五四"时期对中国传统文学的价值重估》，《中国现代文学史论集》，北京：北京大学出版社1998年版，第344页。

方法中，达尔文和斯宾塞的进化论影响最大，在很长一段时间里，历史演进的进化论几乎成了科学观念和方法的代名词，对近代知识分子产生了广泛而深远的影响。用进化论观点阐释中国文学史上的文体变革经验，从而为白话文学（主要是白话新诗）的合法性辩护，乃是"文学革命"的基本路径，其中显然有西方思想的印迹。

事实上，自从达尔文和斯宾塞的进化论观点提出后，在西方许多国家中，这种历史演进论都被运用到了文学史的研究中，特别是在解释原始口头文学与后世文学在技巧、主题、历史的关联问题上，19世纪末20世纪初出版的英美相关著作几乎都是以进化论观点为观念依据的[①]。在新文化运动"重新估定一切价值"的理论旗帜下，新文学先驱者们用"历史进化的眼光"来审视传统文学历史，重新塑造出了新的文学"传统"。胡适指出："自然趋势逐渐实现，不用有意的鼓吹去促进他，那便是自然的进化。自然趋势有时被人类的习惯性、守旧性所阻碍，到了该实现的时候均不实现，必须用有意的鼓吹去促进他的实现，那便是革命了。"[②]他把中国文学史发展演变过程解释成"自然的进化"，而"文学革命"之所以必要，原因即在于文学的"自然进化"受到了传统"习惯性、守旧性"的阻碍，必须以革命性的"鼓吹"促进其顺利实现。由此胡适认为，真正代表中国文学历史自然进化趋势的是"俗语文学"，而不是建筑在古典精英立场上的文言文学。

"中国俗语文学是中国的正统文学，是代表中国自然发展的趋势的。"[③]在胡适看来，运用白话创作的"俗语文学"是中国文学历史进化的主体，它的民间立场代表了自然进化的趋势，用白话取代文言来作为文学的真正工具，乃是推动文学自然进化趋势冲破"习惯性、守旧性"传统阻

---

① 雷内·韦勒克:《文学史上的演变观念》,《批评的概念》,张今言译,杭州:中国美术学院出版社1999年版,第39页。

② 胡适:《谈新诗》,《胡适学术文集·新文学运动》,北京:中华书局1993年版,第389页。

③ 胡适:《逼上梁山》,《胡适学术文集·新文学运动》,北京:中华书局1997年版,第200页。

碍的必然选择。梁启超在《小说丛话·饮冰》中也曾指出："文学进化有一大关键，即由古语之文学变为俗语之文学是也。各国文学史之开展，靡不循此轨道。"梁启超的观点与胡适基本相同，但是并未得出像后者那样明显的将"新"与"旧"二元对立的偏激结论。胡适指出："我们若用历史进化的眼光来看中国诗的变迁，便可以看出从《三百篇》到现在，诗的进化没有一回不是跟着诗体的进化来的。"①《诗经》是中国文学的不祧远祖，要确证"俗语文学"代表着中国文学自然进化的趋势，最有说服力的做法无疑是以历史进化的眼光重新解释《诗经》，从中发掘出现代民间立场的元典根据，因而胡适倡导重新估定《诗经》的价值，还它一个"本来面目"。他在《国学季刊发刊宣言》中说："整理国故，必须以汉还汉，以魏、晋还魏、晋，以唐还唐，以宋还宋，以明还明，以清还清，以古文换古文家，以今文还今文家……各还他一个本来面目，然后评判各代各家各人的义理是非。不还他们的本来面目，则多诬古人。不评判他们的是非，则多误今人。但不先弄明白了他们的本来面目，我们决不配评判他们的是非。"很显然，胡适提出还《诗经》一个"本来面目"，根本目的是要以此为切入点，通过"整理国故"来还中国传统文学所谓"本来面目"，究其实质，就是要通过论证《诗经》的"俗语文学"性质，从源头上确认白话文学传统，最终为新文学的现代民间立场辩护。理解了这一点，我们便可以明白何以新文化运动以来会有那么多学者热衷于研究《诗经》和民间歌谣，便可以清楚地看到其中围绕雅、俗问题论争出现的学术思想分野，便可以进一步理解隐藏于此后各种文艺论争中的古典精英立场与现代民间立场的分化与对峙。这里我们不妨以《诗经》研究为中心，简单梳理一下其中的基本学术思想分野。

新文化运动以来的《诗经》研究，存在着不同研究进路。运用民俗学、文化人类学理论与方法研究《诗经》，基本站在现代民间立场上，要还《诗经》一个本来面目。胡适指出："从前的人把这部《诗经》都看得

---

① 胡适:《谈新诗》,《胡适学术文集·新文学运动》,北京:中华书局1997年版,第389页。

非常神圣,说它是一部经典,我们现在要打破这一观念。假如这个观念不能打破,《诗经》简直可以不研究了。因为《诗经》并不是一部圣经,确实是一部古代歌谣的总集,可以做社会史的材料,可以做文化的材料。万不能说它是一部神圣经典。"①在此,胡适强调《诗经》不是神圣的经典,而是一部古代歌谣的总集,认为这才是它的"本来面目"。此后,顾颉刚、刘大白、钟敬文等人又进一步以现代民歌推论《诗经》的古代歌谣性质,试图以民俗学新视角"洗刷出《诗经》的本来面目"。正如顾颉刚所坦率表白的那样——"我对于歌谣的本身并没有多大的兴趣,我的研究歌谣是有所为而为的"②,胡适、顾颉刚等人以现代民歌来还《诗经》本来面目的研究进路,根本意图是要以"科学"的方法论证《诗经》的民间性质,从而为新文学的现代民间立场辩护。尽管这个研究进路忽视了《诗经》"诗"的性质,其局限性也正如周作人所批评的——"守旧的固然是武断,过于求新者也容易流为别的武断"③,但是它无疑引发了中国新诗发展中的"歌谣化"潮流,对于20世纪中国文学现代民间立场的确立有着深远影响。

上述现代民间立场,后来在郑振铎、闻一多等人的《诗经》研究中不仅同样存在,而且被提升到了一个新的高度。郑振铎明确主张在新文学运动的热潮中应该有"整理国故"的举动,并申明其整理国故的新精神是"无征不信",基本主张与胡适等人大体接近。他在《读毛诗序》一文中指出:"大概作《诗序》的人,误认《诗经》里许多诗都是对帝王而发的,所以他所解说的诗意,不是美某王,便是刺某公!又误认诗歌是贵族的专有品;所以他把许多诗都归到某夫人或某公,某大夫所作的。……因为他有了这几个成见在心,于是一部很好的搜集古代诗歌很完备的《诗经》,

---

① 胡适:《谈谈诗经》,《古史辨》第三册,上海:上海古籍出版社1982年版,第577页。
② 顾颉刚:《我是怎样编写〈古史辨〉的》,《古史辨》第一册,上海:上海古籍出版社1982年版,第43页。
③ 周作人:《谈"谈谈诗经"》,《古史辨》第三册,上海:上海古籍出版社1982年版,第589页。

被他一解释便变成一部毫无意义而艰深若盘诰的悬戒之书了。"①郑振铎首先强调了《诗经》的"诗歌"性质，但同时认为它并非"贵族的专有品"，必须以科学精神来研究《诗经》，"费一番洗刷的功夫，把它从沙石堆中取出，而加之以新的证明、新的基础"。这显然是要破除"旧文学观"，通过整理国故来确立文学研究的现代民间立场。

闻一多则指出："在今天要看到《诗经》的真面目，是颇不容易的，尤其是那圣人或'圣人们'赐给它的点化，最是我们的障碍。……读诗时，我们要了解的是诗人，不是圣人。"②他强调"用'《诗经》时代'的眼光读《诗经》，用'诗'的眼光读《诗经》"，并综合运用民俗学、神话学、文化人类学等方法多角度、多侧面地去揭示它的丰富内涵。尽管闻一多并不赞成仅仅以我们时代的价值去框定处于特定历史语境中的《诗经》，但是他的研究依然蕴涵着鲜明的现代民间立场。诚如郭沫若1947年为《闻一多全集》所写的序言中指出的那样——"假如在一多获得了人民意识之后，再多活得十年，让他在事业上，在学问上，更多多地为人民服务，人民的收获想来也不会更微末的吧?"——闻一多的《诗经》研究是具有现代民间立场的，"人民意识"便是这种立场的高度升华。除了郑振铎、闻一多，朱自清等人也立足于现代民间立场对《诗经》作了深入的研究。限于篇幅，这里就不详细介绍了。

无论是胡适、顾颉刚等人，还是郑振铎、闻一多等人，基本上都力求以现代科学方法剥离《诗经》研究"经"的信仰雾障，还原《诗经》民间文学的"本来面目"。毫无疑问，这是站在现代民间立场上的文学价值观念重构。与此相对的，则是基于古典精英立场的《诗经》研究。这里我们以钱穆和朱东润为例稍作介绍。

《读诗经》是钱穆研究《诗经》最重要的一篇论文，最初刊载于1951

① 郑振铎:《读毛诗序》,《古史辩》第三册,上海:上海古籍出版社1982年版,第382页。
② 闻一多:《匡斋尺牍》,《闻一多全集》第3卷,武汉:湖北人民出版社1993年版,第199页。

年《新亚学报》第五卷第一期，后收入《中国学术思想史论丛（一）》。钱穆认为，《诗经》兼有经学与文学性质，必须立足于它的"王官之学"这个学术史事实，将经学与文学两方面融会贯通，才能发现其中蕴涵的中国文学的一些"原始特点"。钱穆并不否认《诗经》渊源于民间歌谣，但他强调《诗经》毕竟已经是改铸民间歌谣文辞音调而雅化共喻的"诗"，"固自有其绳尺、标准"，性质上与民间歌谣有很大差异，不能以民间歌谣来解说《诗经》。他说："故知《诗经》之得为中国文学史上之本祧远祖，永为后人所尊奉，断不可不认必有一番文字雅化之工夫。而近人偏欲以俗文学、白话诗说之，一涉雅字，便感蹙额病心，深滋不乐。此后有所谓新文学者我不知，若抱此态度而研治中国已往之文学史，我见其必扞格而难通；即开始对此三百首诗，亦便见其将无法可通也。"①如前所述，钱穆认为中国文学语言有其随俗雅化的文化生命生长的过程，这个特性决定了以《诗经》为源头的中国文学的主流是雅文学，以随俗雅化为演进趋向，后起的俗文学自始"即已孕育于极浓厚之雅文学传统之内，而多吸收有雅文学之旧产"，因而中国文学史的发展"乃非由白话形成为文言，实乃由文言而形成为白话者"。

钱穆虽然强调研治中国文学史必须联属于民族文化历史的全部体系与全部进程，但是他显然不赞成仅仅将《诗经》视为文化史的原始材料，而忽视了其中的人文精神，因而他强调不能回顾式地由考察《诗经》本文的原始状貌来判定它的文学史价值与意义，而应该前瞻性地考察其人文性质，由此推论它对中国文学文化生命的生成意义。在钱穆看来，"今人所谓民间歌、或俗文学等新观念，在近人论文学，固不妨高抬其声价，以为惟此乃为文学之真源"，其实这只不过是捃摭西方文学价值观念来比附中国文学，终究难以切实发挥中国文学史的"独特内在之真相"。很显然，钱穆乃是站在古典精英立场上发挥《诗经》的文学史价值与意义，与新文化运动以来《诗经》研究中的现代民间立场实属针锋相对。

① 钱穆：《读诗经》,《中国学术思想史论丛（一）》,第219页,《全集》第18册。

朱东润先生的《诗经》研究，观点与立场看起来似乎显得比较特殊。在《国风出于民间论质疑》一文中，朱东润主要从"列士献诗"说入手，列举详尽材料论证了"《国语》所谓列士献诗，在列者献诗，其义要当于统治阶级称诗而已"，并由此得出结论："《国风》诸诗果为卿大夫列士间诗，则其不得称为民间之诗者可知矣。"①此外，朱东润还从古代典籍中记载墨家称引《诗经》与今本多有不合的事实出发，认为今本《诗经》"其祖本乃有儒、墨两家之不同，甚至在此两本以外复有其他之本，亦未可知。要之今本《诗》三百五篇，与先秦通行之本，决非绝对相同，其相异之点，亦不仅在字句之间，则可断言也"②。在这个意义上，要还原《诗经》"本来面目"其实是相当困难甚至不可能的。

单就文学研究本身而言，朱东润的观点看似与钱穆比较接近，但是他又无疑是坚持新文化运动以来的现代民间立场的。朱东润在《国风出于民间论质疑》中曾经指出："大抵民间文学之立足点，在将来而不在过去，与其争不可必信之传说，何如作前途无限之展望？吾人果能溯以往以衡来今，则知今后之民间文学，其发展乃无穷。"显然，朱东润虽然否定了《诗经》的民间文学性质，但是他并未脱离现实人生与时代需要，他的研究实有以古典文学遗产助益现代"民间文学"的旨趣。但是朱东润的这种略带折中性质的实事求是的学术立场，在雅、俗对峙的整体氛围中是很难获得主流观点认可的，以至于1951年前后，在意识到自己的研究"意见和一般看法相去太远，提出来可能会引起无谓的纠纷"的情况下③，他退出了当时已带有非学术意味的学术论争。

其实，20世纪中国文学现代化进程中古典精英立场与现代民间立场的学术思想分野，本身不可能完全回避意识形态问题，就古典精英立场与现

---

① 朱东润：《国风出于民间论质疑》，《诗三百篇探故》，上海：上海古籍出版社1981年版，第5—6页。

② 朱东润：《古诗说摭遗》，《诗三百篇探故》，上海：上海古籍出版社1981年版，第77页。

③ 朱东润：《朱东润自传》，《朱东润传记作品全集》第四卷，上海：东方出版中心1999年版，第346页。

代民间立场内部而言，也必然会由于意识形态不同发生分化与对峙。例如钱穆和朱东润，虽然都肯定《诗经》雅文学性质，但是由于意识形态的差异，钱穆显然站在了古典精英立场，强调中国文学现代化当以"雅文学"为趋向，而朱东润则站在了现代民间立场，主张贯通雅俗。如果剔除政治因素来考察新文化运动以来的文学现代化进程，那么我们就会发现，在文学现代化趋向问题上，古典精英立场与现代民间立场的学术思想分野显然是客观存在的。

总体说来，胡适、顾颉刚、闻一多、郑振铎、朱东润、郭沫若、周扬、成仿吾等基本上是以现代民间立场来判认文学现代化趋向的，主张以俗文学、民间文学或大众文学等为立足点与价值取向，来构筑文学现代化理论体系；而钱穆、朱光潜、宗白华、钱锺书、顾随等则站在古典精英立场上，强调文学现代化必须保持应有的精英性质，或坚持传统"雅文学"观念，或主张以"雅"的格调趣味为主导价值取向来融通雅俗两方面。当然，这只是就文学现代化趋向本身作出的学术思想分野，如果综合考虑到其他一些文学现代性因素的话，那么，古典精英立场与现代民间立场内部本身其实也还存在着种种理论分歧，我们至少可以区分出辩证唯物主义、自由主义、保守主义等不同文学理论或主张。在20世纪绝大部分历史时期里，中国文学现代化进程由于意识形态因素的影响与制约，明显呈现出古典精英立场与现代民间立场的分野甚至对峙。这需要我们进一步加深认识。

回顾和反思20世纪中国文学现代化进程，我们不难发现，钱穆和他的同时代学者们关于文学雅俗性质与发展趋向的种种论争，背后其实隐藏着古典精英立场与现代民间立场的重大学术思想分野。这种学术思想分野给20世纪中国文学现代化进程带来了既深且巨的复杂影响，对于其中功过是非，我们尚需赋予更多同情的了解和客观的评价，争取在新的历史语境下探寻实现二者现代性转型的可能性。但是至少有一点可以说是确定无疑的，那就是这两种立场大都附随积极的现实人文关怀，尽管具体形态和表达方式有所不同。

毫无疑问,中国文学现代化进程仍将继续。我们有必要总结历史经验,进一步拆除"雅""俗"对峙的藩篱,承担起以学术领导社会进步的时代重任,但同时绝不能失去现实人文关怀,以至于文学研究裂变蜕化成漫失了学术精神与思想立场的纯粹知识建构。钱穆曾经指出:"一个人要有自己的立场,又要知道自己国家民族的立场,作学问亦然。"①这个意见在今天恐怕仍然值得我们注意。学术研究应当有其独立品格,其理想境界恐怕还是应当同时葆有学术精英意识和现实人文关怀。在今天,如何拆除雅、俗对峙的藩篱,进一步将二者融会贯通为符合时代需要的学术立场,进而奠立续写中国文学现代化进程乐章的新起点,恐怕还需要学术研究给予更多的关注与思考。

3.阶段性模式选择与多元话语建构

"现代化"无疑是一个动态的历史进程,其核心机制实质上是现实主体不断阐释既往历史进程并实践其阐释的结论,换言之,"现代化"进程是一部历史的"阐释史"。就中国文学现代化而言,新文化运动期间的新、旧文学论争,表面上是文学形式之争,实质上可以理解为中国文学史的阐释话语权之争。

从1897年11月《演义白话报》在上海创办,至1920年北洋政府教育部训令小学国文教育采用语体文②,白话逐步获得"国语"地位,此后虽然在章士钊兼署南京国民政府教育总长期间有文言的复潮,但是在1928年南京国民政府大学院规定"小学一律用语体文教学,不用艰深的文言文"③之后,白话的"国语"地位得到巩固。钱基博说:"教育部以民国九年颁'小学课本改用国语'之令。而白话文之宣传,益得植其基于法

---

① 钱穆:《经学大要》,《讲堂遗录》,第369页,《全集》第52册。
② 《咨各省区国民学校一二年级自本年秋季起先改国文为语体文以为国语教育之预备文(第三十八号,九年一月十二日)》,《教育杂志》第7卷第2号(1920年2月20日)。
③ 《大学院注意普教之两通令》,《教育杂志》第20卷第8号(1928年8月20日)。

令。"①诚如所言，白话的"国语"地位的确立，有赖于民间论争与政府法令的合力。考察清末民初的文言与白话之争，主要聚焦于语言作为媒介的便利性及其衍生的"文、言一致"要求，换言之，只是对文言与白话的工具应用性及其要求的论争。

新文化运动期间的白话文学与文言文学之争虽然发轫于文言与白话之争，但是根本性质是不同的。周作人曾指出："那时候的白话，是出自政治方面的需求，只是戊戌政变的余波之一，和后来的白话文可说是没有多大关系的。"②这个辨析是准确的。"后来的白话文"其实并非聚焦于文学媒介本身，而是深入文学价值观层面的一种系统性重构。胡适说："白话文学之为中国文学之正宗，又为将来文学必用之利器。"③又说："古人已造古人之文学，今人当造今人之文学……今日文学之正宗，当以白话文学为正宗。"④显然，新文化运动期间的白话文学与文言文学之争完全超越了语言文字作为媒介的工具便利性与"文、言一致"的必要性层面，业已深入文学形式的正当性判断层面。胡适倡导"国语的文学，文学的国语"，赋予白话文学以国语文学的地位，一方面指称文言为"死文字"并断言"死文字决不能产出活文学"，另一方面宣称"（白话）可以用来创造中国现在和将来的新文学，并且要用那'国语的文学'来做统一全民族的语言的唯一工具"⑤。1928年，胡适《白话文学史》问世。在《白话文学史》中，胡适将中国文学史区分为"白话文学史"与"古文传统史"两个系统，认为白话是文学进化的重要标志，强调"白话文学史就是中国文学史的中心部分"，从而系统论证了白话文为文学的正宗。作为新文化运动的主将，胡适的意见得到了陈独秀、钱玄同等人的认同与支持。显然，新文

① 钱基博:《现代中国文学史》,上海:世界书局1933年版,第447页。

② 周作人:《中国新文学的源流》,《周作人散文全集》第6卷,桂林:广西师范大学出版社2009年版,第96页。

③ 胡适:《文学改良刍议》,《新青年》第2卷第5号(1917年1月1日)。

④ 胡适:《历史的文学观念论》,《新青年》第3卷第3号(1917年5月1日)。

⑤ 胡适:《〈建设理论集〉导言》,《中国新文学大系》第1集,上海:上海良友图书印刷公司1935年版。

化运动期间的新、旧文学之争表面上是文言与白话的文学形式之争，骨子里其实是"文学之正宗"的论争，是对中国文学史阐释话语权的争夺。

钱穆之纠弹新文学及倡导"传统开新现代"的文学开新论，其实是针对新文学的文学现代化主张的反拨，力求以文化生命本体论重新阐释中国文学史，论证"传统性"之发扬或"民族精神之发扬"为中国文学现代化的合理趋向。钱穆说："历史传统中必有不断之现代化，每一现代化亦必有其历史传统之存在。"①他强调现代化的中心点应该是认识和发扬民族文化"传统性"，换言之，民族文化现代化应该是一种自力的"'传统'之现代化"，而不应是他力的"现代化其'传统'"。钱穆强调挺立中国文学"传统性"，这本身无可厚非，但是对于文学现代化来说却是不够的。在西学东渐的背景下，中国文学现代化不可能是中国文学"传统性"的自力的再阐释，只能是中国文学"传统性"的合力的"现代性"建构。钱穆的文学现代化主张在对中国文学史"传统"的阐释方面，虽然不乏独到见解，但是整体上囿于"传统"而缺乏"现代性"理论建构应有的系统性与专业性，归根到底终究缺乏成为主流所必需的理论阐释力量。

如果我们把新、旧文学之争视为中国文学史阐释话语权之争的话，就可能比较容易解释钱穆文学开新论一度高度边缘化的原因，相对而言，也比较容易梳理文学现代化的应有逻辑。伽达默尔说："真正的历史对象根本不是一个客体，而是自身与他者的统一，是一种关系。"②中国文学史的阐释对象同样不是一个"客体"，而是一种"关系"。西学东渐背景下的中国文学现代化有其内在的"现代性"要求，必须超越民族文学的"传统性"框限，审慎处理"自我"与"他者"的关系。钱穆的文学开新论主张"传统开新现代"，强调尊重与发扬"传统性"，但是其"道德一元论"体系显然无法有效回应"他者"的冲击。钱穆说："先把此人类历史上多采多姿各别创造的文化传统，平等地各自尊重其存在；然后异中求同，同中见异，又能集异建同，采纳现世界各民族相异文化优点，来会通混合建造

---

① 钱穆:《略论中国史学》,《现代中国学术论衡》,第151页,《全集》第25册。
② 伽达默尔:《真理与方法》,洪汉鼎译,上海:译文出版社1999年版,第391页。

出一理想的世界文化。"①类似的意见亦见诸现代新儒家学者徐复观："'世界文学'不是成立于否定'国民文学'之上，而是成立于国民文学中所发掘出的彻底的、根源的人性，即通于世界的人性，是最成功的'国民文学'，同时即是'世界文学'"②无论是钱穆的基于"传统性"的"世界文化"，还是徐复观的基于融通的"人性"的"世界文学"，其实都未能超越以传统儒家道德理性为核心的"道德一元论"窠臼，他们提出的"世界文化"或"世界文学"仅仅是对"他者"冲击的被动的、虚套的反应，因而只能提出以"返本开新"为核心内涵的自力的现代化主张，没有也不可能真正在全面深入梳理"自我"与"他者"关系的基础上提供关于"世界文化"或"世界文学"的切实想象。新文学偏向借助"他者"经验的文学革命主张，虽然有失于全盘西化的偏激立场，但是在近代以来蔚为潮流的进化论提供的"进步"价值观的支撑下，新文学极为轻松地获得了对旧文学的优势地位。自此以往，新文学"进步"，旧文学"落后"，很长时间里成为不可移易、不容商榷的判断。钱穆"传统开新现代"的文学现代化主张，以"道德一元论"重新阐释中国文学传统，文化保守主义色彩浓厚，并不符合以进化论为底蕴的"进步"价值标准，其处于高度边缘化境地在所难免。

不过，新文学的文学现代化主张在新文化运动期间相对于旧文学、文化保守主义的主流地位，其实是暂时的和表面的。一方面，以胡适为代表，新文学对中国文学史的阐释虽然新颖而富有创造性，但是并不符合中国文学史的客观事实，因此这种阐释不足以颠覆与解构包括旧文学、文化保守主义等在内的中国学人的传统的文学史观；另一方面，新文化运动的"民主"与"科学"旗帜，在新文学与旧文学争夺文学现代化话语权的斗争中具有有效性，但是新文学本身并未能在"民主"与"科学"的基础上，进一步提炼出更加符合争取民族解放与建设现代国家的历史实践所需

① 钱穆：《如何研究文化史》，《中国历史研究法》，第152页，《全集》第31册。
② 徐复观：《中国文学讨论中的迷失》，《中国文学论集续篇》，台北：学生书局1982年版，第158页。

要的具体理论。中国现当代文学发展的客观事实表明，新文化运动与新文学运动后的中国文学现代化主流，是与争取民族解放与建设现代国家的历史实践主旋律相适应的马克思主义文学理论。新民主主义革命时期，马克思主义文学理论的传播与实践，重心在强调文学为无产阶级革命运动服务，尚未充分展开对中国文学史的批判与阐释。中华人民共和国成立至改革开放前夕，马克思主义文学理论开始运用唯物史观改造中国文学史，不过，运用"阶级"与"阶级斗争"视角对中国文学史的阐释，事实证明，是不成功的。改革开放给中国的文艺研究带来了春天的新生，经过一段时间的积累与思考，"重写文学史"运动兴起，就文学现代化、文学现代性等问题展开了深度的讨论，不过，"重写文学史"运动在核心理论主张上洞见与盲点并存，整体上具有历史虚无主义性质。综观新文化运动以来的中国文学思想史，中国文学史（包括中国古代文学史和现当代文学史）的重新阐释和书写，一定意义上可以说是中国文学思想界就文学现代化问题进行理论反思与建构的重要形式之一，胡适《白话文学史》、钱基博《现代中国文学史》、郑振铎《中国文学史》等是这样，"重写文学史"运动也是这样。以此反观新文化运动期间的新、旧文学论争，无疑存在以重新阐释中国文学史或文学传统寻求文学现代化话语权的意味。与此同时，我们恐怕也不难得出结论：中国文学现代化仍处于未竟进程，文学史的重新阐释与书写也许还会以不同的形式继续出现。

自新文化运动以来，无论中国文学现代化进程在不同发展阶段上出现了怎样的思潮与论争，一个基本的事实是：中国文学及批评业已出现两种性质的文学形态与话语体系分途发展的格局。不管二者之间有无交叉与融合，以现当代文学为代表的现代文学形态及批评话语，显然与古典文学形态及批评话语之间隔若河汉。这无疑是当下及今后中国文学现代化需要面对的"历史对象"，同时也意味着中国文学现代化需要处理的问题可能更为复杂。现代文学形态及批评话语与古典文学形态及批评话语之间的紧张关系，在新文化运动期间因为前者的建构而首次获得集中呈现，但是这种紧张关系在新文化运动之后的很长时间里，由于种种原因，始终处于被搁置或被压制的状态。这种紧张关系的被搁置或被压制，一方面使得中国文学现代化进程在各个历史阶段均能波澜不惊地平稳开展，另一方面也使得这种紧张关系更趋内在化。现代文学形态及批评话语与古典文学形态及批评话语在性质上完全不同，虽然二者有或显或隐、或主或次等观感上的差异，但是无论在创作层面还是批评层面，它们毕竟都客观存在于"中国文学"与"中国文学批评"的统一体之中。我们很难想象，中国文学现代化的未来进程是否需要打破以及如何打破这种格局，但是我们必须面对和适应这种格局，因为它在很长历史时期内恐怕不会有根本改变。

理论上讲，中国文学现代化不应该在现代文学形态、古典文学形态各自为战的态势下开展，它需要二者之间的对话与交流，当然还需要它们与西方文学展开对话与交流。不过，令人遗憾的是，现代文学形态与古典文学形态之间相互对话与交流的局面并未形成。新文化运动以来，中国的古典文学创作依然存在，但是缺乏对这些创作的批评实践以及文学史层面的梳理与建构——对现当代时期的古典文学创作进行梳理的古典文学史暂告阙如。与此同时，现代文学形态的文学史视野又仅仅关注新文化运动以下，即便是20世纪80年代"重写文学史"思潮，也只是追求以文学现代化和纯文学为中心"重写"中国现代文学史。如果说文学现代化在一定意义上就是以对文学史进行再阐释的方式进行的话，那么，无论是现代文学形态还是古典文学形态，其实都放弃了对完整的中国文学史进行再阐释的想象与努力——在这一点上，胡适《白话文学史》的整体性视野倒是值得我们许以敬意的。我们恐怕很难认同以下这一点：我们把古典文学研究者阐释的中国古代文学史，与现当代文学研究者阐释的中国现当代文学史整合在一起，便可以构成完整的"中国文学史"。单纯就文学内部而言，中国文学现代化恐怕真的需要现代文学形态与古典文学形态的相向而行，实现"自我"与"他者"的内在统一。

就文学现代化而言，"现代性"诉求是唯一的，而"现代化"模式则可以作多元选择。纵观近现代以来中国文学现代化历史进程，中国文学创作、批评与研究在形式、方法、观念等方面均已发生了巨大变化，不能说丝毫没有踏上现代化道路，也不能说没有拥有过自己的现代化模式。不过，中国文学现代化进程无疑是曲折艰难的，就主流模式而言，无论"西化"或"苏化"，一定程度上均未能根本摆脱反传统倾向带来的负面影响，以至于在某些情况下甚至将本土文学思想资源降为求证西方理论的材料。因此，如何充分发掘和利用本土思想资源，彰显其自主性价值，克服外源型现代化模式的不足之处，应该是我们探讨中国文学现代化问题所亟待解决的重要问题。

中国自鸦片战争以降的现代化运动，是一个东亚古老农业文化对西方工业文明冲击的回应，其中伴随着西方文明的发展和东方民族的觉醒。在这个外源型现代化运动中，"西方"无疑是带有进步和侵略、发达和堕落两种矛盾面相的文化象征，这就导致中国的现代化进程自始即交织着"西方化"和"反西方化"两种矛盾复杂的文化心理：一方面迎受西方现代性而改革文化传统，另一方面则抵拒西方殖民霸权而复兴民族国家。这种文化心理，在新文化运动以来的中国文学现代化模式选择艰难曲折的历史进程中同样有所反映。

新文化运动时期的文学现代化运动，可以说，浓缩了欧洲18世纪启蒙时代以来近两百年的文学现代化思想的全部进程，因而西方"历时性"的现代性思想的演进，无疑会在中国呈现为"共时性"的现代化模式的艰难选择及思想冲突。在新文学的思想武库中，英法启蒙理性主义、德国唯心论、浪漫主义和社会主义等各种西方思潮相互激荡，因而新文学可以选择的西方思想资源类型多样；与此同时，传统思想也还在或多或少地发挥作用。这样一来，新文化运动时期的文学现代化运动也就不可避免地会由于模式选择的歧异，极易导致各种思想资源之间的矛盾冲突。应该看到，20世纪中国的新文学运动与18世纪欧洲启蒙运动以来的文学现代化进程之间，有着不同的历史语境，在近两百年的时代落差中，西方资本主义"丛林法则"的现代发展所衍生的殖民霸权、道德沦丧等文化病态，显得越来越突出。现代资本主义弊端丛生的发展困境，也激发了中国文学现代化模式选择过程不可避免地裹挟着道德主义和反资本主义倾向，最终形成"西方化"和"反西方化"思想倾向矛盾共存的文化心理。新文化运动以来，各种思想流派共存并奏、相反相成，共同奠立了中国文学现代化模式选择的复杂架构，其中尤以自由主义、激进主义和保守主义影响最大。

美国学者史华慈（Bejamin I. Schwartz）在《论保守主义》中指出，自由主义、激进主义和保守主义，"这三项范畴大致同时出现的事实，恰足以说明他们在许多共同观念的同一架构里运作，而这些观念是出现于欧洲历史的某一时期"[1]。我国当代著名学者方克立也曾引述史华慈的说法，并明确指出："这三派思想家都有救亡图存的爱国主义激情，都力图向西方寻找真理，来解决中国经济、政治、文化的现实出路问题，而又都想避免已经暴露出来的西方文明的弊端。可以说他们是'在许多共同观念的同一架构里运作'，不过对同一问题的解决采取了不同的途径而已。他们之间的分歧和冲突推动了现代中国历史的进程，这三派思想共同构成了'五四'时期文化启蒙的真实内容。"[2]这个看法明确指出了自由主义、激进主义和保守主义三派思想共同的思想底线及历史意义，是极其辩证通达的。这三派思想至少在爱国主义和现代化要求两方面是处于"同一架构"里的，承认这一点其实非常重要，只有这样才能在它们的文学现代化模式选择之间开展合理评价。

问题的复杂性在于，文学现代化绝不是可以脱离文化现代化的整体进程而单独成立的纯粹的文学事件，它必然同时是关系到种种复杂因素如政治、经济、宗教等的历史事件。换句话说，文学思想现代化必当联系于更为宏大的叙事背景即民族国家现代化，方有其正当性可言。历史证明，无论是从理论上还是从实践上来说，民族国家现代化不大可能采取各种现代

---

① 傅乐诗、周阳山：《近代中国思想人物论——保守主义》，台北：时报文化出版事业有限公司1980年版，第20页。

② 方克立：《现代新儒学与中国现代化》，天津：天津人民出版社1997年版，第94页。

化因素（或现代化要求）整体同步推进的"乌托邦"模式，它总是在不同历史时期围绕某些特定的核心问题或历史要求进行调适，这样就会形成一系列具有内在历史联系的阶段性现代化模式。如果说民族国家现代化有其特定模式的话，那么这个特定模式也只能是各阶段性模式的总和——事实上并不存在这样的特定模式，因为民族国家现代化这个螺旋上升的历史进程没有终点，我们不可能由想象的历史终点回过头来对各阶段性模式进行抽象概括。因此，根据民族国家现代化实际进程来探寻适应历史要求的阶段性模式，乃是正当的、务实的进路。

虽然文学现代化必须融入民族国家现代化进程而成为后者的有机组成部分，但是正因为它仅仅是一个组成部分，文学现代化未必也不可能始终处于民族国家现代化整体历史进程的核心位置，因而它必须始终参照其他现代化因素来确定自己的位置与走向。换句话说，文学现代化可以在其自身内部构成完整的系统，不过它不应该是封闭的，而应该是开放的，必须与外部环境进行交流。

以此审视新文化运动以来至中华人民共和国成立这一历史时期的自由主义、保守主义和激进主义三大流派的文学思想，我们便会发现，惟有激进主义文学现代化模式比较适合当时的历史要求。因为，这一历史时期民族国家现代化的主旋律乃是反对帝国主义侵略和争取国家主权独立，激进主义文学思想与此主旋律产生共鸣，直接服务于当时的革命斗争，自然会成为此一阶段文学现代化的主流模式——这是历史的选择。不过，特定的文学现代化阶段性模式并不具有普遍性，未必能够完全满足民族国家现代化的新需要；一旦历史要求发生新的变化，这种阶段性模式也必将随之变化。

在此，我们不妨以建国十七年文学为例稍作考察。在当时历史条件下，文学现代化需要直接服务于社会主义现代化建设，战争年代建构的激进主义文学现代化模式虽然仍旧可以发挥凝聚和鼓舞人心的积极作用，但是它原本立意于普及的"民族形式"显然不能在艺术上更好地适应文学艺术发展的需要，"高、大、全"文学形象的泛滥成灾便说明了这一点。于是有关于文学遗产的讨论，强调"古为今用"，而自由主义和保守主义文学思潮借此讨论也稍有抬头。20世纪70、80年代以来，在反思"五四"、检讨"西化"与"苏化"模式的潮流中，在"文化热""国学热"的背景下，自由主义与保守主义重新进入人们的视野，这个事实本身就足以说明，"现代化"及其模式选择是在阶段性反复振荡中螺旋上升的，前一阶段被认为"过时"的价值因素在新阶段可能会重新具有参考价值，而一些被认为"进步"的价值因素反而会显露出它的不足之处。可以说，"现代化"本身是一个内涵不断变动的历史概念，阶段性模式的选择也应随之不断自我更新。如果说"现代化"的核心内涵与任务，在民族革命时期可以概括为"建立民族国家"，在社会主义建设时期可以概括为"为社会主义建设服务"，那么在改革开放时期则可以概括为"建设中国特色社会主义"。现代化是一往无前的，阶段性模式选择理应保持前后连贯性，不能简单地以新模式来否定旧模式，否则便会陷入"庸俗进化论"的绝境。

回过头来看主流的激进主义。如果能够以开放姿态吸纳自由主义和保守主义文学思潮的合理成分，那么激进主义本身也会获得发展，甚至可以在自我调整中重构某种适应时代需要的新的阶段性模式。但是，激进主义的意识形态性质决定了它不允许自由主义和保守主义的合法存在，"百家争鸣，百花齐放"只能成为口号，而自由主义和保守主义文学思潮则在激进主义的历史惯性中进一步边缘化，20世纪中国文学现代化亦随之遭受曲折。我们在此着重讨论激进主义，乃基于它是新文化运动以来中国文学现代化主流模式的思想理论核心。回顾激进主义文学现代化模式的历史轨迹，我们不难看出，针对社会文化历史现状和发展趋势进行阶段性模式的探索与选择，应该是比较可取的文学现代化姿态。这个姿态并不是曲学阿世的"媚俗"，它需要有一种从历史经验中概括而来的核心价值为依托、为中心。但是这种核心价值并不自明，只能在文学与其他现代化因素、文学内部诸思想流派的互动关系中加以概括，因而首先必须承认文学现代化模式的阶段性与开放性，以"和而不同"的文化心理肯定各种文学思潮与流派的多元存在，进而在建立现代民族国家的"同一架构"里进行多元对话。

不过，20世纪中国文学现代化并未能够真正建构起有效的多元对话传统与相应机制。新文化运动以来，中国文学现代化在理论思维上绝大部分时期都带有这样一个显著特点，就是在民族救亡的历史背景下，过分突出了中西文学、古今文学的对立性质，以至于人为取消了中西对话、古今对话的可能性。尽管这种二元对立的理论思维，较之晚清民初将中西文学整体上简单比附的做法大有进步，并且为后来强调融会中西的理论思维提供了实践案例和理论借鉴，但是以此建构文学现代化的阶段性模式，客观上导致的是文学中的"战争文化心理"或"战争思维"①，以及带有主流色彩的一元化文学价值观。

对此，余英时曾指出："中国有一种特殊的现状，就是保守与激进之间没有一个坐标，因此双方就不能有真正的对话。"②尽管根本上都处在建立现代民族国家的"同一架构"里，但是20世纪中国各思想流派，无论激进主义、保守主义抑或自由主义，在实践中却难以找到开展对话的"共同的坐标"，很难就具体问题作心平气和的探讨。其中原因，或许正如李泽厚所指出的，20世纪中国一方面要接触和吸收西方近现代文化，另一方面则要进行民族救亡，而救亡的任务相对而言更为紧迫，压倒了其他一切任务，包括学术文化的发展③。因此，在特定历史条件下，暂时取消对话一定程度上或许是解决问题的最有效办法。但是毫无疑问，这只能作为暂时性的阶段性模式而存在，并不能推广应用于历史发展的所有阶段和一切领

---

① 关于这个问题,可参见陈思和《当代文学观念中的战争文化心理》(见《鸡鸣风雨》,上海:学林出版社1994年版),庄锡华《文学理论的世纪风标》(南京:江苏文艺出版社2001年版)等。

② 余英时:《中国近代思想史上的保守》,《钱穆与中国文化》,上海:上海远东出版社1994年版,第197页。

③ 李泽厚:《启蒙与救亡的双重变奏》,《中国现代思想史论》,北京:人民文学出版社1986年版。

域，20世纪中国现代化的曲折进程已经证明了这一点。

在今天看来，中国现代化运动所处的特殊历史语境，提示着文学领域内多元价值平等对话的必要性。很显然，通过多元价值对话可以解构一元化诠释模式，引领边缘回返主流，取同存异，凝聚共识，从而将文学现代化进程由"独白时代"推进到"对话时代"，只有这样，不同文学现代化立场相互间才会取得客观公允的参照，从而能够进一步自我调适、自我完善。建构不同文学传统之间和中国文学传统内部的对话机制，不仅需要承认各种文学思潮流派多元存在的合法性，而且需要确立动态的自主性价值，并以此为中心建构"共同的坐标"。积极倡导并努力建构多元价值平等对话，应该不失为文学现代化的一种睿智姿态。但是我们必须认识到，多元价值对话同样需要确立某种自主性价值或主导价值，因为多元价值对话仅可解释为关于价值意义的某种态度、意愿或理想，它本身并不构成自足的价值体系，即并不能单独地提供多元价值相互作用的具体模式。换句话说，多元价值对话视野下文学现代化的具体建构，必须依托于某种自主性价值体系，必须借助于某种具体的文学理论与知识体系。如果我们不能在肯定多元价值并存的同时确立某种自主性价值及相应的具体理论模式，那么，多元化理论恐怕终究会成为诿卸责任、放任自流的最好理论借口。在这一点上，文化保守主义强调民族文化自主价值的文化立场与要求恐怕还是值得借鉴的。

文化保守主义强调文化的民族性对于现代化进程的制约与影响，反对将现代化等同于西化，这种文化意识深处其实恰恰隐含着多元价值平等对话的要求。作为保守主义文学现代化理论主张的重要个案之一，钱穆的"文学开新"论强调以"找生命"的姿态护持中国文学的文化生命，以"集异建同"的方式寻求复兴中国文学乃至中国文化的新质点，实际上就包含着文化平等观念，而他对文化生命个性的肯定也曲折地表达了多元价值对话的要求。钱穆曾经指出："文化有共同处，是其共态。文化有相异处，是其个性。个性有长有短，贵在能就其个性来释回增美。共态是一种普通水准，个性则可有特别见长。"①又说："我们必先将人类文化传统，在历史上所曾发现、在现世界所犹存在者，一律平等视之，各求对之有了解，再进而加以相互间之比较与汇通，此后才始有合理想的人类新文化出现。"②钱穆主张尊重各民族文化的个性，明确反对"标举某一文化体系，奉为共同圭臬，硬说惟此是最优秀者，而强人必从"，强调在承认文化共态基础上以平等观加强文化个性的比较与汇通，从而建构"人类新文化"。钱穆先生弟子余英时阐发的文化多元论，可以说，一定意义上将文化保守主义的这种曲折隐晦的对话要求明白发挥了出来。余英时从现代人类学立场出发，强调每一民族都有自本自根的独特文化传统，不能以欧洲文化作为衡量其他文化的普遍准则。他认为文化理应是个别的、具体的，不存在普遍的、抽象的文化，因而现代化也应摒弃以共性的"文化"观念为基础的抽象模式。他指出，西方学者所说的现代文化实际上是以十七世纪以来西欧与北美的社会为标准的，所以现代化便是接受西方的基本价值。如果按照西方学者的理解，现代化也就意味着其他不同文化的发展必须效法欧美；而对于东方农业文化来说，现代化也只能是西化。余英时批评这种单一的现代化模式，强调每一民族文化的现代化都应保持稳定的民族性，如果一味依附某种普遍、抽象的现代化典范，"其结果则是流于一些空洞的形式，而失去了经验的内容"。按照余英时的理解，中国文化的现代化应该是传统文化生命在现代条件下的具体开显与转变，理应坚持中国文化的民族性，坚持多元文化的平等对话。

　　现代化进程不应排斥文化的民族性，这是文化保守主义的共同看法，它所隐含的多元价值平等对话要求同样贯穿于他们的文学研究领域。文化保守主义者认定"领略西洋之艺术以发扬儒家之诗教"是传统儒家思想现代转化重要进路之一③，强调中西文学比较"非将以衡其美丑，定其轩轾，

---

① 钱穆：《如何研究文化史》，《中国历史研究法》，第144页，《全集》第31册。
② 钱穆：《人类文化之前瞻》，《历史与文化论丛》，第4页，《全集》第42册。
③ 贺麟：《儒家思想的新开展》，《思想与时代》第1期（1941年8月）。

如实相比，则即彼而显我，拟议而易知也"①，因而"首先要能保持'平等心'去掉居高临下的妄念"②，坚持以儒家人文主义精神为核心的固有文学传统。他们明确反对将西方文学的格套强加于中国文学艺术，因为在他们看来，"'世界文学'不是成立于否定'国民文学'之上，而是成立于国民文学中所发掘出的彻底的、根源的人性，即通于世界的人性，于是最成功的'国民文学'，同时即是'世界文学'"③，文学的"国民性"（民族性）是"世界性"的前提，文学开新即文学现代化必须以护持中国文学的民族性为起点和归宿。检视文化保守主义的这些论说，我们不难发现其中隐藏着的多元价值平等对话的潜在要求；并且，他们渴望建构的多元价值平等对话，乃以承认不同文化价值各自的民族性为前提，因而就中西文学的对话而言，必须始终坚持中国文学固有民族特质及其自主性，以中国文学所体现的文化生命精神为主导来把握、吸收、融会西方文学。应该说，这种潜隐的对话意识是值得关注的。

钱穆的文艺思想及文学研究虽然具有鲜明的传统色彩，但是它所回应的问题却又是极其现代的，同样也没有超出中国文学思想现代化这一叙事范围。事实上，钱穆并不真正拒绝中国文学思想现代化，他的文学开新论述其实就是关于这个问题的个性化开展，而他所竭力反对的其实是"全盘西化"的文学思想现代化进路。他曾经说过："若仅谓近代中国人已不能读中国古书，故说中国旧文学已死去，则正贵有志创造新文学者，能从中国古书《诗经》《楚辞》《文选》乃及唐宋以下各家诗、文、词、曲、说部中，熟玩深思，取精用宏，独具机杼，使其推陈而出新，乃庶有当于文学复兴或中国新文学之称。否则只是西方文学之侵入与替代，断非中国文学之复兴与创造。"④钱穆始终认为中国文学自有其一体相续的内在生命，文

---

① 钱穆：《中国民族之文字与文学》，《中国文学论丛》，第20页，《全集》第45册。

② 徐复观：《从颜元叔教授评鉴杜甫的一首诗说起》，《中国文学论集续篇》，台北：学生书局1982年版，第188页。

③ 徐复观：《中国文学讨论中的迷失》，《中国文学论集续篇》，台北：学生书局1982年版，第158页。

④ 钱穆：《中国学术通义·序》，第5—6页，《全集》第25册。

学开新应当是中国文学固有文化生命的翻新复兴，只能在深入了解的基础上取精用宏、推陈出新，开显中国文学的新生命，绝不能简单地用西方文学来替代中国文学。他曾尖锐地指出："……又如莎翁乐府，乃西方四百年前事，国人亦研赏不辍。何以在西方尽古尽旧都足珍，在中国求变求新始可贵。此恐特系一时风气，非有甚深妙理之根据。"①此一诘问不能说完全没有道理，它多少道出了新文学在文学思想现代化典范选择方面所存在的问题：情感上单向度的西方典范选择与理智上中西典范的双向比较的学理悖论。可见，钱穆秉持以文化生命本体论为核心的心学文学观，强调在护持中国文学自主性价值的基础上比较中西，集异建同，因而他事实上仅仅反对将"现代化"与"西化"不加分析地等同起来，而不是根本上拒绝文学现代化。

与此同时，钱穆的文学研究也有迎受文学思想现代化而进行自我调适的一面。例如他对"文以载道"的诠释，就与传统观念有别。钱穆说："中国文人常言'文以载道'，或遂疑中国文学颇与现实人生不相亲。此又不然。凡所谓'道'，即人生也。道者，人生所不可须臾离，而特指其通方与经久言之耳。"②钱穆强调"载道"就是"载人生"，此在其《中国散文》中有集中的表述，如："中国文学另外一个特征，常是把作者本人表现在他的作品里。我们常说的'文以载道'，其实也不过是如此。因够非其人，道不虚行，故载道必能载入此作者之本人始得，此又与西方文学有不同。"又如："'宋明理学'注重人格修养，这正如韩愈所说：'我非好古之文，好古之道也。'尤其如朱子、阳明，是理学家中能写文章的，他们的文章也都能把自己的日常生活一切事物及对外应接都装入其诗文中去。从这里，我们更看得清楚些，所谓'文以载道'，其实是要在文学里表现著人生。"其中"抓住人生的'道'，而来表现在文学之中的，并不是即以文学来表现文学的"，"不能认为文学即是道；而是寄'道'于文学中"，可以说均有一定合理性，对于纠正新文学过于强调"为人生"而忽

① 钱穆:《漫谈新旧文学》,《中国文学论丛》,第238页,《全集》第45册。
② 钱穆:《中国民族之文字与文学》,《中国文学论丛》,第20页,《全集》第45册。

视文学的艺术性的倾向，也有值得参考的价值。钱穆强调传统文学亲附人生的特性，主张文学人生化，自有其儒家人文主义精神背景，但是直接把"道"诠释为"人生"，显然是对新文学"为人生"的主张作出的正面回应，唯其如此，他方才肯定"今日国人提倡新文学，主要意义亦在创造人心"①。

考察现代文学思想史，我们不难看出，新文学尽管对传统的"文以载道"进行了猛烈的抨击，其实并未真正完全否定文学的"载道"功能，只是对"道"的理解有别于传统。例如，郑振铎在1922年所作《新文学观的建设》一文中，曾经指出旧文学的创作态度主要是所谓"载道"和"娱乐"，在新文化运动的冲击下，"载道"已经失势，此时较有市场的便是"娱乐"一派。这个推断恰恰足以说明文学研究会并不否定文学的载道功能，他们反对文学载封建之道，却并不反对文学载人生之道乃至革命之道。再进一步说，新文学其实不仅没有根本否定甚至是变相地接受了传统的"文以载道"观念，不过，同样是"载人生"，由于新文学对"人生"的理解具有反对西方殖民霸权和复兴民族国家的双重视野，因而他们对现实人生的描写，主要是暴露人生的黑暗面，以激发和唤起社会革命，文学"为人生"（包括"为艺术""为大众"等）的声音不可避免地最终要变调为"为政治"。当然，"为政治"也并非毫无合理性，但要看怎么理解和运用，它是有其阶段性能效的。

钱穆事实上并不否定"为政治"。他说："（中国文学）每不远离于政治之外，而政治乃文学之最大舞台，文学必表演于政治意识中。斯为文学最高最后之意境所在。"②在此，钱穆提出"政治意识"一词，显然是因为观察到"新文学运动只为新文化运动作工具"③，已经背离了文学的真精

---

① 钱穆：《再论中国小说戏剧中之中国心情》，《中国文学论丛》，第219页，《全集》第45册。

② 钱穆：《中国文学史概观》，《中国文学论丛》，第59页，《全集》第45册。

③ 钱穆：《五十年代中之中国思想界》，《历史与文化论丛》，第250页，《全集》第42册。

神。因此，他强调文学思想应当艺术化地融贯政治意识，从而丰富自身的社会作用、文化功能，绝不能仅仅依附于政治实务而沦为从属性的政治工具。单就这一点而论，我们恐怕不能轻易地否定钱穆的文学思想及其价值。通过对"文以载道"的创造性诠释，钱穆重新梳理了文学与人生、文学与政治的关系，从而在重塑人心以适应建立现代民族国家的需要这一思想底线上，与新文学拉近了距离。

中国文学现代化是一个远未完成或达至顶峰的历史进程，需要不断地在历史经验的总结中集异建同，探寻尽可能合理的阶段性模式。当前，随着"有中国特色的"理论表述的提出，我们实际上是在理论（包括意识形态）允许的范围内开始面对"传统"，只是"传统"已经变换了另一面貌："中国"这个概念无疑主要指现代中国，但它同时也是一个历史概念和文化概念，是包含"传统"在内的现代中国。"有中国特色的"这个提法是务实的，它的基本思路是以适合中国国情为前提和出发点来考虑各种理论与现实问题，是"特殊性"优先而不是恰恰相反的"普遍性"优先。这完全可以在经典马克思主义关于"民族的就是世界的"这个表述中找到理论依据，甚至可以视为新的历史条件下的理论发展与创新。与时俱进，建设有中国特色的文学现代化阶段性模式，这个思路无疑是积极而富有启发性的。

文学现代化与民族国家建设有着不可分割的关系，只有以此为叙事背景，才能谈得上对话问题。以此衡量钱穆伴随着对新文学的批评性省察而展开的"文学开新"论，其最终目的无疑乃在通过护持与挺立"中国性"来复兴中国文化和建设民族国家。钱穆曾不无忧虑地说："若论建国，则亦只有依照外国来建造一新中国之一途。而三、四千年来之旧中国，则将来惟有留在图书馆中作考古资料而止。如此前途，又复何堪想像！"[①]这段话不禁让人联想到美国学者列文森（Joseph R. Levenson）所作的"博物馆"的譬喻："与这些历史遗物相同，共产主义者也没有必要一定要从精神上

---

① 钱穆:《维新与守旧》,《中国学术思想史论丛（九）》,第38—39页,《全集》第23册。

彻底抛弃孔子，孔子也受到一定的保护，也有存在的价值；他们不是要完全剥夺孔子存在的意义，而是要取代他所拥有的文化作用。简而言之，保护孔子并不是要复兴儒学，而是要把他作为博物馆中的历史收藏物，其目的正在于把他从现实的文化中驱逐出去。"①史华慈（Bejamin I. Schwartz）则认为对于非物质性的文化来说，用"图书馆"来作比喻或许更为恰当。其实，在列文森和史华慈之前，20世纪中国学人早已反反复复地使用了这一极具文化象征意味的学术譬喻。胡适说："简单说来，自从《三百篇》到于今，中国的文学凡是有一些价值有一些儿生命的，都是白话的，或是近于白话的。其余的都是没有生气的骨董，都是博物院中的陈列品！"②傅斯年说："杀洋八股之釜底抽薪法，在把凡可为八股之材料，送入博物馆去，于是乃欢迎顾颉刚一类贤者之至。"③钱玄同说："我以为中国旧书上的名词，决非二十世纪时代所够用；如其从根本上解决，我则谓中国文字止有送进博物院的价值；若为此数年内暂时应用计，则非将'东洋派之新名词'大攘特攘，攘到中国文里来不可。"④顾颉刚晚年谈论其古史研究的意义时仍然说："换句话说，我要把宗教性的封建经典——'经'整理好了，送进了封建博物馆，剥除它的尊严，然后旧思想不能再在新时代里延续下去。"⑤类似表述，我们还可以列举出许多。仔细辨析起来，无论"博物馆"或"图书馆"，均为具有浓厚时代特征的学术譬喻，其中隐含着某种二元对立思维模式，将传统与现代处理成了对立关系，所传达的无疑是对待文化遗产的彻底的"革命"姿态。在这种姿态下，现代只能成为无源之水，终将干涸。在今天，这种简单粗暴而迹近虚无的"革命"姿态恐怕

---

　　① 列文森：《儒教中国及其现代命运》，郑大华等译，北京：中国社会科学出版社2000年版，第337—338页。

　　② 胡适：《建设的文学革命论》，《新青年》第4卷第4号（1918年4月15日）。

　　③ 傅斯年：《致李石曾、吴稚晖》，见欧阳哲生主编《傅斯年全集》第七卷，长沙：湖南教育出版社2003年版，第48页。

　　④ 钱玄同：《新文学与今韵问题》，赵家璧主编《中国新文学大系·建设理论集》，上海：上海文艺出版社1980年影印本，第74页。

　　⑤ 顾颉刚：《我是怎样编写〈古史辨〉的》，《古史辨》第一册，上海：上海古籍出版社1982年版，第28页。

已经很难为人们所认同。

钱穆晚年回顾五四运动时说："'五四运动'主要是一种民族复兴意识之强烈的表现，'新文化运动'则是一种自我文化之谴责与轻蔑。照理，民族复兴，必与文化新生相依随、相扶翼。文化是民族之灵魂，民族是文化之骨骼。二者同根同源，无可划分。对自己传统文化极度谴责轻蔑，这是民族精神之衰象，决不能与要求民族复兴的强烈意识同时并壮。中国近百年史，所以只成为一段悲苦纷乱的历史，正为在民族复兴意识强烈要求的主潮之浮层，有此一种对自己传统文化极度轻蔑、极度厌弃的逆流来作领导。"①今天考察这段话，钱穆对五四运动的背景与要求的认识是到位的，而对其弊病的提示也是相当准确的。钱穆"一生为国故招魂"，立意发掘"博物馆"或"图书馆"中陈列物可供参观阅览的价值，恢复它的现实生命，无疑深具一种基于爱国思想和民族文化情感的现代化担当意识——这应当是一笔值得珍惜的精神财富。

"时间的大轮子，终将送你向前。适于昔者未必适于今，适于今者未必适于后。"②中国文学现代化进程终将延续，究竟应以怎样的历史意识与文化心理来不断探寻应有的阶段性模式，恐怕还值得方方面面作进一步的探究与深思吧。

---

① 钱穆:《回念五四》,《历史与文化论丛》,第391—392页,《全集》第42册。
② 钱穆:《适与神》,《人生十论》,第18页,《全集》第39册。

结 语

钱穆先生曾经说过:"我之稍有知识,稍能读书,则莫非因国难之鼓励,受国难之指导。我之演讲,则皆是从我一生在不断的国难之鼓励与指导下困心衡虑而得。"①诚如所言,深沉的"国难"意识乃是钱穆全部学术研究的内在动源,他的学术著述因此充满着对其研究对象的"温情与敬意"。这种"温情与敬意"充分体现在他以文化生命本体论对中国文化"传统性"的阐释与护持上,反映在他对中国文化现代化问题的深入思考与倾情辩驳上。钱穆将传统儒家的道德理性置换为文化生命论的理论建构,本质上没有超出"道德一元论"范畴,但是他毕生致力于阐释和发扬中国文化"传统性"文化生命。从某种意义上说,钱穆的全幅学术生命深具"铁肩担道义"的内在信仰与超越精神。

就钱穆文艺思想的建构而言,新、旧文学之争无疑是其逻辑起点。钱穆针对新、旧文学之争,以文化生命本体论为支撑,将文学界定为"心学",旨在就此梳理中国文学史,揭示中国文学"独特内在之真相"②,为中国文学现代化即"文学开新"探寻一条可以依归的路。不论其具体意见存在多少值得商榷之处,但钱穆的文艺思想建构深具人文关怀,对此我们应当赋予"同情的了解"和"了解的同情"。

如果我们将钱穆的文艺思想建构纳入他的学术研究全体系中来考察的

---

① 钱穆:《中国文化精神·序》,第4页,《全集》第38册。
② 钱穆:《读诗经》,《中国学术思想史论丛(一)》,第222页,《全集》第18册。

话，其中有两个特点是值得注意的。

首先，钱穆的文艺思想属于"以通驭专"的学术建构，主要运用的是典型的"古代性"学术方式。钱穆治学常循"温故知新""述而不作"路数，力求"以通驭专"，将传统儒家伦理思想和人生思想渗透进不同学科领域的学术阐释之中。钱穆曾经说过："我脑子里没有一个严格的哲学、文学、史学的分别。至少我做学问是尚'通'不尚专，是讲'兴趣'而不讲功利。"① "讲'兴趣'而不讲功利"是一种志趣表达，倒未必符合实情。钱穆的学术研究有其内在"自觉"，并不完全凭借"兴趣"，同时其中深具立场鲜明的大"功利"。至于"尚'通'不尚专"，则确实是一个客观的自我描述。钱穆治学"尚'通'不尚专"，一方面是指他做学问并不看重现代学科分类或者看重"通人之学"胜过"专家之学"，另一方面则指他做学问强调"以通驭专"，赋予不同研究领域以共通的内在支撑。钱穆对"通识"与"专业"的关系多有阐述，余英时曾将其比拟为章学诚所谓"道欲通方，而业须专一"②，认为"在中国学问的领域内，钱先生一方面破除门户之见，一方面又尊重现代的专业"③。钱穆《现代中国学术论衡》的撰述框架完全是按照现代学科分类处理的，虽然涵盖的学科门类不尽齐全，但是足以见出钱穆对现代学科、专业分类的"尊重"。不过，钱穆事实上更看重"通"。我国学者钱钢认为，钱穆反复强调的主要是"道欲通方"，并多次在不同场合表示过对"业须专一"的反对意见，余英时的比拟对钱穆的主张"也有些悄悄的修正"④。应该说，钱钢的意见是准确的。事实上，钱穆所谓"尚'通'不尚专"是有其特定内涵的，并不能单纯理解为打通不同学术领域的要求。钱穆在《现代中国学术论衡》"序"中指出："余曾著《中国学术通义》一书，就经、史、子、集四部，求其会通

① 钱穆:《经学大要》,《讲堂遗录》,第832页,《全集》第52册。

② 章学诚:《文史通义·内篇二·博约》,叶瑛校注,北京:中华书局1994年版,第165页。

③ 余英时:《钱穆与新儒家》,《钱穆与中国文化》,上海:上海远东出版社1994年版,第36页。

④ 钱钢:《大道醇儒》,载《文景》第7辑,上海:上海书店出版社2003年版,第57页。

和合。今继前书续撰此编，一遵当前各门新学术，分门别类，加以研讨。非谓不当有此各项学问，乃必回就中国以往之旧，主'通'不主'别'。求为一专家，不如求为一'通人'。比较异同，乃可批评得失。否则惟分新旧，惟分中西，惟中为旧，惟西为新，惟破旧趋新之当务，则窃恐其言有不如是之易者。"①《现代中国学术论衡》的框架结构"一遵当前各门新学术，分门别类"，表面上看似乎体现了余英时所谓"尊重现代的专业"，但是钱穆实际上强调回归中国古代学术传统，以"通"来驾驭"各项学问"。很显然，钱穆事实上取消了"各项学问"自身的特性与规律，恰恰是对现代学科体系的"不尊重"，其学问观的"古代性"特征由此可见。

　　一个极易被忽视的问题是：钱穆治学"尚'通'不尚专"，那么，"专"何以能"通"？或者换个表述，"专"中之所"通"究竟为何？若以经、史、子、集之分类来辨析"通"，则"通"主要指中国传统的治学方法，也未尝不可。不过，在钱穆那里，"通"恐怕主要指相互关联的两个方面——儒家道统和中国学术精神。在钱穆看来，中国学术精神虽来源多端、追求有别，但是最终都和合归向儒家道统或学统。细研《钱宾四先生全集》，我们恐怕不难发现，钱穆的全部学术研究，除了像《先秦诸子系年》等偏重特定学术领域具体问题的阐发之外，基本是在相关学术领域反复地阐释、发挥儒家道统和中国学术精神，或者说，是在就相关学术领域具体问题的讨论反复阐释、发挥儒家道统和中国学术精神。倘若再深入一些，钱穆所"通"于传统学术领域的正是其"道德一元论"，而他对现代学科专业的所谓"尊重"，也不过是在尝试以"道德一元论"来和合"各项学问"，以使各项现代学科专业研究"回就中国以往之旧"。钱穆的确曾对"通"与"专"作过多次阐述，所表达的核心意见正是"道欲通方"。倘若联系其学术研究所处的西学东渐背景来看，所谓新、旧文学之争这个"当生一大争辩"对钱穆而言其实仅具发端性，根本性的"当生一大争辩"事实上是中、西之争。钱穆的"通""专"之辨，实质上主于"以通驭

---

① 钱穆：《现代中国学术论衡·序》，第10页，《全集》第25册。

专"，是在"道欲通方"的观念下试图用"道德一元论"来回应与解决他所面对的种种"当生一大争辩"。

法国当代著名学者伊夫·瓦岱（Yves Vadé）指出："现代化的发展是不可避免的，是一往无前的，它把被认定为彻底过时的一些阶段抛在了身后，正因为如此，这些阶段才表现出它们的'古代性'，该词的地位往往很卑微，而且含有贬义的成分在内。这样说来，'现代性'和'古代性'是相关的。它们之间关系不啻是相互对立或排斥的关系，而且是相互牵连的关系。我们正是应当对它们之间的这种牵连关系进行思考。"[①]以此推论，钱穆治学"以通驭专"无疑是缺乏"现代性"而深具"古代性"的，当然这样定性并不是说"以通驭专"就毫无价值或者完全错误。钱穆"以通驭专"，至少在对"通"的阐释和"以通驭专"整体上的现实人文关怀两方面是有其积极一面的，只不过以"通"来"驭专"的确是缺乏专业性和有效性的。著名历史学家周策纵曾经指出："近代的汉学或中国研究，它的主要趋向是依照西洋思想体系和模式，强调分析和历史观念。这种研究方式，胡适之先生的《先秦名学史》和《中国哲学史》（上卷）有它的开创功用。这种方式优点很多不须细说。在另一方面，当然西洋思想的基本观念和模式也难得尽合于中国的传统思想模式。比如说，拿'哲学'这一词汇来取代'理学'或'义理'也未必能恰好相合。所以像钱穆先生就偏向用中国传统的观念、词汇来解说中国传统。这种方式，好处在较能不扭曲原义原貌；缺点是分析得仍不明白。由于西洋思想模式，包括它的基本观念和词汇已在世界文化思想界形成了压倒的优势，要避免或忽略当然已不可能；不过后一种研究方式（approach）也可用来矫正前者的缺失。我认为这代表两种基本方式和派别，问题很大很重要，值得进一步研究。"[②]周策纵以胡适与钱穆作为两种研究方式的代表人物，其实是很有意

---

① 伊夫·瓦岱：《文学与现代性》，田庆生译，北京：北京大学出版社2001年版，第102页。

② 陈致：《"不"以有涯随无涯，殆已——周策纵先生访谈录》，《原学》第四辑，北京：中国广播电视出版社1996年版，第24页。

味的，事实上，钱穆的学术研究有不少观点其实就是针对胡适而发的。诚如所言，钱穆治学主于以传统阐释传统，具有"不太扭曲原义原貌"的优点，而胡适治学则基本参照西洋思想体系和模式。比较上述两种学术方式，显然前者具有"古代性"而后者具有"现代性"。总之，钱穆治学"以通驭专"，根本趣向在于以"道德一元论"来完成对于"专"即"各项学问"的建构与阐释，其文艺思想建构正是这种"以通驭专"学术方式的结果，因此难免"通论"色彩浓厚而"专门"性质不彰。钱穆的"以通驭专"的学术方式尊重中国学术传统，深具现实的人文关怀，同时也提示了现代化进程理应给予传统相应的尊重与思考，但是它显然并不足以胜任当代中国文化及其各个部门的现代化转型的要求，不可避免会沾染文化保守主义色彩而处于边缘化境地。

其次，钱穆的文艺思想建构具有"尊德性"与"道问学"会和贯通的特点。余英时曾经指出："毋庸讳言，对于钱先生来说，儒家并不仅是客观研究的对象，而是中国人的基本价值系统。他对儒家的看法可以分两个层次来说。第一是历史事实的层次；第二是信仰的层次。"①这个观察是准确的。传统儒家道德理性是钱穆毕生学问的内在信仰，他的全幅学思生命其实都是在阐释和发挥儒家"道德一元论"，都是在运用"以通驭专"的学术方式将儒家"道德一元论"融会贯通于各项学问。钱穆曾经说过："余居常喜欢诵《中庸》，尤爱玩诵其如下所说：'君子尊德性而道问学，致广大而尽精微，极高明而道中庸，温故而知新，敦厚以崇礼。'窃谓惟德性乃大众之所同，人人具此性，人人涵此德，问者即当问之此，学者亦当学于此。只有在大众德性之共同处，始有大学问。只有学问到人人德性之愈普遍处，始是愈广大。"②钱穆始终坚信"中国学问是人生的，而非知

① 余英时：《钱穆与新儒家》，《钱穆与中国文化》，上海：上海远东出版社1994年版，第44—45页。
② 钱穆：《中国思想通俗讲话·自序》，第4页，《全集》第24册。

识的"①，治学理应达成"尊德性"与"道问学"的统一。事实上，钱穆治学并非仅仅属意于"学问"本身，更主要的恐怕还是在寻求"尊德性"与"道问学"的会和贯通，意在为现代中国学术"招魂"。

清儒章学诚说："宋儒有朱、陆，千古不可合之同异，亦千古不可无之同异也。"②诚如所言，"尊德性"与"道问学"之争肇始于朱、陆，在中国学术思想史上影响深远，成为后人判分中国学术不同学问观念、治学方法的重要根据。从宏观层面看，钱穆治学，深具以"知识"为骨干、以"道德"为灵魂的学术架构，体现了其贯通、拓展"尊德性"与"道问学"之旨趣。

就"道问学"而言，钱穆一方面着力在中国学术体系内部重新梳理儒学知识系统，另一方面则尝试在中学、西学对举的架构中，回应现代学科分类，拓展儒学知识系统。

钱穆立足于中国学术体系内部对传统儒学知识系统的重新梳理，可以《朱子新学案》《中国近三百年学术史》《中国学术通义》等为代表，其重心主要在于评章汉、宋学术，力求以宋学立场打破汉学与宋学之间的壁垒，重新梳理传统儒学知识系统。钱穆说："窃谓近代学者每分汉、宋疆域，不知宋学，则亦不能知汉学，更无以平汉、宋之是非……"③又说："而于时已及乾隆。汉学之名，始稍稍起。而汉学诸家之高下浅深，亦往往视其所得于宋学之高下浅深以为判。道咸以下，则汉宋兼采之说渐盛，抑且多尊宋贬汉，对乾嘉为平反者。故不识宋学，即无以识近代也。"④钱穆对清代学术出入于汉学、宋学的客观事实作了细致辨析，认为宋学对于中国学术而言具有宏观的纲领意义，儒学知识系统的构建与评价，必须以宋学为指归，因为宋学"尊德性"，能够为构建儒学知识系统提供根本方

① 钱穆:《中国学术与中国文化》,《中国学术思想史论丛(九)》,第82页,《全集》第23册。

② 章学诚:《文史通义·内篇三·朱陆》,叶瑛校注,北京:中华书局1994年版,第262页。

③ 钱穆:《中国近三百年学术史(一)·自序》,第15页,《全集》第16册。

④ 钱穆:《中国近三百年学术史(一)·引论》,第1—2页,《全集》第16册。

向。如果"不识宋学",仅仅依靠汉学,那么儒学知识系统的构建整体上必然是不可靠的。事实上,所谓"不识宋学,即无以识近代",按照钱穆学术思想的内在理路,其意义完全可以放大——不识宋学,无以认识清代学术;不识宋学,同样无以认识中国近现代学术。就微观层面而言,钱穆认为儒学知识系统的构建必须遵循"述而不作""于古有据"的路线与方法。他在评价清代汉学代表人物焦循时说:"盖里堂论性善,仍不能打破最上一关,仍必以一切义理归之古先圣人,故一切思想议论,其表达之方式,仍必居于述而不作,仍必以于古有据为定。"①在钱穆看来,儒学知识系统的构建,一方面必须以"述而不作"作为整体性的表达方式,另一方面必须以"于古有据"作为判定具体知识给出的正当性的依据。总之,中国学术体系内部儒学知识系统的构建,必须发挥宋学精神,遵循"述而不作""于古有据"的表达方式,这是钱穆"道问学"的核心主张,也是他一生治学的亲力实践。以此衡量钱穆的文艺思想建构,宋学精神的发挥和"述而不作"的话语表达、"于古有据"的立论方式,贯穿始终,清晰体现了他的"道问学"主张。

西学东渐是钱穆治学所面对的历史语境,他的"道问学"在一定程度上因此呈现出某种开放性。钱穆在重新梳理儒学知识系统的同时,尝试在中学、西学对举的架构中回应现代学科分类,拓展儒学知识系统。这方面的"道问学",可以《文化学大义》《中国文化史导论》《现代中国学术论衡》等为代表。西学知识系统与儒学知识系统存在显著差异,但是中国文化现代化转型不能无视西学知识系统的存在。钱穆同样意识到了这一点。他说:"先把此人类历史上多采多姿各别创造的文化传统,平等地各自尊重其存在;然后异中求同,同中见异,又能集异建同,采纳现世界各民族相异文化优点,来会通混合建造出一理想的世界文化。"②"集异建同"是钱穆处理西方知识系统的基本立场,只是"集异建同"必须以坚持和发扬中国文化"传统性"为前提与归宿。由此可见,钱穆所主张的儒学知识系

---

① 钱穆:《中国近三百年学术史(二)》,第614页,《全集》第17册。
② 钱穆:《如何研究文化史》,《中国历史研究法》,第152页,《全集》第31册。

统对于西学知识系统的"集异建同"，本质上仍在其"道问学"主张的宋学精神范畴之内。这一点在其《现代中国学术论衡》中有着非常鲜明的体现[1]。"此编姑分宗教、哲学、科学、心理学、史学、考古学、教育学、政治学、社会学、文学、艺术、音乐为十二目。其名称或中国所旧有，或传译而新增。粗就余所略窥于旧籍者，以见中西新旧有其异，亦有其同，仍可会通求之。区区之意，则待国人贤达之衡定。"[2]钱穆《现代中国学术论衡》所列"十二目"表面上看，体现了对源自西学知识系统的现代学科分类的尊重，其实不然。因为，钱穆此书所论显然并不符合现代学科体系规范，其用意在于通过比较异同来寻求儒学知识系统和西学知识系统的"会通"。而在更深的层面上，钱穆不过是在论证儒学知识系统中本身即已存在西学知识系统的部分架构，儒学知识系统的固有资源完全可以通过"集异建同"方式开出西方知识系统的架构。此外，钱穆并不完全排斥现代学科理论体系与范畴，像他的《文化学大义》，就使用了"文化学""文化阶层""文化类型""文化要素"等具有现代意味的术语。不过，钱穆并没有真正遵循现代学科规范，他不过是以现代学科表达之"新瓶"来装儒学知识系统之"旧酒"。总之，钱穆"道问学"有其开放的一面，他对现代学科体系的关注与借用，体现了他回应西学冲击并运用西学形式拓展儒学知识系统的旨趣与努力。

钱穆治学"尊德性"，论者多有精彩阐释，不烦再叙。在此，我们不妨扼要梳理一下其对"学问"与"德性"关系的论述，进而把握钱穆"道问学"与"尊德性"会和贯通的性质。钱穆认为，一切学问均属"人学"，"学问是人之德性所需，亦为人之德性所能"[3]。在钱穆看来，"德性属天"

---

① 钱宾四先生全集编辑委员会将《中国学术通义》与《现代中国学术论衡》同列于《钱宾四先生全集》第25册，并各撰"出版说明"，对二书内容、旨趣有所描述，但是并无片言只语述及二书同列一册之根据。若研读二书，则《中国学术通义》与《现代中国学术论衡》在阐释儒学知识系统方面的差异性显而易见：前者主要立足于"四部之学"，后者主要立足于现代学科体系。二书同列一册，完全符合钱穆"道问学"的趣向。

② 钱穆：《现代中国学术论衡·序》，第10页，《全集》第25册。

③ 钱穆：《学问与德性》，《中国学术通义》，第344页，《全集》第25册。

而成为先验根据，"学问属人"而偏重经验推演，因此，"尊德性"是"道学问"的最后根据，"道学问"应当裨益于"尊德性"。就学问内部而言，人文科学与自然科学固然有"术"的差异性，但均蕴含"无我""服善"与"实事求是"等精神，在德性层面内在相通。钱穆认为，"尊德性"是"道问学"的内在要求，学问应当在客观的知识系统中涵蕴普遍共通的德性，同时必须具有将知识转化为德性以指导人生实践的宏旨与力量，因此钱穆强调以"德性"之学统摄一切学问。"'德性'之学，实乃在'人文学'与'自然学'之夹缝中，而是此两大分野的学问上之一种综合学问。"①钱穆将"'德性'之学"定位为"综合学问"，一方面赋予"德性"自身以学问属性，另一方面强调"德性"对于"学问"（包括人文学科和自然学科）的统摄意义。很显然，钱穆的"'德性'之学"具有以"德性"调适儒学知识系统内部及其与西学知识系统之间种种紧张关系的意味。余英时说："儒学的现代课题主要是如何建立一种客观认知的精神，因为非如此便无法抵挡住西方文化的冲击。"②余英时强调的"客观认知的精神"的建立是"儒学的现代课题"，其实这个"课题"在他的老师钱穆那里已经有了一个基本的答案——"'德性'之学"内生的"实事求是"精神。事实上，钱穆治学也强调"尊德性"与"道问学"会和贯通，在以"'德性'之学"回应儒学知识系统的现代建构的多重要求方面多所用力，建树丰硕，在此就不展开叙述了。

　　钱穆的文艺思想建构，作为他的学术研究的重要部分，深具"以通驭专"的"古代性"以及"尊德性"与"道问学"会和贯通的特点，属于"'德性'之学"范畴。钱穆文艺研究的学术精神，一言以蔽之，就是他在《中国近三百年学术史》中所概括的"宋学精神"。"若此后中国文化传统又能重获新生，则此一儒学演进必然会又有新途径出现。但此下的新儒学究该向那一路前进？我想此一问题，只一回顾前面历史陈迹，也可让我

---

　　① 钱穆：《学问与德性》，《中国学术通义》，第361页，《全集》第25册。
　　② 余英时：《论戴震与章学诚——清代中期学术思想史研究》，北京：生活·读书·新知三联书店2005年版，第7页。

们获得多少的启示。不烦我们再来作一番具体的预言，或甚至高唱一家一派式的强力指导。"①儒学或中国文化现代化是钱穆全部学术思考的中心点，他的文艺思想建构其实也是围绕这个中心点展开的，因此，无论钱穆的文艺思想表达具有何种流派属性与观点意见，对这个中心点的信念与坚守，便足以支持他在中国现代学术思想史上成为不容忽视的独特存在。

---

① 钱穆:《中国儒学与文化传统》,《中国学术通义》,第99页,《全集》第25册。

主要参考文献

（一）学术论著

[1]常森.二十世纪先秦散文研究反思[M].北京:北京大学出版社,2002.

[2]陈平原.中国文学研究现代化进程二编[M]北京:北京大学出版社,2002.

[3]陈万雄.五四新文化的源流[M].北京:生活·读书·新知三联书店,1997.

[4]陈勇.钱穆传[M].北京:人民出版社,2005.

[5]戴景贤.钱宾四先生与现代中国学术[M].上海:东方出版中心,2016.

[6]邓尔麟.钱穆与七房桥世界[M].蓝桦,译.北京:社会科学文献出版社,1998.

[7]杜维明.现代精神与儒家传统[M].北京:生活·读书·新知三联书店,1997.

[8]方克立.现代新儒学与中国现代化[M].天津:天津人民出版社,1997.

[9]方克立,郑家栋.现代新儒家人物与著作[M].天津:南开大学出版

社,1995.

[10]格里德尔.知识分子与现代中国[M].单正平,译.天津:南开大学出版社,2002.

[11]郭齐勇,汪学群.钱穆评传[M].南昌:百花洲文艺出版社,1995.

[12]郭齐勇,汪学群.二十世纪学术经典·钱穆卷[M].石家庄:河北教育出版社,1998.

[13]侯敏.有根的诗学——现代新儒家文化诗学研究[M].上海:上海人民出版社,2003.

[14]侯敏.现代新儒家文论点评[M].广州:暨南大学出版社,2016.

[15]胡晓明.万川之月——中国山水诗的心灵境界[M].北京:生活·读书·新知三联书店,1992.

[16]胡晓明.灵根与情种——先秦文学思想研究[M].南昌:百花洲文艺出版社,1994.

[17]胡晓明.中国诗学之精神[M].2版.南昌:江西人民出版社,2001.

[18]黄俊杰.传统中华文化与现代价值的激荡[M].北京:社会科学文献出版社,2002.

[19]吉川幸次郎.中国文学史[M].陈顺智,徐少舟,译.成都:四川人民出版社,1987.

[20]中国人民政治协商会议江苏省无锡县委员会.钱穆纪念文集[C].上海:上海人民出版社,1992.

[21]李健.比兴思维研究——对中国古代一种艺术思维方式的美学考察[M].合肥:安徽教育出版社,2003.

[22]李明辉.当代新儒家人物论[M].台北:文津出版社,1994.

[23]李泽厚.中国近代思想史论[M].北京:人民出版社,1979.

[24]李泽厚.中国现代思想史论[M].北京:东方出版社,1987.

[25]李振声.钱穆印象[M].上海:学林出版社,1997.

[26]约瑟夫·列文森.儒教中国及其现代命运[M].郑大华,任菁,译.北

京:中国社会科学出版社,2000.

[27]林毓生.中国意识的危机——"五四"时期激烈的反传统主义[M].穆善培,译.贵阳:贵州人民出版社,1986.

[28]刘述先.当代新儒学论文集·外王篇[M].台北:文津出版社,1991.

[29]刘若愚.中国诗学[M].韩铁椿,蒋小雯,译.武汉:长江文艺出版社,1991.

[30]罗义俊.评新儒家[M].上海:上海人民出版社,1989.

[31]罗志田.国家与学术:清季民初关于"国学"的思想论争[M].北京:生活·读书·新知三联书店,2003.

[32]潘知常.诗与思的对话——审美活动的本体论内涵及其现代阐释[M].上海:上海三联书店,1997.

[33]启良.新儒学批判[M].上海:上海三联书店,1995.

[34]盛邦和.解体与重构——现代中国史学与儒学思想变迁[M].上海:华东师范大学出版社,2002.

[35]孙琪.中国艺术精神:话题的提出及其转换——台港及海外新儒学的美学观照[M].广州:世界图书出版广东有限公司,2012.

[36]宛小平,伏爱华.港台现代新儒家美学思想研究[M].合肥:安徽大学出版社,2014.

[37]汪学群.钱穆学术思想评传[M].北京:北京图书馆出版社,1998.

[38]王晓明.二十世纪中国文学史论[M].上海:东方出版中心,1997.

[39]王晓明.批评空间的开创:二十世纪中国文学研究[M].上海:东方出版中心,1998.

[40]王瑶.中国文学研究现代化进程[M].北京:北京大学出版社,1996.

[41]王元化.思辨随笔[M].上海:上海文艺出版社,1994.

[42]吴中杰.中国现代文艺思潮史[M].上海:复旦大学出版社,1996.

[43]徐复观.中国文学论集[M].台北:学生书局,1980.

[44]徐复观.中国文学论集续编[M].台北:学生书局,1981.

[45]严耕望.钱穆宾四先生与我[M].台北:商务印书馆股份有限公司,1992.

[46]杨向奎.百年学案[M].沈阳:辽宁人民出版社,2003.

[47]幺峻洲.当代新儒学与当代新儒家[M].北京:教育科学出版社,2000.

[48]叶维廉.寻求跨中西文化的共同文学规律[M].北京:北京大学出版社,1987.

[49]伊夫·瓦岱.文学与现代性[M].田庆生,译.北京:北京大学出版社,2001.

[50]印永清.钱穆[M].石家庄:河北教育出版社,2003.

[51]余英时.中国思想传统的现代诠释[M].南京:江苏人民出版社,2003.

[52]余英时.犹记风吹水上鳞——钱穆与中国现代学术[M].台北:三民书局,1991.

[53]余英时.钱穆与中国文化[M].上海:上海远东出版社,1994.

[54]翟志成.当代新儒学史论[M].台北:允晨文化实业股份有限公司,1993.

[55]张海明.回顾与反思——古代文论研究七十年[M].北京:北京师范大学出版社,1997.

[56]张灏.危机中的中国知识分子——寻求秩序与意义[M].高力克,王跃,许殿才,译.太原:山西人民出版社,1988.

[57]张书学.中国现代史学思潮研究[M].长沙:湖南教育出版社,1998.

[58]郑家栋.现代新儒学概论[M].南宁:广西人民出版社,1990.

[59]郑家栋.当代新儒学论衡[M].台北:桂冠图书股份有限公司,1995.

[60]郑家栋.断裂中的传统:信念与理性之间[M].北京:中国社会科学出版社,2001.

[61]周策纵.五四运动:现代中国的思想革命[M].周子平,等译.南京:

江苏人民出版社,1996.

[62]周策纵.弃园文粹[M].上海:上海文艺出版社,1997.

[63]周博裕.传统儒学的现代诠释[M].台北:文津出版社,1994.

[64]周群振.当代新儒学论文集·内圣篇[M].台北:文津出版社,1991.

[65]朱传誉.钱穆传记资料[C].台北:天一出版社,1981.

[66]朱东润.诗三百篇探故[M].上海:上海古籍出版社,1981.

[67]朱良志.中国艺术的生命精神[M].合肥:安徽教育出版社,1995.

[68]朱维铮.求索真文明——晚清学术史论[M].上海:上海古籍出版社,1996.

[69]庄锡华.文艺理论的世纪风标[M].南京:江苏文艺出版社,2001.

(二)学术论文

[1]陈代湘.现代新儒家的朱子学研究概述[J].哲学动态,2002(7):25—28.

[2]陈勇.略论钱穆的历史思想与史学思想[J].史学理论研究,1994(2):47—62.

[3]高中梅.钱穆先生的文学馆——读钱穆《中国文学史》[J].写作,2016(5):54—55.

[4]郭士礼.钱穆的文学史料观及其史学实践[J].山西师大学报(社会科学版),2017,44(2):26—31.

[5]何晓明.论钱穆学术研究的内在理路[J].江海学刊,2013(2):169—176.

[6]侯敏.钱穆文化诗学探论[J].甘肃社会科学,2006(1):69—73.

[7]侯敏.徐复观的心性美学思想探论[J].学术探索,2004(9):15—18.

[8]胡清杰.试析钱穆论艺术与科学之关系[J].西北美术,2017(1):96—98.

[9]胡晓明.重建中国文学的思想世界如何可能——以新儒家诗学一个

案为中心的讨论[J].文艺理论研究,2002(6):26—37.

[10]黄健.价值重构:取向与差异——论鲁迅与新儒家在现代价值观建构上的本质区别[J].鲁迅研究月刊,2001(6):14—23.

[11]纪健生.一位真学者的文化自信——读钱穆《中国文学讲演集》[J].淮北煤炭师范学院学报(哲学社会科学版),2006,27(1):125—128.

[12]赖功欧.论钱穆的"人文演进"观[J].江西社会科学,1999(9):44—49.

[13]劳承万.真善美之"分别说"与"合一说"——牟宗三对美学学科形态的新思考[J].学术月刊,2009,41(12):85—89.

[14]李静.析钱穆文学研究中对"比兴"概念的阐释[J].语文学刊,2013(8):54—55.

[15]李莎.在"此刻"中:钱穆的言说境界——《中国文学论丛》的诗与哲学[J].博览群书,2014(4):114—117.

[16]李艳.论钱穆的美学之思[J].阴山学刊,2010,23(5):56—59.

[17]李吟咏.在诗史互证中显现文明的美丽——陈寅恪与钱穆诗学解释的自由意向[J].东疆学刊,2008,25(3):55—63.

[18]李秀伟.钱穆先生佚文六则[J].古籍整理研究学刊,2015(5):58—60,32.

[19]廖建平.论钱穆的艺术人生观[J].求索,2003(1):150—153.

[20]刘立辰.钱穆生命美学思想探析[J].决策探索,2010,9(下):71—72.

[21]刘梦芙.钱穆先生诗学综论[J].孔子研究,2006(4):103—118.

[22]罗义俊."负担起中国文化的责任"——钱穆先生百龄纪念学术研讨会述要[J].学术月刊,1995(10):111—113.

[23]马林刚.现代新儒家文艺美学思想探论[J].云南社会科学,2013(6):31—35.

[24]裴宏江.论钱穆的《红楼梦》评论[J].红楼梦学刊,2012(1):

137—151.

[25]钱婉约.钱穆及其文化学研究[J].武汉大学学报(社会科学版),1989(5):97—102,45.

[26]石力波.钱穆的中国艺术文化思想探究[J].知与行,2017,23(6):46—50.

[27]宋薇.钱穆文学美学思想论析[J].河北大学学报(哲学社会科学版),2004,29(6):17—19.

[28]宋薇,马力.从"文以载道"到"艺术就是人生"——钱穆美学思想基本问题论析[J].河北大学学报(哲学社会科学版),2005,30(6):105—109.

[29]宋薇.钱穆生生之乐见解的美学阐释[J].河北大学学报(哲学社会科学版),2008,33(4):93—96.

[30]宋薇.钱穆"道"论及其美学阐释[J].河北大学学报(哲学社会科学版),2010,35(3):55—60.

[31]宋薇.钱穆"心"论探析[J].河北学刊,2012,32(4):168—172.

[32]王波平.钱穆古文运动观念之评议[J].语文学刊,2014(5):101,114.

[33]王青,王京华.双重视野下的中国文学精神——论钱穆的文学思想[J].云南社会科学,2007(6):136—138.

[34]王晓旭."人生的艺术化"——朱光潜早期美学思想所展示的美学研究目标[J].社会科学战线,2000(4):77—83.

[35]魏策策.钱穆"莎评"论[J].武汉大学学报(人文科学版),2015,68(3):93—99.

[36]翁有为.钱穆文化思想研究[J].河南大学学报(社会科学版),1992,32(4):45—51.

[37]吴光兴.钱穆论中国民间文学、文艺[J].民间文化论坛,2017(5):47—54.

[38]吴键.思入艺术的文化本源——钱穆艺术论探析[J].河南社会科

学,2016(2):23—29.

[39]吴衍发.从文学和音乐来看钱穆的艺术思想[J].民办教育研究,2009(6):45—49.

[40]吴衍发.钱穆文学艺术美学思想论析[J].十堰职业技术学院学报,2009,22(4):74—77.

[41]许结.钱穆文学批评观述略[J].江南大学学报(人文社会科学版),2005,4(6):5—10.

[42]徐国利.钱穆的学术史方法与史识——义理、考据与辞章之辨[J].史学史研究,2005(4):61—70.

[43]徐国利,张笑龙.钱穆、余英时的章学诚学术思想研究[J].史学月刊,2010(5):92—101.

[44]徐国利.中国现代文化保守主义史家对传统史学的新书写——以钱穆前期的中国传统史学研究为例[J].河北学刊,2014,34(4):1—7.

[45]严金东.随俗与雅化——钱穆的一种比较文学观[J].中国比较文学,2004(1):167—173.

[46]严金东.雅化:钱穆关于中国文学史的一个总体观察[J].重庆师范大学学报(哲学社会科学版),2014(6):33—38.

[47]印永清.钱穆文学观述略[J].华东师范大学学报(哲学社会科学版),1992(6):73—78.

[48]印永清.新文化运动中胡适与钱穆文学观之比较[J].华东师范大学学报(哲学社会科学版),1996(1):67—71.

[49]余秉颐.以生命的精神价值为中心——方东美论中国哲学的"通性与特点"[J].中国哲学史,2003(2):47—52.

[50]郁佳震,刘旭光.文化民族主义与融合的人文主义——钱穆的文艺美学思想再思考[J].曲靖师范学院学报,2009,28(2):24—29.

[51]张荣刚.钱穆论中国古代小说[J].临沧师范高等专科学校学报,2013,23(2):16—20.

[52]赵建军.钱穆学术史观的美学意义[J].江南大学学报(人文社会科学版),2005,4(6):11—15.

[53]郑伟斌.最高的艺术,亦即是最高的道德——钱穆论中国画的精神[J].荣宝斋,2011(5):99—101.

[54]周锡山.鲁迅、胡适和钱穆、陈寅恪的金圣叹与《金批水浒》评论述评[J].水浒争鸣,2012(1):24—31.

[55]周质平."打鬼"与"招魂":胡适钱穆的共识与分歧[J].鲁迅研究月刊,2018(10):25—38.

[56]资利萍.钱穆的音乐情缘及其音乐美育实践[J].美育学刊,2011,2(5):27—30.

附录：钱穆主要文艺研究著述编目

[1]《研究白话文之两方面》（1920年2月15、16日成稿），原载《教育杂志》1920年第4号。按：此文《全集》失收。

[2]《屈原考证》，1922年12月11、12日作于集美，原载1923年1月上海《时事新报》副刊《学灯》，收入《全集》第45册《中国文学论丛》。

[3]《渔夫》，原载1923年2月上海《时事新报》副刊《学灯》，收入《全集》第45册《中国文学论丛》。按："渔夫"疑误，当作"渔父"，屈原作品名。

[4]《读郑献甫补学轩散文集》，原载1936年6月17日天津《益世报·读书周刊》第53期，收入《全集》第22册《中国学术思想史论丛（八）》。

[5]《记吕晚村诗集中涉及黄梨洲语》，原载1937年7月15日天津《益世报·读书周刊》第108期，收入《全集》第22册《中国学术思想史论丛（八）》。

[6]《记唐文人干谒之风》，原载1941年12月《责善半月刊》第2卷第19期，曾编入《中国文学讲演集》，后收入《全集》第32册《读史随劄》。

[7]《中国民族之文字与文学》，原载1943年7月《思想与时代》月刊第11、12期，收入《全集》第45册《中国文学论丛》。

[8]《关于中西文学对比——敬答梁实秋先生》，原载1943年1月重庆

《文化先锋》第1卷第19、20期，收入《全集》第23册《中国学术思想史论丛（九）》。

[9]《读智圆闲居编》，原载1947年2月4日南京《中央日报·文史周刊》第37期，1959年10月香港新亚书院《学术年刊》第1期重刊，收入《全集》第20册《中国学术思想史论丛（五）》。

[10]《中国散文》，1953年10月新亚文化讲座讲演，曾收入新亚书院《文化讲座录》，1962年1月《人生杂志》第23卷第4期重刊，收入《全集》第45册《中国文学论丛》。

[11]《略论中国韵文起源》，原载1955年1月1日《文艺春秋》第2卷第1期，收入《全集》第45册《中国文学论丛》。

[12]《文风与世运》，1956年8月28日中国青年写作协会第四届大会讲演纲要，原载《幼狮月刊》第4卷第9期，收入《全集》第45册《中国文学论丛》。

[13]《西周书文体辨》，原载1957年8月《新亚学报》第3卷第1期，收入《全集》第18册《中国学术思想史论丛（一）》。

[14]《杂论唐代古文运动》，原载1957年8月香港《新亚学报》第3卷第1期，收入《全集》第19册《中国学术思想史论丛（四）》。

[15]《读文选》，原载1958年2月香港《新亚学报》第3卷第2期，收入《全集》第19册《中国学术思想史论丛（三）》。

[16]《读柳宗元集》，原载1958年2月香港《新亚学报》第3卷第2期，收入《全集》第19册《中国学术思想史论丛（四）》。

[17]《读姚铉唐文粹》，原载1958年2月香港《新亚学报》第3卷第2期，收入《全集》第19册《中国学术思想史论丛（三）》。

[18]《中国文化与中国文学》，1958年2月台北文史青年会讲演稿，原载1958年3月香港《人生杂志》第15卷第9期，同年10月台北《幼狮学报》第1卷第1期重刊，收入《全集》第45册《中国文学论丛》。

[19]《读寒山诗》，原载1959年10月香港新亚书院《学术年刊》第1

期，收入《全集》第19册《中国学术思想史论丛（四）》。

[20]《略论九歌作者（读文随笔之三）》，原载1960年6月《幼狮月刊》第11卷第5、6合期，为《九歌当为屈原作品》之前半部分，收入《全集》第45册《中国文学论丛》。

[21]《读诗经》，原载1960年8月香港《新亚学报》第5卷第1期，收入《全集》第18册《中国学术思想史论丛（一）》。

[22]《谈诗》，原载1960年11月月《人生杂志》第21卷第1期，1969年1月《文艺》第1期重刊，作者曾经小修，1971年5月《中国文选》重载，收入《全集》第45册《中国文学论丛》。

[23]《中国文学中的散文小品》，1960年12月新亚书院中文系第一次学术演讲稿，原载1961年3月《新亚生活》第3卷第15期，同年4月《人生杂志》第21卷第11期转载，收入《全集》第45册《中国文学论丛》时又重加修润。

[24]《中国古代散文——从西周至战国》，原载1964年6月新亚书院《中文系年刊》第2期，原题为《西周至战国之散文》，收入《全集》第18册《中国学术思想史论丛（二）》。

[25]《汉代之散文》，原载1964年6月新亚书院《中国文学系年刊》第2期，收入《全集》第19册《中国学术思想史论丛（三）》。

[26]《读明初开国诸臣诗文集》，原载1964年8月香港《新亚学报》第6卷第3期，收入《全集》第20册《中国学术思想史论丛（六）》。

[27]《魏晋文学》，原载1965年6月新亚书院《中国文学系年刊》第3期，收入《全集》第19册《中国学术思想史论丛（三）》。

[28]《无师自通中国文言自修读本之编辑计划书》，写于1965年，收入《全集》第45册《中国文学论丛》。

[29]《四部概论》，原载1967年9、10月《人生杂志》第32卷第5、6期，收入《全集》第25册《中国学术通义》。

[30]《中国文化与文艺天地——略评施耐庵水浒传及金圣叹批注》，

原载1969年10月《文艺》第4期,1972年6月《中国文选》第62期重刊,收入《全集》第45册《中国文学论丛》。

[31]《钱基博》,原载1971年10月《中国文化综合研究》,收入《全集》第23册《中国学术思想史论丛(九)》。

[32]《柳诒徵》,原载1971年10月《中国文化综合研究》,收入《全集》第23册《中国学术思想史论丛(九)》。

[33]《理学与艺术》,原载1973年夏故宫博物院《图书季刊》第7卷第4期,收入《全集》第20册《中国学术思想史论丛(六)》。

[34]《中国文化传统中之文学》,原载1974年1月《中华学报》创刊号,收入《全集》第25册《中国学术通义》。

[35]《读明初开国诸臣诗文集续篇》,其中《读赵汸东山存稿》一节曾载于1975年2月《中华日报》副刊,同年3月《书目季刊》第8卷第4期转载,其余数节刊载情况不详,收入《全集》第20册《中国学术思想史论丛(六)》。

[36]《读程篁墩文集》,原载1975年9月《东吴学报》第4、5期合刊,收入《全集》第21册《中国学术思想史论丛(七)》。

[37]《读书与游历》,原载1977年1月《中华日报》副刊,同年6月《华副文粹》第2集刊载,收入《全集》第45册《中国文学论丛》。

[38]《读契嵩镡津集》,原载1977年3月《中华日报》副刊,同年6月《书目季刊》第11卷第1期转载,收入《全集》第20册《中国学术思想史论丛(五)》。

[39]《续记姚立方诗经通论》,写于1977年9月,收入《全集》第22册《中国学术思想史论丛(八)》。

[40]《为诽韩案鸣不平》,原载1977年10月《联合报》副刊,《联合报》丛书《诽韩案论丛》收录,收入《全集》第45册《中国文学论丛》。

[41]《中国文学史概观》,原载1977年12月《中华日报》,收入《全集》第45册《中国文学论丛》。

[42]《略论中国文学中之音乐》，原载 1979 年 2 月《中华日报》副刊，原题为《杂论中国音乐》，收入《全集》第 45 册《中国文学论丛》。

[43]《情感人生中之悲喜剧》，原载 1979 年 5 月《中华日报》副刊，收入《全集》第 45 册《中国文学论丛》。

[44]《读朱舜水集》，原载 1980 年 3 月《华冈文科学报》第 12 期，收入《全集》第 22 册《中国学术思想史论丛（八）》。

[45]《欣赏与刺激》，原载 1982 年 11 月《中华日报》副刊，收入《全集》第 45 册《中国文学论丛》。

[46]《漫谈新旧文学》，原载 1982 年 12 月《中华日报》副刊，同年 12 月 9 日《香港时报》转载，收入《全集》第 45 册《中国文学论丛》。

[47]《品与味》，原载 1982 年 12 月 18 日《青年战士报》，收入《全集》第 45 册《中国文学论丛》。

[48]《诗与剧》，原载 1982 年 12 月 20 日《青年战士报》副刊，收入《全集》第 45 册《中国文学论丛》。

[49]《文化中之语言与文字》，原载 1983 年 1 月《中华日报》副刊，同年 2 月 25 日《香港时报》转载，收入《全集》第 45 册《中国文学论丛》。

[50]《恋爱与恐怖》，原载 1983 年 1 月《中华日报》副刊，收入《全集》第 45 册《中国文学论丛》。

[51]《再论中国小说戏剧中之中国心情》，原载 1983 年 6 月《中华日报》副刊，收入《全集》第 45 册《中国文学论丛》。

[52]《略论中国艺术》，原载 1983 年 12 月《中华日报》副刊，收入《全集》第 25 册《现代中国学术论衡》。

[53]《略论中国文学》，原载 1984 年 1 月《东方杂志》复刊第 17 卷第 7 期，收入《全集》第 25 册《现代中国学术论衡》。

[54]《读刘蕺山集》，无刊写年代，为编集时增补，收入《全集》第 21 册《中国学术思想史论丛（七）》。

[55]《记唐代文人之润笔》，无刊写年代，原收《中国文学讲演集》，

编集改收《全集》第32册《读史随劄》。

[56]《中国京剧中之文学意味》，无刊写年代，为编集时增补，收入《全集》第45册《中国文学论丛》。

[57]《中国古代文学与神话》，无刊写年代，为编集时增补，收入《全集》第45册《中国文学论丛》。

[58]《略谈湘君湘夫人（读文随笔之四）》，为《九歌当为屈原作品》之后半部分，收入《全集》第45册《中国文学论丛》。

[59]《韩柳交谊（读文随笔之五）》，无刊写年代，为编集时增补，收入《全集》第45册《中国文学论丛》。

[60]《读欧阳文忠公笔记（读文随笔之六）》，无刊写年代，为编集时增补，收入《全集》第45册《中国文学论丛》。按：《全集》作"笔记"，误，当为"笔说"。

[61]《释诗言志（读文随笔之一）》，无刊写年代，为编集时增补，收入《全集》第45册《中国文学论丛》。

[62]《释离骚（读文随笔之二）》，无刊写年代，为编集时增补，收入《全集》第45册《中国文学论丛》。

后　记

　　这本小册子的出版，只能算是非常浅薄的阶段性成果。

　　我于1988年进入安徽师范大学读书，入学后所买的第一本书便是巴蜀书社出版的《中国文学讲演集》。这是我第一次接触到钱穆先生的著作。当然，那时读钱穆先生的文字，并不能完全读懂，但是内心总是充满了浓厚兴趣，为之深深吸引。后来，我于2000年进入华东师范大学攻读博士学位。在恩师胡晓明先生的谆谆教诲和亲切指导下，我选择了钱穆作为博士论文的研究对象。今天回想起来，从初读钱穆到研究钱穆，冥冥之中似乎有一种不可言说之"缘分"。

　　我毕竟资质鲁钝，在研究钱穆先生的文艺思想方面，只是做了一些资料爬梳工作，至于框架体系建构，实属有心无力。钱穆先生的文艺思想表达有其鲜明的特点，大体可以用"通"来概括。钱穆先生治学贯通文史哲艺和中西文化，极具"通人之学"意味；同时，除早年专治史学考证之外，钱穆先生治学并不注重专题研究，所论主要属于"通识之学"。正是由于钱穆先生的学术研究具有"通"的特点，倘若真要尝试把握钱穆文艺思想的内涵与框架，难免会让人有一种"羚羊挂角，无迹可求"的感觉。对我来说，这个选题研究的难度虽然很大，但是值得将其作为终生志业。

　　在此书即将付梓之际，我内心中想要感谢的人很多。从读大学至今，一路上遇见很多师友同道，老师奖掖，有朋切磋，令我受益良多。奈何我生性疏懒，于学无所成就。

　　感谢我的恩师胡晓明先生对我的亲切指导。攻读博士学位的那些岁月，与老师相处的每一时刻，都是那么美好，那么令人怀念。

　　天道无言，懒人亦无言，吾且无言。

　　是以为记。

芮宏明

2019年4月5日